九州

缥缈录

NOVOLAND EAGLE FLAG

铁甲依然在

江南 著

壹

蛮荒

人民文学出版社

修订自序

写一场修行

我最喜欢的词人说不清是谁，有时候是后主，有时候是稼轩，但我最喜欢的词倒是清楚的，该是蒋捷的《虞美人·听雨》。

词不甚长，词意也浅白，可从我十八九岁读到如今，读了约莫二十年。

“少年听雨歌楼上，红烛昏罗帐。

壮年听雨客舟中，江阔云低，断雁叫西风。

而今听雨僧庐下，鬓已星星也。

悲欢离合总无情，一任阶前，点滴到天明。”

从少年到老年，听雨数十年，听出的意蕴各不同，一本书如果写了十几年，写的人读的人，心里的东西也该各不同吧？

《九州缥缈录》写了十二年，十二年时间如恒河沙般从指间历历流过，手中却空空如也。

有时候觉得，写《九州缥缈录》对我来说就像一场修行，初时见山是山，如今见山不是山，终有一日山仍是山，横亘于苍天之下大地之上。那时我已历尽沧桑，得见莲花。

开始写这本书的时候我籍籍无名，在一座中国人多半不知道的美国城市留学，名叫圣路易斯。它坐落在密西西比河和密苏里河的交界处，有个别名叫“西进之门”。多年之前那里曾是一座繁华的大城，在那些英伦清教徒的后裔开发西部的时候，河流是最重要的交通渠道，河流交汇处的圣路易斯云集了四方的人和货物，船并着船，跳板连着跳板，船工、货主、妓女、吉卜赛人为了各自的目的在那里相聚又分散，各式各样的汽船在河面上相互追逐。有些货船主会在船上备一桶猪油，当他看见前面出现另一艘货船的时候，他就会命令水手把那桶猪油倒进烧煤的锅炉里。猪油熊熊燃烧，货船突突地狂飙猛进，乘客们在船舷边为自己的船喝彩。

等我去那座城市的时候，西进的伟大时代早已远去，高速公路遍及整个美国，人们再也不必依赖长河。空荡荡的河面上，零星的汽船带着不多的游客穿过夕阳，拉响孤单的汽笛。

在那座安静得有些寂寞的城市里，我写下《九州缥缈录》的第一个故事《最后的姬武神》，那时候甚至还没有“九州志”这个架空世界。

《最后的姬武神》本该是《九州缥缈录》的结局。如今想来，没写开局而先写结局并不是因为我已经想透了这个故事，只是因为心太躁动，忍不住要略过开头和过程直奔结局，字里行间都是火山般的孤单和渴望，还有少年时无端的爱憎。

这本书初次成稿的时候我已经回到了中国，暂居在上海。我从美国带回来的硬盘中整理出了第一版书稿。

那是我迄今为止最渴求成功的岁月，虽然那时的我在中国没有立锥之地。我喜欢去外滩 18 号的顶层酒吧喝酒，望着对岸的霓虹灯招牌直通天地，黄浦江上游船往来，立志要功成名就衣冠楚楚。

第一稿成书的时候我还在跟另外一些作者合作，想打造所谓“中国的指环王”，现在我跟他们中的某些人已经相逢陌路。

上海那座城市给我留下的第一个印象来自港剧《上海滩》，灯红酒绿、舶来文化，还有恩怨情仇，就像一座精美的舞台，每日上演风云际会，你方唱罢，我复登场。后来我离开了那座城市，上海在我心里留下的印象依然是一座舞台。在那个舞台上很多人都会身不由己地演出，我也没有免俗。那时我经常是喝着酒动笔，文字青涩却凌厉，字里行间渗透着狂妄的热情。

那时候写到动情处真的会哭，有时候哭得像是孩子，有时候哭得像是独狼，唱念做打，生旦净末丑，一个人都演遍了。

后来到了北京。

我从上海到北京，行李中最重要的货品就是这本书的书稿，虽然它在硬盘中甚至没有一克的重量。古人说书剑飘零，我来到北京这座城市的时候却只带着一些 txt 或者 doc 格式的书。

我终于学会写书这件事了，而且在这座城市里有些朋友，大概还夹杂着一些运气，渐渐地我变得有点名气了，写的另一些书在畅销书排行榜上爬到了首位，买了房子，熟悉这座城市里的每条道路，定期有人找我吃饭，虽然写书的时候还是邋里邋遢，但也经常衣冠楚楚。

这时距离我写完《九州缥缈录》的第一部已经过去了六年。

其实我并未完成整个工程，按照我原先的计划，这是个系列作品，讲述一场王朝的兴替，它由三部书组成，第一部《九州缥缈录》讲述君王们少年的时代，第二部讲述他们征伐天下，第三部讲述他们的分别，还有各自的谢幕。我写完了第一部，还有两部书的残稿被搁置在我的硬盘里。但我想过要放弃这个题材，因为它的格局太过庞大，而且故事对我来说已经没有什么新鲜感了。那些故事在我脑海里演练了几十遍上百遍，我也反复地给人讲述其中的精彩桥段，我自己已经享受过构建故事的快意了，未必非要写出来给人看。

再后来就是人民文学出版社的赵萍主任和她年轻的同事们找到我，说人民文学出版社准备做这部书的修订版。大概二十五岁的时候，我曾经非常希望能在人民文学出版社出一本书，因为贪图它的盛名。可人民文学出版社的座上嘉宾都是追求文学价值的老师，我自认我对写小说还算有些研究，对于文学所知不过尔尔，也就放弃了这个念头。如今十年过去了，我获得过名声也失去过名声，渐渐地对多数名誉都免疫了，这时我曾贪图的东西终究来到我面前。

人生就是这种捣鬼的东西，你汲汲于名利的时候，名利远在天边，你想把浮名换了浅斟低唱，又听大明宫中传你作诗。

于是我最终还是坐了下来，重整这部书稿。它在我心里徘徊了十几年，一度令我饱受蹉跎之苦，却也让我念念不忘。

王家卫说念念不忘必有回响，过去的歌已经唱罢多年，回声才从山谷尽头遥遥传来。

翻开过去留下来的文字，又记起了圣路易斯带回的孤独和无端爱情，还有上海赋予我的雄心和野心，有时候热泪盈眶，只觉得当年的自己在眼前依稀闪过。

我对这部书做了不大的修订，主要是文字方面的，再度把它呈给诸位亲爱的读者，无论你们曾经读过它或者第一次翻开它。

故事依然是那个故事，只不过以前的字里行间充满了要冲破什么东西的欲望，现在想描绘留住什么东西的渴望，我的姬野啊我的羽然啊，我的吕归尘·阿苏勒·帕苏尔，我梦中的王朝和江山。

我写过不少书了，每本书对我的意义各不相同，有些是一场盛宴一场痛饮，有些是邂逅和别离，有些是我跟大家开的一个玩笑。

这本书是我的一场修行，书里见得我少年时杀人放火的心，见得我青年时纵横捭阖的梦，也见得我现在以后的种种形状，我曾在这本书里悟出很多，也把它呈给亲爱的诸位。

江南

目录

楔子

狮子心

阿苏勒把帐篷的帘子掀开一线，向西眺望。

西方落日，大地苍黄。

大人们都说阿苏勒是个很奇怪的孩子，不像一般的孩子那样喜欢跳羊骑马背着木制的小弓去草原上射雀儿，阿苏勒静得像是无风午后的海子，碧蓝色的清波荡漾。蛮族人管湖叫海子，因为湖是大海的儿子。阿苏勒总是静静地坐着，看着羊群如白色的云那样漫过山坡，看着篝火在夜空下一点点地升腾起来，最后化为冲天的烈焰，看月出日落，草长莺飞。

那个被称为“狮子王”的男人游猎归来的时候总是带着烈马从阿苏勒的背后接近，一把把这个发呆的孩子掳上马背，大笑着说这么安静的孩子哪里会是草原未来的大君啊？你就像个等待勇士回家的小姑娘！我的任何女儿都能扮演抢你当新娘的勇士，说吧！你喜欢谁我就让谁来抢走你！

落日给白云镀上一层淡金色，云间有光如金缕一样迸射出来。风忽如其来，流云四散变化，雄狮、猛虎和巨龙在云中隐现，紧接着大群燃烧起来的骏马驰过浩瀚的天空，后面有苍红色的云涛追赶它们。

太阳终于落了下去，草原上黯淡起来。

诃伦帖围着阿苏勒忙碌，把一件铁环织成的链甲贴着小袄束在他身上，又在外面披上重锦的大袖，最后是御风的狐裘。她偶一抬头，忽然触到了阿苏勒的眼神。这是她见过的最清澈的眼睛，映着夕阳的颜色，瑰丽又宁静。

她犹豫了很久，轻轻摸了摸他的脸蛋。

她把一根白色豹尾束在了阿苏勒的手腕上，以红色的丝绳束好，打了一个死结，这才扳过他的头面向自己，凝视着他的眼睛，“世子，你要记住，无论有什么事，都不能解下这条豹尾。若是有人要害你，就举起手给他看。你是草原上未来的大君，天命的主宰，草原上任何人胆敢伤害你，盘鞑天神的刀都会从天而降，砍下他的头颅来。明白么？”

阿苏勒点了点头，垂眼看着地下。

他有心事，诃伦帖看了出来。这孩子瞒不住心事，心里所想的都在眼睛里映出来。虽然一直把他关在帐篷里，但事情已经到了这个地步，他早该有所察觉。昨夜要上战场的男人们围坐在火堆前弹着马鬃琴，雄浑苍凉的歌彻夜回荡在周围，这孩子又怎么可能听不见？

“姆妈，是因为我么？”孩子忽然问。

诃伦帖吃了一惊，紧紧拉住他的手，“不是，不是因为你，世子是个好孩子。”

“他们说九王的大军就要打到这里来了，草原上只有一个九王，那是我的叔叔吕豹隐。”阿苏勒依旧低着头，“他们还说死了很多的人，都是我们青阳的人杀的。”

诃伦帖心里涌起酸楚，这个孩子就是太聪明又太脆弱了，这样又怎么能活得长呢？

“世子不要胡思乱想，”诃伦帖为他整了整发髻，努力摆出一个笑容，“大人们的事情和世子没有关系，北都城的大君和我们主君都是喜欢世子的，世子是个好孩子。”

阿苏勒轻轻地摇头，“可是我什么都做不了……我是个没用的人。”

他又呆呆地望向帐篷外。偌大的营寨如此荒芜，彼此相连的帐篷间不见有人走动，放眼看不到一匹马，无人管束的羊啃着帐篷帘子，赭红色的狮子大旗在风里无力地颤着。诃伦帖不知再说些什么，她拔出腰里勾刃的小刀，在磨石上打磨起来。女人们都已经贴身带着刀了，把刀刃磨得雪亮。真颜部的女人们和男人一样性烈，敌人攻进营寨的时候，挥刀割开自己的喉咙，比活着受辱好。帐篷里被诃伦帖单调的磨刀声充斥着，阿苏勒默默地凝视刀锋上的冷光，低低地咳嗽了几声。

“冷了吧？天要黑了。”诃伦帖走了过去，想合上帘子。

帐篷外传来马嘶声。诃伦帖有些诧异，营寨里应该没有马剩下了。她看了出去，只见那匹瘦弱的翻毛母马立在帐篷外，腰里拴着葛袍的老妇人半跪在马腹边挤奶。她放下心来，走了出去。那是给阿苏勒供奶的母马，这个孩子的身体很差，晚饭前要饮一杯新鲜温热的马奶。

“哲甘，我来吧。”诃伦帖站在老妇人的背后，“你和其他人去帐篷里休息。”

“让我把奶挤完，主君有令说，只要我不死，就让我记得挤奶给他喝。”

哲甘的声音嘶哑虚弱，听得诃伦帖心里发凉。她看着哲甘花白的头发在褐色的老脸边颤着，揪着马奶的一双手无力地重复着，像是落水的人揪着最后的稻草。哲甘本来是个手脚极轻快的女人，家里养的母马产的奶最鲜最好，主君才会命令哲甘每天晚上供奶给世子。

可是自从开始打仗，哲甘的丈夫和四个儿子都死了，小儿子的尸体拖回来的时候，只剩下了半边，哲甘抱着他母狼一样哭嚎，整夜不绝。现在哲甘在这世上没有亲人，只剩下这匹老母马。

洁白的奶盛满了铜杯，哲甘佝偻着背，把马奶捧到诃伦帖手里。她仿佛抬不起头来，看也不看诃伦帖，转过去摸着马头，趴在马脖子上，双肩颤动着，像是哭泣，却又听不见一丝声音。

诃伦帖捧着马奶，迟疑着不敢离去。

哲甘紧紧地抱住马脖子，颤抖得越来越厉害。她忽然转身猛地扑向了诃伦帖，夺过那只铜杯抛在地上。

洁白的马奶洒了一地。

“哲甘你这是做什么？”诃伦帖惊慌地大喊。

“我不要用我的马奶喂养青阳的狼崽子！他们青阳的人都是狼啊！他们杀了我的丈夫，杀了我的儿子，我还用我的马奶喂这些狼心狗肺的畜生！”哲甘像是变了一个人，她发疯地叫喊起来，眼睛红肿，满是泪水。

“宁愿杀了，我也不要喂他！”哲甘拔出腰背后的刀，不顾一切地在母马身上砍着。吃痛的母马长嘶一声，却不敢踢主人，拖着受伤的马腿闪避在一边。诃伦帖使劲抱住哲甘，可是哲甘的力量大得像牛。

“放开！放开！”哲甘嘶吼着，“你们不让我杀他，我杀自己的马，我杀它，我杀它，我杀自己的母马！”

女人们闻声都跑了出来。几个力量大的努力制住了哲甘，她挣扎不动，只能发疯地大吼，最后声音变成了嗓子里的呜咽。

诃伦帖看向帐篷那边，帘子的缝隙悄悄合上了。

诃伦帖持着一盏灯走进帐篷，外面的人已经散去。

孩子缩在角落里，抱着双腿。以往这时候诃伦帖都要上去把他拉起来，让他在床上睡，可此刻她有一种脱力的感觉，哲甘的嘶叫声回荡在她耳边，令她恍惚失神。

她贴着孩子坐下，把灯放在两人之间。

静了许久，诃伦帖低声道：“世子，真的不是你的错。”

“为什么我生在青阳呢？”

“跟你生在哪里没有关系。”

“我还记得哲甘的小儿子……他给我用草编过一只蜻蜓。”

诃伦帖想起那个脸色红润的大孩子，她抱紧自己的腿，把头埋在膝盖上。

“我还记得好多好多其他的人，他们都对我很好。虽然你们不让我出去，可是我知道，渐渐的我都看不见他们的脸了。他们没了。我想巴莫鲁，想看见他吹着竹哨带着他的红马从我帐篷前过，可是……”

巴莫鲁，诃伦帖害怕听见这个名字。她没有看见巴莫鲁的尸体，回来的只有那匹会跳舞的红马。诃伦帖二十四岁了，她想过要嫁给一个像巴莫鲁那样的牧民。而巴莫鲁总是骑在他的红马上，远远地对诃伦帖吹着他自己编的奇怪调子，而后露出雪白的牙齿笑。诃伦帖为他编了两根拴住靴子的皮带，现在还揣在她的怀里，再也没有机会送出去。

“我想过要是我是青阳的大君该多好，只要我说不打了，大家就都不打了。哲甘的儿子还会给我编蜻蜓，巴莫鲁带着他的红马……”

“不要再说了，你不要再说了！”诃伦帖忽然喊了起来，使劲按住孩子的双肩，“够了！够了！你现在说了又有什么用？你不是青阳的大君，你只是个小孩子，你能做什么？你们青阳的铁骑现在就在战场上杀我们真颜部的人！你救得了谁？”她低下头拼命地摇，咬着嘴唇不愿发出声音。眼泪划过了脸庞。

“不要再说了！我们又能怎么办呢？”她呜咽着抬起头，看见孩子小小的脸上满是泪水，他那么安静，又那么悲哀。

两人默默地相对，诃伦帖使劲把阿苏勒抱在怀里。

“姆妈，他们都去了，你不要离开我。”孩子也紧紧抱着她。

“世子，不要害怕，不管胜利的是谁，你都没事的。也许你家里人就要来接你了，姆妈会和你在一起，可是姆妈不能保护你了。你是青阳的世子啊，你将来会是这片草原的主人，盘鞑天神的祝福加在你的头顶，谁都无法伤害你的。”诃伦帖轻轻抚摸着他的头顶。

她爱这个孩子，虽然以她卑贱的身份不配对这个尊贵的孩子说爱。但是她想过如果有一天自己生孩子，就要像这个小小的阿苏勒。

“姆妈，不要离开我，”孩子喃喃地说，“我会……保护你的！”

天空中最后一线光明被暮色吞没。

火烧般的云霞黯淡下去，铁灰色的阴影占据了半个天空，黑夜来临。

铁线河的水已经被染红，战场上狮子旗和豹云旗混杂在一处，放眼都是尸体。幸存的战士们狂吼着挥舞战刀，刀光中人像砍草般倒下，浓重的血腥味冲天而起，食腐的秃鹰在天空中盘旋，叫得令人毛骨悚然。

战斗在傍晚开始，真颜部的战士们渡过了铁线河，埋伏在挖好的沟中，等待青阳部的骑兵去河边放牧战马。仓促间青阳部矫健的骑兵们只得提起马刀步战，完全被真颜部的猛攻压制了。双方的兵力不断地投入战场，青阳部失去锐气，战线向着北方推动了一里，双方都留下无数的尸体。

铁线河南侧的山坡上，蛮族武士在狮子大旗下立马眺望，身穿华族衣甲的年轻人与他并肩。

“我部能胜么？”蛮族武士转头看着年轻人。

“双方都是强弩之末，谁的军心先溃散，谁就输了这场战斗。”

“把最后一队也压上去吧。”

“不必，现在再冲锋势必要越过铁线河。河水会阻挡我们，如果青阳部阵后还有埋伏，趁机推进过来，趁我们渡河的时候加以狙杀，结果难以想象。”

“斥候报告说青阳九王的骑军距离这里只有两百里，如果他真的赶来，怎么对付？”

“如果九王吕豹隐·厄鲁带着虎豹骑来的话，没人能挡得住他。不过我们赌的就是他不敢把援军推进到铁线河的战场上，毕竟隔着两百里，他不清楚我们到底有多少兵力。”年轻人目不转睛地盯着远处的战场。

“华族人，你不怕么？”

年轻人笑了起来，转头去看蛮族武士，“真颜部的主君都不怕，我似乎也不必害怕。”

布衣的蛮族武士就是真颜部的主君龙格真煌，草原上的人敬畏地叫他“狮子王”。亲眼看见他的人会惊讶地发现他就像一个普普通通的牧民，敦实寡言，醉酒之后会起舞放歌，哈哈大笑。他只穿一件粗棉布的征衣，已经洗得发白，骑乘的斑毛马尾鬃烧秃了一些,略显得寒酸。惟一的例外是马鞍上露出的半截战刀，古朴沉重，有一股肃杀之气。

“一直没有问过你，为什么帮助我们？”龙格真煌抚摩着刀柄。

“因为喜欢真颜部的好酒。”年轻人答得痛快。

年轻人不是真颜部的人,龙格真煌甚至不知道他的名字。他决心起事的时候，这个年轻华族人骑了一匹瘦马流浪到真颜部的营寨，自愿为真颜部出力。华族人住在遥远的东陆，那里是农业和商业繁盛的地方，据说楼阁连云，遍地都是黄金。通常蛮族人不会信任华族人，因为他们狡诈能言，会变着法儿从蛮族人手里骗到他们想要的东西。但这个年轻人不一样，他什么都不要，他只是要喝好酒。

正是借助了年轻人的布阵之术，真颜部才能在弱势的情况下坚守铁线河防线一个月之久，但这也是最后的防线，越过铁线河，平坦的草原上再也无险可守，真颜部的族人将沦为青阳骑兵马刀下的猎物。

两人沉默了片刻。

“胡说而已。其实，是因为这个。”年轻人从手甲下亮出拇指，拇指上套着苍青色的阔铁套，表面上隐隐有一只展翅的飞鹰。

“拉弓的扳指？”

“这是从我老师那里得来的，持有这个标记的人，我们自称为天驱。我的老师，他的一生都在帮助夜北高原上的蛮族抵抗东陆诸侯的威胁，我不过是希望能帮助你的族人，让他们过上和平自由的生活，任何一个天驱都会这样做。”

“天驱？你们这样的人，有很多么？”

“有过很多，但是都死了。”

“那你的老师……”

“也死了，七年前在陈国，被拉杀。”

“拉杀？”

“是诸侯行刑的方式，”年轻人比划着，“他们有一种刑具，绞索套住四肢和脖子，用机括的力量拉开，人被绷得几乎要裂开，游街示众。快死的时候，刽子手上去砍断他的四肢，先是双臂，然后是双腿，最后是砍头。”

年轻人低着头，像是在回忆。

他抬起头来，“那时我就站在人群里，亲眼看着他死去。他临死的时候大喊，说‘我们还会回来’，我知道他是对我说的。”

“勇敢的武士，可惜我没能见到他……不过看见老师被杀死，你还是愿意接受天驱的扳指？”

“我不怕被杀死，只希望能死得像他一样。”

龙格真煌沉默了片刻，点了点头。

“喝么？”年轻人扯下腰间的白铜酒罐。

龙格真煌摇了摇头，“我喝不下，我的战士们正在战死。”

“战死的人死了，活着的人还要继续活。要喝酒，想起他们跟我们一起喝酒的时候。”年轻人摩挲着那个酒罐，猛地灌了一口。他喝酒像是喝水，蛮族浓烈的美酒辣在他的喉咙里，像是有灼热的小刀在刮着。

马蹄声传来。

年轻人猛地放下酒罐，看向北方。一匹黑马的剪影沿着铁线河对面的草坡极快地逼近，而后跃入了铁线河。马蹄上水花飞溅，骑士不顾一切地驱策着战马奔向真颜部的本阵。

年轻人的心像是被提了起来，抓着酒罐的手不由得颤了颤。龙格真煌带马前进一步，黑马背上的真颜部斥候勒住了战马。那是一个年轻的战士，东陆武士曾经见过他在叼狼会上的身手，他骑着那匹从小一起长大的黑马在小伙子们中驰骋纵横，夺下了凶狠的活狼和少女的心，脸红也不红，只是骄傲而安静地笑笑。

可是此时他只是以手指着北方，用尽全身力气瞪着龙格真煌，一句话都没有说。

“是青阳九王么？”

斥候点了点头。

“是虎豹骑么？”

斥候再次点头。

“辛苦你了。”龙格真煌点了点头。

斥候脸上透出如释重负的神情。他在马背上摇晃了一下，吐出满口的鲜血，一头栽在草丛里，他的背心并排扎着三支黑羽长箭，流下的血早已干涸发黑。

“虎豹骑！”白铜酒罐落在地上，东陆武士颤抖着重复了这个名字，全身的血都凉了。

他赌输了这场战争。他并不怕死，可是他用来下注的是整个真颜部的战士和后方营寨的妇孺。北都城的大君被激怒了，终于派来了横扫整个草原的虎豹骑，他低估了“青阳之弓”吕豹隐，那是青阳部战功第一的亲王，不知多少次都是险兵出战，一击之内夺旗斩将，奠定胜局。一天之内青阳九王的大队奔驰两百里，“青阳之弓”的箭在最后一刻射到了战场上。铁线河完了，再没有防线，剩下的只是青阳铁骑践踏和屠杀的舞台。

星辰已经升起，夜风吹过草原，一片萧索。

这是最后的平静，龙格真煌深深吸了口气，看向背后的千人队。这是他仅剩的兵马，一支完全没有受过训练的队伍，有十三四岁的少年，也有五六十岁的老人，真颜部最后的男人们都在这里。他们手持简陋的木柄长枪，列着散乱的队形坐在地上休息，此时一齐站了起来，所有的目光都聚集在他身上。

龙格真煌无声地笑了笑。

“你疯了！由我带这一队冲上去挡住虎豹骑，你走！看见那颗青色的星了么？追着它的方向走，一直去南方，渡过天拓峡到达东陆你就安全了，将来还有回来的机会！你现在死了，一切都完了！”年轻人回过神来，以自己的长枪压在龙格真煌的马头上，想要阻拦他。

“我没有疯，我只是不明白，”龙格真煌的声音平静温和，“你给我说了很多东陆的故事，后来我一直想，这世上的人们到底该是互相亲爱，还是你死我活？我们蛮族有首歌，唱的是‘狮子搏狼，狼食麋鹿，麋鹿就草，草也无辜’。大的动物要吃小的，就算麋鹿也要吃草，可是有谁去怜悯那些草呢？难道人也是这样，大的部落就要吃掉小的，小的再去吃更小的？”

“可是到底为什么呢？我们没有想过去吃掉别人啊！”龙格真煌看着少年，挥手指着自己背后的杂兵，“我们真颜虽然是小部落，难道就不能活下去么？”

年轻人怔怔地看着龙格真煌。这个牧民一样的草原主君认真地凝视他，眼神像个迷茫的孩子。

“不……不是这么说的……”年轻人奋力地挥手，可那个令人疲惫绝望的念头却在心头挥之不去。

那一幕又在眼前浮现，老师的身影在拉杀的刑架上分崩离析。在那之前的一年，夜北散落的蛮族部落终于向陈国的大军低头，他们进贡皮毛骏马和能歌善舞的少女，换取陈国的庇护。老师的鲜血淋漓背后，贫苦的牧民们并没有过上更好的日子。

“我不能逃走。我姓龙格，我是他们的首领，他们相信我能够带他们富强，无论我带他们去哪里，他们都会追随我。反过来，也是一样。我和他们一起战斗。我想不明白的问题，就留给青阳的大君吧。青阳是狮子，我们真颜是微不足道的杂草，可是就算杂草，也想活在这片草原上！”

龙格真煌拔出他的刀，缓缓地带动战马，千人队跟着他无声地前行。

年轻人要跟上他的时候，龙格真煌忽地回过头来，“能带我的女儿去东陆么？让她代替我活下去吧。告诉她说父亲很爱她。可惜以前总是说不出口，真是愚蠢。”

年轻人沉默了很久，点了点头。

龙格真煌笑了笑，“一直想问，你叫什么名字？”

“谢圭，圭臬的圭。”

“很高兴认识你，谢圭。天驱……对么？天驱的武士。”

龙格真煌举起沉重的战刀，猛地指向前方。那柄震慑人心的利器在夜风中啸鸣起来。吼声冲天而起，老人和少年们高举长枪，追随着主君驰向浩瀚的战场。

这是谢圭最后一次看见龙格真煌，狮子王留给他的是一个夜幕中的背影。他第一次看见龙格真煌怒吼，像一头真正的狮子一般，再不回头。天地尽头隐约有烟尘滚滚卷起，虎豹骑终于来了。

整个营寨都在燃烧，大火映红了半边夜空。

青阳九王吕豹隐策马而立，就着火光凝视那颗头颅，玩味他最后的神情，多少年的征战生涯，第一次看见死人那么安静，他最后一瞬的表情凝在那里，看久了，就觉出一份隐约的哀凉。

一名虎豹骑百夫长将朱红色的匣子奉上，九王将头颅放进匣子中，“这是狮子的头，要带给大君看的，小心不要丢了。”

他转向立马在身边的贵族武士，“比莫干，还没有找到你弟弟么？”

他身边骑着青色骏马的是青阳部吕氏帕苏尔家的长子吕守愚，颇为倜傥的年轻人，吕豹隐称呼他总是用他的蛮族小名比莫干。吕豹隐是他的堂叔，自然有资格这么叫他。

吕守愚摇了摇头，“虎豹骑直冲到营寨里，没有合围，人都被冲散了，没有找到阿苏勒。别是……”

九王沉默了一会儿，对着百夫长低喝；“传令下去，搜索每一个帐篷。就算是尸体，也要把世子从里面找出来！”

充耳都是哭嚎声和马蹄声，火光中人影在闪动，黑甲黑马的骑兵在帐篷间穿梭疾驰，他们把火把投向空无一人的帐篷，整个营寨化作了熊熊火海。路途遥远，这些帐篷无法作为战利品带回北都，就要就地焚毁，真颜部已经成为历史了。

九王望着孤悬在天顶的月亮，深深地吸了一口气。

一名虎豹骑扯着女人的头发从燃烧的帐篷里策马而出，女人的双腿拖在地上，拼命地挣扎。还是个年轻的女人，没穿皮靴，裙子下的小腿白净细腻，在地上拖得都是血丝。她挣扎得太厉害了，让人失去了玩弄她的兴趣，于是虎豹骑手起刀落，斩下了人头，猩红的血在地上泼洒出一摊，虎豹骑提着人头策马而去。女人藏在怀里的手软软地跌出来，握着一柄锋利的短刀。

九王思索了片刻，“传我的令！男子长过马鞭的杀，女人要留一半，年老的不留。”

百夫长在马背上躬身，“是！”

“屠城令？叔叔，这可是七万人啊！”吕守愚伸出去阻拦的手停在半空中。

九王把他的胳膊按下，“比莫干，听叔叔的，遇事不要先想到敌人。你想想这一战虎豹骑死了多少人。战士们跟我们上阵，他们要财宝要牛羊也要女人，打胜了，就让他们开开心心的，想做什么就做什么好了。”

“至少让他们活下去……”

“比莫干，不要心软。做大事的人，要有做大事的决心。这些人对我们已经没有用了，不要被血蒙住了你的眼睛，要看到将来。灭绝真颜部，你还不知道我们做成了怎样的一件大事。”九王抽动鼻子，像是闻着馥郁的酒香，“这风里的味道，让人想起铁沁王奔驰在这片草原上的年代，蛮族新的辉煌盛世，就要开始了吧？”

吕守愚愣了一下，风里只有浓重的灼烧气息和血腥味。

［历史］

历史上的胤末燮初，是个悲哀的年代。

英雄们刚刚诞生在钢铁的摇篮中，世界在动荡和战火中挣扎。

北陆①瀚州的草原在蛮族七大部落的控制之下，七部盟主青阳部以北陆大君的身份君临草原。而浩大的东陆属于古老高贵的胤王朝，十六个诸侯国如铁桶般拱卫着神圣的帝都。

然而和平的年代已经过去，无论是东陆的大皇帝还是北陆的大君，都无力去维系庞大的国家。王权已经旁落，怀着野心的人竟相踏入战场，在乱世中夺取自己的一席之地。

胤朝喜皇帝二年，青阳部世子吕归尘·阿苏勒被送往真颜部，在南方温暖湿润的草原上休养。

仅仅三年之后，真颜部举旗退出青阳部掌握的草原议会库里格大会，开始了反叛大君统治的战争。于是滚滚铁流从北方而来，青阳的虎豹骑血洗了南方的腾诃阿草原。

喜帝五年早春四月，青阳九王吕豹隐·厄鲁的大军冲破了真颜部最后的阵营，真颜部的主君——“狮子王”龙格真煌·伯鲁哈——在乱军中砍下了自己的头。真颜部被灭族，草原七部中最弱小的一支永远地消

① 北陆一共有殇州、瀚州和青州三个州，其中殇州是雪山连绵的不毛之地，基本没有人类的痕迹，只有魁梧的夸父巨人居住在大山深处；瀚州则是千里草原，草原上居住着放牧和打猎为生的蛮族；青州居住着高贵的羽人，这个种族中血统优秀的后裔拥有飞翔天空的能力。蛮族人喜欢自称为北陆的主人，但其实他们能控制的只有瀚州草原罢了。

失了，青阳的主人——吕氏帕苏尔家族——再次用血捍卫了大君的尊严。

就在同一个月，在东陆中州，赤潮般的骑军开进了胤朝帝都天启城的城门。东陆的雄狮，来自“南蛮”离国的诸侯嬴无翳骑马直趋太清宫，在阶下昂首不跪。七百年来第一次，皇帝在刀剑下屈服，成了臣子掌中的傀儡。

旧时代被摧枯拉朽地毁去了，而新的时代则建立在战士的尸骨和妇孺的血泪上。

四十五年之后，大燮朝的官史《大燮河汉书》回头去描述这段乱世的时候是这么说的：

“初，帝王失位，风云变作。

强雄贵功业而贱人命，恃三尺剑，征诸天下，老弱欲偷生而终乱离，沥血荒野，枯骨相藉。

是时，天地为熔炉，万物为薪炭，血泪并煎于其中。

是以英雄有悲世之歌，继而振拔威武，扫荡风云，立南北二朝，握天下之柄。”

第一章 蛮族之主

“阿摩敕，看见了什么？”

“太阳从天心经过，进入了蝎宫，天球的旋转比以往快了一分五厘，主星的轨迹没有变化，但是入夜的时候，我们应该会看见北辰从山顶上升起。五百年来这样的天相只出现过三次，北辰是战争的星啊，老师，盘鞑天神会保佑我们免受北辰之神的惩罚么？”

“你问我，我又该去问谁？难道真的要我去问盘鞑天神？”

“可是……老师你是我们青阳的大合萨啊！”

“老师已经当了三十六年的合萨，从没听见过盘鞑天神跟我说过一句话，也许盘鞑天神已经忘记了蛮族，也许他只是在午睡，上一代的大合萨说神每次沉睡是一千年，在这一千年中只睁开三次眼睛，虽然我觉得我身子还算结实，不过估计是顶不到那一天了。”

“那……老师你从星相看到了什么呢？”

“什么都没看见！那么多星星，乱七八糟的，在我以前的很多大合萨都想看穿星空的变化，不过没一个成功的。”老人斜倚在马背上，抄起腰间的白铜酒罐喝了一口，睁着惺忪的醉眼，“现在他们都死了，否则我还当不上大合萨呢！”

七月的正午，阳光有一丝毒辣。

老师和学生都是一身白麻长衣，跨着两匹骏马，并肩站在北都城外的野地里。年轻的学生聚精会神地仰望天空，他的双眼被式样古怪的两枚墨晶透镜遮住了，正是这样，他才可以在炽烈的阳光下观察太阳在天穹中运行的轨道。

学生名叫阿摩敕，像其他北陆贵族一样，他也有一个雅致的华族名字，叫做颜静龙，取“沉静之龙”的寓意，全名是颜静龙·阿摩敕。不过北都城上上下下的人都管他叫“眼镜龙”，因为他效仿洛族[1]的技术，磨制了这对可以在白昼观看太阳的墨晶薄镜。

颜静龙摘下那对墨晶镜片，转头去看委顿在马鞍上的老师。老头子一边灌着烈酒一边打着哈欠，秃顶的脑袋也被酒熏得通红。颜静龙无数次地想老师成为青阳的大合萨完全是个错误，如果他真的是盘鞑天神拣选的使者，那么盘鞑天神喝得可并不比老师少。

他的老师，大合萨厉长川，是整个草原都敬畏的人。“大合萨”是高贵的尊称，意思是“盘鞑天神的信使”，蛮族巫师们的首领，独一无二的大天师。每一代只有一位大天师，只有他才能学习最深奥的星辰古卷，昭示神的旨意。部落里的大事，从出征到祭祀，都要他观看星辰而定，从牧民到贵族，都对他的话奉若神谕。

颜静龙跟随他学习星相之前，也把大合萨看作了半神，可是第一次跟着大合萨主持一年一度烧羔节的大祭祀，大合萨就露出了马脚。祭祀在遥远的高坡上举行，周围环绕篝火，包括大君都只能跟牧民们一起在远处遥望。高坡上大合萨唱着远古的拜歌，浑身披着银饰，头顶巨大的犀角，手持战刀起舞，冥冥中似乎唤来了天神对人间的垂顾，于是所有人都伏地而拜。

而惟有跟在大合萨身边的颜静龙知道，那时候大合萨脸色通红，醉

---

① 洛族是居住在东陆南方群山中的矮人种族，说是矮人，但其实并不能算是人类。他们是杰出的工匠和地火的掌控者，能够制造出绝世的刀剑和机械作品，在九州大地上，『洛族工艺』被看作是顶尖制品的标记。

眼迷茫，嘴里还叼着酒罐，一手持刀，而一手挠着腋窝，不知道是不是因为好些天不洗澡生出虱子来。那段神圣的拜歌本来有四节，被他偷偷地砍掉了一节半，因为他说已经忘掉了那一节半是怎么唱的。可怜虔诚的青阳人从此就不会再听到完整的拜歌了，因为这首神圣的歌谣没有纸本，是口口相传的。

老头子养了一只草原上常见的旅鼠，每当有贵族人家来问他嫁娶和丧葬的吉凶时，他就跑回帐篷里，把那只旅鼠从竹笼子里抓出来，喂它莜麦和黑粟。若是旅鼠选了莜麦，就是吉；若是黑粟，就是凶。

只有夜深人静的时候，他才像个真正的大合萨，会坐在空旷的草原上仰望星辰，有时一看就是一昼夜。可是有时候颜静龙小心地坐在他身边想知道他到底在观察哪颗星辰的时候，却又发现合萨根本就是坐在那里睡着了。

许多年之后颜静龙被称为五百年来蛮族最伟大的合萨，以星相术独步草原，乃至东陆的星相名师都为之拜伏。可是颜静龙总是说，我的老师才是真正看穿星空秘密的人，他其实早已知道了一切，只是他不愿把那个残酷的真相说出来。

“热死了，热死了！”大合萨低声嘟哝。

不知是因为喝多了酒还是热的，他满脸通红，敞开瘦骨嶙峋的胸口，抖着衣襟不停地忽扇。扇着扇着，老头子一摊稀泥一样从马背上滑了下去，颜静龙吓了一跳，策马绕着老头子魁梧的白马兜了一圈，才发现老头子是坐在马肚子下面的阴影中躲太阳。

“老师，老师，”颜静龙赶紧叫他，“大君还在那边看着呢！”

老头子干脆一翻身，在草地上睡了。

颜静龙知道这样的情况下是休想把他叫起来了，于是惴惴不安地看向前方的白旗。

白色大旗在微风里偶尔招展，上面是豹子般的神兽摩云飞腾。

剑齿豹，是青阳的图腾。相传这种神兽的两牙如同利剑，它在荒芜的草原上经行，遇见了战败垂死的吕氏祖先吕青阳，它折下双牙作为武器赠送给始祖，然后死去。吕青阳凭借两柄豹牙之剑建立了伟大的青阳部落，而剑齿豹的真正身份，是化身的盘鞑天神，他在最危难的时候来拯救他的孩子。

大旗下，魁伟的蛮族武士按着剑柄一马当先，静静眺望着南方的地平线，他的双目细长凌厉，右眼的瞳孔中有一块刺眼的白斑。

青阳大君，吕氏帕苏尔家的主人吕嵩，他年轻时有个绰号叫做“白眼鹰”，就是因为这块白翳，总令人感觉他的目光格外冷厉。

大君已经五十岁，仍矫健如昔，坐在战马上腰背笔直。马鞍上斜挂的重剑是他年轻时候的武器。他是当之无愧的武士，曾经以这柄重剑亲手斩下无数敌人的头颅。

他的马后，数百骑列着队，每个人都是衣饰华贵骏马如龙，北都城里有身份的贵族都在这里了。前日斥候送来飞报，出征的九王吕豹隐将在今日凯旋，大君带着贵族们一直迎候到城门外。

“父亲，要过午了，九王还没有回来，先回帐用些食物吧。”二王子吕复·铁由策马贴近父亲，“铁线河距离这里九百多里，九王带着虎豹骑三万大军兼程赶路，今天未必就能回来。不如儿子派出斥候去路上迎接，一有消息马上回报给父亲。几位大汗王身体不好，让他们在太阳里晒着……”

大君默默转过头来扫视身后的人，年老的几位王爷已经顶不住日晒，要么委顿在马鞍上，要么已经下马躲在毡伞下，奴隶们从城中的地窖里运来了冰块，用纱布敷了给贵族们擦脸。一群人像是被日光晒蔫的牧草，看上去全没有精神。

大君摇了摇头，“九王是我们青阳的神弓，箭无虚发。他带兵十几年，从没有在时机上耽误过一次。”

吕复诺诺地退了下来，不敢再说什么。

“这鬼天气，狗都晒脱皮。九王敢让父亲这么等，胆子未免太大了。”吕复低声嘟哝起来。

迎候九王凯旋的盛典，贵族们都穿得极其庄重，全身的汗闷在衣甲里透不出去。吕复一身重铠，披着织锦的大氅，现在龇牙咧嘴，恨不得把皮都扒掉。

马后一个伴当凑了上来，“大君和大汗王们都候在那里，二王子可别抱怨，给人听见了……”

伴当递了个眼神，吕复顺着他的目光看去，紧跟在父亲身侧的年轻武士昂然端坐在战马上，与父亲并肩眺望远方。他一身重锦的战袍，嵌银的明光重铠，虽然威风，可是这么热的天气绝不好过。可是那个武士挺拔得像一杆长枪，目光凝在远处，一动不动。

那是大君的三子吕鹰扬·旭达罕。

“硬撑！”吕复冷笑，“还不是要讨好父亲。再怎么讨好也是个朔北血的贱种，大哥可是已经跟着九王出征了，立的是战功！还想跟大哥争位，妄想！”

一旁传来了冷冷的哼声，“废物就不要多话，小心皮被晒脱！”

“你骂谁？”吕复低吼。

“谁抱怨就骂谁。”黑马上的少年把目光斜过来，带着挑衅的神情。

少年不过十五六岁，剽悍得像只小豹子，虽然领巾都被汗浸透了，却一声也不吭，只是拉开半边衣襟裸了右臂散热。那只暴露出来的手臂筋肉虬结着，异常的健硕，手指勾着马鞍皮鞘里的一柄重刀，随着他一拉一合，刀锋反射的刺眼光芒直射到吕复脸上。

“小崽子！你想怎么样？”吕复直指着少年。

伴当急忙把吕复的手按下，压低了声音，“二王子，不是发怒的时候，四王子这是故意跟你惹事，别在大君面前中了他的圈套。”

黑马上的少年是四王子吕贺·贵木。大王子吕守愚和二王子吕复是一个母亲生的，吕鹰扬和吕贺却是第二位大阏氏生的，四个兄弟之间根本没有和睦可言。吕守愚和吕鹰扬都跟着父亲办事，主掌政务，可是出出入入都不在一起，各自都有一拨贵族支持。

颜静龙看着王子们之间的一幕，心里有点隐忧。

北都城里的贵族，要不投靠大王子，要不投靠三王子，否则势孤力单，北都城虽然大，也未必能找到容身的地方。只有这个大合萨，谁也不知道他怎么想的。他的身份或许比大汗王们都尊贵，绝不少人拉拢。大王子吕守愚带了好马请他去郊猎，他欣欣然地就去了，郊猎后烤上鹿肉痛饮美酒，看女人们在帐前旋舞，吕守愚就小心地提出请大合萨去他帐篷里参议政事。大合萨的胡子边挂着酒水，沉默地凝望身材妖娆的女人们，手持一条鹿腿，很久才回过神来，“我就想还能跟大王子出猎、吃鹿肉，喝大王子带来的好酒。下次大王子换几个更漂亮的女人来跳舞吧！”

那一刻颜静龙就坐在一边，看见大王子的笑容僵在脸上，半天才恢复过来，呵呵地赔笑了几声。

三王子吕鹰扬内敛得多，很少亲自来合萨的帐篷里拜访。不过隔上几个月，吕鹰扬总是会派人送上东陆流入的礼物，有时候是观天的墨玉海镜，有时候则是一卷星相经卷，大合萨帐篷里现在还留着一面刻有浑天星图的银盘，是吕鹰扬高价从东陆客商手中买下的，据说是数百年前胤朝钦天监的古物。大合萨分明很喜欢吕鹰扬送来的礼物，每次都如数收下。不过连续三年，他竟然没有去三王子的帐篷回拜过一次。

颜静龙年纪小，可也明白这里面的用意，小心地提醒老师说三王子这是对老师您有所期待啊。大合萨那时正坐在一堆吕鹰扬送来的精致玩意儿里，拿着片羔羊皮子擦擦这个，摸摸那个，一本正经地抬起头来说：“这可都是他自己要送给我的，我可没有答应过什么。”

大君一年一年地老了，总有一个王子会成为新的大君，难道大合萨就没有为自己的将来想过么?

颜静龙挂上墨晶镜片，再次举头去观察太阳的阳轨。确实像老头子说的，阳轨有些奇怪，单用主星和缓缓从地平线升起的北辰，总是难以解释其中的变化。和真颜部的战争已经结束，太阳的轨迹却远没有恢复到正常的位置上。

相反，它越来越混乱了。

“来了！来了！是九王的大军！九王回来了！”

忽然有人大喊起来，人群沸腾了。

颜静龙放眼望向南方的草原,原本那里是如茵的牧草,一眼看不到边,这时却隐隐有了一线苍黄。片刻，就变成了飞腾的烟尘，人们能够感觉到大地在震动，像是怒潮在逼近。庞大的骑军终于在烟尘中显身，战士们一色的黑甲黑马，高擎着上千柄纯白的豹云大旗，旗帜遮天蔽日，一时间南面的草原上尽是白色。

“虎豹骑啊！”也不知是谁低叹了一声。

青阳部的骄傲“虎豹骑”。自从重骑兵的皇帝“铁浮屠”覆灭，虎豹骑就是草原上当之无愧的第一强兵，迎面感受它的来势，只觉得连风都割面了。

颜静龙转头要把缩在马肚子下面打盹的大合萨唤起来，却忽然发现老头子已经悄没声地端坐在马背上了，望向远方的双眼里没有醉意，而是炯炯有神。

“终于回来了……”他低低地嘟哝了一声。

列队的扈从武士中走出一骑，贴近大君身边，“大君，虎豹骑来得太快，铁益先去迎一下吧。”

大君摆了摆手，并不说话。

铁益·巴夯，青阳有名的武士，也是大君幼年的伴当。他胸前以皮绳悬着一对生铁打造的兽牙，是令人敬畏的“铁牙武士”，整个青阳部，也只有十二位“铁牙”。

铁益退后一步，依然紧跟在大君马后，手“咯啦”一声轻微地暴响，握住了刀柄。他不算聪明，只是直觉上有些不安。

骑军顷刻已经冲到眼前。领先的青马一声长嘶，马背上的人高举起鞭子，立刻有人吹起了牛角号。久经训练的战马在黄尘中刹住铁蹄。整个大队在奔驰中急停，却丝毫不乱。马队踏起的烟尘顺风扫了过来，大君和贵族们都扯起大氅挡在自己的面前。铁益却不遮挡，握刀的手一紧，半截雪亮的战刀脱出皮鞘外。

他策马进前一步想挡在大君马前，却感到一只大手紧紧握住了他的手腕。铁益自负膂力过人，可那人缓缓发力，竟把他的刀按回了刀鞘中。

大君松开了手，神色自若，“没什么好担心的，是我们青阳的神弓回来了。”

烟尘落定，虎豹骑已经全部下马，扯着缰绳半跪在旗下。青马上的武士骗腿下马，赤红的重锦战袍在风里急振。他在马背上疾驰了不知多久，领巾也已经湿透，却丝毫没有疲惫的神情。他缓步上前，立在大君的马前。大君不动声色，两人对视了一眼。

周围忽然静了下来，没有人交头接耳，所有的目光都聚集到大君和那个武士的身上。

颜静龙努力伸长脖子，去看那个武士，压不住心头的激动。那就是号称“青阳之弓”的九王，青阳部战功最高的亲王，年轻人眼中最耀眼的英雄。跟随大合萨学习星相之前，颜静龙也像其他贵族少年一样，梦想挥舞刀剑驰骋草原。

“哥哥，”九王双膝跪下，趴下去伏拜，满头的发辫扫在土里，“弟弟回来了！”

跟在大君背后的贵族和武士们也急匆匆地下马，一齐跪了下去。九王对大君行跪拜的大礼，他们不敢端坐在马背上。

“厄鲁，得胜归来，你果真没有辜负我对你的期待。”大君以小名称呼九王。

“就像我们小时候说的，哥哥要我做的事情，弟弟就一定做好它！”

大君缓缓地笑了起来，“我就料到会有这样一天的。”

他高举起手，大声喊了起来：“九王回来了！九王凯旋了！”

扈从武士们扛起沉重的铜号，牦牛皮面的巨鼓被大椎震击，鼓乐声冲天而起。贵族们跟着大君提起缰绳，骏马立起，前蹄有力地踏着地面。场面沸腾起来，每个人都跟着大君高呼：“九王！九王！九王！”

大君接着挥手，城门洞开，锦衣的女人们捧着器皿和绸缎结队而来，一一呈放在周围。五光十色的织锦和精美瓷器金器并列，草地上流淌着奢靡的宝光。蛮族不擅长手工和纺织，这些昂贵的丝绸和器皿都要用皮毛和马匹从贪婪的华族商人手中换取，这是一笔令贵族们也眼红的财富。

颜静龙听见人群中低低的赞叹声。

远处又传来鹿角哨的声音，牧人们吹着哨子从两侧的草原上驰过，他们驱赶成群的牛羊，羊群白得如云，黑牦牛每一头都有马背高。一万头羊、三千头牦牛缓缓行过。驱赶它们的牧人骑乘着二十匹极西骏马，它们一色的火红，高矮和色泽毫无分别，在牧人的驾驭下还仰头刨蹄，龙吟般的吼声不绝于耳。

“这些，”大君挥了挥手，“都是你的。”

“谢哥哥的赏赐，可是……”九王跪下，又仰起头来，“弟弟愿把财物散给虎豹骑的战士们。”

“做得好！”大君赞许地点头，“这些财物又算得了什么？我们青阳部能够骑马纵横这片草原，都是靠我们忠诚的武士，又有什么不能赏赐给他们呢？不过给你，哥哥另有一件东西。”

他招了招手，一名扈从武士翻身下马，低头捧着赤金的托盘疾步来到大君的马下。

“是个小东西，”大君瞥了九王一眼，“厄鲁不猜猜是个什么东西么？”

“弟弟不知道，可是哥哥赐的，一定是好东西了。”

大君淡淡地笑着，猛地揭开覆在托盘上的红锦。不知是谁低低地惊叹了一声，周围一片忽地静了。托盘中是一条雪白的皮毛，在阳光下，它的每一根毛都晶莹如雪。大君抓过了九王的右手腕，九王抖了一下似乎想推拒，但是大君手上传来的铁钳一样的力道令他挣脱不出。大君不说话，只是笑，把皮毛细心地缠在了九王的手腕上。

他回头看着众人，高高地举起九王的手，“九王是我们青阳部的大汗王了！千年万年流传子孙的大汗王！”

人群异样地沉默了一刻，颜静龙深深吸了口气，他知道那东西意味着什么。青阳部的亲王爵位，并不是世袭的。亲王死了，他的儿子只能继承牛羊和人口，却失去了地位。只有一种亲王可以把地位传给自己的子孙，就是大汗王。能获得大汗王的爵位，要么是独一无二的武士，要么是曾在存亡关头挽救过青阳部的人。他们可以像大君一样，手腕上束着白色的豹尾。

人们似乎回过神来，更猛烈的欢呼声爆起。以扈从武士们为首，而后是虎豹骑的战士们，每个人都振臂高呼着：“汗王，汗王，汗王，大汗王！”

数千人一齐高呼的声音震耳欲聋，剽悍淳朴的蛮族武士们脸上满是狂热，眼里的神色近乎虔诚。颜静龙也被感染了，跟着他们挥舞胳膊，放声高呼起来。

“老王爷们好像不高兴啊。”大合萨不阴不阳地嘟哝了一声。

颜静龙愣了一下，目光扫过去。大君的三位兄长、青阳的老王爷们面面相觑，并马立在沸腾的人群中，神情显得那样的突兀。这条豹尾所制的护腕，宣告了九王从此和他们并驾齐驱。如今北都城里，有了四位大汗王。

“哥哥，弟弟没有想到……”九王看着大君。

“还要说什么吗？”大君重重地拍着九王的肩膀，目光热烈，“小时候我们一起玩，你对我说有朝一日要做整个草原都仰视的大汗王。如今你是我青阳的神弓，射杀了真颜部的狮子，你将来还要跟着哥哥去建立铁沁王那样的功业，为什么不能做大汗王？”

九王忽然跪了下去，重重地叩头，“弟弟愿意跟着哥哥，为青阳征战，至死不悔！”

“才得胜回来，怎么说死？”大君摆手，“真不吉祥。不要说了。”

雪白的骏马从阵后奔驰过来，年轻的贵族武士翻身下马，跪在大君的脚下，“父亲身体安康，盘鞑天神保佑我们伟大的青阳。”

“比莫干也回来了？”大君拍了拍吕守愚的头，“这次跟着你叔父出征，学到的东西不少吧？明年敢不敢自己独领一支大军？”

“儿子没什么不敢的！愿为青阳征战，变成叔父一样威震草原的勇士。”

“威震草原？”大君笑了起来，“你能有你叔父一半的勇敢，就足够了！”

他双手托起了儿子，“你叔父写信回来，很是赞赏你的勇敢，你自己带兵冲了龙格真煌的大阵？”

吕守愚的脸上闪过得意的神色，“听说父亲年轻的时候，也是只带一百个骑兵就冲破了朔北部合围的阵势。儿子想起来，就觉得冲几千人的阵势也不过是件小事。叔父问我敢不敢，我就带兵冲上去了。”

大君大笑起来，“是你叔父要把这个大功劳让给你啊！不过好儿子，第一次出征就有这样的勇气，不愧是我们吕氏帕苏尔家的长子。”

“哥哥，哥哥！”吕复穿过人群挤了上去。

吕守愚远远地冲他招手，兄弟两人兴奋地凑在了一起。吕鹰扬和吕贺两个却只凑在大君身边，彼此看也不看一眼。

人群里依旧议论纷纷，最心潮澎湃的是年轻的贵族武士们。

大君和九王握着手低声说话，隐隐地似乎是说起幼年的事情，大君唇边的笑意越来越浓。警觉的铁益松了一口气，奴隶们把烤馕、羊奶和冰块一起呈了上来，他急忙带马过去抓了几块冰塞在盔甲里。出征的将军们也纵马过来取冰，顺带和贵族们讨论南征的惊险和大捷。

颜静龙饿了一早晨，抓着馕大嚼起来，忙不迭地拿冰敷脸。大合萨却没有动一点食物。老头子的举动有些怪异，拿着酒罐子一小口一小口不停地喝着，目光只是望向虎豹骑的大阵后面。

“这次出征，大小决战一共十二场。我部死伤四万七千六百多人，斩杀真颜部叛逆二十五万九千多人，俘获战马五万四千多匹、大车七万三千多辆，牛羊尚未来得及彻底清点，帐篷多半老旧，也不方便携带，都就地焚烧了。真颜部从龙格真煌以下贵族将军六十多人，没有逃走一个，贵油、诃里吉、拉木独全部临阵斩杀。”九王一一报告了战果。

吕守愚瞥着父亲的神色，想从中找出些惊喜来。可大君始终只是淡淡地笑，微微点头。

“真颜部的族人怎么处置了？”

“哥哥曾说这一战要彻底平定南方的草原，所以弟弟想了很久，还是按照祖宗的惯例，男子长过马鞭者处死，女人和幼儿不杀，罚做奴隶，发到北方放牧。”

大君点了点头，“龙格氏的子孙呢，也都死了么？”

“旁支的亲属多半都畏罪自尽了，剩下的三五个想反抗，不得不杀。龙格真煌自己没有儿子，弟弟俘虏了他的两个女儿，还不敢擅自处置。”

“伯鲁哈是有三个女……”大君忽然刹住了。

九王也愣了一下。龙格真煌·伯鲁哈，这才是真颜部主君的全名。在北陆贵族中，只有家里的至亲和亲密的朋友之间才会以蛮族名字互相称呼，以龙格真煌的身份，以伯鲁哈称呼他的人应该已经极少，可是大君却还是熟悉这个名字。

“弟弟去得晚了，冲破真颜部大寨的时候，被人抢先救走了次女龙格泯，只找到了化装成平民逃窜的长女龙格沁和幼女龙格凝。”

大君沉默了一刻，而后忽然问道：“龙格真煌那个逆贼，是死了么？”

“是。龙格真煌被弟弟带兵包围，最后断了双腿，已经救不回来，就以佩刀自尽了。”

“是么？是战败自杀。”大君点了点头。

九王一转身，虎豹骑的战士捧上了朱红色的木匣，他弯着腰，将木匣高举过顶献给了大君，“这是龙格真煌的人头。”

大君捧着木匣却不打开，只摸了摸，沉默了很久。

马嘶声从虎豹骑大阵后传来，沉雄的铜号声随之响起，震人心魄的牦牛鼓声再次响起，吸引了人们的注意。

颜静龙有些诧异。铜号和牦牛鼓都是蛮族的礼乐，出征的军队都以牛角号的号声为命令，只有在盛大的场合，才会鼓乐齐鸣。严整的虎豹骑大阵忽然裂开，留出两丈宽的平直大道，雄骏的白色战马缓步而出，随后是两行端着铜盆泼洒清水的红衣奴隶，而后是久久的寂静，大道极远处有人缓缓地走来。

老头子忽地振奋起来，想从人群中钻出去，可是每个人都翘首眺望着，围得水泄不通。他只能着急地转着圈。

“我们青阳的少主人回来了，”九王对大君躬腰，“是护送世子的大队到了。我想哥哥一定担心世子的安危，特意打造大车，让世子跟在大军后面。盘鞑天神保佑，世子平安无恙，弟弟没有辜负哥哥的托付。”

颜静龙也猜到了，这样隆重的礼节，是迎候青阳世子，未来的蛮族大君。整整三年后，世子重新回到了北都城。蛮族和华族不同，华族是长子继承家业，可是依照蛮族的祖制，成年的儿子们要驻守四方，最亲的小儿子继承父亲的帐篷和奴隶，成为新一代的家主。

吕守愚的“长子窝棚”和吕鹰扬的“三子窝棚”明争暗斗，可谁也不能否认，正统的继承者是吕嵩最小的儿子吕归尘，他有一个蛮族小名阿苏勒，意思是“长生”。

世子的身体不好，六岁的时候就被送到了南方温暖的地方疗养，那时真颜部和青阳部之间还没有战争，真颜部的主君龙格真煌还算是大君的外甥。

除了大君和大汗王，所有人都按着胸口低头行礼。静悄悄的一片，大道上白色的人影缓缓地近了，两行白衣的女奴夹着年老的仆妇，她手里搀着一个低着头的孩子。仆妇战战兢兢地停在大君面前，人们终于能看清那个孩子。他长得有马脖子那么高了，一身月白色的缎衣，连脚上的小靴子也是白色的皮子，手腕上缠着白色的豹尾。

鼓乐声停息，女奴和仆妇都跪下磕头，仆妇松开了孩子的手。孩子只是静静地低头站着，盯着自己的靴尖。

“世子，这是大君！”仆妇惶恐不安地低声喊，“快拜见大君啊！”

孩子没有动。

大君拍了拍巴掌，伸出了双手，“来！阿苏勒，到父亲这里来！”

孩子还是静静地站着不动。

仆妇大着胆子一扯，世子顺势跪了下去，默默地磕了个头，动作有些呆滞。

“阿苏勒，抬起头来，不认识父亲了么？”

孩子终于抬起了头，这是颜静龙第一次看见世子，那么清秀文弱的一个男孩。蛮族的孩子从小骑马弯弓，多半茁壮得像是小马驹，世子却是一个例外。他的脸色略显得苍白，一双眼睛清澈得像是雨后的天空，乍看去竟有些像女孩。

谁都可以看清大君脸上失望的神情，这种时候世子分明应该扑上去表现父子亲情，父亲为了把他从真颜部救出来可以出动数万人的精锐铁骑。

九王略略踌躇，压低了声音，“救出世子的时候，是在乱军中，受了一点惊吓。”

大君默默地点头。

“大君，由愚者先看护世子吧。”老头子终于从人缝里面挤了出来，他的风帽被挤掉了，袍子也歪斜着。堂堂的大合萨这么出现在众人的视线中，连颜静龙都不由得为他脸红，可是老头子全然不在意这些，他上去就捏住了孩子的手，像是捞到了一个什么宝贝。

大君点了点头。

“大合萨。”九王极其谦恭，按着胸口行礼。

“出征之前，愚者已经知道九王一定会凯旋，九王是盘鞑天神眷顾的武士，北辰为九王从彤云大山上升起。”

“谢谢合萨的指引。”九王受宠若惊，又低头行礼，待他抬起头，却只看见老头子的背影，老头子扯着他捞到的宝贝钻到了一边的人群里。颜静龙知道他又在胡说。

“阿苏勒，阿苏勒，是合萨啊！”老头子捏着孩子的脸蛋，“就算忘记大君了，总认识大合萨吧？”

尊贵的世子并没有发怒，他抬起头看大合萨的时候，清澈的眸子里似乎有亮光一闪，而后又黯淡下去。老头子开心地抱住他，颜静龙好奇地看着世子的眼睛，那双安静的眼睛，看着看着却油然而生出忧郁来。

“龙格真煌的两个女儿，也跟世子一起送来了。”九王招了招手。

两名虎豹骑战士各提一个女人，大步来到大君的面前，靴尖踢在她们的膝盖后，女人就跪在了尘土中。从身形看去，她们还是未成年的少女，身上的锦裙鲜亮华贵，披散的长发遮住了脸庞，手腕上掩不住捆绑的瘀青。

“长这么大了……”大君默然片刻，低声道。

穿着红色马步裙的少女猛地甩头，长发扬起，明亮的眸子像是锋利的刀子。看见她容貌的人们都愣了一下。

“是美人呢！”吕复凑在吕守愚耳边悄声说。

吕守愚没有回答，微微张着嘴，看得出了神。即使满是灰尘，也掩不住女孩的美丽，那是张明艳如玉石的脸儿，排贝一样的上牙咬紧嘴唇，在盛怒中别有一种妩媚。风吹着她披散的头发，看得人心随着她的发梢震颤，全然忘记了身在何地。

“真没有想到这么美，”好半天吕守愚才回过神来，“一路上都是蓬头垢面的，临近北都叔叔才给她们换了衣服，洗掉了泥垢吧。”

大君看着她，长长地叹息了一声。这是龙格真煌的长女龙格沁，她出生的时候，大君还曾抱过她。

“哥哥，不能释放啊。”九王低声提醒，“否则在库里格大会上，几大部落的主君……”

“那么，发给王爷们帐篷里为奴……不，发给王子帐篷里为奴，不得释放，也不得转送。”

“吕嵩·郭勒尔，想叫我们屈服，不如杀了我们！我们龙格氏的女儿，不会对仇人低头！”龙格沁嘶哑着嗓子喊叫，她挣扎起来。

两个虎豹骑扑上去压着她的肩膀，也不过勉强制住她。他们努力要把她的头按下去，可是她拼命地仰起头，目光从头发的缝隙中看出去，死死盯着大君。虎豹骑的战士在她脸上狠狠地扇了一掌，她半边面颊尽是血红，可她还是嘶声地喊着。最后战士们捏住了她的两颊，把鞭子柄捅进了她嘴里，她的骂声才变成了喉咙里粗重的喘息。

大君静静地看着她，像是什么都没有听见，“就这样了，不要委屈了她们。”

“哥哥，别让给那两个家伙，抢下来啊。”吕复咬着嘴唇，不安地搓着手掌。

吕守愚心头热了起来，他不愿放弃这个机会，急忙近前，“儿子帐篷里正好缺几个人，父亲就把她们送到儿子那里吧，儿子不会亏待她们。”

大君还在犹豫，九王却接过了话，“比莫干这次跟着弟弟立了大功，哥哥要是不赏他，就把这两个女人送给他吧。比莫干是仁慈的主子，不会对她们不好。”

吕守愚偷偷瞥了九王一眼，掩不住喜悦的神色。九王也对他微微一笑，他们之间不用多说。

“也好，就这样吧。”大君终于点头。

吕守愚喜不自胜，上前一步，示意压在龙格沁身上的虎豹骑松手，现在龙格沁是他的女人了，那明艳的脸儿和娇嫩的肌肤都是他的，怎么能容忍那粗悍的大手捏在她身上？龙格沁全身脱力，侧躺在草里，随着呼吸胸口急剧地起伏着。

吕守愚正了正神情，“从今我就是你们的主子，听我的命令，我自然不会让你们吃苦。”

他的话是对着两个人说的，目光却只在龙格沁的身上，看她马奶一样鲜嫩白净的肌肤，唇色艳丽得像是春天盛开的野罂粟，红裙下身材曲线的起伏像是羊羔柔软的背。他只是不敢看龙格沁的眼睛，不知为什么他有些畏惧这女孩的眼神。

“大王子……真的……要我么？”龙格沁的声音断断续续。

她努力撑起身体，仰起脸来，眸子在阳光下一闪，像是有一抹瑰丽的蓝色。

吕守愚只觉得唇舌干燥得难以忍受，“当然，我绝不会让你吃苦的。”

龙格沁看着他，慢慢地，她脸上神情温柔起来，“谢谢大王子……”

她声音低了下去，吕守愚看见她双唇中夹着些呢喃，却听不真切，不由得弯下腰凑了过去。

“停下！”九王的喝声从背后传来。

吕守愚大惊，已经迟了。龙格沁猛地挺身向前，贴在他胸口，“嚓”地拔出了挂在那里的小佩刀。

“吕嵩！”龙格沁的喊声嘶哑而凄厉。

“保护大君！”九王伸手探向自己的腰间，却摸了空，他随身的战刀留在了马鞍的侧囊里。

他侧身要挡在大君面前，可是大君不知怎么，竟然自己踏上一步，九王肩头和他一撞，居然退了一步。龙格沁的红裙像是一团火影，她挥舞着小佩刀，不顾一切地扑向大君，她和大君之间空无一人。铁益按着刀柄横冲出去，眼睁睁地看着小刀在炽烈的日光中晃动，自己却赶不上。

“比莫干！”九王的大吼震耳欲聋。

吕守愚的脑子里空了，拔剑的念头就像是光一闪。他侧身铁剑平挥，寒光一闪而灭，他借着余势踏上一步，清楚地感觉到自己的剑切入了人体，斩开背骨，又直推了进去。滚烫的血涌起在半空中，龙格沁无力地晃了晃，向后栽倒，她的羊羔一样柔软的后背裂开了。吕守愚松开剑柄，茫然地抱住了她。

龙格沁竟然在笑。她带着刻毒的笑容，用尽最后的力气张了张嘴，“我们真颜部的女儿，谁的奴隶，都不做！”

她猛地一推吕守愚的双肩，身体沉重地摔在草地上。剑柄顶在地上，剑锋猛地从前胸透出来，血和她的马步裙一样的红，在草地上放肆地泼溅开来。

一片寂静，静得可以听见远空的鹰唳。吕守愚呆呆地看着自己的手，那上面龙格沁的血还是暖的。

呜呜的抽泣声响了起来，像是在风里弹着一根单弦。

那个一直低着头的龙格氏小女儿龙格凝哭着爬向她姐姐的尸体，吕守愚站起来，无力地退了几步。龙格凝抱住姐姐，摸索着按住姐姐背上的伤口，想要阻止血流出来，像是血不流走，龙格沁就还能活过来。可是她小小的手怎么也按不住，龙格沁的身体在她怀里越来越凉，她绝望地看着自己沾满血的双手，头埋在龙格沁的胸前。

寂静中，哭声是那么的刺耳。她一边哭泣一边咿咿呀呀，像是要对姐姐说什么，可是没人听得懂。

她是个哑巴。

颜静龙侧过头去，拿衣袖遮住了自己的脸，不由得要落下泪来。他想起家里去年死去的那匹母马，那匹小驹子在风雪中围绕着母亲，舔着它的尸体，直到绝望了，才呆呆地站在那里，看着母亲被人拖走，久久也不发出一点声音。

“来人！来人！拖下去！都拖下去！”九王首先回过神来，大喝着挡在大君的面前。他额头青筋暴跳着，脸色青得可怕。

十几名虎豹骑的战士从阵列中冲了出来，贵族们这才清醒过来，扈从武士们抢出去把大君围在中间，有人在慌乱中控制不住马匹，骏马长嘶着冲撞起来，一片混乱。无数人影在面前闪动，颜静龙被挤着退后，他看见那些虎豹骑手里锋锐的长刀，恨不得冲出去做点什么，可是他也知道自己不能。冒犯了大君，谁都是死罪。

“阿苏勒！阿苏勒！”有人在大喊，“回来！回来！”

那是老头子的声音，颜静龙听了出来，他在人群里张望，想看看大合萨在哪里。

他忽然愣住了，整个人群也跟着他一起安静下来，包括虎豹骑的武士们。他们距离那个咿咿呀呀哭泣的女孩只有一丈远，可是犹豫着不敢推进，世子站在了他们面前。

“回来！回来！”大合萨压低了声音喊。

所有人都看着这奇怪的一幕，世子站在了龙格凝面前，他瘦小的身躯好像突然长高了。

阿苏勒回看一眼，大合萨拼命地对他招手。那孩子的目光从灼热的风中掠过，颜静龙忽然觉得身上一凉。孩子转过头去面对虎豹骑的马刀，慢慢地张开双臂，两袖像是小鹰的双翅，谁都明白他是要做什么了，他把龙格凝挡在自己的身后，这个孩子竟然挡在了父亲和叛逆之间。

风吹着他轻飘飘的袍袖，他急促地喘息着，虎豹骑知道他害怕，可是虎豹骑们更害怕，那是世子。

“保护世子！擒住这叛逆！”九王再次大喝。

虎豹骑们大着胆子前进，为首的百夫长举刀威吓，抡开臂膀要把世子搂在怀里，他那一刀已经准备对着龙格凝的头上砍下去。刚才九王递来的眼神极其冷厉，这是树立军威的时候。世子没有闪避，他看着刀锋，竟然伸手要去搂百夫长持刀的胳膊。百夫长惊恐中全力收刀，身子失去平衡，狠狠地撞在世子的身上。

马刀落在草里，两人都摔倒在地，世子双手撑着地跪在那里，把女孩挡在自己瘦弱的身下。他剧烈地咳嗽起来，唾液溅到女孩稚嫩的脸上，竟是鲜红的血点。他用手擦去女孩脸上的血，为她拨了拨她额前的头发，挣扎着再次站了起来。像第一次一样，他又张开了双臂，挡在龙格凝的面前。

人群里隐隐有些骚乱，大君脸上阴得可怕。

“闪开！”九王喝退虎豹骑，他从马鞍上取了战刀，凛然生威地站在孩子面前。

“世子！真颜部的叛逆谋害你的父亲，是我们青阳部的敌人，你要知道自重！”

他提着刀缓步前进，冷冷地逼视世子，即便是铁益那样的武士，看见九王的眼神也觉得背上生寒。

世子哆嗦得更厉害了，他小步小步地退后。老头子也跟世子一样哆嗦，胡子颤巍巍的，颜静龙觉得心都要跳了出来。

世子忽然跪了下去。所有人心头都是一轻，可是世子又站了起来，他艰难地支撑起身体，躬着腰，努力地抬起头。他的双臂垂向地面，手里握着一柄战刀！这个忤逆父亲的孩子下跪竟然是要捡刀！

那是虎豹骑落下的马刀，孩子以笨拙的姿势双手握刀迎着九王。人们倒抽冷气的声音汇成了一声低呼，世子持刀对准的，是他的堂叔叔。颜静龙觉得脑袋里一下子空了，孩子持刀的笨拙姿势里，有一种异乎寻常的固执。这一刻他澄净如海子的眼睛忽然亮了起来，如灼热的太阳，他目光所及之处似乎要把一切都给点燃。

这是颜静龙一生里第一次看见吕归尘·阿苏勒·帕苏尔流露出这样的眼神，在这个孩子的眼睛里，他无意间看见了——

狮子的雄心！

九王的下一步踏不出去，他僵硬地停在那里。

“都住手！”大君的吼声打破了死寂。

他抬眼一扫，像是有道无形的刀光横扫而过，眼里那块白翳亮得令人心寒。他上前一步抄过了九王手中的刀，挽着他的手一同上马。

“大惊小怪！一个忤逆的女孩子就让你们吓成这样！埋了她，”他瞥了一眼龙格沁的尸体，又看着龙格凝，“她的妹妹留在世子的帐篷里照顾世子，就这么处置了，我不想再听到任何人对我说起这事！”

他没有再看儿子，拍了拍九王的肩背，“厄鲁，跟我去地宫祭祖。”

贵族们上了马，追随大君回城。虎豹骑驻扎在城外，牛角号的啸声中，白旗引着大军去向南面，只留下被践踏过的草原。人少了，风大了起来，颜静龙戴上透镜挡住风沙，和大合萨一起围聚在世子的身边。远去的贵族们小声地议论着什么，颜静龙隐约听到是关于这个孩子，却听不清，只觉得人们悄悄递来的眼神有些异样。

大合萨上去一根一根地掰开孩子的手，把马刀扔在了一边，无言地摸摸他的头，指着早已等候在一旁的华服贵妇，“阿苏勒，跟合萨回城了，以后英氏夫人就是你的姆妈。”

颜静龙认识英氏夫人，那是青阳名将木犁的妻子。大君指派这样身份尊贵的夫人当世子的姆妈，似乎是深为宠爱，可是不知道为什么这样受宠的世子却要被送到远离父母的真颜部去。

孩子抬起头看着和善的英氏夫人，没有说话，却摇了摇头。

“阿苏勒，你记不得了么？是英氏夫人为你接生的啊，那时候你还只有一只小猫那么长。”大合萨挽住他的手，比划着猫崽的大小。

孩子还是摇头，侧过头去谁也不看。

英氏夫人和大合萨都尴尬起来。老头子挠了挠自己的光头，无可奈何。

“姆妈已经死了，”孩子往后退了开去，“她死了……”

颜静龙不由自主地打了个寒噤，只觉得这句话中有着那么浓重的血腥气息。

“苏玛……苏玛……”孩子转向那个呆坐在地上的真颜部女孩，喊着她的小名。他把颤抖的手伸向她的脸，像是要擦去她脸上的泪水。女孩的眼睛里满是惊惶，她紧紧地把姐姐的尸体搂在怀里，想要退，却退不出去。她忽然狠狠地咬在了世子的手掌上，老头子“哎哟”一声，冲出去想要拉开他们。

可是他忽地止步了。鲜血从世子的掌缘缓缓地滴落下来，可那个孩子却没有动，分毫都没动，甚至连痛楚的神色也没有。他静静地看着那个叫龙格凝·苏玛的女孩，伸出另一只手擦去了她脸上的泪水。

血滴在他白色的大袖上，慢慢地渗开。

“苏玛……是我啊……不要怕……我会保护你的……”他摇晃了几下，无力地倒在草丛里。

【历史】

许多年之后，青阳昭武公吕归尘·阿苏勒·帕苏尔死在金色的帐篷中。

临死的昭武公等待着学士们商议他的谥号。他握着大合萨颜静龙的手说：“我曾经立誓要守护青阳和我所爱的人们，可是我错了。我太自大了啊！其实我的能力，只能守护那么区区的几个人而已。可惜他们，都一个一个地离开我了。”

然后他昏了过去，等到家主们把议定的“昭武”谥号传进金帐，他才又一次睁开眼睛，说了一句历史上无人能解的话。

再然后他就死了。

颜静龙平生第一次觉得手中的手掌松开了，垂垂老矣的大合萨忽然忍不住放声大哭，想到许多年前炽烈的阳光下的那个孩子。

“我会保护你的。”其实他的一生只是为了这句话而活着。

落日血红，挂在西面的天际，北都城里的帐篷前腾起一柱柱的炊烟，直飘到天空里才悠悠地散去。

颜静龙甩了甩手上的血，拿袖子擦脸上的汗，他跟着英氏夫人的女奴们剥了一下午的旱獭，獭皮抹上石灰填了干草挂在风里吹干，塞得满满的，一只只都像是小肥熊，铜盆里面红白相间的旱獭肉一条一条地切好腌好，晚上就有一顿好肉了。虽然是夏天，不是旱獭最肥盛的秋季，不过獭子肉是草原上最美味的东西，是鹿肉羊肉都没法比的，烤起来有种细腻的脂香，一咬满嘴都是油。大王子的猎骑队在外面围了一个满是旱獭洞的土山，收了一百多只旱獭，派伴当班扎烈一下子送了五十只给英氏夫人。

英氏夫人的丈夫木犁将军是长子窝棚里的大人物，大王子对木犁将军总是礼敬有加。

老头子和英氏夫人一起看顾昏倒的世子，颜静龙也没事，就帮着女奴们一起剥獭子。他家祖上是个猎手，至今父亲还时常背着弯弓带着套马索出去打猎，运气好的时候能带回长腿矫健的好黄羊和一尺多长肥肥的大旱獭，父亲就开心地哼着歌带颜静龙一起剥皮割肉。那是颜静龙最最开心的时候，闻着火堆里烧着羊粪的气味，浑身都是暖洋洋的。

颜静龙家里不是大贵族，大贵族也不会送孩子去学习星相。虽说大合萨是令人不敢仰头直视的尊贵人物，可不知多少学星相的孩子里才会出一个大合萨，而掌握了盘鞑天神旨意的大合萨终究也不是神，经常算不住自己的命，不知道多少代大合萨都是在战乱中被活活烧死的。

选错了主子，大合萨就是妖巫。

父亲送颜静龙来大合萨帐篷里学习星相，离去的时候使劲摸了摸儿子的头，至今颜静龙还老是想着父亲那时的沉默，有些意思朦朦胧胧的像是懂了，又说不出来。

“小合萨剥獭子真是把好手。”年老的女奴过来递上一块棉布。

颜静龙接过擦了擦手，咧嘴笑笑。他经常来英氏夫人的帐篷，女奴们和他很熟，知道他没有架子，也都喜欢和他搭话。

女奴们当然没有胆子叫他眼镜龙，都管他叫小合萨。虽然大合萨始终没有说谁会继承他的地位，不过老头子喜欢把颜静龙带在身边是众所周知的。不过颜静龙却知道自己的算学并不好，他很刻苦，可还是跟不上老头子讲授的速度，这时候老头子就抱着酒罐子长吁短叹，说他小时候若是也这么笨，早被老合萨打死了。

“肉怎么做啊？”颜静龙把棉布递了回去。

“大半留着做咸干肉，剩下的一半烤了，一半做手抓肉，夫人说了今晚要留大合萨在帐篷吃了饭再回去。”

颜静龙拍着巴掌笑了起来，英氏夫人帐篷里的手抓肉最香，老头子和他都喜欢，老头子喜欢带着他来英氏夫人这里溜达，一多半都是为了来蹭手抓肉吃。夕阳铺洒下来，夏季的草原上流淌着一层沉郁的深红，女奴们三三五五地聚集在一起，低声哼着颜静龙听不太懂的歌儿，有的在给挂獭皮上油膏，有的在打肉，有的则拿着吹筒引燃羊粪蛋。心里有种慵懒富足的喜乐，颜静龙伸了个懒腰，转顾周围。

他的心忽然沉了一下，呆呆地看着东方。日暮时候的彤云大山横亘在大地的东面，像一座天然的屏障隔开了蛮族和青州的羽人城邦，淡金色的边镶在大山和天空的分界上，亮得有些晃眼。可是夕阳压不住那些星辰的光芒，七颗铁青色的星从彤云大山下升起，它们的光芒带着冷森森的寒意，像是新磨出来的铁剑。

北辰星簇如颜静龙自己计算的那样，真的从彤云大山上升起了。

“破军、武曲、廉贞、文曲、禄存、巨门、贪狼……”颜静龙一一点数星簇中的星辰。

这是罕见的星相，这个季节北辰七星通常都沉没在彤云大山之下，今年它们提前升起了。

北辰七星并非天穹上的十二主星之一，可是在历史的星图上，它们的光辉曾经辉耀整个夜空，缓缓地由东方穿越天际划向西方，每一次这样的运转都可能持续数十年之久。而伴随北辰的，则多半是升起的狼烟。

北辰，是战争神祇的星。

“小合萨。”老女奴在一旁小心地问。

颜静龙回过神来，“嗯。”

老女奴瞅了瞅周围，有些诡秘的样子，不过颜静龙注意到那些忙活的女奴忽然都有些停顿，向着这边偏过头来。

“小合萨知道世子的事情么？”老女奴压低了声音。

“世子的事情？”

老女奴有些犹豫，嘴唇嚅动了半天，“都是听别人瞎说，说世子是不祥之人呐。”

“不祥？”

“小合萨，我们不懂天神的旨意，你是懂的，人真的有命星这回事么？”

颜静龙沉吟了一下，“星命是星相里面最复杂的东西，我没学那么深。不过大合萨说，要推算人的命运，需要计算几十颗几百颗星的轨迹，就算这样，往往也都算不准。单凭一颗命星推断人的命运……我想是没有的吧。”

“可是他们说……”

老女奴的脸色忽然变了，把布手巾塞回围腰里面，低头端起盛獭肉的铜盆去洗刷了。颜静龙抬眼看见大合萨双手抄在袖子里，和英氏夫人一起从帐篷里走了出来。那座帐篷是给世子的，颜静龙听说世子不会住在侧阏氏的帐篷里，而是和姆妈住在一起。

“大合萨先吃些东西吧，”英氏夫人的神色有些忧郁，“世子会醒过来。”

“嗯。”老头子佝偻着背双臂抱紧，点了点头。

他一贯是这个模样，和放羊的老牧民也没什么差别，全不讲什么体面。不过颜静龙觉得他有点心事，目光低垂着心不在焉。

“阿摩敕，吃夫人的手抓肉了。”老头子过来拍了拍颜静龙的肩膀。

颜静龙应了一声，转身的瞬间，看见女奴们不约而同地扭头看着他们三人。他愣了一下，觉得那些目光如此陌生，全不像是他认识的那些朴实善良的女人。老头子察觉到他的走神，跟着他扭头去看，女奴们又一起低下头去忙活，像是什么也没有发生。

颜静龙心里沉甸甸的。

喷香的獭子肉盛在小铜盆里端了上来，老远就闻见辛辣的香气。

颜静龙搓着手掌，肚子咕噜叫了一声，老头子不轻不重地在他头上拍了一巴掌，“饿死的小鬼，看见吃的就这样，将来怎么做大合萨？”

颜静龙已经没工夫理他了。英氏夫人做的手抓獭子肉垫在黑粟饭上，红白相间，细细地抹了胡椒和大盐粒子，上面还洒了清香的野菜。一层汪汪的獭子油盖在黑粟饭上，有股腊肉的油香，一点不带膻腥。他大把地抓起来往嘴里塞，几乎咬到自己的手指。

老头子歪嘴笑着看他，却没有吃肉，不知道什么时候，他又把那个白铜的酒罐子灌满了，只是看着铜炉里取暖的那堆火出神。木犁将军没回帐用饭，只有英氏夫人在旁边缝着羔羊皮筒子陪着。

颜静龙吃了几口，舔着手上的油，看看英氏夫人，又看看老头子。

“木犁不想让世子住在这里。”英氏夫人就着头上的油擦了擦针，低着头继续缝纫。

“因为那鬼话？”老头子脸色阴阴地发问。

“嗯。”

“砰”的一声，老头子重重地把酒罐子砸在小桌上，“木犁自己是什么？当年也不就是一个奴隶崽子？千人踩、万人踏，一辈子放羊不能翻身的命！连马毛都摸不到一根，还上阵打仗？现在自己是贵族了，带兵了，倒有这个架子了！”

木黎将军当年是大贵族巢氏家的一个放羊奴隶。大君吕嵩娶了巢氏的女儿，从奴隶中提拔了木犁，赐给华族姓氏，为他起名柳亥，如今统领着整个虎翼帐六七千骑兵。颜静龙知道老头子和木犁很熟，却从没听过他把这些旧事扯出来说。

英氏夫人低低叹了口气，只是缝纫并不抬头，“世子是我接生的，我舍不得他。大君要我当世子的姆妈，木犁也不敢真的说什么。不过连他都这么想，再加上下面议论纷纷的，对世子总是不好。”

“什么世子？只是个孩子罢了！木犁动这个心思，是不是长子窝棚那些人的主意？”

“大王子倒是真的不在乎这个。谁也没指望世子真能继承大君的位子，大王子要争，也是跟三王子争，木犁还不至于为了大王子就这样。”

“大王子！三王子！”老头子鼻子里狠狠地哼出一声，扭过头去不言语了。

帐篷帘子被人猛地挑开，奴隶进来跪下了，“大合萨，夫人，世子醒来了！”

老头子猛地跳了起来，像是屁股下面着了火。英氏夫人也疾步跟了出去，颜静龙恋恋地抓了一块獭子肉含着，追上了两人的步伐。

帐篷里点了一盏油灯，灯下坐着一个宽袍的华族大夫，正捏着世子的手腕把脉。看见三个人进来，急忙伸手阻止。大合萨和英氏夫人也不敢出声，屏住呼吸站在帐篷口，看着大夫轻手轻脚地把完了脉，给世子盖上了皮褥子。他端起了灯，示意三人和他一起出去。老头子分明是想过去看看，可是却被大夫以眼神制止了。颜静龙知道那个大夫的身份，是东陆有数的名医，名叫陆子俞，本来他只是游历过来采摘草药，却被大君奉上金银和皮毛，硬是留住了。

颜静龙远远地看了一眼，世子静静地躺在那里，眼睛清亮亮地望着帐篷顶。他们进去的时候他侧了一下头，却只是沉默。

在他就要合上帐篷帘子的瞬间，忽然听见一个低低的声音，“大合萨……”

老头子激动起来，抢过大夫手里的油灯奔了过去，双眼直勾勾地看着世子，把颜静龙也吓了一跳。

“大合萨……苏玛……”

“苏玛没事，苏玛没事。”老头子握了握他的手，“明天你就见到她了。”

孩子点了点头，双眼无力地合起，静静的连呼吸声都没有了。

“阿苏勒！阿苏勒！”老头子愣了一下，失控地大喊起来。

陆子俞上去探了一把，扯着老头子的衣襟把他拖出帐篷。这个大夫也是出了名的暴躁，他看病的时候，贵族和大君都得在帐篷外候着，一个都不能例外。

“只是睡过去了！”陆子俞压低了声音，“刚才是心神不宁，所以醒了一下。现在他放心了，就睡着了。”

颜静龙想到那个咿咿呀呀的哑巴女孩，原来世子只是为了惦记那个小哑巴才在极度的虚弱中醒来。

英氏夫人把帐篷帘子放下，免得外面的声音惊扰世子的睡眠。

“你们在这里干什么？”老头子大声喝问。

颜静龙一转眼，看见几个女奴贴在帐篷的侧面偷听。她们像受惊的鹿群那样散开，远远地逃进黑暗里，颜静龙就着火光，看见了傍晚那个老女奴回望的老脸，带着某些神秘的表情。

“陆先生，世子怎么样了？”英氏夫人问。

“没有大事，一路上过于劳累。据九王随军的医生说，世子从乱军中被救出来，似乎受了很大的惊吓，他最近这些日子里吃得很少，睡得更少，又经常在夜里无故地惊醒。以他的身体，当然经受不住。现在病倒了却能够安顿下来，对他反而是好事。”

“那世子的旧病……”

“心阕的病症，我的老师都没有把握，我也无能为力。古卷中说世上有一门补心之术，可以打开胸腔修补心阕，八年之前我的老师为世子看病之后返回东陆，一直不停地钻研心脏和血脉的知识，临死还念念不忘，说补心之术恐怕无法再现人间。”陆子俞叹了一口气，“人力有时而穷，我的资质不如老师，多说也无益了。”

他躬腰行礼，也不道别，就这么提着药袋去了，漠然的神色中有股遗憾。

老头子和英氏夫人看着他的背影沉默了一会儿。

“今天晚上想借夫人的帐篷住住，明早看看世子怎么样了。”老头子说。

“大合萨要住，我让奴隶们去打扫一间大帐篷。”

“不要麻烦，给我一坛子好烈酒。”老头子摸了摸肚子，“还有手抓肉饭，我也饿了。”

夜深人静，英氏夫人也告辞回去睡了，帐篷里只剩颜静龙和大合萨。

老头子盘腿坐在地上，一口手抓獭子肉就一口酒，嘴里哼哼唧唧地唱着草原上牧民常唱的调子，似乎隐隐有点醉了。颜静龙睡不着，只是靠在帐篷口边想心思，想那个眼睛清亮亮的世子，又想那个哑巴女孩，想北辰的升起，又想大君从九王手里接过的那个朱漆匣子。想着想着，他在地上排开了算筹，开始计算北辰的轨迹，却越算越乱，似乎总是缺少了什么，算式就是凑不整齐。

他沮丧地蹬乱了算筹，掀开帐篷帘子想透透气，忽然听见风里传来低低的人声，隐隐听到似乎在说世子，又似乎听到“玄一”二字。他的心里“咯噔”一声，对于星辰的算家，“玄一”两个字实在是个禁忌的字眼。他偷偷看过去，是英氏夫人的那些女奴，似乎是夜里起来上最后一次马草，她们提着油灯小步走着，眼神往世子帐篷那边瞟着，油灯的光拉得她们的影子细长而飘忽，像是暗夜中出行的鬼魅。

背上没来由地掠过一丝寒气，他刚想放下帐篷帘子，快睡过去的老头子忽然“噔”地蹿起来。刚才还东倒西歪的老头子现在凶得像个要吃人的豹子，在帐篷里转了一圈，抄起一根最粗大的马棒踢开帘子大步出去了。颜静龙想拉住他，却被他带了一个跟头。

“大合萨，别！”颜静龙追了出去。

他愣了一下，看见老头子抄着那根马棒，一副上阵冲杀的架势站在自己的白马旁，麻布长袍扯开了胸襟，灯火照在他的身上，蒙蒙的一层红光。老头子摇晃了两下，打了个酒嗝，抄起马鞍上的铁镫，拿马棒使劲地敲了起来。金属的震鸣在夜幕中分外刺耳，仿佛要把人的顶骨劈开。入睡的羊群被惊动了，马嘶声也从后面传来，女奴们更是受了惊吓，战战兢兢地跪拜，连上前也不敢，惊慌地退去了。

老头子抛去马棒，扭头回了帐篷。颜静龙跟着钻了进去，只看见老头子坐在床上，缓缓地擦着火镰，在绿玉嘴的烟锅里点了一锅烟，长长地吸了一口。烟雾袅袅地腾起，包围了他。颜静龙不太敢动，老头子很少这么严肃，他低头看着烟锅上一闪一闪的红光，沉默了许久。

“来！”老头子拍了拍身边的床，让颜静龙在自己旁边坐下。

他抽着烟，又沉默了很久。

“阿摩敕，你是我的学生，蛮族的未来也许跟你有关吧，那么有些事情，老师总要说给你听。”他抓了抓自己的光头，“只是怎么说呢……”

“从头说起吧……要从我们蛮族的历史说起。”老头子往篝火里扔了几块干柴，幽幽的火星腾起来，火光照着他瘦削的脸，“也许你听人拉着马鬃琴唱逊王的故事、钦达翰王的故事，就以为那是我们蛮族的历史了。不过几千年来，蛮族有几个逊王和钦达翰王那样的英雄呢？真正的历史，在瀚州草原的每一根草下面。”

“这片土地被叫做九州，也不知是多久以前的事情了。传说有个神帝统一过整个世界，给它划分成九个州并起了名字。可是谁也不知道那个神帝是谁。我们北陆有三个州，殇州、瀚州和青州。有人说北陆是古代一条巨龙，它活了很多年，终于死了，沉积在海床上，泥沙堆在它的骨头上，变成了北陆。殇州是它的头，从头里生出了夸父族，又高又大，凶猛得像是野兽；青州是它的尾，生出了羽族，又轻又柔软，可以飞上天空；而我们瀚州的草原是龙的胸膛，从心里生出了我们蛮族，最勇敢。

“华族人喊我们蛮族，我们不介意。对我们草原的男子汉，‘蛮’是勇气。我们的战士拿着战斧和大钺，骑着套来的野马，华族人看见我们的骑兵就只有逃跑，他们的剑和铠甲是比我们的好，可是打仗赢的总是我们蛮族。

“其实草原是个苦寒的地方，只有野草长得最好，却不能耕种。听说东陆宛州种稻米，一年可以熟三季，可我们在南方的草原上烧荒种麦子，好年份也只不过出产一季。粮食不够吃，就得死人，如果不打仗，不去抢别人的粮食，根本就活不下去。

“所以一代一代，只有最强壮的战士能活下来。强壮的父亲生强壮的儿子，祖祖辈辈都是草原上的好汉。

“不过，这样的勇敢，”老头子嘬了一口烟，沉默了很久，“也是没办法。”

“华族武士虽然不行，可是几百年前出了一个蔷薇皇帝，那是个大皇帝，比我们的大君还大，统一了东陆的四个州，建立了一个叫大胤的帝国。帝国对我们蛮族很畏惧，华族武士们远没有我们的战士勇敢，他们知道只要蛮族骑兵登上东陆的土地，东陆就是我们的牧场了。

“不过天拓峡隔开了我们，蔷薇皇帝从羽族得到了航海的技术，东陆诸侯们造了很多战船，用水军控制了天拓峡，我们蛮族的马再神骏，也没有翅膀，飞不过大海。

“现在你知道草原上有七个大部落……没有七个了，真颜部被灭族了……剩下我们青阳，还有阳河、朔北、澜马、沙池、九煵，一共六个。不过蔷薇皇帝建立胤朝的时候，草原上可有几百个部落，大家你抢我的牛羊，我抢你的女人。每到春天没有了粮食，羊群饿得最瘦的时候，就要开战，几百几千个牧民赶着马上阵，到处都死人。澜马这个部落的本意是说‘客兵’，据说那时候澜马部没有吃的，男人们带着弓箭出去猎黄羊，被另外一个叫塔格部的大部落乘虚抄掉了寨子。等到澜马部的男人们回来，年轻的女人们都被塔格部的男人们轮番地奸淫了，倒有一半怀上了身孕。女人们要自尽，男人们却不让，男人们让她们把孩子生下来，叫他们‘澜马’，用野马的奶喂养他们，教他们骑马射箭，让孩子们变成最勇敢的武士，后来攻破了塔格部，把塔格部的男人统统都杀了。

“这样的北陆，又怎么可能造得出大船去跟华族人争土地呢？能活命就不错了。后来我们北陆终于出了一个英雄，你一定知道他的。”

“逊王！”颜静龙喊了起来。

“是逊王。”老头子沉沉地点头。

“逊王阿堪提是个奴隶崽子。没人知道他的父母是谁，他生下来就给主子放牧，在最苦寒的地方，那里放牧的人都活不过三十岁。但是逊王活下来了，因为在他就要冻死的时候，神女从雪嵩河上游经过，把自己的乳汁给他喝，盘鞑天神把祝福加在他的身上。

“这些都是传说，还有人说神女就是逊王的妻子阿甘达。但是逊王是个隐忍的英雄，他那样的人是注定要称霸草原的，他可以把自己的妻子阿甘达送给好色的义父作为抵押，只要求借三千个勇敢的战士。就是凭借这三千人，逊王横扫了草原，不服从他的部落都被他打败，更多的人愿意追随他。最后几百个部落合并成七个大部落，逊王召开了第一次库里格大会。

“库里格大会的意思是‘都坐下’的大会，在这个大会上不论大小部落的人，都可以坐着开会，再也没有尊卑的区别。

“逊王说：‘从今日起蛮族就是一家，我们共享盘鞑天神赐给的草地，再也不许征战，我们要在草原的中心朔方原起一座城，所有老弱的人都可以在城中安住。’

“你就住在这个城里，我们蛮族惟一的城，北都城。

“但是这座城还有一个名字，你也许不知道，叫做‘悖都’。我们蛮族人不会用这样的词语，这个词是羽族人起的，意思是‘错误的城市’。

“北都城建成的第一天，一个羽族人从青州赶来，你知道他的名字，他叫古风尘，他的全名加上尊号是‘斯达克领主大人古风尘·苏德拉炯’。”

“古风尘！”颜静龙简直要惊叫了。

“从东陆到北陆，只要是星辰算家，无人不知道这个名字。古风尘对于他们意味着宗师、主宰，甚至是星相学的皇帝。他得出了星相学历史上奠基的两条定律，开创了名为‘皇极经天’的学说，把星空和大地对应起来，这也是后世所有星辰算家占卜的根基，只是古风尘的算术实在太过复杂，完全把星相学变成了一门算学，无人可以解开他常用的五式乃至七式联算，所以后世竟然没有人可以逼近他的贡献。”

老头子吹出一口烟，眼中透着神往，却也透着恍惚，“这古风尘，真是令人敬畏的人。都过了五百年了，说到他的名字，还是不能不让人激动。”

“逊王和古风尘之间到底是怎样的友谊，现在已经很难说得清楚了。我们只知道古风尘不但是羽族的斯达克城邦领主，他还有一个尊号，就是我们青阳的尊格尔台大汗王。

“他孤身从青州赶到这里，为逊王计算北都的命运。古风尘问逊王想要知道蛮族多少年的命运，逊王说一千年，古风尘说最多只能五百年，再远的未来就超过了他所知的极限，于是他们约定计算五百年。

“那是古风尘平生最大的一次计算，逊王在如今金帐宫的地方建造了长宽各一千步的大石基，古风尘指挥四百个少年一起搬动算筹，配合浑仪，随着星云运转不停地演算，整整演算了三个月之久，用到了不可思议的十一式联算。

“可是，古风尘什么也没有算出来。

“旋转的天穹上，我们北都城的星野是一片黑，三个月里，没有一颗星辰从那里经过，甚至没有星星逼近这片星野。

“‘北都的星野或许永远空虚，’古风尘最后说，‘惟有看不见的星辰

从那里经过，这是诅咒之城。’

“逊王很吃惊。所谓看不见的星辰，漫天就只有一颗玄一。玄一没有光芒，是一片最深最暗的黑色，有人说它是天空的缺口，所有的光都从玄一流出去。

“玄一就是死星，没有活人能看见它。

“‘真是这样，那是我的命运，就由我来承担一切吧。’逊王是这么说的，那是一位真正的英雄。

“他一辈子看见的就是我们蛮族人持弓骑马，赶着牛羊，在草原上流浪，永远都不能歇息。现在大城造起来了，有了不怕风雪的地方，所有人都满怀着希望，却是一座受诅咒的城市，逊王是不肯接受的。古风尘再怎么规劝，他只是不愿意放弃北都。

“这个谶语应验得比古风尘自己所想的还要快。七个年头之后，逊王的人头就被挂在北都的城门上。

“九熵部的主君把北都攻了下来，他是库里格大会的第二个大君。

“这还只是个开始，以后的部落轮流攻进北都城，却没有几个能够长久。长的不过几十年，短的就是六七年，总是又被别人撵了出去。老大君的头就挂在城门口示众。其实古风尘的谶语主君们多半都是知道的，可是又有什么办法呢，北都城后来已经成了我们草原的中心，想称霸的，就不能不进北都城。

“大概是七十年前，我们青阳部的吕氏打进了北都城。那时候我们有虎豹骑和铁浮屠两支草原第一的骑兵，大君对其他六部又比以前的大君仁慈，所以七十年里虽然还是打仗，却还是安稳下来了。

“不过那个谶语可没人敢忘，心里都记着的。一代一代的大合萨都把密语传给学生，终于到我当合萨的时候，发生了一件事……

“那是九年之前，依照历书，是‘荒年’。

“那年从入秋开始，白毛风不停地刮，北面满是大针茅的草场一片一片地被刮倒，连收冬草都没有机会。北都城周围的雪没了腰，彤云山那边的更厚，成群成群的黄羊和斑头羚被冻死在雪地里。牧民没有冬草，早早地把瘦羊和羔子都杀了，躲在山坳里的背风处。几大部落的主君都带着贵族来北都扎驻，毕竟草原上只有北都这座不怕风雪的大城。

“原本大家都想着只要等到开春，一切就都好了。可是那年的风雪真是邪了，日夜不停，积雪堆在城门前，最后连门都推不开。雪嵩河和铁线河都结了厚冰，不怕死的人砸冰捕鱼，常常能看见四五尺长的大鱼被冻在冰窠里面。可是除了鱼，獭子狍子都猎不到，雪原上连牦牛都找不着，北都城里吃完了羊肉，开始杀马。我们蛮族活在马背上，不到人要饿死了，谁也不肯杀马。

“城里议论纷纷，人人都慌了，暗地里就有人说大君不敬天，盘鞑天神不再保佑草原了。大君什么都不说，却命令我观察星相，看风雪什么时候能停下来。于是我整夜整夜地不睡，记录星图，推演变化，可是整整一冬就没有几个晴天，望上去天空里都是一片铅黑，哪里看得到什么星星？于是人心越发地乱，本来几个大部落的主君都是求着进北都城来避风，可是后来那几个部落的合萨也都整天地烧牛骨祭祀，不时地就有黑烟升起来，又传说有活杀奴隶祭祀的。

“我心里急得像火，每天夜里都带着天镜和海镜在雪地上等着，恨不得什么时候大风把云吹开了，多少露出一片天穹让我看见星星。

“我还记得那是一月四日，烧羔节后的第四天，我终于在雪地上昏了过去。

“那时候我身边什么人都没有，本来就是死路一条了，不过我醒来的时候，铁益正在喂我热水喝。也是运气，那时候正好是侧阏氏接近临盆的时候，大君让铁益出来找我为即将出生的孩子占卜，铁益找到我的时候，我都被雪埋了一半。

“铁益问我能不能走，我说腿僵了，铁益就背着我回金帐，火把也被雪打湿了，铁益就牵着马尾巴走。那时候他也冷，把所有能找到的东西都披在身上，外面罩了件东陆的铁鳞甲，磨得雪亮。雪停了，他深一脚浅一脚的，我心里不安，喝着酒出神。喝到最后我头都要裂开，几乎就要在铁益背上睡过去。这时候我忽然看见铁益背上的铁鳞甲上，有火一样的光闪。

“我呆了一下，周围一片黑，什么人都没有，又哪里来的火把？我抬头去看，这才惊呆了，天上还是薄薄的一层云，可是云后面竟然有三颗大流星。那是三颗并排的大流星，亮得云都遮不住，颜色像是着了火。它们并排着从东边的天球上掠过，最后落在彤云大山的背后，像是雷声，可是一辈子都没有听过那么响的雷。彤云大山像是被点着了，这么深的夜，山顶上却泛着金光，后来有人说百里内都有人看见那金光。

“可是他们谁都没有我那么吃惊，我不知道怎么就从铁益的背上跳下来，不顾一切地往彤云大山的方向跑，直到跑不动了才趴在雪地里。铁益吓傻了。可是我怎么告诉他呢？那个粗蠢汉子是不会懂的，那时候北都的星野正好旋转到彤云大山的顶上，三颗流星都穿过北都的星野啊。我当了三十多年合萨，总是想能在北都的星野里找到一颗星星，古风尘的谶语就破了。

“可是真正看见星星，却是着火的流星。那些流星，是被漆黑的玄一吞掉了。

“我和铁益拼了命赶到金帐的时候，金帐里面早已聚满了人。彤云山那边的动静把人都惊醒了，各部的主君，各部的合萨和巫师，还有大贵族们。那些巫师把各种稀奇古怪的东西都摆在帐篷里，烧裂的龟甲和牛骨啊，死人的骷髅啊，神卜池里捞出来的明鱼啊。

“我进去的时候异常的安静，所有人都看我，大君只问了我一句，说：‘是不是玄一？’

“我说：‘是。’

“每个人都说不出话来，那些巫师忽然就跪在地上祷告，像是疯了一样。当时还能静得下来的，只有大君和九王，还有那时在北都避风的真颜部龙格真煌。等我看见英氏夫人抱着一个孩子从帐后进来的时候，我的头‘嗡’的一声像是要炸开，全身的血一下子就冷了。我忽然想起那晚上是世子降生，我那一句话，已经把他给害了。

“有人说世子是个生下来没有呼吸的孩子，侧阏氏咬了他一口，把他咬活了。又有人说王妃原本怀的是双胞胎，世子在娘胎里吃掉了自己的兄弟，所以只有他生下来。那时候巫师们真的是疯了，所有人议论纷纷的只是怎么杀了这个孩子祭祀盘鞑天神。大君镇不住，铁益操着刀挡在大君前面，九王已经悄悄出帐去调兵。

“那时候救了世子的还是龙格真煌。不知道怎么的他就发怒了，把真颜部自己的巫师提了起来，拎出帐篷外插进一个雪堆里。所有人都傻了，狮子王那时是草原上第一的英雄，谁也不敢在他发怒的时候出头。

“我至今都记得龙格真煌的话，他说：‘我们真颜部的人拜祭伟大的盘鞑天神，他若是说这个孩子是不祥该死的，我现在就一刀杀了他。可是我没有听见天神对我们说话，我只看见这些肮脏的牛骨头和龟壳。如果这个孩子真的是不祥的，那么就由我龙格氏的族人将来杀了他，我愿意抚养他！’

“他跪下在大君面前接了那个孩子，他说：‘那就由我为他起名，我叫他阿苏勒！’

“阿苏勒，意思是长生。”

烟锅里的灰冷了许久，老头子不说话。颜静龙也不敢出声，他看看老头子，又想那头发怒的狮子，这样一个人，竟然会变成库里格大会的叛贼，如今已经是木匣子里的一颗人头了。

帐篷外漆黑的夜里不知是谁在磨刀，铁在磨石上“仓仓”的声音听得人心里发寒。

“六岁时候，世子去了真颜部。”老头子抿了一小口酒，舔了舔嘴唇，“也不知道是巧合还是什么，真的是怪事，从小到大，他身边的人死得特别多。

这下子连草原上的狮子也死了，他走过的地方，还真是不祥。”

颜静龙打了个冷战，“那些女人说，世子是玄一……真的有命星这回事？”

老头子摇摇头，“相信命星的，只有古风尘的皇极派，我不知道，可是我读过《石鼓卷》。”

颜静龙忽然坐直了。《石鼓卷》是蛮族星相的圣典，至今为止他都不知道这是本什么样的书。

“是的。就是在那天夜里，神卜池中的明鱼全身赤红而死，祖庙地宫中的万年灯熄灭，彤云大山的山顶泛出金色的光芒，三颗并排的大流星穿过北都城的天野，天空明亮如白昼。一切都和《石鼓卷》的预言相同，那是天神对世人的惩罚，草原变成血红的颜色，变成满是死人的地域。”老头子深深地吸了一口气，“不过，蛮族迎来新的时代，英雄拔出火山中的神剑，跨着狮子头的雄鹰统一草原，盘鞑天神拥有了天空，把大地和海洋留给他的孩子。这个孩子就是铁沁王，山与海之王！”

颜静龙呆呆地看着老头子，手里的算筹“哗”地洒了一地。

老头子蹲下身一根一根把算筹捡了起来，又塞回到颜静龙手里。

“你会成为新的大合萨。”他摸了摸颜静龙的头，“你知道为什么么？”

颜静龙茫然地摇摇头。

“因为你够傻！”老头子诡秘地笑着。

他把酒罐里面剩下的酒一口气灌了下去，翻个身在貂皮裘上睡了过去，呼吸声渐渐悠长低沉起来。

颜静龙大着胆子按了按他的肩膀，“老师，那盘鞑天神到底是要保佑草原，还是要惩罚我们？”

“不要揣测神的心，我的孩子，”老头子的声音仿佛梦呓，“神的胸膛里没有心，那只是一块铁石。”

太阳终于升了起来，草原上泛着碎金一样的颜色。

颜静龙一头钻出帐篷，舒展双臂长长地吸了一口气，仰头看见瓦蓝瓦蓝的天空，一丝流云在半空悠悠地飘着，他顿时清醒了许多。一股奶香味飘来，女奴们正在火堆上热着奶粥，铜锅里面是洁白的羊奶，里面混着煮烂的碎肉和莜麦，草原蛮族不避腥膻，颜静龙闻得浑身暖呼呼的，三步两步蹿了过去，摩拳擦掌地等着奶粥煮好。一侧头看见年轻女奴脸上的两片轻红，略带羞涩地拧着头不看他。

昨夜老头子故弄玄虚的故事和女奴们遮遮掩掩的神情顿时被他抛到了脑后，颜静龙开心起来，从女奴手里拿过铜勺子帮她搅着粥，仰头看见一只白头的大鹞抓着鱼在不高的地方掠过。这才是他习惯的日子，草原骏马獭子肉，星辰和天神其实跟他远远地隔了一层，没什么关系，反正他的星辰算学也不是顶好。

他刚舀了一勺粥，忽然听见帐篷帘子掀动的声音。转过头来，披着白色大袖的孩子踏出帐篷外，微微眯起眼睛对着初升的太阳。

周围静了一下，所有人都跪了下去。

“大家都起来吧。”孩子淡淡的声音响起在众人头顶，“以后不用跪我。”

颜静龙抬起头，对上了孩子的眼睛。

还是那双海子一样的眼睛，忧伤全部沉淀在湖底，并不显露出来。觉察出颜静龙在观察自己，孩子轻轻地对他笑了笑。他笑起来非常的温和好看，却没有一点欢愉的意思。

“玄一？”颜静龙想起了那个传闻，这种孩子会是玄一么？

“阿苏勒！”

“世子！”

英氏夫人和大合萨都被惊动了。老头子蹿出来的时候只拿腰带系着裤子，露着胸膛，麻布袍子飘飘洒洒地披在身上，很有一匹长鬃野马奔驰的不羁之风。他蹲在孩子面前，满脸热切地死盯着他，一言不发。

“大合萨。”孩子轻轻地笑了。

“好了好了，我们的阿苏勒又回来了。”老头子扯着孩子的一只手，抓耳挠腮的，欢喜得不知说什么好了。

英氏夫人则握着他另一只手，轻轻抚摩着他的脸儿，不知怎么的，手竟然有些抖。

孩子静静地看了她一会儿，动了动嘴唇，“姆……妈。”

英氏夫人愣了一瞬，把他的头抱在怀里，低低地叹了一口气。孩子温顺地靠在她身上，那只手还被老头子紧抓着不肯放。颜静龙眨巴着眼睛，忽然捂住嘴“扑哧”一声笑了出来。他不敢笑得大声，兜转身跑到女奴后面去藏着。老头子发觉了，讶异地看着他。

“外面风大，去帐篷里歇着，姆妈把奶粥熬好了端进去。”英氏夫人牵着世子的手转回帐篷。

老头子分明是很想跟进去，却又觉得不太方便，只好讪讪地止步，从女奴群里抓出了颜静龙，“笑什么？”

颜静龙憋了半天，终于忍不住了，“合萨你和夫人一人牵着一只手，倒像是世子的阿爸阿妈一样。”

老头子愣了一下，跳起来从火堆里抽了一根点燃的柴火。颜静龙绕帐篷飞跑，老头子气喘吁吁地追在后面，女奴们偷偷地比着眼色，终于有一个小女奴忍不住露出了笑容，然后所有人都笑了起来，年纪大的女人们脸上的阴霾也散去了许多。

阿苏勒默默地回头，目光追逐着被大合萨和颜静龙惊起的鸟儿飞向天空。他握紧了英氏夫人的手，“姆妈，我在南边的时候，也很想家。”

英氏夫人看着他的眼睛，不知说什么好。

“木犁！”她眼角的余光忽然扫到帐篷边持刀而立的武士。

武士已经年老，花白的头发在晨风里起落，牛皮筒铠上满是暗黑的污迹，颈上悬挂了象征他铁牙武士地位的生铁豹牙，沉重可怕的狼锋刀挎在腰间，刀柄上的狼首大张着嘴，含着一颗铁骷髅。

阿苏勒微微退了一步。

夫人急忙闪在他前面隔开了两人，“木犁……你怎么来了？”

这种装束草原上只有一个人，青阳的名将木犁、英氏夫人的丈夫。狼锋刀砍下过无数敌人的头颅，他身上的那件牛皮筒铠还是当年追随大君出征时候的甲具，多年来从未更换，每一片污迹都是由不知多少敌人的血泼成的。木犁一手拨开妻子，微微眯起眼睛盯着孩子，眼缝里的目光如刀一样骇人。

阿苏勒没有闪避，点了点头，“木犁将军。”

木犁收回了目光，似乎满意于世子的表现，“大君传大合萨和世子入金帐宫议事，我怕奴隶们丢了话，自己来看看。”

“是。”夫人还没说话，阿苏勒先应了。

高风卷起金帐前的九旄，猎猎作响。远方传来骏马的嘶鸣，夹着隐隐的笛声，北都城周围的牧人正吹着竹笛带领马群出城放牧。

侍从武士们夹道而立，大合萨拉了阿苏勒的手，踩上了金帐前大红的绒毯。羯鼓声不知从哪里传来，低低的，却丝毫不乱。站在这座金帐前，即使是拥有几万户奴隶的大贵族，也不能不油然而生敬畏。

华族也称蛮族为“金帐国”，源于大君居住在金帐之中的传统。蛮族逐水草而生，居无定所，所以居住在竹木和羊毡搭成的帐篷里。大君所居的金帐比普通帐篷大了数十倍，制作这顶大帐的时候，曾经用去两千块整牛皮，外表涂着黄金，天晴的日子远在数里外就能看见金光。

“能够见到大合萨，真是好运。”一旁传来恭恭敬敬的声音。

大合萨转过身，三王子吕鹰扬正按着胸口行礼。吕鹰扬长得极像父亲，乍一看就是大君年轻的时候，可是他却总是带着笑容，做什么事都绝不着急。人们都说王子们若是出猎看见一头鹿，吕鹰扬总是最后一个抽出弓来的，可是鹿却总是让他射到。

“三王子。”大合萨也急忙按胸礼。他对于贵族们从来不太理睬，不过收了吕鹰扬太多的礼物，见他就有些拘谨。

“阿苏勒，终于回到北都了。”吕鹰扬转向弟弟。

“哥哥。”阿苏勒扬起头打了招呼。

远处吕守愚和吕复两个王子也带着伴当候在帐篷前，却因为吕鹰扬而不愿过来，只对着大合萨遥遥地点头。

“带世子下去休息。”吕鹰扬传来一个伴当。

“几位大汗王和将军们在金帐里议事，父亲令我们几个兄弟等在外面，但是大合萨一来，就请立即进帐。”他侧身为大合萨掀开帘子。

踏进帐篷的瞬间，大合萨愣了一下，本该在议事的帐篷里却静得出奇。

金帐从里面看远比漆金的外表更加奢华，顶上装饰着成匹的金色绸缎，围绕帐篷的是长三十丈的一幅生丝织锦，描绘蛮族最有名的故事《逊王传》。此时向西的毛毡掀开了一扇，阳光照得帐篷里暖洋洋的。为了除去膻味，金质的螭兽炉里飘着袅袅的香烟，阳光在烟雾中变幻莫测。大君端坐在香烟中的貂皮坐床上，像是罩着一个纱笼，面目看不清楚。

掌兵权的将军们静静地侍立，老王爷们坐在左侧的垫子上，眼睛一排瞅着左边，将军们站在右侧，斜斜看着右边。两群人就这么僵持着，金帐里似乎绷紧了一根随时会断的弦。倒是跟将军们站在一起的九王，看见大合萨进来，远远地按着胸口行了礼。

大合萨既没站左边，也没站右边，跑到金帐角落里掀开的毛毡下站着，暖洋洋地晒着太阳，打了个哈欠。依旧没人说话，他歪了歪脖子，耷拉着脑袋，眼皮渐渐就支不起来了。九王看见他早起发困的模样，高深莫测地笑了笑，并不言语。

左边右边，就是吕守愚“长子窝棚”和吕鹰扬“三子窝棚”的势力分界，将军们多半都是长子窝棚里的人，老王爷们则支持风度翩翩恭敬有礼的吕鹰扬，大合萨虽然好酒，却从来没有因为喝醉而站错了。

“大合萨来晚了，大家如今争的是真颜部剩下的女人和孩子怎么处置。

我的哥哥们想把他们送到北方去开荒，巢氏的将军们和厄鲁要把他们安置在北都附近，大合萨可有什么看法？”大君的声音从烟雾里透了出来。

“这件事伟大的盘鞑天神没有开示给我，还是大君和贵族们决定吧。”大合萨的回答干净利索。

“大合萨倒是一如往日，逃得最快啊。”大君的声音冷冷的，带着几分嘲弄。

三王台戈尔大汗王忍不住了，起身上前，“都已经说了，作乱的叛贼，用作奴隶也不配！不杀已经是宽仁，都送去北方开荒，有什么不可以？”

台戈尔大汗王是大君还活着的哥哥中最年长的一人，论起牛羊和土地，也是最大的一家。他说话，六王七王都跟着点头。

“那为什么可以呢？”木犁站在右边，冷冷地反问，“大汗王们在北方有牧场，所以要送人去北方开荒，七万人，就为了三王爷的牧场送去开荒，要死多少人呢？”

“我在北方的家奴都不止七万，我会在意这七万人？”台戈尔大汗王看也不看木犁一眼，“我要送这些叛贼去开荒，不过是惩罚这些真颜部的贱种！”

“就算罚做苦工，都罚在三王爷的牧场，也没有先例。”

说话的将军和木犁比肩站着，是铁益的哥哥铁晋，他算是铁姓，蛮族名字是巴赫，也掌握了　帐的骑兵。铁晋矮小瘦削，肤色真的像是铁的，年纪不算很大，却像个风霜里衰老的牧民，一身铁甲不贴身，走路晃得当当作响。他言辞很不流利，每一句话都要想很久才能说出来。

弟弟铁益也不细想，立刻跟着点头，“是，哥哥说得对，没有先例！”

铁益是大君的贴身侍卫，魁梧健硕，更像个真正的蛮族武士。他远比哥哥爱说话，但总是说错话，所以哥哥在的时候他就憋着不说话，哥哥一说话他就附和。

他点着头就看见对面老王爷们的目光了投过来，仿佛刀子在他脸上狠狠地剜了一下。

“那就平均分给各家！”六王苏哈大汗王站起来大声说，“我该得的一部，送给哥哥去北方开荒！”

“几位大汗王没有出征，可是说来说去就是要分奴隶，”木犁还是冷冷的，“祖宗也没有这种规矩。”

台戈尔大汗王瞪着眼睛站了起来，一脚踢飞了坐垫，“木犁你这个奴隶崽子！爬到我们吕氏的头上来撒尿么，这个帐篷里你有什么身份说话？”

“我说的都是吕氏祖宗的规矩！”木犁毫不退避，“这些规矩，台戈尔大汗王本就该比我这个奴隶崽子清楚！”

“好了！”威严的声音从烟雾中传出。

大君的声音不高，却震散了喧哗，人们愣了一下，一齐拜了下去。帐篷里一片肃静，静得令人有些不安。

“都起来吧。”大君从坐床上起身，缓步从烟雾中走了出来。

他拍了拍桌上那只朱漆木匣，并没有立即说话，沉默中带着令众人恐惧的压力，尊贵的大汗王和将军们也屏着气不敢大声呼吸。

大君伸手掀开了木匣的盖子。

一颗苍白的头颅躺在红锦上，那是真颜部主君龙格真煌的头颅……狮子的头颅。

从南方遥遥地带回来，头颅始终埋藏在石灰中保存，肌肉和皮肤都已经干瘪，乍一看，谁也分不出部落之主的人头和一颗普通的战士人头有什么区别。只是那神情看起来如此的平静，全不像是死在战场上的人。

“是草原上狮子的头。”大君低声道，“厄鲁带回来给我看。其实我倒宁可不看它，就当作从来不曾有过这么一个甥儿……我要给你们讲个故事。”

帐篷里的人都有些不安，大君的性格有些喜怒无常，谁也猜不透他话里的意思。

“都是许多年前的事情了……”大君眯缝着眼睛，沉吟了一会儿，“还是我当世子那会儿，哥哥们势大，没人看得上我，那时候我才十二岁。十二岁的孩子，只懂得骑马舞刀，哪里懂得别的？我母亲是华族人，你们都知道的，我一半的血是华族血，哥哥们不信我，挑了我的错处，把我和母亲贬黜出去，去火雷原北边的银羊寨。银羊寨你们都知道吧，过去是个大草场，已经很多年没有人了……父亲误会我，不肯见我，说是永远不再认我，只给我十匹马、两个伴当和一副弓箭。”

三个老王爷的神色有些变了，坐着似乎也不安稳。这些事情他们当然比谁都清楚，他们年轻时跟大君是结过仇的，可大君即位至今，并没有提起过那些旧事，时间流逝，哥哥们渐渐也疏忽了。如今大君重又在众人面前说起，往事历历在目，他们这才惊觉其实大君根本不曾忘记什么。

大君的脸上看不出喜怒来，他娓娓说了下去：“我们走到半路就没了粮食，都靠打猎和喝马奶过活。我又生了寒病，身体一天不如一天。冬天快来了，眼看就是死路，两个伴当也不愿跟我，夜里悄悄地逃跑，还把产奶的三匹母马都拉走了。母亲知道我没有马奶活不下去，只能自己骑着马去追他们，恳求他们至少留下一匹马。两个伴当垂涎我母亲的美丽，糟蹋了她，留下了一匹母马。母亲牵着那匹母马回来给我，第二天就自己割了喉咙。我恨不得吃他们的肉，喝他们的血，可是我连动都动不得，全身一时冷一时热，缩在帐篷里，只在饿得要死的时候挣扎过去喝几口马奶。”

众人心里微微生寒。大君即位之后，找到当初的两个伴当，以马革将这两个人卷起来，亲自带领骑兵纵马轮番践踏，直到将两人踩成肉泥。青阳大君吕嵩其实是个记仇的人，私下里人们都这么传。

“这样过了十几日，就到了冬天，有一天母马出去吃草，再也没回来。帐篷破了，我睡在里面，夜里周围都是风声，外面石头被吹得乱跑，好像整个世上就我一个人那样。那时候我想我就要死了，盘鞑天神就要来接我了……”大君微微顿了一下，“我醒来的时候，没有看见天神，看见的是我姐姐苏达玛尔的脸，我正躺在她怀里，她用自己的奶水喂我。”

“姐姐就是我的神女，我要死了，只有她来救我。她比我大十二岁，那时候已经嫁给了真颜部的老主君。她知道我被贬黜的消息，从真颜部带着自己的儿子，自己跨着马一路来找我。找到我的时候我只剩半条命，嘴烂得连乳酪都吞不下。

“后来我就去了真颜部，在那里住了十二年。第二年，我的姐姐就死了。她染上了我的寒病，却没有挺下来。临死的时候她把我和她儿子的手拉在一起，对她儿子说你要照顾舅舅，然后她就死了。她的儿子叫伯鲁哈，东陆名字你们都知道，是龙格真煌。那一年只有八岁。

“伯鲁哈是真颜部的世子，像个大人一样，说是要照顾我。他七岁的时候就和我的姐姐一起骑着马来找我，马鞍上带着一副小弓箭，路上射死了一头大狼。那时候我已经被贬黜，什么都不是，真颜部的人也不在乎我，我很受冷眼。伯鲁哈就把他的腰刀送给我，说是带了这柄刀，谁再敢欺侮我，就是他的敌人。他的办法也简单，谁若是对我无礼，他就和那人摔跤。他小时候力气就大，把人举起来摔下地，瘦弱一点的爬都爬不起来。于是没有人再敢欺侮我。

“再后来是阿依翰的爹爹要选女婿，送信给四方开叼狼大会，你们都是知道的了。”

“是。”众人都恭敬地回答。

阿依翰是大君第一个阏氏的蛮族名字。她的巢氏家族是青阳部有名的大族，靠着巢氏的支持，大君才得以继承了现在的地位。迄今将军中的铁氏兄弟和木犁，都是巢氏原来的家奴。

“伯鲁哈说，若是我可以娶得阿依翰，那么回北都就有希望。可是阿依翰那时候是有名的美人，又是巢氏惟一的女儿，草原上的好汉子都想娶她回去，凭我的实力，又怎么能在叼狼会上轻松胜出？不过伯鲁哈却说没事，他保证阿依翰定然是我的。

“那天叼狼会的时候，我才发现伯鲁哈也骑着马来了。我当时很是吃惊，除了厄鲁，你们都不曾和伯鲁哈当敌手，若说骑马打仗，伯鲁哈是我知道的仅次于父亲的英雄。纵然是木犁，也接不住他的刀。我想若是伯鲁哈也要争，我自然赢不了，我受了他很大恩惠，也就准备让给他。伯鲁哈却不跟我说话，只在人群中冲我眨眼……”

大君忽然沉默起来，许久，他唇边微微露出一丝笑，仿佛那一幕还在眼前。

“叼狼开始后，伯鲁哈装作抢到了狼，把年轻的男人们都引到山坳里，然后一个一个都捉下战马来。他还是老办法，和那些人摔跤，有摔得过他的，就可以出山继续去叼狼。摔不过的，就只好留下。结果谁也摔不过他，跟我竞争的人少了一大半，我轻松就夺下了狼，娶了阿依翰。那天直到晚上伯鲁哈才带着那些人回来，然后他们一起坐在火堆边喝酒，喝着喝着他身上的伤口裂开，就昏了过去……其实他也不是铁人。

“我离开真颜部的时候，从东陆的商人那里买来一块净玉，请人雕琢成一粒玉玲珑送给伯鲁哈。那年我二十四，他二十岁，我说这次我若是回到北都能当上大君，就许他永守铁线河以南的牧场，那粒玉玲珑就是我那时给他的信物。”

大君不再说了，他转过身，目光在将军和王爷们脸上扫过。目光所到之处，众人都不由自主地低下头去，一片死寂。龙格真煌叛出库里格大会，王爷和将军们都赞成诛杀，大君沉默了很久，最终也同意了。人人都知道大君曾在真颜部住过，可是很多人不知道大君和龙格真煌间曾有这样的情分，而即便这样，龙格真煌还是死在了青阳的铁骑手中。

大君幼年时眼睛里就有一片白翳，哥哥们都叫他白眼鹰，一是说他锋锐，二是说他阴冷记仇，此时几个老王爷心里都不期然地记起了这个绰号来。

“台戈尔大汗王，还想要什么么？你的妹妹苏达玛尔已经死了，我连她惟一的儿子也杀了，你真的还要什么别的么？”大君像是忽然间老了，“你有很多奴隶了，再多七万人开荒，也不算什么大数字。”

这一次桀骜的台戈尔大汗王也没有出声，金帐里静悄悄的。

“龙格真煌叛出库里格大会，是坏了祖宗的规矩。厄鲁杀了他，我很是欣慰。我和龙格真煌之间，再亲亲不过祖宗的规矩。不过叛乱的是龙格真煌，哥哥们却要把七万多人送到北地去，那七万人里，总也不都是存心要反库里格大会的。一个牧民，首领造反也只有跟着反，不是他们的本意。我不能报答龙格真煌，就报答给他的族人吧，七万女人和小孩，木犁安排他们在北都附近另辟草场居住，收缴他们的武器。这事我再也不要听到有人提起。

“心硬的时候就想想你们帐篷里的亲人，现在大家都知道读华族人的书，华族人的书什么样的都有。”大君低声道，“但是读出了宽仁两个字，才算读懂了。都退下去吧，大合萨，你去带阿苏勒进来见我。”

贵族们都散去了，只有九王留下了。

“厄鲁,还有什么事么？”大君用力按了按额角,“这些天你得胜归来，事情真是多，哥哥也有些累了。”

九王跪了下去，磕了一个头，“弟弟……弟弟做错了，应该把龙格真煌给哥哥带回来的！哥哥原谅弟弟的无知，弟弟实在不知道……”

大君双手扶起他，“厄鲁，你误会哥哥了。伯鲁哈死了，不错，我是很心痛。可是我心痛又有什么用？就算你把他擒回北都来，我又能不杀他么？我是库里格大会的君主，我不杀他，五部会逼我杀他。伯鲁哈不能不死，你为我杀他，让我手上不沾他的血，我心里也好过一些。”

大君幽幽地叹了一口气，“世上的人心变得快，去年，我杀了澜马部的达德里大汗王，今年，我杀了伯鲁哈。厄鲁，草原那么大，真正支持我这个大君的人，越来越少了。你是我青阳的弓箭，要助我杀掉青阳的敌人。哥哥对你，很是期望。虎豹骑你不必交还，从今天起，虎豹骑就是你帐下的战士。”

九王愣了一下，急忙又要跪下。

大君扶住他，“这又是怎么了？”

“虎豹骑是我们青阳第一的强兵，是拱卫北都的根本，哥哥怎么能把虎豹骑调到亲王的帐下？弟弟不敢接收。”

“怕有人说闲话？怕人说厄鲁新封了大汗王，就霸占兵权？也许还有人说厄鲁大汗王掌握强兵，就要造反？”大君拍了拍九王的手背，用力握住他的手，“厄鲁，草原上的英雄不怕别人说闲话，我们是靠宝剑和战功来建立名声的。我给你虎豹骑，因为我看这支强兵被你指挥自如，能驾驭虎豹骑的将军，我们青阳可不多。哥哥要你带领这支骑兵保护北都。无论别人怎么说，哥哥是相信你的！”

九王深深吸了一口气，挣脱大君的手，跪下来用力叩头，“弟弟如果这样还辜负了哥哥，也不必再活着做人了！”

“起来起来。”大君挽起他，“厄鲁，你虽然不是我的亲弟弟。可是这些年你帮我打胜的仗，远比我的几个亲哥哥多。我们之间有些话，不必说出来。对了，你在龙格真煌身上，没有找到我送他的那枚玉么？”

“没有，弟弟搜过的。”

“哦……那么他有没有说什么？”

“他只说一定要把他的人头带回北都，让大君好好看看。”

“是么？伯鲁哈，你临死还想要见我一面么？”大君沉默了片刻，挥挥手，“你先下去吧。”

九王踏出帐篷，正好看见大合萨挽着阿苏勒的手进帐。九王目不转睛地看着孩子，孩子却没有抬头看他。两人悄无声息地擦肩而过，孩子进了金帐，九王转过头，迎面对上了迎过来的吕守愚。

“世子看起来像是好些了。”九王在吕守愚耳边低声道。

吕守愚也压低了声音，“我们要不要把那件事跟父亲先说一下，告个罪？反正乱军之中，也不是叔叔和我的错，父亲也不会太怪罪。若是阿苏勒自己说给父亲听，只怕父亲还有些怪我们。”

九王摇了摇头，“他不会说的……”

“叔叔怎么知道？”

“我只是这么感觉。”

吕守愚低低笑了起来，“我们五个兄弟，从小就是阿苏勒最沉默，我们几个哥哥谁也不清楚他想的是什么，想不到叔叔竟然能看清楚他的心。”

九王点点头，“你没看见那天他的眼神么？你这个弟弟，现在心里想的也许是要杀了我吧？对于想杀了你的敌人，你不了解他，自己岂不是死定了？”

“阿苏勒？”吕守愚失笑，“叔叔过虑了。他从小体弱，刀都提不起来，而且他性子也软弱，连只小鸡都没有杀过。要说别人想杀了叔叔，我都认，但他是不会有这个胆子的。”

九王也笑，“只是那么瞎说着玩。对了，比莫干，你觉得大君很宠爱世子么？”

吕守愚摇了摇头，“这可看不出。不过阿苏勒身体不好，一直跟父亲住在一起，父亲对他喜欢得多些，可能是有的。”

“会不会大君心里想的还是把位子传给世子呢？”

吕守愚愣了一下，“不会吧，父亲怎么会把位子传给一个上阵骑马都不行的儿子呢？”

“我也觉得不会，”九王意味深长地看了他一眼，“可是为什么大君一定要把世子送到真颜部去休养呢？真颜部，那是大君从小长大的地方；腾诃阿草原，是养育大君的土地啊！”

阿苏勒跪在下面磕了个头，起身低头站着。大君斜倚在坐床上，点了点头。

似乎是分别太久不知道从何说起，父子两个都沉默着。大合萨觉出了金帐里有些难堪的沉默，挠着自己光秃秃的脑袋，也没有办法。

“阿苏勒，回到北都就好了。在南方这么些年，你长高了，阿爸看了很欣慰。”

“谢谢阿爸，阿苏勒也时常惦记着阿爸和阿妈。”

“你长大了，再住在金帐里就不该了，阿爸让英氏夫人做你的姆妈，她当年亲手接生的你，除了你阿妈，是最爱你的女人，你住在木犁将军的帐篷里，有什么缺的就告诉阿爸。”

“谢谢阿爸，姆妈对我很好，什么也不缺。”

“你昨天路上劳累，又被吓到了，现在可好些了么？”

“都好了。”

又是漫长的沉默，大合萨看见大君扶在矮桌上的手动了动，似乎是想招儿子在自己身边坐，却终于按了回去。

“那你下去看看你阿妈吧。”大君的声音里似乎有一丝倦意。

阿苏勒静静地站在那里。

“阿苏勒，跟你阿爸拜别啊。”大合萨急忙上来牵他的手，“马上去看侧阏氏了。”

坐床上大君半眯着的眼睛缓缓睁开，眼中那块白翳亮得有些吓人，“阿苏勒，你若是有什么事情想跟阿爸说，就说吧。”

大合萨呆了一下，扯着阿苏勒的手，拼命冲他摇头，意思是什么也不必说。可那只小手挣了挣，阿苏勒摆脱了他的控制。

“阿爸，为什么要灭掉真颜部？”

世子真的问了这个问题，大合萨最担心的事情还是发生了，他脑袋里嗡嗡作响，像是无数只蜂在飞。

大君却不动怒，声音低沉，“真颜部的主君龙格真煌叛出了逊王定下的库里格大会，我们草原人都是盘鞑天神的孩子，逊王受盘鞑天神的指引，为我们建立库里格大会，叫我们不得再争斗。真颜部还袭击其他几个部落的马队，抢走他们的牛羊，杀了他们的人。你阿爸是草原的大君，部落的主君们要我讨伐作乱的真颜部，这是阿爸必须做的。”

阿苏勒静了一会儿，“阿爸说的，儿子不太懂。伯鲁哈表哥对儿子很好，真颜部的姆妈也对儿子很好。”

“说下去。”

“伯鲁哈表哥叫一个奶奶每天晚上挤马奶给儿子喝，直到他上战场前一天还吩咐了。那个奶奶就挤奶给我喝，可是她的四个儿子都被我们青阳的人杀了。后来她也死了，寨子被破了，她想把最后那匹老母马赶走，可是老母马总是跑回来，她赶啊赶，被我们青阳的骑兵追上来砍了一刀，这些都是儿子亲眼看见的。到处都在杀人，也有真颜部的阿叔带着伤退下来，想杀了儿子，诃伦帖姆妈不让，她带着儿子逃。可是最后追上来的是我们青阳的骑兵，姆妈挡在儿子身前，他们就杀了姆妈。儿子不怪真颜部的那些阿叔，他们也对儿子很好，有个呼赤炎阿叔，他有一头很漂亮的大狗，儿子喜欢大狗生的狗崽，他就带着儿子去偷了一只狗崽，大狗跟在后面追，他就骑马带着儿子跑，直到大狗追不上了。呼赤炎阿叔说我可以放心地养狗崽了，他会把大狗带到放马的帐篷里，大狗永远都不会找来……”

他说的声音并不高，也并不多么的凄婉。偌大的金帐中就回荡着孩子低低的声音，静静的诉说，像是小河里的水慢慢地流，连水花都看不见。可是大合萨看见他眼角慢慢地有泪水垂下来，划过脸庞，他在竭力抓着衣角，声音开始颤抖。

“阿爸！”阿苏勒跪了下去，双手撑着地面，“儿子真的不太懂，那些都是很好的人啊……可是他们现在都死了。为什么呢，阿爸？好人也会变成叛贼？他们连肉粥都吃不饱，这样也会是叛贼么？”

大合萨低低地叹息一声，后退一步，知道自己再说什么都是没用的。

“是不是好人，与是不是叛贼，是两回事。”大君低声道，“你不懂，阿爸也不想你懂。但是你是我们吕氏的子孙，就要坚强，不要看到几个人的血就变成一个懦夫。你是青阳的世子，将来也许是草原的大君，许多人要听你的命令，你不能哭，你要变得很强，你若是软弱，你的族人们就会死得更多。你可明白？”

阿苏勒摇头，“儿子……不明白！”

“不明白也不要紧，阿爸问你，你有胆子在亲叔叔面前拿着刀去护着伯鲁哈表哥的女儿。是拿着刀能够护着她，还是在这里流眼泪能够护着她？”

阿苏勒抬起头，看着袅袅香烟中父亲模糊的面目。

“是拿着刀，对吧？你有这份心，敢跟阿爸说这样的话，阿爸就让木犁将军教你刀术。你不要哭，要做出样子来，阿爸这里有一把刀，是你伯鲁哈表哥小时候送给我的，阿爸把它送给你。”

大合萨小心翼翼地上前接过了大君赐下的腰刀。那是一柄修长的匕首，尺长的刃，墨绿色的鲨皮面上以金丝嵌着生涩古怪的文字。大合萨见过匕首出鞘的时候，面上有一层莹莹然的青色辉光，这是一柄洛族打造的名刃，名字是“青鲨”，是大君不曾离身的东西。

“拿着这柄刀，变成让阿爸放心的男子汉。”大君挥了挥手，“去看你阿妈吧。”

“快拜你阿爸。”大合萨把青鲨插在阿苏勒的腰间，扯着他下跪，又扯着他离开。

临到帐篷口，阿苏勒忽然停住脚步，猛地转身，“阿爸，我还想问一句话。”

“你说吧。”

“阿爸把我送到真颜部，又发兵打真颜部，是不是如果我真的死在南方了……也没有事？”

大合萨感觉到自己掌中孩子的手在颤抖，他竭力绷着脸，却掩不住那种淡淡的悲哀。

长久的沉默，大君在香烟里低低地叹了口气，“你真是个愚蠢的孩子，打仗，怎么可能不死人？你的祖先，都是死在战场上，你若是真的没能回来，阿爸也只好祈求盘鞑天神能接引你去天上。”

阿苏勒静了许久，扭头出了帐篷。

金帐中终于只剩下大君一人，他轻轻地抚摩着装有龙格真煌头颅的匣子，沉默得像一具石雕。

羽箭在夜空中带出凄厉的啸声，“砰”地扎进了百步外的垛靶。武士冲上去取箭的时候，箭尾还在微微地震颤。

武士取下中箭的牛皮，疾步回来，跪着呈了上去。台戈尔大汗王仔细地看了看中箭的牛皮，满意地点头。这张皮子是五层生牛皮密密实实胶在一起的，而那支长锋的利箭一次贯穿了五层牛皮，半截箭镞在牛皮背面闪着乌沉沉的光。

“大汗王试着拔拔箭看。”黑衣仆从在他背后低声说，他的声音沙哑，听着令人说不出的难受。

大汗王一手扯住牛皮，一手握紧箭尾，全力一拔。箭没有拔出来，他扯着牛皮的手反而脱开了，大汗王皱起眉，盯着自己磨痛的手。台戈尔大汗王年轻的时候也是一名武士，年老之后膂力依然不错，拔不出一支箭确实令他意外。

黑衣仆从接过牛皮，他的掌心里似乎藏了一柄小刀，寒光无声地一转，牛皮被割裂开来，整个箭镞暴露在人们面前。那是一根长度超过普通箭镞两倍的细尖长刺，背脊高高地突起，刃口两侧满是倒钩。

“拔不出这种箭的不只是大汗王，倒钩会咬住皮子，除非把牛皮整个地撕裂，不然谁也没有办法。”黑衣仆从托着箭递给围观的苏哈大汗王和格勒大汗王，“射在人身上，效果会更好。”

苏哈大汗王轻轻抚摩着箭刺，他也是上过阵的人，可是当他抚摩这支诡异的利箭时，却怀有一种敬畏，仿佛上面有些小刺扎着他的手指。

“真是支凶恶的箭。”他心里悄悄说。

“大汗王最好还是不要摸。”黑衣仆从伸手阻止了他，“这支箭不是钢铁锻打的。它里面一半是铜，时间久了铜就会被腐蚀，这时候箭刺上就会自然地带有铜毒！”

苏哈大汗王惊得撒手一抛，箭在空中，台戈尔大汗王已经一把抄住。

“没用！”他对弟弟低吼了一声，“又不是射到你身上！”

他转向了黑衣仆从，“一半是铜制，箭刺又那么长，容易折断。这箭射出来，也就废了，还不能锻打，只能用模子铸造，打造这样的箭，得多少钱？”

黑衣仆从沙哑地笑笑，“要说花费，这箭是一般狼牙箭的三倍多。这是仿制东陆晋北出云骑军的透甲箭‘松针’，只不过我们加了倒钩，加厚了脊而已。出云骑军采用松针箭已经接近二十年，这个花费，晋北能够承担，诸位大汗王也能承担。”

台戈尔大汗王冷冷地看了他一眼，转身踱起步来，一声不响地转着手里那枚利箭。

“大汗王，要想称霸草原，可不要舍不得花钱。不用这箭，若是对上朔北部的白狼团或许还好，若是有朝一日对上青阳的虎豹骑，别的箭可别想有什么作为。我看过虎豹骑的铠甲，里面衬着皮革，外面是精锻的钢铁，一般的箭，就算射穿了钢铁，也会咬死在皮革里。只有这种刺箭，箭镞长而细，才能一击而中。”他冷笑起来，“如果从胸口射进去，箭镞的长度刚好把铜毒送到心脏里去。”

“好！尽早开工，什么时候可以让我们的武士开始练习这种刺箭？”

“制好图纸、造模、锻炼铁铜，大量地打造需要三个月的时间，不过练习用的箭，十天之内就可以造齐了。以每个武士十支箭算去，我们需要五十万支箭，折合东陆金铢，大概五万枚。”

“五万枚？”格勒大汗王脱口喊了出来，“我们草原上削下来的野蒿也可以用来做箭，你打造一批箭竟然需要五万金铢？”

“我远道而来，为的是大汗王的功业。诸位大汗王不愿意打造，我也不劝。不过听说吕守愚王子的帐篷里刚刚请了二十名东陆淳国的铁匠，协助打造铠甲，一件上品的淳国钢铠，上百金铢也不止。不知道格勒大汗王的野蒿箭，能不能穿透大王子的铠甲呢？”

“废什么话？”台戈尔伸臂挡开了弟弟，“这五万金铢，我一家出了。你省着你那几个钱去讨好女人、买东陆的小玩意儿吧！格勒，我听说你帐篷里那座琉璃塔很精致啊？等着人家的宝剑砍下了你的头，你那个精致的宝贝就归人家了！你的女人伺候别人，没准比伺候你还卖力呢。”

“我……我又没说不出钱……”格勒的脸涨得通红，“可是……郭勒尔[1]还是我们的弟弟，自从他当上大君，几十年都过去了，难道他真的反要回头来害他的哥哥们？”

“是啊，哥哥。虽说吕豹隐和吕守愚剿灭真颜部立了大功回来，吕豹隐还当上了大汗王。可是我们这边也不是毫无作为，郭勒尔赐了哥哥坐床参政，旭达罕如今手里掌握着北都城外牛羊人口一切的文书，上个月郭勒尔还把火雷原那边的草场赐给我们几个，许我们几个去捕野马。”苏哈小心地说，“要说郭勒尔会和吕豹隐合起来对付我们，担心得是不是太远了一点？花这么多钱打造弓箭，若是被郭勒尔察觉……”

“尽是废话！”台戈尔恶狠狠地往地下啐了一口，“你们几个没眼色的东西，都被郭勒尔那个白眼的鹰耍了！当初巢氏支持他，我们几个的势力比不过他，向他低头。他保证说他当上了大君，兄弟们还是一样平等，吃一样的东西，穿一样的衣服，我们不用向他行礼。可是这些年你们也看见了，吃穿倒是一样，可是这点小恩惠算什么？部落里的政事我们管不上，我们的奴隶和武士不许随便进北都城，出征打仗没我们的份。如今草原上只知道青阳的大君，还有谁记得你苏哈，记得你格勒，记得我台戈尔？”

他手上用力，猛地折断了那支刺箭，“参政、坐床、野马，这些都不过是狗屁！郭勒尔把实际的好处都给了吕守愚和吕豹隐那边，他让吕守

[1] 郭勒尔是青阳大君吕嵩的蛮族小名，旭达罕是吕鹰扬的小名，吕豹隐则是九王的大名，蛮族人在称呼亲近的人时才会称小名。

愚和吕豹隐一起出征建立功劳，今天连虎豹骑都被赐给吕豹隐了。虎豹骑啊！你们就不怕哪一天那锯齿口的马刀砍在你们脖子上？”

“这……”格勒犹豫着，“难道郭勒尔已经决定把大君的位子传给吕守愚了？那么我们还拥护着旭达罕……不如……”

“笑话！”台戈尔冷笑一声，“这些年我们在旭达罕身上下了多少本钱？吕守愚对我们要多恨有多恨，你现在跑回去拍大侄子的马屁，太晚了一点吧？何况他已经有巢氏那帮将军和吕豹隐支持他了，也不缺你这个格勒大汗王。这里面，最狡猾的是郭勒尔！他想得清清楚楚，他把大君的位子传给哪个儿子都可以，就是不会把权力留给我们这几个哥哥！”

“不必再说了！”他把断箭掷进土里，“立刻开始打造这种箭，装备我们的武士，火雷原上我们要捕更多的野马！”

黑衣仆从一声不吭，小心地从土里拔出了断箭，收在自己的袖子里，低低地笑了几声，“这还是松针箭第一次出现在北陆的草原上，不要留下一点线索让人发现才好。等到有一天松针箭的箭雨对着敌人的铁骑放过去的时候，就让它震惊北陆吧！”

台戈尔大汗王一双褐黄的眼睛冷冷地盯了他一阵，“好！你很好！”

“还有一件事。”黑衣仆从道，“根据我们的斥候回报，最近草原上似乎有一队华族人在活动。”

“华族人？”台戈尔警觉起来，“你认识他们么？是我们的朋友，还是敌人？”

“至今还没有抓住他们的确切线索，他们只是在附近游荡，还一直没有接近北都城。不过能从我们斥候的视线中逃脱，他们不会是简单的人，至少，他们的来意和我的来意是不同的。”

台戈尔沉默了一刻，“细查这事。”

“是！”

木犁扁平如锉子的指甲在刀刃上弹了弹，“叮叮”的清音经久不绝。

那柄刀他刚刚磨出来，刀身一色的黝黑，只有开刃处泛着一抹淡淡的铁光，刃纹有如犬齿。他手一抖，眯起一只眼睛沿着刀背看向刀尖，刀身笔直如线。他拿起脚下那张擦刀的软羔子皮轻轻一抹，刃上的污水被拭去，铁光映着帐篷外投进来的阳光，忽地一闪。

阿苏勒本能地伸手去遮眼睛，再看的时候，羔子皮已经在木犁的手中分成了两片。

木犁伸手从铁盒里面抠出一块牛油在刀身上涂抹着。很快牛油就糊满了，刀的光芒也被遮掩起来，木犁用细草绳一层一层把刀缠了起来，小心地放回木匣里，这才抬头看着阿苏勒，擦着手上的牛油，并不说话。

阿苏勒抬头仰望木犁背后一人半高的木格，不知多少柄刀架在木格上，有阔镡厚背的劈刀，也有窄身直刃的腕刀，蛮族常用的马刀更多，接近刀锋处的刃口轻轻挑起，就像传说中豹子的牙。木犁是个清贫的将军，家里没有金银和好器皿，只是有许多许多的刀。战场上他若是见到敌人的好刀，就会自己收藏起来，时间久了，他还自己学着磨刀和锻刀。在蛮族，刀是男人们片刻不能离身的伙计，是男人的尊严和勇敢，而在北都城，则没有人敢在木犁面前说刀。

“世子真的要学习刀术？”木犁挑了挑眉毛。

“嗯，请木犁将军教我。”

“刀不好学，有的人学一辈子，也不算会用刀。世子若是想玩玩，还是不要学了。”

“阿爸让我学，我也是真的想学，苦也要学。”

木犁抬眉瞟了他一眼，“那选一柄刀吧。”

阿苏勒看着他背后的几十柄刀，犹豫了一下，摇了摇头，从腰带上解下那柄青鲨放在木犁的面前，“这是阿爸赐的。”

“这不算刀，只是精致的小玩具。”木犁伸手从右边的刀架上抓下一柄重刀来，直背曲刃的刀，背厚足有一指半。他猛地一抖手腕，立起那柄刀，刀尖指天。他腕力极大，刀身却丝毫不颤，静得像块石头，黝黑得没有半分光泽。

“若是华族人那样佩着玩，佩剑就可以了，可是我们草原人的刀，是要上战场的。你骑着战马和敌人对冲过去，能出手的时间连眨一次眼都不够，短小的东西，根本砍不到敌人，只能战败了自己切喉咙。真正的刀，要像这柄，刀身要足够重，挥舞起来才能有力，刀背要厚，即使崩了刀口也不会断开，刀刃该是一条弧线，直刃的刀，只能步战，马战的时候嵌在敌人骨头里拔不出来，你就被下一个敌人杀了！”

木犁捏着刀背，把刀柄递给阿苏勒。阿苏勒凝视这柄饱饮过无数鲜血的锋刃，手轻轻摸着刀镡，不由得有些抖。他抿紧嘴唇，握住了刀柄。

“用双手！”木犁低喝。

阿苏勒急忙改用双手，努力握紧了。

“左手要握在刀柄的最下，右手贴近刀镡，双手握在一起，挥刀怎么用力？”

阿苏勒不敢怠慢，照着做了。

木犁忽地松开捏住刀背的手，那股稳住刀身的巨大力量撤去，阿苏勒才感觉到这柄刀沉重的分量，他觉得刀尖像是挑着一块大石，手腕一软，刀就倾侧过去。他正要再用力，手上却一轻，木犁已经伸手把刀抓了回去。

木犁摇了摇头，“你的力量，制不住这把刀。这柄刀在这里的刀中，已经不算重的，你的力量太小，不适合练刀。”

阿苏勒握着扭伤的手腕，看着木犁那铸铁一样的大手把刀轻而易举地捏在阳光中，觉得那柄刀离他那么的遥远。

木犁抖手收刀，拾起了鱼鳞皮鞘。

“将军！”阿苏勒忽然坐起，弯下腰恭敬地拜了拜，“将军再让我试试吧。”

木犁愣了一下，眯起眼睛不说话，阿苏勒拜伏在那里，叩头在地毯上，也不说话。

静了好一会儿，木犁终于上去扶了他一把，“世子对我不要行这样的大礼，我担当不起。木犁以前是牧羊的奴隶，能够为你们吕氏出力，是木犁的幸运。世子真的决心要学，那么我可以教给世子。不过……为什么一定要学刀呢？”

阿苏勒抬起头，木犁看见他眸子里有种神情一闪而过，像是在九王凯旋的大典上他拦住虎豹骑的时候一样，让人不敢相信这个文弱的孩子竟然有如此的坚定。

“我觉得自己很没用，但是，我不想再这么没用了！”

“没用？你是青阳的世子，怎么这样说？”

孩子低下头去，嘴唇动了动，却什么都没有说。

木犁沉默了一会儿，点了点头，“好。那么就先为世子讲授刀的知识好了，刚才那柄‘石齿’不能用，也还有别的轻刀，我们由轻到重，开始练习。”

他又抓下了一柄刀，缓缓拔出，刀身暗褐色，有着乱云一样的纹路，似乎早已锈蚀不堪使用，可是刀出鞘的瞬间，铮然一声清越的鸣响，经久也不消失。他手腕一震，刀身随之急剧地轻颤，刀尖颤得极快，只有一团蒙蒙的影子。

“这柄刀是我二十年前从华族商人手里买来的，虽然没有石齿那么厚重有力，但是华族的铸刀技术非常高超，刀身是纹钢折铁锻打成的，刀背很韧可是刀刃的铁料极硬，铸刀的韧又在刀背上抽紧了，像是拉张弓，我每次磨完了它，刀刃都会崩弹出去一些，这样刀刃就更利。它砍中敌人的时候，刀身会弯曲一点，就算砍中铁甲，刀也不会崩断，只要入肉，轻轻一划就能斩开骨头。”

他把半张羔子皮往刀刃上随手一抛，羔子皮就自己裂成了两半。

在阿苏勒惊叹的目光中，木犁又抄起了一柄刀。出鞘的时候，刀身的反光亮得刺眼，鲜明的血槽带出两点寒星。这柄刀的刀身像是磨亮的银，刀刃笔直，刀口锋锐，刀身像是蒙在一层光芒里。

“这是一柄刺刀，不是用来砍杀，而是从夹缝里刺进去杀人。一旦刺进去，敌人的血就从血槽里面喷出来，他立刻就没有力气了。刀刃不重要，刀背却是最直最硬的，无论怎么用力也别想拗弯它。这柄刀是当初九熵部一个将军的，凭着这柄刀，他杀了我们青阳许多的战士，最后他中箭死了，我拾到了这柄刀，才明白他是怎么用刀的。刺杀比劈砍更快，我们的战士把刀举起来的时候，他就算后动手，也能抢先刺中胸口。”

木犁把三柄刀依次摆在阿苏勒面前，“能上阵的刀，就只有这三种，石齿是一柄真正的劈刀，用的是力量，你要能够抡开它，对准敌人，一刀砍下他的头！这柄纹铁刀是牙刀，要用它，要学会用力量和技巧，过马时候，要看清敌人的动作，不要和他拼刀，闪开他的进攻，牙刀的刃最快，背手一刀就可以结果他。这柄银色的是贯刀，用它，要看你的速度有多快，就是一眨眼的工夫，你刺不中敌人要害，你也许就被他砍掉了头。你想用哪一种？”

阿苏勒摸着这些刀，指尖微微地抖着，本来苍白的脸更没有血色了。

“世子，要学刀术，首先就要清楚你还是要用刀杀人的。不要怪木犁这么说，如果你害怕见血，那么什么样的刀到你手里，都是废铁，再好的刀术，临下手杀人的时候手软，也没有用。”木犁的声音严厉起来。

“我明白。”阿苏勒低低地说，“木犁将军，我只是想问，这些刀中，什么样的刀术最强？”

木犁皱着眉思索了一下，拔出了自己的腰刀。狼锋刀生青色的切口上凄然带着冷气，金筋和地肌里夹着褐红的细丝，似乎是有血渗透进去。这柄刀上自然地带着一股凶蛮，静静的都像是要扑起来伤人。

阿苏勒惊得一颤。

“木犁用得最好的，是劈刀，世子只要愿意用心，也可以像你哥哥四王子一样，学会用这柄狼锋刀。”

“那木犁将军，”阿苏勒直视着刀刃，“我就要学狼锋刀。”

太阳接近落山，木犁坐在草坡上整了整马鬃琴，低低地起了一个音。连续几日都是晴天，琴弦干爽，声音分外的高厉。他扯开弦，沙哑地唱着，都是些草原上口口相传的牧歌。当了几十年将军，他还是和当初那个牧羊的奴隶一样，每天傍晚就会扯弓看着落日拉马鬃琴。

放眼看去，奴隶们赶着出外吃草的羊群回来，绵绵的像是大片发灰的云。

“木犁，吃饭了。”英氏夫人从山坡后面上来，坐在他身边，却没有真的拉他去吃饭，只是坐着听他慢悠悠地拉琴。

英氏夫人是贵族出身，嫁给了奴隶崽子出身的木犁，因为喜欢他纵马挥舞战刀的豪勇，像是匹无法拘束的公野马，可是日落的时候又会特别安分，总是架着马鬃琴坐在山坡上看晚归的羊。几十年过去，木犁都变成将军了，家里的牛羊和人口数也数不过来，可每晚木犁还是坐在帐篷前的草坡上拉琴，这让英氏夫人想到以前，心里不由得就柔软起来。

木犁拉着琴看着远处，英氏夫人跟着他的目光看过去，羊群后的草地上，阿苏勒挥着刀，一下一下地劈杀在木桩上，夕阳下他的身影小而模糊，像是画中的远景。他似乎已经很疲倦了，微微含着胸，劈几下就要歇息一下，可是擦擦汗，又双手支起刀，重复着单调的劈杀。

刀劈在木桩上砼砼作响，听着极是遥远。

“你又在想什么？”英氏夫人问木犁。

“你看他，”木犁指着远处的孩子，“明天做些好吃的东西，给世子补一补，他的身体还不行。再过些日子就要教他上马了。”

木犁掀开了金丝织绣的羊皮帘子，低头钻进了金帐，闻见熟悉的熏香气味。袅袅的香烟里，大君半倚在坐床上，端着一盏子羊奶，若有所思地看着窗外。

看见木犁进来，大君招了招手，招呼他坐在一旁。木犁是年轻时候就追随大君的亲贵将军，外人不在的时候，总有坐床的恩典。

“大君找我来，有什么事么？”

大君摇摇头，“没事，想跟你叙叙。”

木犁欠了欠身子，“这些天还安静，就是九王的伴当带着人来收战马和兵器，对将士们很不敬。”

大君笑笑，“你和厄鲁都跟比莫干走得近，厄鲁手下的兵多了，对你们有好处，为什么你倒不满起来了？怨我没有把虎豹骑拨到你手下么？”

木犁神情不变，还是摇了摇头，“木犁和九王都支持大王子，可是木犁以为自己跟九王不是一群里的马。何况虎豹骑是我们青阳最强的骑兵，是大君用来守卫北都、威慑诸部的军马，无论拨到谁手下，木犁都是不赞同的。”

“不说这个了。”大君随意地摆了摆手，“世子还好么？我让阿苏勒跟着你学习刀术，他的进步快么？”

“世子的身子很虚，胳膊上的力道也不足，能提起刀挥舞已经是勉强得很了，刀上没有力气，也说不上什么进步。”木犁直言不讳，“木犁以为，世子不是个学刀的材料。”

“哦？是么？”大君淡淡地说，眉梢也不动，只是低头饮着银碗里的奶子。

“只有一点……”

“一点？”大君忽地抬头去看木犁，“什么一点？”

“很久没看见有人那么努力地练刀了，即便是木犁教导四王子的时候，也没见他这么拼命。木犁每天只给世子讲解一种劈斩，即使是一种劈斩，世子也练不熟。练了后面的忘了前面的，刀上全没有力气，别说杀人，杀只黄羊都不成。可是他偏能一刻不停地练下去，直到夜里，还能听见木桩那边砼砼地作响，都是世子练刀劈桩的声音。那种拼命的劲头好像……”木犁犹豫了一刻，还是说了，“有时候看着他，就像看见木犁自己小的时候。那时候木犁是个奴隶崽子，不练刀，就得放一辈子羊，就活不下去。”

大君沉默了片刻，“可是他是世子，我们吕氏帕苏尔家族尊贵的小儿子，没理由这么拼命的，是不是？”

“是，如今世子把九种基本的战法练熟了七种，再过几日就要练到冲斩，然后就是上马劈桩。只是木犁看他这么练，时间长了只怕是会伤身的。”

“会伤身啊……真是个傻孩子。”大君静了一刻，笑了笑，“别教什么冲斩了。让他练着玩玩，也不必教他骑马，做个样子就是了。”

“这……”

“木犁，你也太认真了。学不学刀，有什么要紧？小孩子的心思，也许明天他就忘了呢？”

“可是……可是如果这样的话，大君为什么要指定木犁去教世子？难道大君不是想……”

大君摆了摆手，“他毕竟是世子，该有最好的老师。可是我的心里，并不想他成为武士，要做样子，也要做个好看的样子。木犁你记住，阿苏勒，是不适合学刀的。”

两人都沉默下来，大君递过一盏奶子，木犁端在手里没有喝。

他忽然放下盏子跪了下去，“大君，木犁有一句话。”

大君瞥了他一眼，用银盏的盖子指着他笑了，“怎么连我的木犁说话也这么吞吞吐吐的了？草原上只有羊儿叫声大了被狼叼走的，还没听说狮子老虎不敢出声的。木犁你跟我那么多年，是我们青阳的狮子老虎，你有什么话尽管说给我听，我不怪你。”

木犁用力点点头，“木犁是要问大君立嗣的事情。”

“立嗣？”大君挑了挑眉毛，“我的小儿子是阿苏勒，草原上的规矩，我的帐篷和牛羊将来都是他的。木犁觉得不妥么？”

“木犁觉得不妥！”木犁提高了声音，“以世子的身体，能活几年？何况世子的母亲是朔北部的人，朔北可是我们最大的敌人啊。木犁跟着大君那么些年的征战，不都是对抗朔北的白狼么？”

“能活几年？”大君低低地叹了口气，“我也不知道。至于朔北部的血统，木犁啊，我也有一半的华族血呢。我不知道阿苏勒是不是算半个朔北部的人，我只知道他的母亲是我帐篷里一个可怜的女人。”

他背着手在金帐里踱步，“木犁，我知道，你们拥护比莫干的一拨人，私下里叫长子窝棚，拥护旭达罕的一拨，叫三子窝棚，争来争去，还是一个立嗣的事情。你们谁都觉得，我迟早有一天要废掉阿苏勒，另立一个储君，因为阿苏勒的身体，因为阿苏勒不像是我们草原上真正的男儿。这些我都知道，但是我要告诉你的一句话是，我心里很是爱阿苏勒这个儿子，在我倒下之前，我不想听任何废掉他的话。”

“可是大君……”

“木犁，这个不用再说了，我知道你的心思。你们的心思，我都知道。我心里有主意，有一天我要死了，会给你们选一个最合适的大君。阿苏勒学刀术的事情，你要让他知道不可能，他自己就会退却了，安心去休养身体。不必真的教他任何刀术，明白了么？”

“是。”木犁点了点头，“只是我还有一句话说，不是为了大王子，是为了世子。”

“你说。”

“无论世子怎么体弱，都还是我们草原上的男孩。大君答应了他让他学刀术，又嘱咐木犁不教，不是骗了他么？”

“就算我骗他吧……”大君沉默了一刻，笑笑，“做父亲的，不过希望自己的儿子好好长大，多活些日子，当不当英雄，又能怎么样？他的爷爷是盖世的英雄，他的爷爷下场如何，木犁，你还没有忘记吧？”

“狼突，中门，雷！”

“左后，腰斩，左中平！”

“左后，逆身，刺胸！”

犀利的鞭声炸开空气，三丈长的绞皮鞭子轮次抽打在四个方位的木桩上，阿苏勒拖着那柄纹铁牙刀，喘息着突进退后，依着吼声劈斩那些木桩。木桩上都伸出突兀的铁枝，他的刀每一击都要避开那些铁枝劈斩进去，在木桩上留下一道痕迹。木犁拄着马鬃琴坐在背后的土坡上，三丈长的软鞭子在他手里像是个活物，每一击都不走空。他小时候牧羊就靠了这个本事，远远地用响鞭惊住想离群的羊，自己却踞坐在马背上丝毫不动弹。当时还只是王子之一的吕嵩远远看了，赞叹说像是带着几千个勇士的将军。

木犁的呼喝越来越快，手里的鞭子幻化成一片影子，渐渐地他不再指点攻杀的手法，只用挥鞭指示进攻的方向，无数的鞭声在阿苏勒周围响成了一片。年少的世子赤裸着上身，跌跌撞撞地拖着刀冲向下一个目标，已经极度疲惫，木犁却没有停下的表示，每当阿苏勒错了一次，长鞭就连续地打在他错过了的木桩上，勒令他奔过去补上一刀。

英氏夫人捧着阿苏勒的上衣站在木犁后面，看着丈夫铁铸一般的面容，想要说什么，却又不敢。

阿苏勒喘息着扑前，一记“雷”劈杀在木桩的正顶，鞭声已经响在了右后，他守不住平衡，跌跌撞撞地退了几步，以腰劲带动旋转，一刀平斩在木桩的中间，却没有避开铁枝，刀差点被震得脱手。他觉得浑身像是灌满了铅，沉甸甸的眩晕感就要把他压倒，前后左右无数声鞭响一起炸开，他旋转着，目光茫然，恍惚中那些木桩都像是真的敌人，紧紧围绕着自己。

像是有刀光在闪，笑声在回荡，又听见马蹄声狂风一样扑来。

“世子！”英氏夫人的喊声像是无比的遥远。

他跪在草地上，双手撑着地面，急剧地喘息着，舌头干得像是要裂开，他努力吞了一口唾液，唾液黏得像是胶，心脏在胸膛里狂跳着。他用力按着心口，这是从小的疾病，每当劳累的时候，那种紊乱的心跳简直像是要把他从顶骨震成两半，又像是有人在里面狠狠捶着他的胸膛。

英氏夫人奔上去扶住他，见他瘦得见骨的上身泛着异样的血红，胸膛起伏得令人惊惧。

“错了！”木犁大步上前，扯开了英氏夫人，“刚才那一刀，你该用的是逆劈竹！我告诉过你不止一次，雷之后若是右后有敌人，应对的手法绝不是左中平！你仔细看看，你退步挥刀，这一转身，大半的力量都耗在转身上，就算你的左中平砍中了敌人，又有什么力量劈开敌人的甲胄？”

“是！”阿苏勒拄着刀，喘息着又站了起来。

木犁以鞭柄不断地敲打着方才的木桩，阿苏勒双手举起刀，细弱的胳膊不住地颤抖。他脚步虚浮着，侧身，刀光从下面转起，逆劈在木桩上，牙刀发出嗡嗡的震鸣，他整个人都被反力推了出去。

“这不算逆劈竹！”木犁抛去了鞭子，“那就再练五百次逆劈竹！”

他一手提着马鬃琴，一手扯住英氏夫人向帐篷走去。年少的世子孤零零地站在夕阳里，头发全被汗水打湿粘在脸上，他抹开了头发默默地看着西边的落日。木犁走出几十步，听着那单调的劈砍声又响了起来，他手指在马鬃琴的弦上拨拉几下，没有回头。

“木犁你让世子练了一天了，没完了么？”

路过最近的帐篷时，大合萨干瘦的老脸从帘子后面探出来，凶神恶煞地喊着。

木犁冷冷地瞥了他一眼，“吕氏的祖宗哪个不是这么练出来的？他四哥七岁喝的奶里就掺了烈酒，一下午就可以砍断四根木桩，我小时候练刀，冬天满手的血泡都结上冰，也不敢偷懒。不逼他练，上阵就是被人劈的木桩，现在这样，已经是轻的了。”

“你是头老蛮牛！世子才九岁！能跟你比么？”

颜静龙努力扯着他的袖子，可是老头子完全不理会这些。

“上了阵，是奴隶是世子有什么区别？”木犁声音硬得像铁石，“大君命我教世子刀术，大合萨懂刀术么？”

他扯着回望的英氏夫人，头也不回地去了。

老头子恶狠狠地瞅着他的背影，啐了一口在草里，“一辈子都是个放羊的死木头！”

他跺跺脚噔噔噔地回了帐篷，坐在木柜上猛喝了一口烈酒，还是忍不住掀开一块羊毡去看练刀的阿苏勒。秋风起了，帐篷里没生火盆，隐隐的有点寒气。颜静龙扯了一件羊皮短袄给他压在背上，大合萨毕竟也六十多岁了，在草原上能活到六十岁的人已经不多。

世子在木犁的帐篷里已经住了四个多月，大合萨也赖着在木犁的帐篷里待了四个多月。木犁倒是不缺这点食物供养大合萨，不过他明显是不喜欢整天看见老头子那张醉醺醺的脸。英氏夫人经常烹调香辣的手抓黄羊肉和烤麂子腿，颜静龙吃得胖了许多。

颜静龙心里有隐隐的不安。自从世子回来，老头子的全部精力都在世子身上，大王子二王子已经不再来巴结了，别的贵族也都对老头子敬而远之，倒是三王子吕鹰扬和九王还是照旧，不时地能收到三王子送来的礼物。

颜静龙旁敲侧击地问，老头子总是哼哼哈哈的，谁也不知道他想的是什么。整个北都城里，大概没有第二个人把希望寄托在这个体弱的世子身上，颜静龙也不觉得老头子真的相信《石鼓卷》上虚无缥缈的说法，若是他对天神真的那么虔诚，也不至于用旅鼠占卜了。

“我可真不知道世子为什么要拼命地练这劈刀。”大合萨拈着几粒硬米逗着旅鼠磨牙，“练刀有什么用？”

“不练刀，当不了武士啊。不上阵，谁都瞧不起。”颜静龙在床上伸了个懒腰，“如果不是我身体太弱，阿爹也不会送我来学占星的。”

老头子冷冷地哼了一声，“后悔啊？”

“也不是。”颜静龙看着帐篷顶，“我就是想跟我阿爹一样骑马打猎，多威风。逊王、钦达翰王，我们草原上的英雄，不都是勇敢的武士？”

“可笑！都跟木犁那个蛮牛一样，只知道跨马舞刀，上阵都不知道用脑子。华族人说我们是蛮族，这些人就真的蛮劲发作，就知道拼血勇。

十个九王也未必拼得过一个木犁，可是青阳的神弓还是九王，木犁也不过是个将军。如今早不是逊王的时候了，拿一把刀想在草原上当英雄？刀术练得再好，又杀得了几个人？蠢！”

“那合萨你说怎么算英雄？跟华族人一样缩在石头的宫殿里，马都不会骑，算英雄？”

“其实最英雄就是算星相，当大合萨！说吉祥就是吉祥，说凶险就是凶险，出征出牧都听你的，喂个旅鼠就有人供养。”老头子从腰里的小袋里摸了一颗黑粟和一颗莜麦出来，扔进旅鼠的小笼子里，那个小东西瞪大了黑眼睛，小爪子抱着，盯着两颗谷子看了看。

“这回又是什么事？”

老头子挠了挠光头，“呼鲁巴家生了小孙子，他们主人送了礼物要我给孩子起名，我想巴呆要是选黑粟，我就叫他呵由斤，要是选莜麦，我就叫他博赤尔。”

“呵由斤什么意思？博赤尔又什么意思？”

几百年来蛮族学习东陆的文化越来越多，贵族们纷纷改了东陆名字，说话早就是东陆腔调。蛮族古语被忘得差不多了，只剩守着古书的巫师合萨们还晓得那些饶舌的古词什么意思。颜静龙学了几年，呵由斤和博赤尔这两个词还没有听过。

“去过大湖，看见过那些白头海鹰么？”老头子伸展双臂向着天空，“呵由斤啊，就是那最勇敢的雄海鹰，展开白色的双翼可以飞到盘鞑天神的神座旁。”

“博赤尔呢？”

“雌海鹰……”

颜静龙被口水呛了一下。那只叫巴呆的小旅鼠选了莜麦，老头子满意地点点头，摇了摇空空的酒罐。

“对了，大君传召两日了，老师你真的不去？”

“又不是急召，没事，不是教给你了么？说我年纪很大了，身体不好，怕被风吹了，不敢出帐篷。”

“金帐宫那边，大君的伴当来了几次，就算老师你真的身体不好，也总得有个什么病可说啊。”

“就说我骑马摔了，拧了脚！”老头子站起来，摸了摸脚踝，半边身子一塌，好像立刻就瘸了，一歪一歪地蹭到帐篷角落里，抱着酒坛子拿佩刀撬上面的锡封。

“博赤尔这个名字不错。”

“很合适呼鲁巴家那些孙子们，就知道穿彩色的丝绸，买东陆贩来的女人。”老头子满意地点点头，“巴呆选的从来我都满意……”

他忽地呆了一下，这个声音并非颜静龙的，而帐篷里面没有第三个人。

他猛一回头，颜静龙已经跪下了，叩头在地不敢抬起。帐篷帘子掀开了一半，飘进来一角乌青色的大氅，重甲反射夕阳，只见那人魁梧的身材封住了帐篷口。老头子眯缝起眼睛，酒坛子“咣当”落在地上。

他看清了那人眼里一块慑人的白斑。

“今年的酒蒸出来了，足够喝一个冬天。”

大君进帐后的第一句话竟是这个。颜静龙小心翼翼地抬起头，看见大君手里提着一个圆肚糙面的陶罐，淡淡的梨子一样的酒香飘来，闻着就有些醉人。青阳的美酒在东陆有“青阳魂”的美名，闻着虽然像是果子的芬芳，却是最烈的美酒之一。每年深秋才把发酵的粗酒蒸出来，青阳部的人们要靠这烈酒过一个冬天。

大君把陶罐放在了床边的小桌上，自己先盘腿坐了上去，转头看了一眼颜静龙，“眼镜龙又长高了。不要惊动木犁和夫人，去找两个杯子来，我和大合萨尝尝新蒸的酒。”

颜静龙应声去了，忐忑不安地避过女奴们，偷拿了两只濯银的深杯回来，一路上看见几个面生的武士侧身半隐在帐篷背后。木犁家里来来往往的人多，也没有什么人注意他们，想来是大君随身的人。

颜静龙心里忐忑，不敢多想，小跑着回到帐篷里。他把杯子放到小桌上，老头子已经缩着脑袋和大君并坐在床上，除了新酒，还多了一条烤好的鹿腿，大君也不用刀，手撕着吃。

“没有惊动外面的人吧？”大君格外地温和，一边嚼着鹿腿一边给大合萨和自己倒上酒。

颜静龙摇了摇头。

大君扯下一块鹿肉递给他，示意他坐在一旁的垫子上，“眼镜龙很能干啊，大合萨小时候在烧羔节上偷了一条宫里烤的羊腿，贴身抱在袍子里，还没有走出帐篷就被老大君发现了。”

老头子的脸似乎红了红。

“大合萨喝酒。”大君说，“那晚上的羊腿是最好吃的，现在我都记得。我当时想和大合萨分那条羊腿，一人一半带出来可不容易看出来，可是大合萨不愿，想要独吞。”

老头子抱着杯子喝了口酒，看着有些扭捏。

“那年蒸出来的酒也是最烈的，我们都想自己带着酒出去喝个大醉，可是找不到下酒的吃食，都起了偷的心。后来大合萨被老大君下令在雪地里光着屁股骑马，被大家笑话了，他在自己家里蒙着头，一个月都不肯出来。当时大合萨十四岁，我才十一岁。”大君把整整一杯烈酒喝了下去。

“沙翰，我们两个也很多年没有面对面喝酒了。”他看着大合萨。

老头子的脸色忽然变得有些古怪。他没了惯常的那种神气，沉默地望着银杯里澄清的酒液，像是在看自己的倒影。帐篷里面安静得让人心里不安，颜静龙紧张地看看大君，又看看老头子。他还是第一次听见“沙翰”这个名字，那该是大合萨真正的名字。人们知道大合萨的东陆名字是厉长川，可是这个名字是不能称呼的，而他继承大合萨地位之前的蛮族小名，整个青阳部似乎都没有人知道了。

颜静龙忽然觉得老头子其实有太多的事情是不曾告诉他的，他就从来不知道大君和大合萨的交情可以一直追溯到童年。

老头子抓了抓光光的脑门，笑了笑。

“酒怎么有点苦？”大君皱了皱眉头。

“是不是酿酒的谷子霉了？”大合萨吞了一小口酒尝着。

“都是新谷子。”大君把酒倒了，新斟了一杯，又尝了尝，“这下好了，刚才是杯子里有苦底子。”

帐篷里的气氛忽地融洽了，大合萨开始撕扯起鹿腿，大君轮流斟酒。天渐渐地黑了，颜静龙又偷偷出去拖回一盏东陆式样的九枝铜灯，九团火焰照得帐篷里一片通明。大君和大合萨都不太说话，只是吃喝，渐渐地两个人都有些醉了，大合萨的脸红扑扑的，有点像是少年，颜静龙也第一次看见了喝醉的大君，这位草原之主头重脚轻有些摇晃，身上铁甲的甲片叮当作响。两个人哼着一些颜静龙听不懂的牧歌，老头子高兴起来，最后把鹿腿骨一把抢了过去，大口地啃着。

“大君到底想和我说什么？”老头子啃着骨头晃晃悠悠。

“有个小东西，带给合萨看看。”大君从身边拎起了捆扎细密的方形包裹。

他扫去桌面上的东西，解开棉布，暴露出朱红色的木匣子。颜静龙觉得那匣子有些眼熟，心头忽地一跳，想起正是九王从南方带回来、装着真颜部龙格真煌头颅的匣子。大君轻轻打开匣子，红锦上果然是那颗埋在石灰里的人头，颜静龙头皮发麻，却不敢动弹。

大君拔出胸前的小佩刀，从头颅的嘴里刺入，撬开紧闭的牙齿。死人肌骨早已经僵化，那令人恐惧的低响让颜静龙越发地不安，可大君凝视着那张黑洞洞的嘴，嘴角竟然有一点笑意。

“我知道在这里，”他喃喃地道，“我就知道他藏在这里。”

大君两指探进头颅嘴里拈出了什么，在灯火下慢慢摊开手掌，一枚淡青色的玉扣子一样的东西躺在他的掌心，莹润可爱。

“是当年我送给伯鲁哈的那枚玉玲珑。厄鲁说没有从他身上搜到，我就知道是在他嘴里，这枚玉可以吹响，他总是含着。”大君凑在火前凝视那枚玉，久久不出声。

他拿袖子擦了擦那枚玉玲珑，忽然放进嘴里。颜静龙要拦，已经迟了。一个缓缓拉长的哨声响起在帐篷里，渺渺然很是空蒙。这枚玉吹起来有点像牧马人的牛骨哨，声音却柔和了许多，像是隔着水听到歌声远远地传来。大君吹的调子颜静龙不曾听过，绵绵的很是悠长，又有股秋风般的冷。其间有几个错音，听起来断断续续。

吹起这个调子的时候，大君那么认真，颜静龙不敢发出一丝声音，一直听到结束。

“是真颜部的曲子，以前伯鲁哈吹给我听过，想不到还能记得……”大君把玉吐出来攥在掌心里。

烛火被透进来的风压得一低，老头子把鹿腿骨抛在了小桌上。

“纵然有这种情意，后悔也已经晚了。真颜部灭了，龙格真煌死了。大君年轻时候的好朋友，如今只还剩下我这把老骨头，大君什么时候杀我？”老头子斜眼觑着，望向灯火照不到的黑暗里。

颜静龙心里猛跳，浑身都发软，几乎要跪下去。

大君却很淡漠，只摇了摇头，“沙翰你是说我不该讨伐真颜部？”

老头子双手抄在腰里，搂紧了袍子，挪了挪屁股，侧过身去把背对着大君，“知道了还问我？”

“我是猜的，你不说，我怎么知道？”

老头子不吭声，弓起来像是一只干缩的大虾米。大君晃着濯银杯子，看着里面的酒液荡来荡去。

“颜静龙你出去，”静了一会儿，老头子偏偏头，“这里没你的事情了。”

大君摆了摆手，“沙翰，你是准备把大合萨的位子传给眼镜龙么？”

老头子怔了一下，看了颜静龙一眼，又看了大君一眼，沉沉地点头。

“那眼镜龙也留下吧，沙翰你说吧。”

老头子低头想了一会儿，摸摸索索地掏出鹿皮的小口袋，装了一袋烟，点上了，吐出一口青烟。

“前几年北风来得猛，听说北方几个大草场都稀疏得很，只有铁线河边还有好青草。”老头子的声音又低又沙，像是在讲故事，“朔北、澜马、沙池、九煵，几个大部落哪个不是把马羊放到了铁线河边真颜部的草场上？铁线河的草场才多大？哪容得下那么些牲口？吃秃了草，就得吃草根，吃光了草根，来年就没有新草，没有新草，大家一齐饿死，偏偏这个时候，真颜部一个小部落起来造反，还要反库里格大会。这下子真颜部被灭了，族人都北迁，终于把草场空出来了，皆大欢喜，倒是好得很。”

“嗯。”大君淡淡地应了一声。

“骗瞎子！”老头子把烟锅在床上一蹾，花白的眉宇挑得老高，“龙格真煌是什么人？草原上的狮子是傻子么？谁不知道反库里格大会的下场？他真颜部几万武士？朔北、澜马、沙池，哪个部落灭不了他？可是他还是要反，他反什么？他不反他要饿死啊！阿苏勒说的大君听了么？肉粥都喝不上，也会是叛贼么？也会是叛贼么？也会是叛贼么？”

颜静龙很少看见他生那么大的气，他的胡子颤着，浑身都在抖，老拳攥得紧紧的，干缩的皮肤都像是要裂开。

“嗯。”大君还是淡淡地应了一声。

老头子深吸了一口气，渐渐地平静下来，磕了磕烟锅，摇摇头，“龙格真煌不反行么？他没有退路了，他的草场被人占了，他背后就是海，难道叫他退到海里去放牧？要是我，我也反了！”

颜静龙眼前一黑，只觉得两只耳朵嗡嗡地作响，老师是反贼，不知道学生要不要砍头。

“我想你也会反的。”大君居然点了点头，“沙翰你说得不错，我知道伯鲁哈为什么要反。前年真颜部最后一次上贡，伯鲁哈的信里已经说了，真颜部里面饿死了人，有些地方冬天人跟牛马一样吃干草，再不行牧民就杀马，吃马肉。几个大部落都说真颜部抢他们的牛羊，杀了不少人，可是他们死的人没有真颜部饿死的人多。他们自己灭不了真颜部么？要派使者来北都请我们青阳出兵。他们是要逼真颜部反叛啊，再用青阳的兵力灭了真颜部，铁线河的草场还是部落间平分。这种诡计，大合萨能看得出来，难道我就看不出来么？”

老头子怔怔地看着大君。

大君苦笑，“可是伯鲁哈太蠢了。真颜部抢牛羊，杀别的部落几个人，都不是什么大事，可是他以为是库里格大会的制度不对，七部联合不对，这就错了，错得太厉害了。库里格大会是几百年来的制度，逊王定下这个制度，我们北陆七部才算是一个国，反对库里格大会，就等于叛国。有个库里格大会，虽然小部落还是被盘剥，可是比几百年前逊王的时候好啊，那时候你杀我，我杀你，草原上年年死人，大家抢别人的妻子来生孩子，孩子养大又上战场。这几百年来，逊王被大家看得像神一样，就是因为这，连我也不敢说出一个字反对逊王建立的制度，伯鲁哈又能怎么样？”

大君喝干了杯子里的酒，看着烛火，那目光像是遥遥地望着远方。

“就这样，就真的要整个真颜部都灭掉？”大合萨说，“几个大部落里，早先和大君交好的澜马部达德里大汗王被诛了，九煵部的老主君被儿子杀了，青阳部里面巢氏的几个老家主死的死，贬的贬。如今龙格真煌也死了，草原上还有什么人支持你这个大君呢？”

“伯鲁哈是不能不死的。”大君低低地说，“如今想拆散库里格大会的，可不是伯鲁哈一个人。多少人都想做第二个逊王，自己统一这片草原，做流传子孙万世不变的大君。他们可不是伯鲁哈，会满足有片自己的草原，自己的族人可以安心地放牧。他们是要杀人的，杀到草原上只剩下他们和战俘，然后草原就像东陆一样，变成一个真正的大国家，大君就成了东陆的大皇帝。”

大君的声音变得森严低沉，“所以谁也不能在草原上提拆散库里格大会这事，谁说了，我就杀掉他。我们蛮族人再也不要互相残杀，几百年前大家都是兄弟，再有战争，死的也还是自己的兄弟！”

老头子忽然坐直了，一扭头，大君正目不转瞬地看他。两人对视着，老头子嘴唇颤了颤，“可是……”

大君低低地叹息一声，“沙翰，你有十几年不理我了。当年是你占卜了天相，硬把我推上大君的位子，可是我当了大君，做了很多不得你心的事情。可是你以为大君真的就是想做什么，就做什么吗？我为什么要杀达德里大汗王，为什么又要杀伯鲁哈？我们在跟真颜部决战的时候，朔北部的白狼离北都只有两百里啊。”

“白狼团？”大合萨脸色变了，“楼炎是要反叛么？”

白狼团是个可怕的名字。

朔北部是草原上第二大的部落，楼氏的家主楼炎是朔北的主君，总是随身带着一万名骑乘巨狼的武士，号称白狼团。整个草原也只有朔北部有驯狼的本事，他们从虎踏河以西的雪原上捕来了白色的雪狼，从小养大，变成坐骑。青阳虎豹骑最忌惮的骑兵也就是白狼团，普通的战马无不会在凶恶的大狼前畏惧，不光白狼骑兵的战刀是杀人的武器，白狼们的爪牙也可以撕开战马的肚皮拉出肠子来。那股厚重的狼骚味从草原一侧遥遥飘来的时候，整个骑兵马群都会惊恐地嘶吼，仿佛末日降临般的恐惧着。

大君继位后不久，朔北部曾经反叛，一直杀到北都城下，最后谁也无法取胜，朔北部终于交出了旗帜，表示臣服于大君，贡上两个女儿当了大君的阏氏，大君尊称楼炎为岳父。朔北部重新归于库里格大会，二十多年过去，这场血战青阳部的人们记忆犹新，说起来就想到攻城的恶战后，城门上厚而黏稠的鲜血无处不是，缓缓地滴落，无比狰狞。

“不光是朔北，九煵、沙池几个大部落都把骑兵放在北都城的旁边，我不讨伐伯鲁哈，他们会不会联合起来讨伐我们青阳部，我不知道，沙翰你知道么？”

大合萨默默地摇头。

“谁都不知道，但是我不能冒这个险。”大君的声音低而有力，“我是蛮族的大君，也是青阳的主君，我没的选。”

大君起身，攥着那枚玉，慢慢地踱到帐篷口，掀开羊皮帘子奋力地一挥手。颜静龙伸长了脖子去看，凄清的月色下，玉光一闪而没，小小一粒珠子没在草丛里，就像一粒沙落进大海。蛮族大君和真颜首领的那段情分，就此消逝在茫茫的草原上，仿佛一场梦，再也找不着痕迹。

“所以就这样，伯鲁哈就死了。要还是当年的我，舍了命也要保伯鲁哈，把那些人一个一个都杀了，又算得了什么？骑着马跑在草原上，多少人来打我，我又怕过什么？可是我不能了，我是草原的大君。”

“这是命啊，”大君摇摇头，“生来的命。”

大合萨看着他的背影，久久地不说话，末了拿起装酒的坛子在杯子边磕了磕，低低地说：“空了。”

大君转身回来坐下，“我来找你，是有些事，说这么多，是担心你不愿帮我。沙翰，你是我最相信的人，我有事，只有你能帮我。”

老头子愣了一下，恢复了懒散的神气，把袍子抱得更紧了些，歪着头，“你可不要骗我，又有什么事非得我去做的？说骑马上阵我不如木犁，说指挥大军我不如九王，几个王子都比我强得多，我一个老头子，只等着死了盘鞑天神收我去天上享福，我不听你骗我。”

大君也不理他，自顾自地说：“沙翰你觉得我们为什么不能打败华族人？”

“这还用说？除了战马，盔甲刀剑弓弩车辆，我们什么都比不上华族人。人也没有他们的多，怎么能打败华族人？”

大君摇头，“我可不觉得。我们确实没有华族人那么好的装备，可是我们有大地上最好的骑兵，我们的战士最勇敢，一个人打十个华族人，华族人还是害怕。可是我们草原上的人坏在分散，蛮族能有几百万人？东陆一个诸侯大国，都不止这些人。偏偏有七个部，七个部你不认我，我也不认你，打来打去。多少好男子都在打来打去里面死掉，若是组成军队，东陆早已打了下来！人心不齐，才是最大的弊病。”

老头子歪着头看他，不说话。

大君清了嗓子，“我即位以来，一直都在想，为何我们草原上的征战如此的多？传说逊王当年集合七部，一统我族，是大功业，可是算来算去，逊王征战二十年，我族剩下的族人不到一成，死了九成的人建立功业，这功业也是血迹斑斑。我翻了书去算，每隔四五十年，总有一场大战，从南边的海岸一直打到北边的山脚，死无数的人，才能安静一些时候。所以以前大君的位置在部落中轮替，过上四五十年肯定是别的部落来占北都城。我们青阳能够占领北都七十多年，可能还拜东陆风炎皇帝的福，他风炎铁旅两次北征，四十年前杀了我七部几十万人，我青阳才能维持至今。”

“怎么说？”老头子瞪了瞪眼睛，“难道华族人杀我们的人，反而是对我们好？”

东陆风炎皇帝白清羽谥号武帝，振奋军武，威慑边陲，最后咆哮七海，乃至于挥十六国联军北伐蛮族，是东陆帝朝中罕见的纵横之主。风炎铁旅两次北伐，借助优秀的兵器和布阵，将蛮族武士杀得血流成河，在蛮族小孩心中就像东陆的魔神。

颜静龙心里想的和老头子一样，却不敢说什么。

“不错。”大君点头，“正是因为那一次死了几十万人，我们青阳的地位才得以保全。我想了很久，四五十年一战，就像是个浩劫，阴魂不散。其实归根究底，不过是我们北陆的贫瘠。眼下七部大概总共五百万人，可是瀚州的土地真的能养五百万人么？贵族们吃羔喝酒，牧民和奴隶却连老鼠都抓来吃，还要饿死人。每到这个时候，就只有一战。每次大战，剩下的人不过一半，这两百多万，是土地养得活的，又都是女人孩子。可是再过上四五十年，两代人出生，土地又养不活了，于是为了抢水草抢牛羊，就再打仗，再死人。只有把多余的人死掉，剩下的人才能活下去。伯鲁哈的反叛，就是个例子。”

大合萨不由得坐直了。

"若沙翰你是大君，你可怎么办？"

"我？"大合萨使劲摇头，"我可当不了大君。"

"东陆！"大君猛地抓住了大合萨的手腕，抓得他一阵疼痛，却挣脱不开，"沙翰，是东陆啊！东陆是粮仓，每个人都能吃上米麦的粮仓，广阔的土地可以放牧牛羊。我们蛮族的骑兵只要登上东陆,就再也不怕了！你想想，我们的骑兵从天拓海峡的南岸一直打下去，我们的马快，轻骑只要一个月就可以跑到东陆的皇城下面，什么也挡不住我们北陆的骑兵，我们可以绕过他们的关卡，直接打进最富饶的地方，我们为什么要守着草原呢？我们蛮族也可以是天下的主人啊！"

老头子呆呆地看着他，脸色苍白，像是不认识大君似的。颜静龙也是第一次看见大君这样，像是忽然有一颗火星，点燃了大君心里的熊熊烈火。他的眼睛亮得逼人，苍白的脸上泛起血色，他压低了声音却压不下那股亢奋，和年轻人渴望征战那样，血管里有股激流。

"我们和东陆隔着大海啊！"老头子愣了好半天才喊了出来，"大君你想好了，要不是海，你的父亲钦达翰王早就打到了东陆去。那是海啊，百里宽的大海峡，骏马没有翅膀，飞不上天，我们没有船，没有的！"

"不！我们有！我们有船！我们……"

大君忽然刹住，一个人影扑进帐篷。大君按住腰间的剑柄，生冷的铁剑出鞘一半，他就要猛扑出去。

"大……君！"扑进来的人惊呆了，猛地跪了下去。

颜静龙也回过神来，看清了跪在地上的英氏夫人，她的两眼红肿，惊惶不安地颤抖着。

"起来吧。"大君收了剑。

英氏夫人却没有起身，"大君，世子……世子他……不行了！"

"啪"的一声，老头子手里的烟锅落在地上。

大君猛地揭开帘子。

偌大的帐篷里挤满了人，奴隶们呼喊着递上热水、药膏和绷带，帐篷里弥漫着有些刺鼻的草药气味。床整个被人围住了，只见无数的人头在晃动。

“都静下来！”大君低吼一声。

帐篷里骤然静了，奴隶们惊恐地跪下，让开了一条通道。大君第一眼看见床上的阿苏勒时，眼睛瞪得像是要突破眼眶，他猛地抢过去抱住儿子，浑身已经染满了鲜血。

“怎么会这样？到底怎么会这样？”他大吼起来。

孩子的脸泛着可怕的赤红色，他的双手紧紧抱在胸前，不住地哆嗦着，惨白的皮肤下，血管像是红色的细蛇一样浮凸出来，不断地搏动着。他的全身都是血迹，那些血竟然是从他的毛孔里渗出来的，结成大粒大粒的血珠。

英氏夫人双腿一软，跪在地上，“我们……我们真的不知道，世子练着刀，忽然就不行了。”

“去请陆大夫！去请陆大夫！”大君大喊，又指着英氏夫人，“你也会医术，这到底是怎么了？怎么会这样？”

他的脸微微扭曲，变得森然可怖。

“陆大夫来了，陆大夫来了！”小仆女急匆匆地进来报告。

“快叫他进来！”大合萨大喊。

陆子俞提着从不离身的药袋，蓬头垢面地冲进了帐篷。他是名医屠寄尘的学生，从没有这么狼狈过，这次是被人从床上揪了起来。他进帐时还带着不悦的神色，可一看到床上的孩子，神情完全变了。他扑到床边，推开大君，双手颤抖着，似乎是想去触摸孩子，却又不忍打破一件珍宝一样，只悬在阿苏勒身上几寸。

“血厥……血厥！”他喊了出来，“是血厥啊！”

“血厥？”

“他全身血脉极旺极盛，血从体内压往体外，医术上说‘血露如珠，身如赤炭，牙色乌青，刹那而亡’……”

他忽地一顿，看见大君的神色猛地变做一片空白。

“不可能的！不可能啊，”大合萨一把抓住他的衣襟，“刚才还好好的！”

“我没有说谎，”陆子俞叹息着摇头，“行医的人，一生一世也许都遇不到一个血厥的病人，看到绝世罕见的疾病，本来是医生的喜事，我何苦危言耸听？血露如珠，身如赤炭你们都已经看见，我现在拨开他的嘴唇，你们再看看。”

他拨开了孩子的嘴唇，清清楚楚地暴露出两排乌青色的牙齿。

“怎么……怎么会这样？”大合萨惊呼，“是中毒了么？”

“错！患有血厥之症的人，极难中毒，他的血脉极盛，轻而易举可以洗去毒性，中了一般的毒物，被蛇咬伤，服用麻药，对他几乎都没有效果。他牙色泛青，是因为血液已经从牙龈渗入牙齿里，瘀血太多，是以牙色乌青！”

“那……那怎么办？”大君终于回过神来。

“我只有三成把握……”陆子俞计算着，“现在如果不开针放血，一切就太迟了。”

“放血？”

“必须挑开最旺盛的血脉，把血放出来大部分，人才能活下去，但是，”他摇头，“一旦放得不准，就像杀人砍中了动脉一样，血如泉涌，再也无法挽救！”

“我……”大君起身，在帐篷里不安地踱步，“到底怎么会……怎么会忽然害了血厥……”

“以前有过的病例，只说极少数的人，在极度劳累的情况下，会血脉反旺，出现血厥的例子。”

“劳累？”大君猛地回头看着众人，“他刚才在干什么？”

“练刀……”英氏夫人的声音颤抖。

仿佛被雷电轰击在头顶,大君跌跌撞撞地退了几步,无力地坐在床边。

“再不决定，把握就越来越小！”陆子俞已经从药袋里取出了银针。

大君抓住他的衣襟，“大夫，你要救我的儿子！”

他抱住了阿苏勒，“放血是么？我见过的，我来抱着他，陆大夫你下针！”

“好！”

陆子俞取出的银针粗长，其中带着空洞，他深深吸了一口气，挺针定在阿苏勒的眉心，再吸一口气，双手缓缓地一齐推了出去。一根银针，在他手里推出去像是武士的刀剑。

针刺入眉心，飙射的血珠从银针中的空洞里射出，直射在陆子俞的眼睛里。他受不了那股疼痛，大喊一声倒退出去。

大君竟然抱不住阿苏勒了。

这个濒危的孩子猛地睁开了眼睛，目色赤红，仿佛恶鬼一样，他挥舞双臂荡开周围的人，冲向帐外，像是一道赤红色的电。被他扫中的一个小仆女哎哟一声，臂骨已经断了。

“不要让他跑掉！”陆子俞捂着眼睛大吼。

已经迟了，血色的人阿苏勒已经冲到了帐篷口。

他忽然站住了，以一个痛苦的僵硬的姿势停在那里，全身骨骼爆出细碎的响声，每个人都能听清他心脏搏动的可怕声音，简直像是击鼓。接着他全身的皮肤忽然开裂，血液在一瞬间化成雾气从每一个裂口中迸射出去，冲到他身边五尺以内的人都被溅得浑身鲜血。他的身体裂出无数的刀伤般的裂纹，身体彻底苍白，像是全身的血一次都迸射出去了。

他重重地栽倒在地上。

“大君，大君，”有人低声地呼唤。

“阿苏勒！阿苏勒！”大君猛地站起。

“阿苏勒还好……还好……”大合萨急忙扶他回到坐床边坐下，“陆大夫一直在陪着，现在血是止住了，额头也不那么烧了。”

两个人都是老人了，记不得自己坚持了多久，最后大君疲惫地坐在帐篷外的座椅上小睡了一刻。

大君深深吸了一口气，用力地抹了一把脸，恢复了镇定，“怎么样？放血怎么会放出这样的结果？”

“陆大夫也说不出来，只是说行医那么多年，还从来没有见过这样流血的，像是血都流干了。不过世子的血气还是旺盛，所以暂时还能顶住。但是陆大夫又说什么‘阳亢虚损’，我也没有听懂。”

“能……能活么？”

大合萨愣了一下，喃喃地自语：“能活么？”

两个人都沉默下来，隔了好久，大君低声道：“对陆大夫说，无论是多好的药，费多么大的功夫，让他救救阿苏勒。治好了阿苏勒，我封他两千户人口。”

“是。”大合萨犹豫了片刻，“郭勒尔，以你从小的性子，真难想你居然也会对儿子那么在意……实话说，你当了大君，这些年，我觉得你血都冷了。杀了达德里大汗王，又杀了龙格真煌，我有时候想，是不是迟早你把我也杀了。”

大君仰望着帐篷顶，轻轻地叹息了一声：“沙翰，这些你是不会懂的。阿苏勒，是个可怜的孩子啊。”

“可怜？”

“他根本就不该被生在这个世上，”大君的脸色忽地有些苍白，“他生下来，完全是错了。”

大合萨的脸色也变了，“你难道也相信那些玄一的蠢话？相信那话的都是无知的蠢羊！”

大君疲惫地挥了挥手，“不是，沙翰，你别问了。现在是什么时候？”

大合萨挑起了帘子看了一眼天色，“入夜了。我还撑得住，今晚我在这里看着阿苏勒，大君还是回去歇息吧。”

“都入夜了？”大君惊得坐了起来。

“大君还有事？”

“有！”大君沉沉地点头，“若是一般的事，再什么也重不过我的儿子，可是这件事，沙翰我本来来找你就是为了这件事，你不要问我任何问题。现在就跟着我出发！”

夜色漆黑，这是一个阴晦的天气。

骑兵小队逼近北都的城门，夜风扯直他们漆黑的大氅，雄骏的战马全力奔驰，却没有带出丝毫声音。这座巨木和岩石筑成的王城在夜空下有如一座凭空而起的大山，无声地矗立在平坦的朔方原上。

“什么人？再敢前进一步，就放箭了！”城楼上忽然亮起成排的火把，守城武士的首领一振马刀，垛堞后弓箭手纷纷暴露了半边身子。他们的弓都已经张满，箭镞上闪烁着冰冷的铁光。

战马低声地嘶吼着，骑队在城门下刹住。他们有大约四五十人，每个人都是一身黑氅，罩住了全身的装束。他们头顶搭着遮面的风帽，看不清面目，腰间的刀鞘敲打在马鞍上，发出令人不安的声音。

守城武士们成群结队地冲下城楼，将长枪并成一排，封锁了城门。为首的百夫长提着修长的马刀，警惕地上前，以马刀指着骑士首领，“没有大君的命令，夜里不准进出北都城！敢冲关的，可以就地处死！”

两骑黑马从骑队中无声地驰出，在百夫长来得及反应之前，战刀已经交叉锁住了他的脖子。两名武士各以一半身子遮挡住骑士首领，一声也不吭。

双方僵持着，百夫长颤巍巍地退后几步，目光落在那两把森冷的战刀上，惊讶地发现刀锋竟然带着细微的锯齿，像是无数细碎的犬牙咬合在一起，勾着他脖子上的皮肉，生痛。

“虎……虎豹骑！”他嘶哑地说。

整个草原，最善于用这种带齿战刀的是青阳的精英骑兵，这种刀可以轻易地划开皮甲和敌人的身体。

“放下刀！”骑士的首领低喝一声，抖开遮住半张脸的黑色风帽，露出花白的头发和利刃般的眼睛。

两名虎豹骑撤回了交叉的马刀，拉着战马退后一步，静静地立在他身后。

“你认识我么？”骑士首领压低了声音，直视百夫长，眼里那块白翳在黑夜里似乎隐隐地发着亮。

“大……大君！”百夫长惊得要跪下。

“起来！”大君低低地喝止了他。

百夫长不敢出声，快步凑到大君的战马前。

“打开城门。还有，”大君压低了声音，“今夜没人出过城，你可什么都没看见，明白了么？”

百夫长愣了一下，急忙应答：“是！”

骑队无声地通过城门。百夫长敬畏地跟在后面，目送他们出去，他忽然发现，这队虎豹骑竟然没有打一根火把，所有人的战马马蹄上都包裹着松软的羊皮。

大君在自己的王城中隐匿身份地出行，该是多重要的事让草原之主这么谨慎？

“就是这里！”大君终于勒住了战马，挥动马鞭指了指脚下。

他们不知在草原上奔驰了多久，大合萨只觉得骑队去向东南方，而后折转向西，兜了一个不小的圈子。虎豹骑们纷纷下马，在周围展开防御。他们都是精干的武士，警惕地引着角弓散开在周围，三个四个地聚集成团，以防偷袭。

火堆点了起来，大君挥挥手，请大合萨和他一起坐下来烤火。

大君沉默着若有所思，大合萨也不便去打断他的思索。他环顾周围，认不出这个地方，这是一个凹陷的地方，周围都是高起的草坡，静静的连一丝风也没有。

“把你拉到这里来，很奇怪是不是？”大君忽然说。

“你以前倒是也经常做奇怪的事情。”

大君笑笑，“沙翰，我记得我父亲和东陆风炎皇帝两次决战的时候，一直是你跟在他身边处理文书的，是不是？”

大合萨点了点头，“是，都是快五十年以前的事情了。”

青阳部真正精通东陆文字的人并不多，大合萨就是其中之一，为了钻研星相典籍，他从小就在各族文字上下了大功夫。

“我听说东陆的大皇帝送信给父亲劝降，父亲只回了五个字，说是‘战，惟死，不降’。”

“钦达翰王的战书一直就是那么短，不过东陆大皇帝的劝降书信倒是也不长，我还记得是三十四个字，说是‘人生苦短，兵者不祥，积尸百万，无非子民，为王者，纵于九幽下身受斧钺之刑，心能安乎？’这两封信东陆的学士都说是帝王手笔，风骨不同，但是都能教训子孙。”

大君低叹了口气，“那么多年了，再没有草原上的英雄可以和华族人面对面地交涉……”

他沉默下来。大合萨扭头看着他庄严的侧脸，心里忽地一亮，“东陆有人来！”

大君举手制止了他。

“是的，有人来，来的不是一般人。”大君压低了声音。

大合萨看着他的眼睛，觉出了一分敬畏。他跟大君是从小的朋友，当初朔北部的骑兵攻破了北都的城门，成千上万的战马围着金帐奔驰，无数的火把投过来，几乎把大君和黄金帐篷一起化成火海，大君也照旧操着他的重剑，指挥仅存的伴当武士们死战。蛮族大君敬畏过谁？大合萨真的不知道，即使有过，也是逊王和钦达翰王那样历史上的英雄而已。

他在烟锅里扎扎实实地塞上一锅烟草，点燃吸了一口，捧给了大君，“吸一口？”

大君沉默地接过去，用力吸了一口，袅袅的青烟从他鼻孔里滚了出来，他长长地吐了一口气，恢复了以往的神气。

“沙翰，你说什么才是世上最伟大的力量？”

“世上最伟大的力量？”大合萨迟疑了一下，“那是盘鞑天神的双手吧？他左手握着劈开天地的斧头，右手握着可以杀死世上一切生命的宝剑，他双手握着斧头和宝剑转动，每转动一次，天地就诞生和毁灭一次。”

“这些还用你告诉我么？我们青阳的孩子，哪个没有听过盘鞑天神的故事……可是那些人说是星星，那些人说，星天的运转才是一切的主宰，就是神也无法改变的。沙翰，你相信么？”

“星天的运转？可是一切都在盘鞑天神的手……”

大合萨忽然止住了，侧耳向着背后。他听了一会儿，起身向那边奔了几步。声音终于清晰起来，那是一个男人的声音，他的歌声在黑漆漆的夜空中飘着，伴着低声呜咽的什么乐器，像是笛子，可是笛子的声音却没有那么低沉，像是笙箢，可是笙箢又没有那么雄浑。

“来了！”大君也起身。

虎豹骑的武士们彼此递了一下眼神，在大君和大合萨身前展开成半月的形状，缺口对着大君的方向，半拉开了手里的角弓。

大合萨摸了摸胸口的短刀。那是前代大合萨传下来的“熊刀”，据说里面宿有熊王的灵魂，是柄驱邪的圣刀，他日日佩着，却很少去摸它。他心里有些不安，不知道为什么，那悠扬的歌声中似乎隐藏着什么危险。

“都静下来！”大君喝道。

大合萨用心去听那个男人的歌，歌词他完全听不懂，可偏偏有种奇怪的感觉，好像在哪里听过这种古玄的歌，好像是古老石柱上的图腾文字，远到世界诞生之前就铭刻在那里，那是神创造这个世界之前独自歌吟时所用的语言。

歌声近了。歌声越近，大合萨的心就绷得越紧。他发现自己无法分辨那歌声是从哪里来的，东南西北，无处不在，好像四面八方无数人在吹奏陶埙，低唱古玄的歌。云破月出，一轮圆满的月悬在天空正中，整片整片的黑云迅速地开裂消散，星空也展现出来，漫天都是清光。浩瀚无边的草原上，每根草叶上都反射着星月的冷光。

浩瀚无边的草原……大合萨生在这片草原上，却是第一次觉得草原那么浩瀚，令他不由得心生敬畏。

大君按着重剑一动不动地看着南方，眼中透着仅属于蛮族大君的锋芒。

他所看的方向，地平线泛着蓝白色的微光，微弱的光芒中升起了阴影。孤零零的骏马的黑影沉默地立在光芒中，马背上的武士高举着巨大的幡。他魁梧得有如巨神，披挂着满是棘刺的重铠，像是从古代的壁画中走出来的人。虽然只是个剪影，但是大合萨感觉到了他的目光——居高临下的、帝王般的俯视。

更多的黑影升起，围聚在他的身边，每一个影子看起来都那么相似。战马们喷着滚滚的白气，武士们奔驰起来，风扬起乌黑的大氅，身上沉重的甲片互相撞击，发出令人心惊胆战的哗哗声，为首的武士高举黑幡，幡上有清冷的银光流动。

大合萨想要退后，却挪不开步子。他眼睛眨也不眨地迎着远来的骑队。有些模糊的老眼竟然变得如此锐利，清楚地看见战马身上的肌肉跃动、看见马喷出的丝丝白气、看见武士们铁甲的甲片一起一落……

无形的威压像是墙一样推到他的面前，他就要喘不过气来。

为首的武士猛地将黑幡插进泥土里，大地仿佛都震了一下，武士们翻身下马，默默地排成两队，中间留出了一条通道。

停了许久的呜咽声又一次响了起来，大合萨觉得胸口的压力忽地减轻了。那面巨大的黑幡忽然扬起，黑幡后站着黑衣的来客，手持浑圆的陶埙，满头银发。那是一个老人，高瘦、挺拔，披着和武士们一样的黑氅，黑得像是无边的夜色，立起的高领遮住了半张面孔。

虎豹骑也感到了可怕的压力，没有人下令，他们已经拉满了弓，箭在弦上，一触即发。阵型转成反弯月，如果现在发箭，那么这支神秘的队伍将会被数十支羽箭钉死在月形的中心。

“收起你们的弓箭！退后，为我们的贵宾让出路来。”大君出声喝止。

“又相见了，山碧空先生。”他向老人欠身行礼。

“感谢大君，我们来得晚了。”山碧空以蛮族的礼节按着胸口躬腰，“路上遇见了大群的麋鹿在河边取水，月光照在它们柔软的背脊上，满眼望不到边，像是母亲的胸口。我贪图看草原的美景，迟了一步。”

他抖开黑氅，在火堆边盘膝坐下。

大君拉了大合萨一把，两人跟山碧空对面坐下。

“信使前几天越过海峡，送来了东陆大皇帝的亲笔书信。”山碧空伸手示意。

武士们中走出一个清秀的年轻人，他和山碧空一样没有穿铠甲，漆黑长袍上绣着金色的玫瑰花图案。他捧着深红色的漆盒，半跪在大君的面前，低头把盒子高高地呈了上去。大君揭开盒子，里面只有薄薄的一只信封。

大君从信封里抽出的是一页金色信笺。他在手里反复地摩挲了片刻，递给大合萨，“沙翰，你看看这里面的东西。”

大合萨捏住那张信笺，微微吃惊。那根本不是纸，而是一页薄薄的黄金，在月光下泛着温暖的光。他强忍着惊诧小心地展开这份黄金书信，叠合在一起的两页黄金分开，精致的华族文字被人以极为精致的刻工刻在金页上，手掌大小的印章印在正中：

“极天之高，极地之远，皇帝之信，威临九州。”

大合萨的手抖了一下，“这是……”

“是真的么？”大君低声问。

“是真的！”大合萨点头。

他抬起头来，“我不会记错……我年轻的时候看过风炎皇帝写给钦达翰王招降的信，就是印着这个印章，连那个缺口都是一模一样的。前朝灭国的时候，末世皇帝用镇国的石玺投掷大胤的开国皇帝，石印碎成了两半，后来以黄金箍好，可是这道痕迹永远也消不去。”

山碧空微微点头，“这样博学的人，只能是尊敬的大合萨吧？这封金书就是来自东陆天启城胤朝大皇帝的国书。由皇帝陛下亲笔书写，少府工匠镌刻，印有我们大胤镇国之玺。我是大皇帝的信使。”

“东陆皇帝的……密使？”大合萨更加震惊。

“不单单是密使，”山碧空恭敬地说，“还是希望改变未来，为草原蛮族带来伟大兴旺的结盟使者。”

“结盟？”

“是的，”大君说话了，“山碧空先生自称是东陆大皇帝的秘密钦使，他来的目的，是要以一个诸侯国的名义和我们青阳部订立盟约！”

“我们还希望看见蛮族强大的铁骑出现在东陆的国土上，纵横驰骋！”

“这不可能！”大合萨断然地说，“这样的说法我绝不相信！你若是华族人的使节，怎么会说出这叛国的话来？”

山碧空似乎早已经料到了他的反应，轻轻摇头，“在风炎皇帝的时代，当然不可能，但是在如今……”他沉吟了片刻，“大君和大合萨都知道威武王嬴无翳的事吧？封地在越州南蛮之地的离侯嬴无翳一直是大皇帝陛下倚仗的忠臣，以前虽然也有种种不好的传闻，但是皇帝陛下念他屡次勤王，更为皇室剿灭过意图作乱的晋侯，所以一直都是褒赏有加。可是就在今年的四月，嬴无翳带着五千雷骑兵仿佛天降一样出现在帝都的城下，控制了天启城，随后四万赤旅大军内外夹攻突破了帝都的屏障殇阳关。嬴无翳已经彻底地暴露了阴谋贼子的面目，意图胁持皇帝，号令整个东陆。”

大君和大合萨互相看了一眼，没有说话。

“其实不必否认，不光是嬴无翳，诸侯中不乏意图称霸的人。帝朝本身的势力已经衰弱了许多年，再也无法弹压他们了，嬴无翳不起兵，也会有其他人起兵。如今皇室可以倚靠的诸侯，大概只剩下唐公百里氏，但是下唐国的兵力和其他诸侯比起来，实在是微不足道的。正是因此，我向皇帝陛下上书，希望突破多年来的限制，以下唐的名义和青阳结盟。有了蛮族铁骑的帮助，加上下唐的财力，不愁不能慑服诸侯，重振皇家的威严。”

大合萨还是摇头，“可是大皇帝不担心么？我们蛮族的铁骑踏上东陆的土地，不是东陆历朝最忌讳的事情么？”

山碧空幽幽地叹息一声，“也许我们将不得不与大君分享东陆的国土。但是与其看着作乱的诸侯把白氏皇族几十辈的基业毁掉，还不如让出部分给能够帮助我们的盟友。否则，十年之后，白氏是否能够保护自己的宗庙，都难说呢！更可怕的是……”他露出敬畏的神色，轻轻地按住胸口，仰望星空，起身默默地跪下，行了古老的礼节。

“更可怕的是，”他站起身来，“我们得到可怕的预言。这个世界将不再是我们东陆帝国可以主宰的，它就会割裂，强大的敌人来自北方，分去帝国的荣耀。夸父和羽民在我们东陆的强兵重甲下还不是威胁，那么这个敌人，只能是草原人。”

“所以你们要主动把国土让出来？”大合萨直视他的眼睛。

“是的。”

“这是笑话！”大合萨高声说，“这是骗子的言论，什么人又可以预测到那么遥远未来的事情？我是青阳的大合萨，我也观看星辰去判断凶吉，山先生不要用虚无的命运来作为幌子！你来的目的到底是什么？”

山碧空还是微笑，“我知道大合萨会怀疑。是的，一般人是无法去预测遥远的将来的，可是大合萨不要小看了我们的力量。”

他忽然起身，对着天空张开双臂，仿佛皇帝那样昂然立于星光之中，“我们就是星辰诸神的使者，我们可以听到他的耳语，我们有他伟大的力量。大合萨真的以为我们需要以谎言欺骗去获得什么好处么？我们想要的，我们都可得到！”

他从怀里掏出一件东西，递到大合萨的手中。

“大合萨看手里，这是什么？”

“镜子。”大合萨疑惑地翻弄着那枚沉甸甸的铜镜，像是东陆的古物，看不出年代，厚厚的铜绿已经填满了它背后的夔雷纹，可正面还是磨得平滑透亮，把人的发丝都照得清清楚楚。

“不是镜子，”山碧空微笑，“那是蛮族青阳部的大合萨沙翰 · 巢德拉及。”

“你……你怎么知道我的名字？”大合萨吃了一惊，知道“沙翰”这个名字的人在青阳部里也是屈指可数的。

“那不是你的名字，那是那个人的名字，现在你看着镜子，就看见他了。”山碧空还是微微地笑着。

大合萨翻过镜子，在里面看见了熟悉的面容，那是他自己。

“山先生到底要说什么？那是我的影子，这就是镜子！”他把话说出来才觉得有一点奇怪，他为何要与山碧空争辩这么明显的事实呢？

“不，你什么都不是，青阳部的大合萨沙翰·巢德拉及在你的手中！”

大合萨只觉山碧空的声音如此虚无缥缈，他想把目光从镜子里挪开，可他居然做不到！镜子里面是一片水波在荡漾，水波中的那张面孔看起来那么的熟悉，花白的眉毛下一对带着诡笑的眼睛。他和那人的眼睛对上了，那人对他轻轻地一笑。

绝大的恐惧当头笼罩下来，他抛下了镜子看向周围，可他身边一个人也没有。他不在草原上，他在金帐里！

一切全部都错了，他头痛欲裂。

他冲出金帐，却看不见东边雄伟的彤云大山，也看不见周围的栅栏和其他的帐篷，连围绕帐篷的火盆也没有。一切都没有了，只剩下平如水面的草原和满天的星月。他喘着粗气奔跑了几步，可是没有用，什么都没有。

他一回头，帐篷也没有了。只有一面明亮的镜子，躺在草地上，映着漫天的星光。

那个人从镜中缓缓地站了起来，对着天空张开双臂。风吹起他白色的长袍，他胸前配着青阳神圣的熊刀，对着天空祈祷。他才是青阳的大合萨厉长川·沙翰·巢德拉及，他在行一个古老的礼仪，对着星空发出了呼喊。

星光明亮起来，它们的光变得火热炽烈，颜色转为耀眼的蓝白。周围热得像是被沸水围裹着，大合萨全身的毛孔都紧紧地收缩起来。他颤巍巍地看着天空，耀眼的光瞬间就把他的眼睛完全烧毁了，可是他偏偏能清楚地看见那些世间所没有的光芒，顶天立地的巨大武士满身是光明的火焰，他们在天空背后挥舞着，每一击都足以击碎天穹，天空因为他们的搏斗而开裂焚烧。

漫天的光明流了下来，像是惩罚之火的大雨。每一滴雨落在大合萨的身上，都燃烧着他的身体，把他化为一团火。天压得越来越低，大地开始熔化了。那个镜子中站起来的人，如今大合萨也相信他是真正的沙翰·巢德拉及，他向着东南西北各走了十步，光芒的脚印步成了神圣的烙印，在熔岩般的大地上发出最炽烈的白光。

他化身为青色的影子，成千上万倍地膨胀起来，猛地转身，大合萨才发现他的脸已经变成了山碧空。

“四方上下，天地穹隆，我是世界之主！”山碧空把手按在大合萨的头顶，“你可要我救你于毁灭么？”

大合萨就要跪了下去，他的膝盖已经软了，完全被那种威严压服了。那不是帝王的威严，那是神的威严！

他咬牙，也许他的牙已经不在了，被火焰烧毁了，他不知道。

牙上传来了感觉，他还有牙，还有嘴。

“无方……无方之境！”他用尽最后的力量咆哮起来，“这是幻境！”

全身的毛孔都张开了，汗一次排了出去，他整个人像是崩溃一般仰面倒下。

有人扶住了他。

他仍坐在夜空下的草原上，面对着一堆篝火，手里持着那面镜子。大君就坐在他身边，两只手搭在他的肩上。在他清醒之前，大君分明在拼命地摇晃着他，可是他却全然没有感觉。

“无方……”大合萨喘息着，“那是无方之境！”

“不愧是草原上最聪明的人，”山碧空点了点头，“是的，这是密罗心幻之术，无明流的‘无方之境’。大合萨看穿了，我的幻术也就失败了。”

“沙翰！你……看见什么了？”大君急切地问。

大合萨喘息着看着大君的眼睛，沉默了很久，疲惫地摇了摇头。

山碧空在火堆里加了一根木枝，“大君不必问了。大合萨看见的，和大君上次看见的，必然不是同样的情境。无方之境本身虽然是个幻术，但是它映出的，却是每个人的本心，你心中最恐惧的事情会在镜中映出来。”

“大合萨恐惧的是什么呢？”山碧空慢悠悠地问。

大合萨并不回答他的问题，只是死死地盯着他的眼睛，“没有想到，这个世界上居然有人可以操纵麻痹人五官六感、完全陷人于虚无的密罗幻术。这是可怕的力量，你确实可以用来得到任何你想要的东西，可是，你到底想从我们青阳要到什么？你用幻术欺骗了我们，想要我们臣服在你们华族人的脚下么？”

山碧空摇头，“我们是世界的主人。我们掌握的力量是凡俗的人永远无法理解的，我们可以使死人活过来，更可以使活人死去；我们可以使大地开裂，也可以使雪山融化；我们可以唤来太阳一样的光明，也可以让世界永远沦入黑夜。我们顺应星辰的指引来到这里，把蛮族伟大的未来指点给大君，绝没有任何的诡计。大合萨，虽然你刚才看穿了密罗幻术的本相，但是如果我不终止施术，你能够自己从幻术中解脱出来么？”

大合萨沉思了一刻，摇头，“我虽然看穿了，可是解脱不出来，你那时候可以在幻境中杀了我。我还从没有听说过这样的事，即使看穿了，也还是被你的力量控制，我可以感觉到，是你自己解开了幻术。”

“世上无论什么幻术，只要被看穿了，或是被迷惑的人心智超过施术的人，立刻会自己崩溃，这是不变的术理，但是大合萨看穿了，却解不开我的幻术，这是因为我当时加在大合萨身上的，是两个重叠起来的幻境，大合萨只看穿了一个。”

山碧空起身，退后几步，静静地凝视着大君和大合萨。

他举起了手臂，对着天空低低地喝了一声。

星光忽然消失，头顶还是乌云压着的天空。大合萨惊讶地站起来四顾，火堆、虎豹骑和那些黑马武士都在，可是黑马武士身上那股帝王般的威严消失了，只是披着东陆式样铁铠的护卫而已。

山碧空深深地鞠躬行礼，“其实当大君带着人马来到这里的时候，已经走进了我的幻境。天要下雨了，这样阴沉的天气，不适合我们重要的会面，所以我令星光照耀。我带的随从都是普通的武士，可是我以幻术使得他们看起来像是太古武神的追随者，那些神秘的‘铁皇’。大合萨说得还不全，最伟大的幻术不是封闭一个人的五官六感，而是封闭整个世界的五官六感，也许这样，你才能感觉到真实的存在。”

“向大君和大合萨告罪，我并没有欺骗的意思，只是希望以我的力量证明，我不是骗子，而是带着伟大力量和使命而来的。”山碧空单膝跪下，郑重地行礼。

大合萨和大君对视一眼，大合萨轻轻咽了一口唾液，这才感觉浑身的汗凉了，粘在身上冰得他一哆嗦。

大君站起身来，“你刚才说，你们可以使死人活过来，更可以使活人死去？”

“是。”山碧空毫不迟疑。

“那么，给我看看你们除了幻术，是不是有真正的力量。我的儿子现在重病，就要死了，山先生能够救活他么？”

“这算是大君信任我们的条件么？”

大君沉默不语。

"那好，"山碧空微微点头，"我愿为了神的使命降低我的身份，在世人面前暴露我的脸，让我们去看看世子吧。"

深夜，木犁家的帐篷里灯火通明。

仆役们都被远远地驱逐到外面去了，侍卫武士们把帐篷围成了铁桶，木犁和英氏夫人也没有获准进去，只能远远地看见一行黑衣人在侍卫武士的引导下踏进了世子的帐篷，跟进去的还有大君和大合萨。大合萨最后一个进入，帐篷的帘子被紧紧地闭合起来。

那面黑色的长幡被留在了外面，在夜风中呼啦啦地飘个不住。人们远远地望着，其上银绣的星月光辉流动。

"这就是我的儿子。"大君掀开了阿苏勒身上盖着的织锦。

山碧空微微皱了一下眉，看了看自己的随从们。

一个年轻人无声地走出人群，来到床边，他的手指在阿苏勒的胸口上轻轻按下去，血色立刻透过绷带透了出来。

年轻人闭上眼睛默立了一会儿，嘴里喃喃地唱颂起来，他的手轻轻按捏着孩子的全身，温柔得仿佛是一个纤细婉约的女人弹奏着一张秀丽的古琴。他的脸上渐渐露出了诧异的神情，他忍不住睁开了眼睛，手指在孩子身上一弹。他直起了身子，从床边撤离。

"怎么样？"山碧空低声问。

"这样的伤，从未见过，"年轻人摇了摇头，"像是有种力量从里面炸开了他全身的皮肤一样，想必血管也裂开了吧？还有他的内脏和筋络……到底是怎么受伤的呢？"

山碧空看了大君一眼。

大君摇头。

山碧空点了点头，"可以救得活么？"

"看来是没有办法了，说他已经死了，也不为过，"年轻人似乎有些踌躇，"除非……"

“我们要他活过来！”

“是！”年轻人低头行礼。他郑重地跪了下去，亲吻了山碧空的鞋子。

山碧空卷起衣袖，他的手腕白皙细腻，远不像面孔那样沧桑。从人立刻端上了清水，山碧空把双手在水中蘸了蘸，把水珠弹在年轻人的头顶。他围绕着床缓缓地踱步，低声地唱颂起来，年轻人随着他一起唱颂，坐在床边握着阿苏勒的手。两个人的歌声中有种难以言喻的默契，可是他们的歌声无人能懂，那绝不是东陆的语言。

大合萨拉着大君退了一步，两个人都有种不适的感觉，像是唱颂声是从自己的颅腔里传出来的，低低的，却震得头骨都麻了。

阿苏勒的身子微微地颤抖起来，年轻人跟着他一起颤抖。他原本就白皙，这时候全身的皮肤都变得有如透明一样，仿佛有光从他身体里照出来，说不出的诡异。

唱颂声越来越低沉，有如古代的诅咒，又像是低低的雷鸣。年轻人握着阿苏勒的手，抖得越来越厉害。大合萨全身都开始麻了，忍不住想捂住自己的耳朵。这时山碧空忽然停下步伐，不轻不重地跺了一下脚。一切声音都消失了，帐篷里静得像是什么都没有发生过。

“好了。不要打搅病人的休息了，大家跟我出来。”山碧空抖开衣袖，率先走了出去，年轻人默默地跟在他身后。

久候的苏氏夫人已经迫不及待地冲了进去。

大君愣了一下，急急地跟了出去，“山先生！山先生！”

山碧空没有回答他，他在帐篷外停下，年轻人跪在他的脚下。山碧空伸手按在他的头顶，“我的孩子，大神的威光与你同在，你的魂将不朽，永远行走在天空上，与星辰同命。”

山碧空缓缓地收回手，年轻人脸上露出了欢愉的笑容，笑容就此僵在了脸上。他的身体忽然地干瘪下去，皮肤迅速地发白而后发灰，皱缩起来，最后紧紧地裹在骨头上。所有人都不敢相信自己的眼睛，仿佛一棵树的枯死在一瞬间就完成了。年轻人变成了一具蒙着皮的骷髅，他深陷的眼眶里，两颗失去生机的眼珠默默地对着天空。

山碧空手中多了一根短杖，他上前敲在年轻人的肩膀上。那具骷髅忽然就崩毁了，表皮碎裂成灰，随着微风飘散，一堆灰白的骨骸上几乎看不见血肉，像是已经死了千年之久。

“世子……世子醒过来啦！世子醒过来啦！”英氏夫人惊喜地喊着从帐篷里冲了出来，看见所有人都惊恐地瞪着一堆白骨，山碧空跪在骨骸前低声唱颂着什么。

大君掀开帘子，看见床上的阿苏勒睁着眼睛，艰难地对他点了点头。

仆女和大夫们急匆匆地拥了进去，大君踏出帐篷的时候，骨骸已经被收拾了。山碧空等候在那里，随从们围绕着他。一个同伴刚刚死去，这些随从却没有任何悲戚的神情，其中一人捧着的彤色木盒里应该就是年轻人的尸骸。

“谢谢山先生。”大君上去行礼。

山碧空回礼，“我们确实掌握着伟大的力量，可是生命是神的恩赐，要把人从死亡的手里抢回来，总要付出些代价。大君已经看见了，我的学生牺牲了自己，救回了世子的命。我们带着诚意从遥远的东陆来，绝没有欺瞒，大君可以回报我以相同的诚意么？”

“我已经明白了，山先生就在天启城等待我们的好消息吧。”

“星辰的神祇们把神圣的威光加在大君的头顶。大君派出的使节，金书就是凭证。”山碧空从随从的手里接过了马缰，“这里不是我们应该久待的地方，我这就告辞了。”

“山先生，山先生！等一等。”大合萨从帐篷里追了出来。

山碧空微微点头，“大合萨还有什么要问我的么？”

大合萨喘息了几下，压低了声音，“先生掌握着这样伟大的力量，可以把濒临死亡的人救活，又可以造出那样可敬可畏的幻境，难道还会为了权力和一个家族的存亡而努力么？是什么使得先生效忠于白氏皇族呢？”

山碧空沉默了一会儿，“大合萨的目光有如鹰一样锐利啊！我们并非只是效忠一姓的皇族，鸟雀永远不明白大鹰的心，因为它飞得不够高，看得不够广。我们不臣服于任何人，只臣服在星空之下，带着伟大的使命。”

“伟大的使命？”

“直到有人看见这天地的末日，星辰和月亮的光轮涨大得有如正午的太阳，诸神末日之战的光辉把一切生命都埋葬。那时我们一切的信仰和牺牲才会被世人所明白，”山碧空在武士的搀扶下跨上骏马，回首看着大合萨，“没有平静的世界，神创造这世界，就是使它成为战场。”

大合萨呆了一呆，忽然追上几步，“诸神末日之战的……”

“够了，”山碧空并没有回头，他的声音和马蹄声一起远去，“在镜中，你看见的，我也曾看见。大合萨是蛮族最聪明的人，已经知道得太多了。没有英雄能够拯救这个天地的覆灭，我们都不过是诸神棋盘上的棋子。知道得太多，还不如蒙昧。”

这是颜静龙第一次看见老师失魂落魄，他像是明白了什么，又像是完全地糊涂了，呆呆地眺望着远方，直到那支黑色的队伍消失在天地尽头。

九月初五。

雨后，夜空分外的澄净，星光像是都被雨水洗过。

大君挑着金帐的帘子仰望星空，点了点头，“干了那么些天，终于下雨了。好在马草都收完了，现在下雨，正是好时候。”

金帐里，坐床上的大合萨接过他的话，“可能是今年最后一场雨了，北风已经起了，就要下雪了。”

“今年是个好年啊。”

“好年。”

“这几天阿苏勒恢复得很快。”大君回到坐床上盘腿坐下，举起了银杯。

“伤口的干痂已经都褪掉了，再过几天估计疤痕也会消掉，只是身子还虚，这些天只能用肉粥养着，昨天我去看他，还跟我说了一阵子的话。”大合萨举杯饮了一口酒，吧嗒吧嗒抽着烟锅。

“希望一切都能好起来，”大君盯着大合萨的眼睛，“阿苏勒没事了，沙翰你也该放下心了。出使东陆的事情，你一直都没有回答我，什么时候给我一个答复？”

大合萨转着杯子，沉默了一会儿，一口把杯子里的酒饮尽了，“等我今晚好好想想，明天早晨来金帐拜见的时候，告诉大君吧。”

大君点了点头，“沙翰，我知道你担心。你是我们青阳的大合萨，是盘鞑天神的使者，在俗世的上面，本该过着悠闲的日子。可是一踏进这里面，就再也出不去，没准连命也送了。我不逼你，一切的仪仗我都给你准备好了，我等你的答复。”

老头子起身拍了拍屁股，鼻子里重重地哼了一声，“你这还不是在逼我么？”

他也不告辞，缩肩佝背地出帐去了。

大君端起杯子，远远地敬了敬大合萨的背影，饮尽了杯中的古尔沁烈酒。

夜晚如此的安静，静得能听见风掠过草尖的微声。

帐篷前静悄悄的没什么人影，火盆里的炭火正旺，照亮阿苏勒苍白的脸。他身上还裹着绷带，但是已经可以四下活动。他手里托着一只草蚱蜢，那是草原上常见的小玩意儿，用笔挺的青色草叶编织而成，远远地看和真蚱蜢没什么区别。

阿苏勒手中的这只草蚱蜢已经干枯了，一碰就会碎裂，阿苏勒默默地看着它，火焰在他的眼睛里跳动。

他把草蚱蜢轻轻放进火堆里，小声说：“飞走吧。”

“阿苏勒。”

阿苏勒惊讶地回头，看见大合萨静静地站在月光下，一身白麻长衣在风中飞舞。大合萨摸了摸他的脑袋，跟他一起目送那只燃烧的草蚱蜢。火光把它枯萎的双翼映得几乎透明，它的灰烬随着腾舞的火焰飞了起来，好像真的飞走了。

“编得很漂亮啊，是你自己编的么？”大合萨问。

“是哲甘的小儿子编了送给我的，这是我留下来的最后一件东西了。”

“既然是想留下来当纪念，为什么又要烧掉呢？”

“因为我觉得自己太软弱了。”

“又是谁跟你说这些蠢话？”

“不，是我自己想的。我想把真颜部的那些事都忘掉，只有忘掉我才能专心。可我做不到，我看见这只蚱蜢就会想到哲甘，想到诃伦帖姆妈。我成天就想这些，白天想晚上想，练刀的时候都想。我不想再想了，我要好好地练刀，我要把蚱蜢烧了，阿爸说的，我是帕苏尔家的儿子，我要坚强。”

“练刀？还练什么刀啊？”大合萨埋怨着，“就是练那个破刀，把身体都练出病来了。以后我们可别再练什么刀了，好好地喝着奶子，听那些小奴们给你说有趣的事情，吃夫人烤的獭子肉，过得多悠闲。”

他挠挠光秃秃的脑门，“对了，世子啊，大合萨教你星相之学吧！你比阿摩敕那个傻小子聪明，一定学得快。”

阿苏勒笑了，是那种他固有的拒绝别人的笑容，“谢谢大合萨，我还是要练刀，阿爸说了，我要变成男子汉。”

“你阿爸那是逗你的……”大合萨觉得说漏了，赶紧住嘴，“阿苏勒啊，你是世子，吕氏帕苏尔家族的小儿子，你祖宗的勇敢和荣耀都要你继承，将来有千千万万的勇士跟在你马后，帮你打仗。别听那些人瞎说，会刀术有什么用？你阿爸剑术再好，又杀过多少敌人？何况你身子刚好，多休息休息，你要是觉得闷呢，大合萨把巴呆送给你玩几天，不过你要按时喂它，可不要把它饿瘦了。”

阿苏勒转过身去。深深吸了口气，望着天空，声音变得格外的遥远，“大合萨，你记不记得，我第一天回来，不肯叫夫人姆妈。”

“记得啊，英氏夫人可伤心了。”

“我不是不愿意，我是很怕听到姆妈两个字。”他回过头来，“大合萨，我害怕啊。”

“害怕……”大合萨愣住了。

“我在真颜部的时候，也有一个姆妈，她是个漂亮的姑姑，名叫诃伦帖，九王带着兵打进真颜部的时候，诃伦帖姆妈死了。我那天练刀，很累很累了，可是姆妈的样子在我面前晃来晃去，我很怕，我不敢停，我反复地想她死的那一幕，是的，我亲眼看见她死了。所以我就拼命地出力，只有砍东西能让我安静下来。”阿苏勒幽幽地说，“大合萨，我很怕的，很怕再看到那样的场面。看见那么大的火，我认识的人一个一个被杀掉，谁都救不了他们，我很想救他们，可是我没本事。大合萨，我是帕苏尔家的儿子，我能指望我们的勇士，可是……他们又能指望谁呢？要是他们没人可指望，我就去，我就去被他们指望，我就去救他们！我知道我很笨，可是……我真的不想再看见那样的事了！”

大合萨呆住了，他想把这个孩子抱在怀里，又觉得那张稚嫩小脸上的神情不可轻侮。

“大合萨，我是不是很傻？”

“阿苏勒不傻。”大合萨轻轻摸着他的头发，“不要听那些蠢人的话，我们的阿苏勒会成为英雄，草原上的大英雄！那个时候，大合萨骑着马，打着旗，为你开道。”

阿苏勒低下头，笑了笑，又摇了摇头。

“大合萨是来找木犁将军的么？这么晚，将军大概睡了。”

“哦，我不找他。我来捡个东西，前几天在这里落在草丛里了，一直没有时间来找找，刚才好容易才找到。”老头子沉默了一下，拉过孩子的手拍了拍，“阿苏勒，大合萨要去很远的地方，很长时间都不能回来看你。

可是看到你这样，大合萨放心了。”

他从腰后抽出了一柄青色皮鞘的短刀，放在阿苏勒的手中，“这是你阿爸赐给你的，狮子王的刀，大合萨把它带来还给你了。来！握紧它，等到大合萨回来的时候，你就像你的哥哥们那么强壮了！”

他起身走了，仿佛下了什么决心，再不回头。

阿苏勒看着他一袭白衣的背影就此隐没在黑暗中，低头看着手中青色的刀，刀柄上油润的皮子被换成了青色的丝绸，青色的丝绳上多了一枚青翠的玉玲珑。夜风从玲珑上的孔隙里穿过，鸣声仿佛叹息。

颜静龙被帐篷外可怕的声音惊醒了。

他以为自己在做梦，什么人敢在大合萨的帐篷附近这般喧哗？可那声音那么真切，仿佛武器交击的声音、吼叫的声音、马嘶的声音混合在一起，他以为是朔北的白狼团又打进了北都，在帐篷里瑟瑟发抖了一阵子，不知道是该抓起短刀冲出去，还是立刻钻进被窝里捂住耳朵。

“阿摩敕，阿摩敕！起来，起来！”居然是大合萨的破锣嗓子。

颜静龙咬咬牙，提着裤子钻了出去，目瞪口呆地看着大合萨。这个老头子骑着高大的青马，穿着祭祀和大典才用的华贵礼服，胸前配着神圣的熊刀，一手高举铁马镫，一手抓着粗大的火把敲在马镫上，火星溅落，鸣声震耳。

“阿摩敕，走了！”老头子勒着青马大喊，“懒惰的小鬼，要一直睡到死么？”

“走？”颜静龙傻了，“去哪里？我刚刚睡下，明天早晨不是还要进金帐拜见大君么？”

“大君？我们不管他！”老头子一指身后，“我们这就出发，我已经把仪仗和队伍都带来了。我刚才听人说，说得很对。他们能指望谁呢？要是他们谁都没法指望，我就去！青阳这个地方还是不能少了我的！阿摩敕，让你见识见识老师的本事。朔北部打到我们青阳城下的时候，老师也带着鬼弓在城上游射呢！”

他身后真的站着五十名精悍的鬼弓武士，这些隶属于虎豹骑的精英骑射盛装束甲，骑着嘶咆的战马，高高打起了剑齿豹图案的白色大旗。这是大君出行的仪仗，一瞬间颜静龙几乎以为是老头子喝醉了，僭越了大君的礼仪。可是就算老头子喝醉了，武士们却不可能都喝醉了，他们每个人的马后都拴着两匹备用的骏马，分明是要远行的模样。

颜静龙上去扯住老头子的马嚼铁，“可是……可是到底去哪里啊？”

“向南，一直向南！海南边，有个王国叫做大胤的，你知道么？”

“大胤？”颜静龙呆呆地张大了嘴，“那不就是东陆大皇帝的国家么？”

“对！我们要去大胤！那里遍地都是黄金和玉石，收获的季节，棉花和麦子堆得比山都高，放起牧来，纵马一年都跑不到海边！那是黄金之国，我们蛮族千年来都没法得到的土地。可是现在不一样了，我们就要去了。没了我，他们不行的！就让我亲手为青阳打开通往黄金之国的门吧！”

他望着南方，眼睛里闪烁着颜静龙从未见过的光。

第二章 世子

三个月后，瀚州草原迎来了它的春天。

风从滁潦海带来了水气和温暖。巨大的冰甲崩裂，裂缝中流淌着雪水，沉寂已久的土地再次暴露在阳光下，尽情地呼吸新鲜的空气，青茸茸的细草钻出地面，无穷无尽的嫩绿色仿佛从大地深处涌起的碧绿的春水，沿着起伏的草原一直溢到天边。

爬地菊最先盛开。这种花说是菊，其实是野草，匍匐在地上生长。它最耐荒寒，只要有根就是不死的，春天来的时候爬地菊的枝条会从叶腋中生出两条修长的花茎，开出嫩黄色的五瓣小花。

朔方原是整个瀚州爬地菊开得最盛的地方，简直是花山花海，嫩黄色的花潮压过了马草的绿色，一直绵延到天际，组成一张看不到边的巨大花茵。

五十多年前，东陆风炎皇帝也是在早春四月撤离了朔方原，那时阳光普照草原，风贴着大地流过，千千万万的小黄花摇曳，遮蔽了严冬那场残酷战争所留下的枯骨。

草原浩瀚，像是盖着一层金色的阳光。

“这就是蛮族的黄金啊，”风炎帝策马离去前说，“这片土地的生机，远远没有绝尽啊。”

蛮族人对于爬地菊总有种说不清的情怀，在灿烂的四月间，跃跃欲试的年轻人把打来的野狐皮放在怀春少女的帐篷外，少女的父母往往也视若不见，任他们偷偷地跳上马背，偎依着在草原上奔驰。

一黑一白两匹马狂奔着冲下草坡。马踏黄花的痕迹仿佛两道刀光，划破了春日的寂静。

两匹都是初长成的小马，胸膛已经颇为宽阔，烈鬃瘦腿，奔驰起来全身的肌肉如水波般颤动。马背上的骑士也是少年，十二三岁年纪，身穿狐裘打孔串联而成的无袖软铠，是蛮族富家孩子喜欢的衣装。

少年们握着弓，双手离缰，在剧烈起伏的马背上镇静自若，细碎的小黄花被马蹄踏得飞扬起来，盈盈飘落，像是在马后扬起了嫩黄色的轻雪。两骑争进，倏忽前后，骑术不相上下。少年们手中的角弓足长两尺半，檀木为背牛筋为弦，是成年人所用的大弓制式。弓弦上搭了狼牙箭，两人的目光都追着前方那个白色的小东西，它一蹦一蹦地在近尺高的黄花碧草间隐现，以灵活的“之”字路线奔逃。

距离猎物只剩二三十丈，眼前一片开阔。小东西也知道危机迫近，东撞西撞地想要躲避，却终究快不过骏马。骑白马的少年猛夹坐骑，白马长嘶着蹬地，瞬间超越黑马半个马身。就是这一刻，他双臂一张，角弓引满，乌棱棱的箭镞在阳光下闪烁。黑马上的少年武士急了，也是用力一夹坐骑。黑马奋起余力，又抢到白马前方。黑马上的少年身体一斜，挡住了同伴的视线。他只有瞬间的机会，不过瞬息的优势就够了，他全力拉开角弓，箭头锁住了忽然跃起的猎物。

刺耳的啸声从背后传来！

“是箭！”黑马上的少年心中一寒，猛回头，仰视天空。

一个身形腾空跃起在他头顶，遮蔽了刺眼的阳光，太阳给那个身影镀上一层耀眼的金辉，灿然不可逼视。

“铁叶！”黑马上的少年喊出了同伴的名字。

铁叶自马鞍上腾空跃起，飞踏马鞍桥张弓放箭。无愧于他“鹰眼郎”的绰号，弓弦一声绷响，羽箭流星般一闪而没，将跃起的猎物钉回了草丛中。

铁叶落地，毫不停步，疾追上去，在草丛里面一抓，将中箭的小东西抓了出来。那是只不大的白兔，身上刷着白垩，更加地显眼，虽然中了箭，还是挥舞着两只前爪挣扎，箭穿透了它圆圆的小尾巴，并没有伤及要害。

“是我的！我先射到，哥哥你又输了！”射中了兔子，铁叶的兴奋都写在脸上。他拎起兔子的两只耳朵跳舞，又学着螃蟹步，对哥哥耍着鬼脸。

他的哥哥铁颜兜住黑马，瞟了他一眼，心里不乐意，却也没有办法。

铁颜和铁叶是青阳大将铁益的两个儿子，蛮族小名是巴鲁和巴扎，年纪只差一岁，都是世子阿苏勒的伴当。两个都是贵族孩子中最勇敢的，铁颜刀马过人，可弟弟铁叶灵活柔韧，骑射上更占优势。

铁颜跟弟弟比赛射猎，总是输多赢少，刚才挡住弟弟的视线，已经是耍赖，可是弟弟凌空发箭，一样箭无虚发。他心里知道自己骑射上差得远，嘴里却不肯承认。

“不就是射中兔子，比刀你哪次赢过？”铁颜嘟哝。

铁叶跑回自己的白马边，眯起一只眼睛对他吐舌头，“牦牛牦牛。”

铁颜身形魁梧，一身蛮力却不灵活，有个“牦牛”的绰号，铁叶一直拿这个嘲笑哥哥，乐此不疲。

“你！”铁颜猛地抬头瞪着弟弟，他没有铁叶机灵，被欺负得受不了就会发怒，将弟弟揪在地上打一顿出气。

铁叶也怕他真发火，捂了捂嘴，“不说了，不说了。”

铁颜忽地不安起来，放眼望着四下，“奇怪！世子呢？世子哪里去了？”

铁叶也愣住了，想起了这事，“嗯，奇怪了，刚才还骑马跟在后面呢，一下就不见影子了。”

铁颜催着战马冲上草坡眺望，烦躁不安地转来转去。这里可以远望四五里地，可是一片黄花草原，一个人影都看不见。铁颜的脸色渐渐变了，绷得铁青。铁叶有些害怕，不敢出声。

“你说今天你看着世子的！就知道争强好胜！”铁颜真的发怒了，一把把弟弟从马背上推了下去，“射个兔子有什么大不了的，世子又不见了，这可怎么办？”

铁叶摔在爬地菊丛中，倒是不痛。他不敢反驳，抓了抓脑袋低声嘟哝：“世子，世子，说得好听，早晚也是被大君废掉。不过是跟我们一样的小孩，丢了自己会回来，谁会害他？”

阿苏勒微微一运气，笛声像是清澈的泉水那样从每一个笛孔溢了出去，缓缓地溢满了天地。

午后温暖的阳光照在背后，云雀轻盈地掠过天空，爬地菊的小黄花堆起齐膝的花海，直到视线所不能及的天边，偶尔远处的草坡上像是飘过白色的云，那是放牧的少年带着他的羊群经过。

爬地菊随着风势起伏，翻出一层一层的花潮，土地缓缓呼吸着新鲜的空气。

枣红色的小马撒着欢在周围乱转，这边啃几口草，又去那边啃，然后贴过去舔阿苏勒的面颊。阿苏勒低低地咳嗽几声，摸着它光滑的皮毛说：“无双真笨，追不上铁颜铁叶，还来捣乱。”

这匹东陆产的小马是他的坐骑。身体康复之后，父亲再不许他习武，连雄壮高大的北陆马也不让他骑了，换了这匹温顺却淘气的小马。铁颜和铁叶的坐骑都是战马的后代，马腿比无双的腿长了一倍。无双跑着跑着就落下了，害得他只能坐在这里等自己的伴当。

蛮族所谓“伴当”，是“朋友”的意思。贵族少年从练武开始就会有自己的伴当，根据家境的贫富，少则两三人，多则十几人。伴当陪着主子习武打猎，一起长大，将来上阵杀敌也齐马并进，是一生的忠勇随从。

阿苏勒九岁才有了自己的伴当。大君钦点了铁益的两个儿子当阿苏勒的伴当，铁益是长子窝棚的人，谁也不知道大君为什么要这么安排。

不过大君那天召见铁颜和铁叶，亲手拍着他们的肩膀，“从此，你们就是世子的伴当了，生死你们都要跟着他！”

女孩侧盘着双腿坐在阿苏勒身后，咬着线头纫针。

她穿着绿色的马步裙，白色的绫子束腰，宽大的裙裾洒在黄花上，遮住赭色的小鹿皮靴子。蛮族少女喜欢这种装束，马步裙张开时像一领大氅，围绕腰身缠起来，束上衣带，就成了裙子。上身很贴身，勾勒出起伏的线条，裙幅却宽大，便于骑射。她们不穿华族仕女喜欢的丝履，而是穿裹住小腿的软皮靴子，这样就可以像男子一样大步地跑跳。

可阿苏勒背后的女孩却宁静婉约，一声不吭地低头纫针。她披散漆黑的长发，发梢结着小小的金铃，风来的时候，金铃就叮叮当当地轻响，她这才会抬头，沉默地看风来的方向。

那里是南方，曾经在铁线河附近的牧场，有一个叫做真颜的部落放牧牛羊。

笛声忽地停顿了，尾音袅袅。阿苏勒挪了挪，坐到女孩身边去，“苏玛，你是想家了么？”

女孩默默地摇头，坐开了一些，低头接着缝手里的衣带。

“我知道你总是想家的，”阿苏勒说，“虽然你说不出来。”

龙格真煌的女儿龙格凝·苏玛那年十三岁。

草原上的牧人说，时光是无鞍的野马，奔驰起来像闪电，最好的骑手都无法驾驭。初到青阳部的时候，苏玛只有十二岁，一张消瘦蜡黄的小脸，像个贫苦家庭的小男孩，站在绝艳的姐姐龙格沁身边，谁也不会多看她一眼。可女孩就像爬地菊一样，十二三岁是将要绽放的年纪，她在大家眼里一天天地变化着，肌肤像是沁红的软玉，漆黑的眼底带些清澈的蓝色，眉宇像是用淡淡的墨笔描画出来的，瘦削的身材变得修长丰腴，胸口也渐渐饱满起来，衬着细长的腰肢。

毕竟是龙格沁同胞的妹妹，人人都说龙格真煌的夫人是草原上的天女，自然也会生出天女一般的女儿们。

北都城的贵族少年都知道世子有个漂亮的女奴，阿苏勒带着她出去骑马，少年们就扛着飞鹰跟在后面追看，肆无忌惮地吹口哨。

“苏玛，苏玛，我吹笛子吧。”阿苏勒说，“我来吹笛子，你来跳舞。”他想让苏玛开心些。

苏玛摇摇头，指指自己的耳朵。阿苏勒知道她是说不跳舞，听阿苏勒吹笛子。苏玛是真颜部女孩中跳舞跳得最好的，阿苏勒记得他在真颜部的那些年，每逢烧羔节，龙格沁唱歌，苏玛在火堆边舞蹈。

可那些日子都过去了。

他微微运气，想起个高些的调子。“呜”的一声，笛子走音了，像是沉闷的牛吼。苏玛吃了一惊，抬头看见阿苏勒窘迫地左顾右盼。她把针扎在正在绣着的衣带上，从阿苏勒手中拿过笛子，指指自己的嘴唇，比了一个唇形给他看。阿苏勒的笛子也是苏玛教的，他初到真颜部的时候只有六岁，苏玛已经是个八岁的大女孩，可是几年过去，倒显不出苏玛比阿苏勒大多少了。

苏玛的无名指在按孔上轻盈地跳跃起来，笛声有如一串串带着回音的鸟鸣，草间几只小雀在笛声中唧唧清鸣着飞上天空，阿苏勒的目光追逐着它们，就出了神。

天边的云懒洋洋地舒卷,大地静馨,像是一场春天下午的梦刚刚醒来。

笛声停了许久阿苏勒才回过神来。苏玛把笛子递到他面前，又低下头去缝纫。阿苏勒想着她刚才的指法，把吹孔凑到嘴边。他愣了一下，鼻尖有一股淡淡的暖香，他凑近笛孔嗅了嗅，是从笛孔中散发出来的，像是麝香，却又那么飘忽，只是在鼻尖轻轻地拂过。

“苏玛，你抹香了么？”

苏玛诧异地看了他一眼，摇了摇头。

“是你身上的香。”阿苏勒说着，把笛子递到她面前。

苏玛闻了闻，摇了摇头。阿苏勒犹豫了一下，小心地凑到她脖子边嗅着。苏玛回过神来，惊慌地推了他一把。两个人一起滚倒在草丛里，细碎的黄花仿佛被轻盈的蝶翼扑起，又飘落。阿苏勒粗粗地喘了口气，苏玛被他压在下面，不敢反抗。她绿裙上散碎的花瓣像是绣成的金色花纹，却更加鲜明清亮。她的头发散乱，白皙的脖子泛起粉色，随着呼吸有淡淡的青纹。她扭过头去，不看主子，饱满的胸口微微起伏。

阿苏勒清亮亮的目光垂下来，落在苏玛的脸上。苏玛觉得自己的脸那么红，那些纤细的血管就在皮肤下紧张地跳着。

“苏玛，你身上真是香的，跟阿妈是一个气味。”阿苏勒说。

他坐了起来，怔怔地有些出神。

苏玛飞快地整理好裙子，一个劲地低头纫针。

两个人谁也不说话。

“苏玛。”阿苏勒抱着膝盖看着她，“苏玛你那么好看，又那么灵巧，吹的笛子那么好听，身上还是香的，不知道将来是谁有那么好的福气，能娶到你。”他的声音很轻，“也不知道我能不能活着看到那天。”

苏玛一惊，抬起头来，看见主子眺望着远处，眼神那么安静，没有欢愉，也没有悲戚。

阿苏勒觉察到苏玛在看他，扭头对她笑了笑，“陆大夫常说，我要好好养着，十年都不会出大事。我想陆大夫大概是说，我还能活十年吧？其实我不是害怕，只是不太甘心，生下来什么用都没有，然后自己就悄没声地死了。”

苏玛的手颤了一下，一滴血在手中的绫子上浸润开来。

“你的手……”阿苏勒握住她的手。

针从绫子上透了下去，扎进了苏玛的指尖，大粒的血珠红得像透熟的红豆。阿苏勒举着那只手，左顾右盼却找不到可以包扎的东西，张开嘴想把苏玛的指尖含住，却忽然明白过来，呆了一下，讪讪地笑笑，把指头送到苏玛自己的嘴里。

苏玛跟着他笑，无声地。阿苏勒一看她，她重又低下头去。

“哎哟哎哟哎哟，堂堂的世子、真颜部贱民的女儿，在这里偷情！这就是我们吕家豹子血的后代么？”

阿苏勒猛地起身，十几个人从草坡下跃了起来，他们已经被团团地围住了。那是一群披着重锦的武士，领头的人光头闪亮，只有一根粗大的独辫从头顶垂下，辫子上缠满了金丝，辫根钉了一块鸽蛋大的宝石，在阳光里熠熠生辉。

“丹胡？”

阿苏勒认了出来，那是台戈尔大汗王的小儿子丹胡。青阳部的四位大汗王里，台戈尔大汗王是大君最年长的哥哥，土地最大，奴隶最多，从西边的火雷原到东边的彤云大山，草原上处处都有他家的牧民。丹胡十五岁了，是大汗王最宠爱的儿子，粗壮得像是一头小牛犊，脸上的肉堆起来，有几分像他父亲的样子。

丹胡手上套着的马鞭悠悠地转着，斜着眼瞟了阿苏勒两眼，忽然上去一步，把他推倒在地。苏玛想去扶他，却被丹胡的伴当武士在膝盖后面踢了一脚，倒下去撞在阿苏勒背上。

阿苏勒挣扎着想要站起来，丹胡又在他肩上一推，阿苏勒再次倒在草地里。

丹胡得意地笑，伴当们也跟着笑。他围着阿苏勒和苏玛慢悠悠地转圈子，独辫上的宝石折射着日光，亮得刺眼，阿苏勒不由得举起胳膊挡住自己的眼睛。丹胡转着转着，忽然蹲下身去捏苏玛的下巴。苏玛闪了一下，紧紧挽着阿苏勒的胳膊。丹胡又去捏她的耳朵，这次苏玛没有再闪避，她狠狠地咬住了丹胡的手指。

“哎哟！”丹胡差点跳起来，“这个小女人会咬人！”

他抽出手指，看见两排齿痕上隐隐都是血。他的伴当抄着马鞭走了上来，丹胡一把拦住。他低下头，看见那个小女人凶凶地盯着他。她的唇色越发地红了，羊奶一样的肌肤下殷殷透着粉，眸子在阳光下似乎带着蓝。

“世子？”丹胡转到阿苏勒面前，“我出十四马，跟世子买一件东西。”

“什么？”阿苏勒受不了他嘴里浓郁的酒味，退开去紧紧靠在苏玛背上。

“这个小贱女人。”

“不卖，”阿苏勒断然摇头，“我不卖苏玛，阿爸说的，苏玛不能卖也不能送……永远都跟我在一起！”

“十四马！”丹胡啐了一口，“这样的女人，十个我都买到了！不能卖也不能送是吧？那就借到我帐篷里！你的小女人咬了我，我要好好地罚她，才消了我的气。”

“你……你到底要干什么？”阿苏勒的心抽紧了，他伸手过去握住苏玛的手。

“你还小，嘿嘿，”丹胡笑着，“说了你也不懂。”

他伸手抓住阿苏勒的衣襟，“来，我跟你摔跤。”

他身高力大，把阿苏勒整个地提了起来。阿苏勒慌乱挣扎，却没有可借力的地方，只能紧紧握着苏玛的手。丹胡猛地发力，把阿苏勒扔了出去。苏玛的手和他的手脱开了，他摔在草丛里，觉得全身没有一处不痛。

丹胡狠狠地攥住了苏玛的腕子，满口酒气喷在她脸上。他扭头对着伴当喊：“给我把世子围住，别让他起来！”

七八个伴当抢步上去围死了阿苏勒。阿苏勒抬头，阳光完全被挡住了，他只能看见一片蓝色的天，像是在一口水井中。他想爬起来，可是脑子里面像是有一群蜂子在嗡嗡地飞。他挣扎着跪了起来，却有人按住了他的肩膀，让他根本站不起来。他剧烈地喘息，全身重得说不出来，只想倒在地上。

丹胡的笑声传进他的耳朵里，他听见挣扎和扭打的声音，里面夹着某个细细的声音，像是离群雁子的哀鸣。他忽然慌张起来，他熟悉那个声音，夜深人静的时候，苏玛抱着膝盖坐在草地上流眼泪，就是这个低低的声音。

她是个哑巴，哭不出声。

他努力从伴当们的缝隙里看出去，可他扒不开那些粗壮的武士。只有武士们腰间那条细缝是透光的，从里面可以看见那件绿色的马步裙在闪。

“哈哈哈哈，”丹胡大笑，“想看啊？想看啊？你没看过么？你没看过我可先看了。”

他的双手掐死了苏玛的腕子，把她的两臂撑开，看着她柔软的长发在风里凌乱。苏玛低头想去咬丹胡，可是她咬不到，凑过来的是丹胡满是酒气的大嘴。

“哎哟喂！”丹胡松开了双手，苏玛狠狠地咬了他的肩膀。

她被紧紧地搂住了，那股巨大的力量让她几乎窒息。丹胡放肆地笑着，狠狠地抱住苏玛，像是要把她整个地抱进自己的身体里去。他掐着苏玛的臀和腿，隔着布料抚摩少女细嫩得像是羊乳的皮肤，在她身上留下一个又一个青色的掐痕。丹胡觉得全身热得像是火炭，他猛地把苏玛压在地下，膝盖压住苏玛的腿，猛扯苏玛的衣襟。

他没有忘记对着缝隙里的那双眼睛笑了一声。

阿苏勒忽然听不见声音了，面前的一切是幅残酷狰狞的画。苏玛的领口被扯到了腰间，赤裸的背上肌肤像是羊脂。她动不了，丹胡把脸埋在她的胸前。苏玛对着他的方向回过头来，脸上满是泪水，可是没有表情，那么安静，静得让他心颤，像是已经死去的荒凉。

他感到可怕的燥热在心口跳跃，像是火，凶恶的火！他使劲按着胸口，想把那火压回去。他有过这种感觉，那天晚上他发病之前就是如此的，凶恶的火，像是要把他烧死，把周围的一切都烧掉！他压不住了，火焰正在顺着他的血脉流往全身，强烈的律动撕扯着他的身体。

他想站起来，可是压着他肩膀的几双大手增加了力量。

他再次用力，他要站起来！

他抬起头，看见那名粗壮武士的脸上充满了诧异。

他用肘狠狠地撞在武士的小腹上，他猛踢那名武士的小腿，武士的腿骨发出了濒临折断的声音。武士痛得退了一步，低头看着这个孱弱的孩子，不敢相信自己经历的一切。他觉得这个孩子是疯了，忽然间变成了疯狂与愤怒的幼狮。阿苏勒影子一样扑击出去，扯住武士的腰带，拳头连续地击打在武士的小腹上，每一拳都发出弓箭命中牛皮的响声。

血管里的火控制了阿苏勒。他有种可怕的快意，强烈的杀意控制了他的神志……他忽然想要杀了这个武士，在他的小腹打出一个血洞。

武士吐出一口热血，栽倒在草丛里。

丹胡和苏玛暴露在阿苏勒的视线里，丹胡满是横肉的脸上尽是惊诧。他来不及闪避，阿苏勒在他的眼里化作了一团虚影，草原上的好汉子在拔刀的时候都很快，快得刀会消失，可从没有人能快到连人影都模糊了。阿苏勒抬腿狠狠地一脚踩在丹胡的脸上，丹胡倒在地上，阿苏勒腾空跃起，膝盖重重地磕在丹胡的脸上，下意识地伸手去丹胡的腰间拔刀。

他忽然意识到苏玛在他身边，于是一把抱住。苏玛柔软的身体轻轻地颤抖着，泪水滴落在阿苏勒的肩膀上。

火烧得更凶了，阿苏勒的喉间传出类似野兽嘶吼的怪声。

"你们还愣着干什么？给我打他，给我打他，给我打他啊！"丹胡对着伴当们狂喊。

对方毕竟是世子，伴当们心下犹豫，可又不敢违逆自己的主子，于是一起逼了上去。苏玛和阿苏勒互相抱着，苏玛惊恐地看着重新围成的人墙，阿苏勒目光游移，死死地盯着伴当们腰间的刀柄。

马嘶声传来，像是惊雷。

人们不约而同地扭头看去，一黑一白的两匹健马狂飙着逼近。铁颜和铁叶举起连鞘的战刀，全力地劈斩下去。不愧是铁氏的儿子，即使成年的武士也被他们凶狠的刀劲震慑，不由得退让了几步。铁颜跳下马背，从伴当中抓起一个高高地举过头顶，用力掼在地上。铁叶一兜战马，把阿苏勒拉上马背。铁颜对着胸口裸露的苏玛，觉得头有平时三个那么大。

他那匹灵巧的黑马兜转回来，他咬咬牙，飞起一脚，把离他最近的那名伴当踢翻，拦腰抱过苏玛，翻身上马。

伴当们还想围过来，铁颜低喝一声，刀光像是电光般一闪，他的刀出鞘了，探身横扫过去。

没人敢挡他的锋芒，人们认识这个铁氏的孩子，成年武士输在他刀下的也数不清了。

战马从缺口中直冲出去，把丹胡和他的伴当们抛在那里。

那匹懒洋洋吃草的小马“无双”好奇地看看这些人，“咴咴”地低鸣一声，撒开蹄子跟着离去。

丹胡愣了好一会，才暴跳起来，“追啊！追啊！你们这些废物，就这样丢了我们家的脸么？”

平坦开阔的草地上骏马交错，马身上汗气蒸腾，比赛已经白热化。场上十二骑奔驰着换位，草尘飞扬，追逐着小小的栎木马球。

马球在东陆也算流行的游戏，但是发源于蛮族。曾经有青阳部的使团去觐见胤朝皇帝，以八人结队大胜帝都禁军的十二名好手。举国惊叹蛮族的骑术，天朝上国折尽了颜面。皇帝大怒之下甩手而去，从此东陆的贵族豪商再不玩马球了。

华族并不明白，蛮人对于马球技艺精湛，是因为在北陆上至王子贵胄，下到流浪牧民都玩马球。马球对于蛮族的年轻人是生存的本事，只有借此练好了骑术，才能牧马走遍天涯，来日上阵也有更大的机会生还。而东陆的贵族们只是以马球作为闲雅的游戏罢了。

吕守愚一转球杆，把球定在地下，笑了起来，“我队连胜三场，还玩不玩？”

他解了衣甲，只穿一条马裤，露出上身线条分明的肌肉，身上尽是热汗。

“玩！怎么不玩？还不是仗着你那匹马？”四王子吕贺愤愤地哼了

一声。

“换头神龙给你骑也未必就能怎么样！认命了吧！”二王子吕复得意地大笑。

“轻易认命，也不配姓帕苏尔了。”吕鹰扬还是一如往日的冷静，“玩了才知道！”

赛球的是四个王子带的队伍，兄弟四个并不和睦，这项争强斗胜的事情倒是都喜欢。

吕鹰扬和吕复的骑术都寻常，吕守愚和吕贺却是蛮族武士中的佼佼者。吕贺更以刀术和臂力称雄于贵族少年中，松木的球杆在他手中仿佛一柄利刀，挥舞起来锐得啸响。吕守愚的伴当不敢正对吕贺的锋芒，吕守愚却不在乎。他骑的是大君赐予的极西骏马“雪漭”，总能抢先赶到球边。吕贺就恨他那匹马，可是是父亲赐的，却也没有办法。

“好，旭达罕，我们两个开球！”吕守愚把球抛了起来，一把抓住。

马蹄声乱了，三匹马从草坎子对面登了上来，奔得急促。球场周围护卫的武士们张开长弓，警觉地围堵上去。

“是哪家王子帐下的人，是哪家王子帐下的人？”铁叶勒着跑疯的马大吼。

“几家王子都在这里赛球，你们是什么人敢冲撞？”

铁叶闪过肩膀，露出了背后的阿苏勒。

“世子！”为首的百夫长认出了他，按胸跪下行礼。

“快救救我们，有人追我们！”铁颜也跟了上来。

“什么人那么大胆子，在朔方原的地方敢追世子，不是找死么？”百夫长骂骂咧咧的，挥手一招，“你们几个跟我去看看！”

“是我找死！怎么样？”

随着吼声，成群的战马如风卷一样登上草坎子，他们打着墨绿色的大旗，旗上绘着凶猛的狰。领头的武士年纪不大，顶着一根独辫子，挥舞着马鞭使劲地吼。

"丹胡……"百夫长哆嗦了一下。

丹胡的骄横在北都城附近都是有名的，从来没人敢管，也没人能管。他是台戈尔大汗王的儿子，有人说大君的位置都是台戈尔大汗王当年让给他的，所以对大汗王最宠爱的孩子，大君连训斥都没有过。

丹胡喘着粗气，指着自己的脸，"你们的世子，看看，你们的世子踩了我的脸。什么人敢踩我的脸？我生下来，我阿爸都不敢打我一下！你们谁有胆子拦我，信不信我杀了你们？"

丹胡半边脸上沾了灰泥，是一个清清楚楚的鞋印，还流着鼻血。

他跳下马，从马鞍上抄过鞭子，恶狠狠地逼向阿苏勒。铁颜和铁叶一动，丹胡的伴当们也跟着逼了上来。

白色的骏马带着疾风，忽然插入，瞬间把阿苏勒他们遮在马后。

丹胡暴跳起来，"什么人敢挡我的路？我把你……"

他抬头一看，把后面半句话吞回了肚里。马背上蓄着短须的年轻武士低头玩着手里的球杆，仿佛根本没有听见他的话。那是大王子吕守愚，丹胡认识的，父亲提醒过他，这个跟九王出征过的王子并不好惹。

吕守愚略一抬眉，冷冷地瞥了他一眼，"丹胡，我打球的时候，可不想有人搅了我的兴致。你有什么话就快说。"

"我不跟你说！你把阿苏勒交出来！我跟他拼个输赢！"丹胡气喘吁吁地指着吕守愚的马后，"那个狗崽子敢踩我的脸，我要跟他比刀，我绝饶不了他！"

"啪！"清脆的一声响过，丹胡"啊"地惨叫一声，捂着红肿的脸退了出去。

吕守愚坐在马上，闭起一只眼去瞄自己的球杆直不直。所有人都愣住了，是吕守愚用球杆抽了丹胡一记，干脆利落，毫不留情。以台戈尔大汗王在青阳的势力，和大君谁强谁弱，很难说得清楚，虽然不是名义上的部落之主，可是进金帐不跪，也不听从大君的调遣，是和大君平起平坐的人。

"你……你……你敢！"丹胡简直疯了。

"狗崽子？什么狗崽子？你在说谁？这里只有帕苏尔家尊贵的儿子们，没有狗崽子。"吕守愚冷冷地喝道。

"哥哥，哥哥。"吕复策马上来，挡住了吕守愚，"消消气，别跟孩子一样见识。"

他转过脸又对丹胡露出安抚的笑容，"丹胡，你若是跟世子有什么冲突，就该去和大汗王还有大君说。这样私下打斗，我们都是帕苏尔家的子孙，不是为祖宗丢脸么？"

"我不管，我不管！他敢打我……他怎么敢打我？"丹胡大声地吼。

吕守愚抓起吕复的衣襟，把他推到一边，"别挡路。"

"怎么敢？！怎么敢？！"他的眼神骤然变得凌厉，带马缓缓地逼了上去，"打你的是我，有什么要说的也跟我说。没长眼么？野狗一样瞎喊。丹胡，你以为自己是台戈尔大汗王的小儿子，将来要接大汗王的爵位是不是？台戈尔大汗王了不起么？睁开你的狗眼看看，你招惹的是世子！是我们帕苏尔家真正的继承人！信不信我一箭射死你，我们吕氏帕苏尔家也一样是草原的主人！"

他冷笑起来，"回去跟你父亲说，是郭勒尔的儿子吕守愚·比莫干欺负了你，让他去请郭勒尔来责罚我好了……如果你们没死的话。"

他手触马鞍上的剑柄，雪漭缓缓地逼了上去。

丹胡的伴当们惊慌地互相看着。

吕守愚忽然松开缰绳打在马头上，那匹极西名马脱去了束缚，长嘶一声，龙一样舒展了身形直冲出去。高大的北陆雄驹带起的疾风扑面压向丹胡和他的伴当们，吕守愚放声大笑，铁剑挑着风声对着丹胡的头顶斜斜削下。

"哥哥！"吕复变了脸色。

丹胡惊恐地扑倒在泥土里，伴当中没有一人来得及拔刀。雪漭舞蹈般在丹胡的人马中折返，吕守愚的长剑随着手腕转动，凄冷刺骨的寒光压在头上，没有一个人敢抬头。吕守愚带着笑声兜了一圈，重新回到阿苏勒面前。

丹胡的伴当们放开抱头的手，缓缓地站了起来，忽然觉得腿上生凉。所有人的裤子都脱落下来。

丹胡也站了起来，裤子却没有落下。他没有丢尽面子，喘息两声，额头的筋跳了跳。

吕守愚看他发狠，笑了笑，把手中的东西扔在他脸上。丹胡接住一看，乌黑粗大的一条辫子。丹胡不解地看着吕守愚，吕守愚手里还剩一块宝石，阳光下璀璨耀眼。

“倒是个值钱的东西。”他掂了掂，顺手扔给旁边一个伴当，“送你了，拿着玩吧。”

丹胡忽然明白过来，战战兢兢地摸向自己的头顶，那条从小留到大的独辫不见了，只有齐根的短发披散下来。

“杀、杀……杀人啦！杀人啦！”丹胡惨叫起来，捂着头顶飞一般地跑了。伴当们呆了一下，提着裤子追了上去。吕守愚也不追赶，勒马原地放声大笑，看着那群狼狈的人冲上草坡，其中一个被落下的裤子绊到了，一个滚儿栽了下去。

“大王子，我们不是故意和大汗王的儿子冲突的，丹胡他……”铁叶想上去解释。

吕守愚挥手打断了他，“不必说什么。记得你们是世子的伴当，我们才是帕苏尔家的主人。他们敢把肮脏的手伸到我们的头上，就要教训他们！”

“唉！哥哥……”吕复凑在吕守愚的马侧，想跟他说什么。

吕守愚不理他，转过头对着吕鹰扬冷笑，“旭达罕你不帮他？台戈尔大汗王不会怪你么？”

“丹胡做得不对，大哥出手惩罚，我看罚得很好。”吕鹰扬不动声色地回应，“而且我弟弟和人起了冲突，管他有理没理，我都不能帮外人对不对？”

“虽说是万世不易的大汗王，可是阿苏勒毕竟是我们青阳名正言顺的世子，帕苏尔家血脉真正的传人。一个分家的儿子居然敢跟本家的少主为难，台戈尔大汗王就不怕盘鞑天神的惩罚？未来的大君，可是天神选中的人。”吕守愚话锋一转，“不过，也许大汗王觉得自己才是天神选中的人吧？毕竟他们家也姓帕苏尔。”

“哥哥有见识，为什么不自己去跟伯父们说？”吕鹰扬一振手里的球杆，“打球的时候，我就只知道打球。”

“打球？”吕守愚斜眼扫过全场，“好！那么我们也不必浪费力气，一球定输赢。我比莫干有的，随你旭达罕要什么，我都赌得起！”

吕鹰扬指了指他胯下的骏马，“那就赌哥哥这匹雪漭。”

吕守愚皱眉冷笑，“好，你敢赌我这匹宝马，你押什么？”

“我不像哥哥，有父亲赐的宝马，牛羊器皿，哥哥也看不上。”吕鹰扬想了想，“听说哥哥雇了几十个东陆匠人打造铠甲，我手里恰好有两千斤上品的乌铁。哥哥赢了，就送给哥哥打造铠甲。”

吕守愚微微变了脸色，“谁说的？”

吕鹰扬不答，回头大喊了一声，“贵木，这场我们好好打，若是胜了，大哥就把雪漭送给你！”

远处的吕贺举起球杆吼了一声。

吕鹰扬扭头微笑，“那我们开始吧。”

吕守愚从腰带里摸出一颗栎木球，掂了掂，忽然抛起在半空。兄弟两人都是带马微微地一顿，而后两匹战马一齐立起来，两根球杆在半空中交击。球落进了吕守愚的控制中，他长笑着带球，单刀直入。雪漭像一道白电般横穿场地，迎面吕贺已经带着两人拉开一个巨大的品字阵拦截。吕守愚并不硬冲，雪漭踏着舞步一样半转，而后再次冲出。吕贺眼睛一花，吕守愚已经趁乱把球递给了吕复，自己策马在品字阵里转了几个圈子，大笑起来。

吕复带着球奔驰急转，同队的伴当散开阵型跟上，几次在对方骑手抢近前的瞬间闪身掠过，直到距离球门不过八十步才挥杆微微一磕，对面吕鹰扬已经斜刺里冲杀过来。

“大哥射啊！”吕复大喊着把球倒磕出去。

白色电光以目力难以追击的速度赶到，吕守愚围着球兜了一转，已经准备好要射门。他的伴当在场边高声地喝起了彩，吕守愚却觉得后心发寒，一道犀利的风声追背而来！吕守愚猛地回头，悚然一惊，黑马上的是吕贺。他出手的一杆不是击球，却是抽向了雪漭。

吕守愚极为爱惜雪漭，收杆侧挡在马臀后。球杆在他的掌中化作刀剑，短短的一瞬间吕守愚以球杆抽出背刀式，肩膀一沉，球杆斜劈出去格挡。吕守愚的刀术老师是铁晋，铁氏的刀术犀利沉稳，扬名整个青阳。“嚓”的一声，双杆交错。松木杆承受不住吕贺的劲劈，立刻折断。

“狠毒！”吕守愚大喝。

“狠毒不狠毒，你的马是我的了！”吕贺的球杆划出一个完美的扇形，是一个长球的动作，他的伴当们已经驰向了对面门前射门的位置。

“笑话！”

吕贺忽然感到地下传来一阵猛震，他的杆走空了！球已经自己弹了起来。剩下的半截球杆在吕守愚的手中发出低沉的呼啸，吕守愚勒紧了缰绳，雪漭高高地立起来，断杆凌空抽中了马球，闪电一样地直射入门。震耳的欢呼声响了起来，看了许多年马球，却没有人想到过这样的射门。

“哥哥好快的‘雷’！”吕复在远处大喊。

蛮族刀术，通行的是“九技”，分别是顺斩逆斩、顺切逆切、左右中平、雷、逆劈竹和刺，所有刀术都是从这九个基本的动作演化而成，吕守愚以坐马震地弹起了马球，而击球的动作则是纯正的剑术了。

吕贺怔怔地看着自己的球杆，狠狠地把它抛在地上。吕鹰扬驰马过来，轻轻拍拍他的肩膀。

“记得你那两千斤乌铁！”吕守愚挥舞着断杆，大笑着兜转马头。

“铁已经在大哥的帐篷里了，我今天早晨嘱咐奴隶送过去的。”吕鹰扬笑，“本来就是弟弟献给大哥的一点心意，打球不过是个彩头，就算弟弟侥幸赢了，也还是要尽这份心意。”

吕守愚愣了一下，上下打量着吕鹰扬。

吕鹰扬脸上含笑，笑容恬淡，直面大哥审视的眼神。

“不愧是旭达罕，没有让我失望。”吕守愚冷冷地说，“若是别人做了我的对手，我还真的提不起兴趣。”

他把巨大的披风裹在肩上，随手带动雪漭，转身回城。

吕复指挥着伴当，跟在吕守愚马后，觉得大哥走得分外地慢，像是怀着什么心事。他刚想凑上去问问，吕守愚已经勒住了马，停在阿苏勒的面前。吕守愚遥遥地看着远方，声音淡淡的毫无感情，“阿苏勒，很长时间没见你，病都好了吧？”

“都好了。”

“那就好，你缺什么东西，尽管问人从我帐篷里要。”吕守愚在他头顶摸了摸，“这里才是你的家，父亲忙，顾不上你的时候，还有我这个哥哥。”

阿苏勒微微偏头闪开了他的手，“谢谢哥哥。”

他这么说的时候扭过头去望着远处，同样不看吕守愚一眼。

吕复瞥了大哥一眼，却发现吕守愚并没有生气的模样。他似乎还想找些话来说，却找不出来。一阵风扬起他的大氅，他忽地扭头，看见了那个偎在阿苏勒身边颤抖的女孩。苏玛双手抱着护住了胸口，低头看着脚下。风把她的长发吹了起来，发梢的金铃“叮叮”地响。

异样的沉默持续了片刻，吕守愚摘下自己的大氅抛在苏玛的身上。

“长得真像。”他低低地说，策马离去。

“废物！”带马经过阿苏勒面前的时候，吕贺低低地喝了一声。

吕鹰扬皱眉，“你胡说些什么？”

吕贺梗着脖子，“怎么也是我们家的儿子，连一个大汗王的儿子都敢欺负他，你说他还有什么用？”

吕鹰扬摇了摇头，“大汗王的事情，我们不要多说话。”

“哼！我才不管什么大汗王，我就想不通，哥哥你跟他们走得那么近，那几个老家伙有什么好？比莫干说别的我不理他，可这话说得是，大汗王们哪是支持我们？他们什么时候给过我们兄弟颜面？一个小崽子都敢撒野，比莫干不出手，我也扇他的脸！”

吕鹰扬不轻不重地在他脑门上拍了一记，吕贺瘪了瘪嘴，终于不说了。

吕鹰扬垂眼看看阿苏勒，轻声说：“以后没事就不要出来玩了，你身体不好就待在帐篷里，别叫父亲担心。”

兄弟两人也带着伴当策马离开了。

广阔的球场上只剩下阿苏勒和他的伴当们。铁颜把自己的外衣脱下披在主子的肩上，风卷了过来，阿苏勒微微地颤抖了一下，战栗着仰望天空，久久也不动一下。

黑色哨马迅疾地驰到吕守愚马前，马背上的伴当滚身下马，“大王子！”

“什么事？”吕守愚不耐烦地喝了一声。

“大事。”伴当凑上来低声道，“东陆有人来，急着要见大王子，已经到帐篷里候着了！”

吕守愚脸色一变，回头瞥了几个兄弟一眼，耳边已经传来了沉雄的鼓声。几个伴当的脸色也变了。

“夔鼓，夔鼓，金帐的夔鼓！”伴当喊了起来。

鼓声从城中而来，越来越见沉雄，仿佛敲击在人心口上，硿硿地震响，令人油然生出一种不安的情绪。

金帐宫前的“玄帐”中设了一面乌青色的大鼓，鼓面粗糙仿佛鳄皮，触摸起来坚实如铁。据说是大君的父亲钦达翰王昔年南巡狩猎路途中射杀的巨兽“夔”的皮革制成。每当金帐宫的侍卫敲起这面大鼓，就是大君急召将领和大臣。一名金帐宫侍卫驰马而来，高举着马鞭大吼："快！快！大君传令，王爷王子和将军，各家首领，都要到金帐觐见！已经响过一通鼓了！"

东陆，下唐国，南淮城。

白皙的两指拈着一枚黑子静静地悬在棋盘上，许久，才“砰”地点落。

棋盘对面的人扫视局面，微微点头，坦然地推了棋盘，“臣输了。”

“拓跋卿还有半壁河山，难道不想涉险一搏？我听说麋鹿若是死斗，猛虎也畏惧啊。”

“臣倒是听说纹枰对弈是心战，本是治心之术，不在乎棋艺。臣在盘面上已经走到绝境，拼死一搏，只是搏国主失手。拓跋是一个武士，不懂士族的胸怀，却不愿做这样的事。”

“呵呵呵呵，”国主大笑起来，带着几分雍容的雅意，“不懂士族的胸怀？拓跋卿虽然生在北蛮，可是南下十多年，行止早已是公卿大家的风范了。”

臣子整肃衣甲，起身离席，右手一扯黑氅单膝跪下，“承国主的知遇大恩，拓跋只望能够不辜负国主的希望。”

对弈的两人装束全然不同。国主年过五旬，戴九旒黑帻，青袍博带，外面披了件织锦的中长衣，腰间的青绦上莹莹然缀着一枚山玄玉。而臣子满头细细的发辫，以牛筋带束在脑后，身披一件油润的旧革甲，倒像是蛮族牧人的装束，惟有身上那件漆黑如墨的大氅上显出隐隐的夔雷纹，是东陆名匠才有的手工。

国主整了整袍袖，从容起身，自顾自地踱步。拓跋不敢怠慢，跟随在后。阔达七间的宫殿中静得生凉，飞挑的屋檐遮蔽了大部分阳光，室内一片阴晦，看不清国主的神情。拓跋微一低头，在平滑如镜的云石地面上看见了自己的倒影，苍苍然一张刻满风霜的脸。

“已经老了么？”他在心中自问。

他又想起了北陆的风，不似这里的风暖软，像是爽利的刀锋，又像是蛮族呛喉的烈酒。牧人们赶着马群在那般的烈风中驰骋，老得也格外地快。这个年纪上，他的父亲看起来已经完全是个老人了，每当抚摩他粗糙的大手，拓跋都觉得自己是抚摸砂岩。可父亲依旧带着弓箭骑马，马鞍上悬着牛皮酒囊，里面是烈火烧喉的好酒。喝醉的时候，他会带着儿子走到附近最高的草坡上，拉起那张祖传的烈鬃琴，嘶哑的琴声在风中扭曲，像是祖宗们的鬼魂一起唱和。

“阿爹……”他心底回响着这个称谓，像是一片无边无际的黑暗中，有一个声音静静地说话。

“拓跋卿？”国主脚步一顿，忽然回头，“今天忽然召卿家进宫，并非仅仅为了赐袍，卿家猜到了吧？”

“是！”拓跋微微躬身，“内监急召，想必是有军国大事。”

“是，大事。”

他们已经走到了窗口，国主伸出细白的手，拍拍窗棂，遥遥地看着北边的天际。

“记得拓跋卿家初来下唐的时候，曾经说起要建立一支骑兵，引种北陆的健马，教习骑射，本公却没有应允。”国主淡淡地说道，“可如今离国雷骑、淳国风虎都以北陆健马为坐骑，而晋北出云骑兵骑射无双，并称东陆三大骑军，我们下唐的骑兵却默默无闻。拓跋卿是不是觉得本公错失了良机？”

“不敢，国主运筹帷幄，决胜千里，不是区区一支骑军可以逆转的。”

国主笑了笑，“错便是错了，也不是不能承认。不过，我们就要有骑军了。”

“骑军？”

“一支不下五万人的骑军，都骑最好的蛮族骏马，可以接连几天几夜奔驰不休，精通骑射。拓跋卿家以为如何？”

臣子动容，“五万人？！”

五万人的蛮族骑兵，这是一支可以横扫东陆的力量。

“今天早晨，北陆青阳部的使者在紫辰殿觐见，他带来了蛮族大君的手信，我们两国愿意互换人质，歃血为盟。青阳部的九帐兵马、北陆最强的骑兵，从此就是我们下唐的朋友了！”

“与青阳订盟？”臣子震惊了。

“难怪卿家惊诧。东陆北陆，是世世代代的死敌，北陆的门不对东陆敞开，从风炎皇帝开始算有五十年，从蔷薇皇帝开始算有七百年。这个消息传到天启，真不知朝堂之上是个什么情景。”国主冷笑，“不过，本公不管帝都的衮衮诸公怎么想，任他疑心，任他弹劾，任他眼红，谁也毁不了这场南北之盟！一切都已经妥当，只差最后一步，打开东陆北陆的大门！百里家万世的功业，也该开始了。拓跋卿不为本公高兴么？”

拓跋一振战衣单膝跪下，“拓跋山月恭喜国主，愿为国主……”

国主挥手制止了他，“拓跋卿要为本公赴汤蹈火、出生入死么？本公可没有这个意思，本公要倚仗拓跋将军，成就万世的功业，怎么能让拓跋将军做那出生入死的勾当？本公所要的，只是拓跋将军奉本公仪仗旌旗，北上和库里格大君订盟。卿家，这可是南北之盟的第一功啊！”

拓跋山月没有回答，他像是呆了一样。

国主皱了皱眉，“怎么？拓跋卿莫非不愿？”

拓跋山月全身一震，像是从梦里醒来，急忙跪了下去，“拓跋不敢，拓跋为国主效命，明知万死，也绝不推辞！”

“起来，起来。”国主恢复了笑容，拍拍他的肩膀，“拓跋卿家言重了。卿家出仕下唐十年，宵旰勤政，本公当然清楚拓跋卿的心意。拓跋卿和息将军，都是本公的臂膀，缺一不可，还希望众卿尽弃前嫌，同心协力啊。最近常有些小人在朝堂上多嘴，拓跋卿不要心存疑虑，拓跋卿虽然出身北陆，长于草原，但是本公从不以蛮夷相待。以拓跋卿气度人品，即便东陆世家，也不过如此……”

国主挥着袍袖，侃侃而谈，却没有注意到拓跋山月始终跪在那里没有起身，他的指甲抠在云石的石缝中，抠得“喀喇喇”微响。

“诸事我都已经为你备齐，你还要什么，尽管向鸿胪寺开口。本公在南淮日日北望，等拓跋卿归来的好消息！”国主终于想起要扶起拓跋山月的时候，拓跋已经在那里跪了许久。

“国主，拓跋还有一言，不知道当说不当说。”

“说！我们君臣，有什么不可说？”

“大胤前朝铁律，私结蛮夷乃是叛国重罪。虽然我们下唐领袖诸侯，可是国主要提防帝都有小人借机作祟。”

“呵呵呵呵，”国主笑了起来，“拓跋卿，你对东陆的了解终究还是隔着一层啊。若说真是私通蛮夷，淳国、晋北，哪一个不比我们下唐有地利之便？而诸家诸侯的动静，又真的能瞒过帝都的耳目么？我们这次这么做，天启城有人在看着呢，不过皇室是不会来阻拦我们的，这个我可以向你担保！”

远处高阁上传来悠长的云板声，太阳西坠，再过一个时辰就是傍晚。侍女捧着焚香的炉子经过勤政殿前，遥遥地看见拓跋山月单膝跪地向国主行了大礼，国主上前挽起他，牢牢握住他的手，似乎满是企盼。

“风筝，风筝，蜻蜓蝴蝶、长尾巴的大龙风筝。”

“桂花包子，刚出炉的桂花包子，热的热的。”

“鲜炒栗鲜炒栗，新上市的新鲜炒栗子，又酥又绵，甜的嘞。”

叫卖声充斥着长街。这座天南之都地处繁华的宛州，长街两侧鳞次栉比，商铺的勾檐相连，店家为了争抢生意，在店铺外支起了各色的布篷。酒招在高阁处飞扬，远处凤凰池上轻舟划过，行人比肩接踵，这才是东陆的繁盛，帝朝的荣华。

“撞着人了！长眼不知道用么？紫梁街上你就敢骑马？”一个富家公子模样的人感觉到背后马喷出的热气，转过身破口大骂。

他猛地住了口。他背后是一匹雄骏的黑马，披着金色菊花纹样的马衣，夔雷纹的纯黑大氅一直盖到马臀。夔雷纹和金色菊，在下唐国都不是平常百姓可以用的东西。马上的武士似乎没有听到他的话，沉默地望着远处。人群悄悄地闪开，黑马踏着小步走过。一片繁华景象中，却有这么静静的一人一骑，仿佛遗世独立。

“雷依瀚……雷依瀚……”

耳边似乎有人喊他的名字，可世上除了他自己，还有谁记得这个旧时的名字？

烈鬃琴嘶哑的声音追着他从远处飘来，他闻见草原上的风，那股淡淡的青草味。他想起父亲亲手刻的木娃娃，拿一根马尾挂在帐篷前，木娃娃计量着他的身高，每年父亲都会稍稍把木娃娃提高一点，摸着他的头说：“雷依瀚又长高了。”

他又想起了火，燎天的大火，他至今还能感觉到那可怕的灼热，他在火焰和夜色的缝隙中奔跑，他呼喊着他知道的每一个名字，可是没有人回答他。最后他站在了一顶被火焰吞噬的帐篷前，马尾被烧断了，木娃娃落在地上，闷闷的一声，从此一切结束了。

不再有雷依瀚，不再有银羊寨。他们烧掉了它，连同他所有的一切都烧掉了，从此世界上只有他一个人。

拓跋山月的手臂在革甲的遮蔽下绷紧，他握着拳，手臂上的青筋跳得像愤怒的蛇。周围熙熙攘攘，他被隔绝在这个繁华的世界之外，他恨不得放声大吼，有什么要从血脉中迸发出来。

“磨铁啦，磨铁啦，铁刀铜镜，亮如银嘞！”

这个清亮的声音灌进他的耳朵里，那股凶暴的情绪退潮一样消逝，拓跋全身一凛，他正立马在桥上。

这是紫梁河，凤凰池引水的一道小河，蜿蜒曲折，上面飞跨着紫梁桥，桥两侧也是摆摊的小贩。吆喝着磨铁的年轻人就站在他的马前。磨铁人长得颇清秀，一脚踏着木凳，浅浅地笑着。南淮这种走街串巷的磨铁人不少，帮人磨镜磨刀刃，都是穷苦人，赚不到多少钱。

“要磨刀么？”年轻的磨铁人仰头看着拓跋，“我们磨得很细的。”

那张年轻黝黑的脸上带着快乐的神情，远不像其他面有菜色的磨铁人。拓跋微微犹豫一下，抄出了鞍袋中的长刀递了过去，“就请帮着把刀锋磨利。”

拓跋山月自己也精通磨刀，上阵的时候他总会把自己的长刀磨得如镜般亮，几乎挂不住血丝。但磨铁人过得太辛苦，可以说上无可顶之天下无立锥之地，只靠两块磨石吃饭，拓跋山月可怜他们的艰辛，每次遇到总是给他们生意做。

“好嘞！”磨铁人身边凑上来一个吊眼的汉子，汉子接过刀，跨上木凳，提起陶罐，粗黑的大手往磨石上抹着清水。

长刀从质朴的皮鞘中脱出，像是一股冰气冲了出来，靠近刀镡的地方以细字铭刻着“貔貅”两个字。

汉子捧着那柄刀，愣住了。

“是好刀啊，”年轻的磨铁人淡淡地说，“不如让我来教你一些磨刀刃的小办法如何？”

“夫子请，夫子请。”汉子急忙起身让出了木凳。

“夫子？”拓跋打量着年轻人，看见了他洗得发白的袍下，那条粗麻搓成的腰带。

年轻人是个长门修士，只有他们才会围这种粗麻搓成的腰带。

长门修会是个教派，据说是不信神的，徒众都是些苦行的修士。在宛州物欲横流的大都市并不常见他们的身影，倒是在荒僻的乡下经常会见到这些克己和善的人。他们并不传教，长门修会的“法”是要去求的，平常人不求他们，他们也就不认为你有得法的资质。

不过对于贫苦的人，长门修士们却非常耐心，他们被穷人尊称为“夫子”。也许是因为四方游历的缘故，他们的知识广阔得难以想象，他们也从不吝惜把这些知识传授给需要它们的人，他们也不吝惜把自己仅有的食物分给穷人，即使自己下一顿就要饿肚子。

“磨刀用水要足，干磨会留下痕迹。要从一面磨，两面磨会伤你的刀刃，还要从一个方向抛光，否则也很损刃口。”年轻的修士边磨边说，看来那个汉子是个初上手的磨铁人，修士是指导他技术的老师。

“是柄好刀！”修士抬头看着拓跋山月，“但是还不算名刀。”

“夫子好眼力。是年轻时从铁匠那里买来的武器，用得顺手罢了。”拓跋说。

“是位将军吧？”修士笑笑。

“怎么看出来的？”

“将军的马衣和大氅，都是很名贵的手工。还有将军的眼神，经常上战场，指挥成千上万的军队，眼神跟一般人是不一样的。”

拓跋也笑笑，“是啊，眼神总是瞒不过人的。”

修士点点头，“还看得出将军有心事。”

“是么？”

“有什么事很意外，也很犹豫吧？”

拓跋心里一惊，不由得警惕起来，冷冷地打量着修士。

“被我说中了？”修士抬头看着拓跋，快乐地笑着，“我觉得将军对我有敌意了。”

拓跋和他对视，努力想要从那双年轻快乐的眼睛里看进去。修士倒是没有回避他的目光，他耸耸肩膀，继续磨刀。拓跋只看见了单纯的快乐，和无忧无虑。

拓跋收回了目光，“我有些事情，想请人为我解惑，可是找不到这样的人，夫子可以帮我么？”

“我们这种流浪人，不懂军国大事，不过将军若是愿意告诉我，我一定会努力回答。算是感谢将军请我们磨刀吧。”修士说，“吆喝了半个上午，都没有找到一个客人，是我的宛州话不够好吧。”

“夫子有没有遇到这样的事……”拓跋斟酌着词句，“为了一件事，你努力了很久，恨不得粉身碎骨也要做成，每个夜晚都辗转难眠，时时都觉得痛苦包围着自己，只在梦想有朝一日可以达成那个心愿的时候，才能获得片刻的慰藉。”

“这样令将军难忘的事情……是仇恨么？”

拓跋没有回答，继续说了下去：“可最终你都没能完成心愿。你渐渐地麻痹了，也渐渐地忘记，甚至都不太愿意去想。你觉得稍微好受了一些，不必再为那些旧事困扰，可以安静地过完剩下的日子。可你忽然发现，一个机会就在眼前，你自己都要放手不管的时候，达成那个心愿的机会终于来了！晚来了几十年！你会怎么做呢，夫子？你还会回到以前那种心境中么？”

他这么说着，默默地从紫梁河上看出去，看着北方。他感觉到胸口中有东西在翻滚，像是腥浓的血。

这次轮到修士犹豫了，过了好久，他低声说：“将军，你的拳握得很紧。”

拓跋愣了一下，低头看着自己的手，松开手，掌心留下深深的指甲印。

“其实将军心里还是明白的。对么？”修士歪着头看他，“将军只是害怕再回到以往心境里去。可是那心境还在那里，将军只是不愿想它。也许将军可以把那些不高兴的事情都压下，放弃这个机会，可是终有一天，那些心绪还会泛起来，那时将军会很后悔的吧？曾经你有一个机会复仇，但你放弃了。”

“你是说？”

“也许这么说太玄了。”修士笑笑，“不过世上的事情，常常都是这样，有的人求得太急切，最后什么都得不到，有的人放弃了，却又得到了。其实得得失失又算什么？最终还是都要失去的，只可惜很多人在得得失失的过程里失去了自己的心。”

“那我该怎么办呢？”

“将军已经听见自己心底的声音了吧？世上多数的人，都是凡俗的人啊，你追着的东西，明知道不应该，知道最后都是一场空虚，可还是忍不住要去追。就这么追着，追着，得到了，又失去了。”修士将一罐清水淋在刀上，雪亮的刀锋耀人眼目，“然后人就死了。”

他年轻的脸上多了郑重的神情，双手托着刀捧给拓跋，“虽然说起来那么悲伤，可是终究逃不过。”

拓跋接过刀，默默地弹着刀锋。

“按照将军心底所想的去做吧，要后悔，也是将来的事情。”修士摇摇头，“将军沉迷得很深，不是超脱凡俗的人。”

“是。”拓跋低声说，从腰带中摸出一枚金铢，恭恭敬敬地放在修士手中。

他兜转战马，就此离去。忽然间他什么都不再想，那种烦恶，那种困扰，如今都不再是问题，他知道自己眼睛中的神色恢复了坚毅，比以往更加锐利，有如发硎的利刃。

“给了一枚金铢！真是大出手！”汉子贪婪地看着修士手里的钱。

“这是你的。”修士把金铢递给他，转而去看拓跋的背影。

“夫子，你们到底说的是什么，我每句都懂，就是不明白。”

“要杀很多的人吧？”修士轻轻叹了一口气。

“夫子？”汉子吃了一惊。

“其实我也不太懂，”修士摇了摇头，“不过有种不好的预感。虽然我不知道他的心愿是什么，但是像将军那样的人，完成一个心愿要杀很多很多的人吧？”

“那夫子不劝劝将军？”汉子很诧异，“长门的夫子都是体恤人命的吧？”

“人活在世上，都很不容易，可是仇恨在哪里，就有人要复仇，”修士低声说，“又有什么办法呢？”

“闪开闪开！”铁颜和铁叶从疾驰的骏马上翻下，拥着阿苏勒大步冲向金帐。

“什么人敢闯金帐！”侍卫武士一起拔刀，领头的百夫长大喝一声，铁护心打在铁环甲上铛铛作响。

“世子，是世子，我们都是世子的伴当。”铁颜高声喊着。

夔鼓声响得益发急迫了，两通鼓已经击完，第三通鼓也到了尽头，咚咚咚咚地震人心魄。

“世子进去，伴当不行！”

“为什么？”铁叶挑着眉毛，“以往我们都可以进去的。”

“没看见大汗王和首领们都候在外面么？大君传令，所有人都候在外面，只有王子进帐！”

铁颜铁叶往周围看去，四位大汗王、大家族的几十个首领、带兵的将军们都被挡在帐外，三五成群议论纷纷。夔鼓设在那里，并不是经常敲击的，每次敲都是为了紧急的大事。这次召集来得非常突然，大汗王们也摸不着头脑。

“世子，快进去吧！我们在这里等你。”铁颜推了推阿苏勒。

阿苏勒艰难地喘了几口气，推开铁叶搀扶的手，甩掉雪狐裘冲向金帐。侍卫们闪身让出一个空隙，让他通过，旋即又围成铁壁。

铁叶看着他的背影，又看了看沉默的哥哥，犹豫了一会儿，低声道：“哥哥，不是……要废世子吧？”

“胡说什么？”铁颜凶恶地瞪大眼睛。

传说大君要废掉幼子重新立储已经不是一天两天了。铁氏兄弟虽然年幼，却不是聋子，心里不能不忐忑。如果将来是大君的伴当，也许就能成为名传后世的大将，若是一个被废质子的伴当，又是什么呢？不过是没人要的野狗。

“都是我们的命不好，”铁叶扁着嘴，“给世子当伴当，若是跟大王子……”

“你还胡说！”铁颜狠狠地瞪着弟弟，脸涨得通红。

蛮族最忌的是背主。铁颜觉得自己有很多的理由可以驳斥弟弟的大逆不道，可每一个念头到嘴边，却都说不出来。铁叶想的有什么错呢？毕竟每个人都只能活一次，铁叶的骑射那么好，本该是成为将军的人，难道仅仅为了忠诚两个字，就要把一生赔给孱弱无能的世子？

私下里铁颜自己也想过，若是跟着别的王子就好了，不必说大王子和三王子，就是二王子和四王子的伴当，也一样穿着东陆绀色的绸袍，骑极西的骏马，有机会跟着大军上阵杀敌，在人前人后高高地扬着头。

可这不过是一时的想法，铁颜没有真的想过要离开这个没有前途的世子。这个主子身上总有种与众不同的感觉，让铁颜觉得应该追随。当丹胡的伴当们逼上来的时候，坚持挡在所有人面前的，竟是世子自己。铁颜想要冲出去，可是世子张开双臂，像恶虎那样把三个人死死挡在自己背后。

伴当替主子挨打本是应该的事情，将来上阵，帮主子顶箭挨刀也不该有什么怨言。连铁颜都觉得世子这么做，纯粹是愚蠢。可就在这种时候，总有一股温暖从胸口升起来，令他什么都不怕。

铁颜想这是愚蠢的，可是这种愚蠢他不能拒绝。

“我……”铁叶瘪着嘴，“我不过就是想，不过就是想……”

“别说了。世子是个很好的人啊，”铁颜拍了拍弟弟的背，“他跟别人不一样。”

“咚！”最后一声鼓响，余声像是天边远远传出去的雷。

阿苏勒一掀羊皮帘子，双手撑着地面跪在地毯上，大口地喘息着。金帐中出奇的静，先赶到的四个哥哥都半跪在地上等着父亲的召唤。

豹皮坐床上的大君看也不看他们一眼。他踞坐在那里，扶着一张小案子，案子对面是个披黑斗篷的人，风帽遮住了他的脸。

小案子上的银盘里是烤羊，银碗中是羊奶。能够被赐坐床，和大君对面饮食，是蛮族最高的奖赏。只有立功的人身居极位，无法再给予其他奖赏的时候，才会有“赐坐床参政”的恩典。几个王子记事以来，只有台戈尔大汗王有过这样的殊荣。

“离开家乡很久，怀念草原么？”大君笑着。

“草原倒是不怎么怀念，东陆五光十色，我看都看不够。”披斗篷的人切了一大块羊肋排放进嘴里咀嚼，“不过怀念英氏夫人的獭子肉和黄羊肉排，大君若是不留我，我已经在木犁家的帐篷里了。”

“大合萨！”王子们都听出了那个声音。

那人一把掀掉了头上的兜帽，闪亮的光头，纯白的长须，正是前阵子悄无声息从北都城里消失的大合萨厉长川。

“起身吧。”大君挥挥手。

他的目光在儿子们脸上扫过，“大合萨带来了好消息。我想先告诉我的儿子们，所以大汗王、首领和将军们都在外面候着，叫你们先进来。不过要听这个好消息，先要答我的问题。谁答得好，我有赏赐。”

“是！”王子们一齐回答。

大君点了点头，“你们也都不小了，都该知道军事，那么我们蛮族，最大的敌人是谁？”

吕守愚迟疑了一下，去看吕复，吕复摊摊手，表示自己也没主意。蛮族地处瀚州，西有夸父，东邻羽国，南面的天拓峡外是东陆胤朝虎视眈眈，可以说面面受敌，无所谓强弱之分。

“是夸父！”一个声音打破了安静。

“贵木？好，你说，为什么是夸父？”

“我们蛮族多的是骑兵，又擅长射箭。羽人的弓虽然强，却不会骑马，华族人的武器好，铠甲精，可是他们没有我们跑得快，三万骑兵杀他们十万人。东陆现在学我们建骑兵，可是又怎么比得过我们的虎豹骑？”吕贺·贵木大声说，“只有夸父是我们的对手。他们不骑马却跑得和战马一样快，不披甲胄，可是中了我们的箭根本不怕。所以儿子以为是夸父，若是能得一支军马，儿子愿意带兵去西边虎踏河驻守，叫夸父不敢过河踏进我们的草场！”

“夸父是强敌。”大君摇头，“但是，不对。”

“华族人！”

“是羽人！”

吕守愚和吕复不约而同地出声，却是不同的答案。

大君点头，“比莫干说是华族人，铁由说是羽人，各有什么理由？”

“儿子以为……”吕复有点语塞，他从小信服哥哥吕守愚，现在自己的答案和哥哥的不同，就手足无措起来。

“你说你的！”吕守愚笑。

“儿子以为夸父虽然可怕，不过人口极少，生育又慢，打一次仗要休养许久，就算我们败退了，隔上几年我们还是能够抢回土地。华族人虽然人多，兵器精良，可是分裂四散，自从风炎皇帝之后，一次像样的进攻也没有。我们剩下的敌人，只有羽人了。”

大君还是点头，“也有道理，比莫干你说。”

“儿子说是华族人。羽人和夸父，虽然各有长处，但是东陆十几个诸侯国加起来，上百万的强兵。我们蛮族号称三十万铁骑，可是真的遇上东陆的铁甲和长枪，却是死一个少一个，华族人口众多，若想招募，随便怎么都能再起百万大军。若不是因此，风炎皇帝也不能隔着七年就两次入侵我们北陆。所以儿子觉得，我们的心腹大患，还是东陆。”

“不错！”大君拍了拍桌案，“你这个见识就要高过铁由和贵木，我们怕的不是东陆的百万大军，而是东陆百万大军之后那几千万的人，那就是不断的兵源。”

“旭达罕，”他转向沉默的三儿子，“你的几个伯父都说你是我儿子中最聪明的智将，你沉默不说是为什么？”

“儿子的答案和大哥一样，我们最大的敌人，是华族人。”

“是么？”大君摇头，“可惜你说得晚了。能说的都被你的哥哥弟弟们说完了，不过这也不能怪你。”

“不！”吕鹰扬仰起头，“儿子说是华族人，可是儿子有不同的说法。”

“是么？”

“是！”吕鹰扬上前一步，“儿子要问哥哥弟弟们，九州各国，谁的土地最大，谁又最富有？”

吕守愚皱了皱眉。这根本不必问，东陆胤朝占据四州，几乎一半的土地，是天下最大的国家。

吕鹰扬根本不想听兄弟们回答，紧接着说道：“九州的疆域，九个州大小相差不多，贫富却差得大。儿子当日算过，我们瀚州一年的出产，若是折成东陆金铢，大概是三千万。可是东陆四州，光是中州一年的出产，就不下八千万金铢。而据说宛州一州的出产，就比东陆其他三州加起来还多。华族人占据最肥沃的四州，而我们蛮族七部只有一个贫瘠寒冷的瀚州，我们的敌人，怎么不是华族人？”

“你到底要说什么？”大君摇头，“我问的是敌人，你说的是财富。”

“父亲，”吕鹰扬单膝跪地，“我们蛮族的心愿是什么？当然是建立铁沁王的功业，我们要踏遍大地和海洋。打败一个两个敌人又算什么？我们要打败所有人！可是凭借瀚州的出产，我们没有兵力四方开战，我们只有占据最富饶的东陆，借助东陆的出产，才能完成盘鞑天神指引给我们的功业！所以我们的敌人，一定是华族人！”

“说得太简单。”大君冷冷地喝道，“风炎铁旅侵入我们草原的时候，别说你们没有看过，我也只是听说。真正接战的短短七个月中，我们七部战死的年轻人不下二十万，大半的青壮死在战场上，只得依靠妇孺去放牧，十几年都不能恢复。东陆的铁甲硬弩，那两次是杀伤了我们七部的胆，所以至今我们不敢越过天拓峡半步。你要进占东陆，你凭什么进占东陆？你有你爷爷钦达翰王的勇敢么？”

“儿子没有爷爷的武魂，可要说勇敢，儿子也有舍身的志气。凭着我们蛮族几十年的积累，我们可以的。”吕鹰扬更上一步，“风炎皇帝铁线一战，我们蛮族损失惨重，东陆如今的分裂也未必不是因此而来的。只要他们分裂，我们就可以分开来击破，东陆现在不是一体，再等下去，这个绝好的机会就要失去了！”

他走到门边一掀羊皮帘子，指着南方，“我们蛮族要看的敌人，是整个九州。我们要成为这世界的皇帝，西边打败夸父、东边打败羽人又算得了什么？只有拿下富饶的东陆，才是我们蛮族万年立业的根本！”

金帐中静得出奇，吕守愚微微吐口气，也点了点头。

“好！这才是我的儿子该说的话，应该赏的。”大君摘下壁上乌沉沉的角弓，抛给吕鹰扬。

“我要赏的，是旭达罕的志气！”大君环视儿子们，“只看到眼下的不是英雄，你心里有天下，你才能占到天下的土地。逊王起兵前不过是个牧马的奴隶，他为什么可以一统七部？是因为他有一统七部的心思！只想着守着这片草原，你们是当不得英雄的！”

“是！”王子们齐声回答。

“阿爸，儿子以为……”排在最后的阿苏勒低低地说，可是他的声音被哥哥们的高声应答吞没了。

大君转向大合萨，“大合萨，在东陆的见闻，就由你自己告诉他们吧。”

大合萨在烟锅里塞满烟草，深吸一口，抓着自己的光头下了坐床，挥手掀开帐篷一侧的帷幕。

帷幕下巨大的地图暴露出来，它绘制在淡黄的生绢上，赭色绘制山脉，蓝色绘制河流。细细的绿线标明了诸侯国的国境，散布在地图上的红点是重要的关隘和都市。

“这是东陆的地图，”他指点东陆诸国的疆域，“东陆四州，中州、宛州、澜州、越州。胤朝开国的大皇帝白胤建国时候，就把土地分封给了大将和亲随，当时是十二诸侯国的制度，六公国六侯国，大皇帝只统治天启城周围的一片王域，面积还不及大的诸侯国。”

“后来的七百年里，诸侯们争斗，有的两国合并，也有的一国分裂。到了现在，一共十六国。其中又有五家大诸侯，分别是中州北面的淳国，澜州北面的晋北国，还有号称‘天南三国’的宛州下唐国、越州离国、宛州和越州之间的楚卫国。”

“我出使的是宛州的下唐国，”大合萨点了点地图南方的一座城池，“这就是下唐的都城南淮。下唐国有个公爵，叫做百里景洪，要和我们结为盟友。”

“我们怎么能和没有信义的华族人结盟？”吕贺惊得喊了起来，“那些人还不如草原上的狼有骨气！”

大君点了点头，“你们几个怎么以为啊？”

“儿子也觉得不妥，华族人和我们结盟，下唐又远在南边，谁也不知道会是什么打算。”吕守愚说。

“儿子想，结盟的事情还是和诸位大汗王计议一下的好。”吕鹰扬说。

“儿子……”

大君挥手打断了吕复，“你想必也是觉得不好了。”

“是。”

“我知道这消息传出去，动静比现在会大得多，所以先见你们几个。”大君斩钉截铁地说，“和下唐结盟的事情，不可更改！是我的儿子，就跟在我的马后！”

“儿子会追随父亲！”吕鹰扬跪了下去。

“儿子会跟在父亲的马后！”其余三个王子也醒悟过来，一起跪了下去。只剩下阿苏勒静静地跪在最后，没有出声。

“你们能这么说，我很高兴。”大君这样说着，却没有喜色。

他也不叫儿子们起身，冷冷的目光在儿子们头顶上扫过，吕复微一抬头，竟被父亲的目光吓得心里一寒，急忙又低下头去。

“东陆的规矩，凡是两国结盟，就要互送王子贵胄，作为人质。你们既有胆略，谁敢去下唐国做人质？”

王子们愕然地抬头看着父亲，头脑中一片空白。他们不是只懂说大话的人，吕守愚也上过阵，在和真颜的一战中冒着箭雨冲锋过。可是远去下唐实在是件令人不安的事情，到了千里之外，从此就不再是尊贵的王子，而是一个无依无靠的人质，像是陷在泥沼里的飞鸟，只能任人摆布。而最重要的莫过于离开了北都，或许在新的大君登位之前，都不能回来。

“怎么都不说话了？”大君从坐床上走下，一一看着低头不言的儿子们，“听到要去东陆做人质，就没有胆子了么？”

金帐中一时间静悄悄的。吕复趴在那里，目光只敢盯着膝盖前的一小片，余光瞟见父亲的重靴在面前悄无声息地踱过，仿佛能感觉到那凌厉如刀剑的眼神在自己背脊上刮了过去，通体一阵冰凉。

“虽说是人质，可是下唐百里国主已经许诺将会教授东陆军阵的学问，让你们亲身随军。你们若是有心，不但可以见识东陆的风土，而且可以结交那边的贵族大家，更可以探听得东陆兵力的虚实。这难道不是我们绝无仅有的机会么？”

王子们依旧低着头。

“铁由，前些天你跟我说想和大哥和三弟那样学着掌兵，现在却不愿去东陆么？”

吕复战战兢兢地抬头，“儿子……儿子……儿子想的是……”他脑袋仿佛要炸了，觉得父亲的目光直把他逼到了悬崖边。

大君根本无意等他回话，眼神一排扫去，“比莫干你是大哥，旭达罕你是我们青阳的智将，都不敢么？还有贵木，贵木贵木，你七岁就敢杀狼，是我最勇敢的儿子，你现在低着头，难道去东陆比一头要吃你的大狼还可怕？”

吕贺不像哥哥们沉得住气，狠狠地磕了一个头，“父亲，儿子不去！”

“呵！”大君一惊，反而笑了出来。

“儿子是吕氏的子孙，青阳的王子，绝不给祖宗丢脸。骑马上阵，如果贪生怕死，后退半步，父亲一剑杀了我也没话说。可是人质，”吕贺咬着牙，“儿子是不愿做的！”

“笑话！”大君冷笑，“下唐国的使节不日就护送一名下唐国百里氏的宗室子弟来我们青阳做人质，你们几个嘴里说不贪生怕死，可是让你们兄弟中出一个人去下唐都没有。这就是我们青阳的好男子？你们看不起华族人的软弱，我看到了这种时候，你们还不如东陆的年轻人！不！连个女人都不如，逊王送了阿甘达去做人质，阿甘达骑了白马，一次都没有回头。你们也是我们帕苏尔家的男人啊！”

大君说的典故出自蛮族有名的长诗《逊王传》。逊王阿堪提是五百多年之前第一个在草原上召开库里格大会的人，他是个奴隶出身的下贱武士，最初兵少将寡，为了向自己的义父借兵，愿意以自己最心爱的女人阿甘达作为人质，交换三千骑兵。阿甘达于是骑了白马去，自始至终不曾回头一顾。等到阿堪提以这三千骑兵起家横扫草原归来的时候，才知道阿甘达已经被自己的义父收为帐下的女人，阿堪提跑去质问阿甘达，阿甘达却从山巅上跃下自尽。阿堪提恍然大悟，心如刀绞，最后杀了义父成为蛮族第一位大君。早先北陆草原上的历史早已无法考证,所谓《逊王传》不过是一部说故事的长诗，可是阿甘达的故事凄婉哀恻，被传唱不休，无人怀疑它的真实。阿甘达也被草原上的人称为“光母”，赞叹她的坚贞和勇敢。

吕贺的脸色白了白，猛地把头拧到了一边去，“那也是懦夫和女人做的事情！”

“懦夫和女人……”大君紧抿着的唇颤了颤。

吕贺心中也畏惧，知道父亲是动怒了。

吕复咬牙磕了个头，“父亲，平日里是谁自以为聪明，王爷们和家长们面前，又是谁最喜欢议论东陆的局势，刚才又是谁说了豪言壮语？为什么现在就不说话了呢？”他看了背后的吕鹰扬一眼。

大君点头，“旭达罕，你的哥哥们在问你，你为何不说呢？”

吕鹰扬神色安静，“二哥想护着大哥，就该自己挺身出去，儿子不是不敢，是不愿。儿子不是手里没有事情做，儿子觉得男子立业的地方是战场，去东陆当人质不是儿子想做的。”

“如果父亲让你去呢？”大君盯着他。

“三哥不能去！”吕贺急了起来，“父亲自己去北都城里问问就知道了，事情是大哥做得多，还是三哥做得多。大哥不是打球，就是打猎，别的部落有使节来，十次有九次是三哥应付。每天听不完的事情，不到后半夜，三哥有几次睡过？九帐兵马的名册，三哥跟我足足整理了两个多月，眼睛都熬红了。那两个兄弟在什么地方？在火雷原上拉野马！”

他瞥了一眼吕守愚兄弟，“父亲问谁能去。儿子说他们两个都能去！铁由嚷着要掌兵，他会掌兵么？为什么不能去东陆学？比莫干手里的事情，交给三哥就是了，反正留在北都城里也是找不到人的！父亲你说，难道没本领的、不管事的，就不用出苦差，我和三哥这样苦熬的，反而该倒霉么？”

“贵木，”吕鹰扬低喝，“不必喊。我们做过什么，父亲知道，用不着自己说！”

“胡说！”吕复忍不住，“谁是没本领的人？”

“哼！”吕贺冷笑，“你的刀法怎么样？你读书识字又怎么样？人人眼里的事情！”

吕贺大步走到坐床边，从桌上抓起盛着羊奶的银罐，噌的一声拔出腰间的长刀。他扫了一眼周围，手一抛，银罐忽然离手。就在罐子滞空的刹那，长刀急振，碎成纷乱的铁光，交织着在水罐上划过，被他刀劲阻挡，罐子在空中悬停了半刻。只听见长刀入鞘一声响，手工锤打而成的银罐彻底崩裂成碎片，一泼水在空中化作水花，裹着一片片碎银落下。

“铁由不要说这种笑话，要说本领，先看我手里的刀利还是你手里的刀利！”

吕复受不了激，站起来也按住腰刀，“你的刀利，我的刀未必不利。切一只罐子而已，有胆子试我的宝刀么？”

吕贺看也不看他，“就怕我的刀太利，收不住手，你的脖子却没这罐子结实！”

“你！”吕复指着他的鼻子，指尖颤着，“朔北血的狗东西，不要忘了自己的身份！在父亲面前我不跟你计较，可是别以为我不敢杀你！”

“杀我？”吕贺蛮劲发作，一扯上衣露出胸口，狠狠地拍了拍，“有种刺进来看看是什么血，都是父亲的儿子，我是青阳的人！”

兄弟们恶狠狠地彼此瞪着，一时陷入了僵局。

骨节的暴响打破了寂静。众人一惊，发觉那来自大君攥得紧紧的拳头，指甲深深地陷入肉里，仿佛要抓透手掌。王子们都见过父亲发怒，知道那是何等的可怕，四兄弟都顾不得彼此的敌意，抛下刀剑一起跪下。

“你……你们！”大君的面孔微微扭曲，“都给我滚出去！”

王子们退了出去，阿苏勒走在最后。

大君唤住了他，“阿苏勒，你年纪还小，可是阿爸也想知道你怎么想。”

阿苏勒沉默了一下，转身磕了一个头，“阿爸，是又要打仗了吧？”

大君呆了一下，不知道如何回答，阿苏勒已经起身出帐去了。

大合萨笑了笑，“大君也不必那么着急，早该知道是这个反应。”

“我恨的不是他们的反应。沙翰，从他们身上你还看不出来么？”大君低声说，“蛮族最大的敌人，是我们自己！”

“出来了，出来了！”

金帐的帘子掀开，掀起了小小的骚动。

“旭达罕，出了什么大事么？”大汗王们抢先迎上了吕鹰扬。

相隔不远，木犁、铁晋和铁益围住了吕守愚。两个窝棚的人各自聚在一起，只有三五个家族首领平时游离在两个窝棚之间，想望风投靠，这时候却不知道凑往哪里，只好惴惴不安地站在远处。

“大合萨回来了，”吕鹰扬踌躇着，“父亲要和东陆的诸侯国结盟。”

所有人的表情都僵在了脸上。从有牧人传唱的诗歌开始，东陆的华族和北陆的蛮族，从来都是水火不容的敌人。四十年前，东陆的风炎皇帝北伐，蛮族死了无数精壮的年轻人，终于低下骄傲的头，向东陆纳贡，把东陆胤朝称为上国。可是血仇从来不曾被忘记，年轻人鞭策骏马，磨着雪亮的马刀，有几个不想杀到东陆去，洗雪当年的耻辱呢？

同盟，这可是蛮族从来没有想过的词。

“这不行！”一名首领首先回过神，炸雷一样地喊了起来，“华族人，那可是我们的世仇。我们青阳的老祖宗，青铜的血啊，怎么能跟东陆的懦夫坐下来当朋友？”

吕鹰扬摇头，“父亲下了决心，不过最糟糕的，还不是这事……”

台戈尔急躁起来，跺着地面，压低了声音吼：“有什么话说？我们都是你的伯父，这北都城里，就是天塌下来压在你头上，也有伯父们帮你顶住！”

吕鹰扬点了点头，“父亲要诸家王子中出一人，去东陆当人质。我怕，这人便是我。”

人人都倒抽了一口冷气，没人说得出话来。这么多年大家跟着三王子，多少心血都花在里面，就是指望有朝一日大君过世，吕鹰扬继承这片草原。如果是他被送到东陆去，所有心血就都白费了。

“旭达罕！”台戈尔扯住侄儿肩头的衣服，“这话你可要说清楚，是郭勒尔说的，还是你猜的？这么些年大家都把命系在你的马尾巴上，你可不要说出没来由的蠢话来！”

“侄儿不是瞎猜，”吕鹰扬深深吸了口气，“我看父亲的意思，这个去当人质的王子，也不是人人都行的，不能莽撞，得学东陆的知识，又得应对人，不能丢了我们青阳的威严。这样的人，不是我，就是比莫干。可是比莫干是长子，早就大婚了，刚刚生了第二个儿子。我自己一个人，又是弟弟，父亲不会不考虑这事。”

“这怎么行？”格勒嚷了起来，“生了儿子又算得了什么？”

“大君传召，请四位大汗王金帐议事！”一名金帐宫的侍卫出帐来，提着马鞭虚空一扬，高声喝道。

大汗王们顾不得再和吕鹰扬说话，几个伴当排开人群，台戈尔为首，急匆匆地走向了金帐。那边吕守愚身边的人群中，走出了披甲的九王。他倒退出来，对吕守愚行礼，大步走向了金帐。

两行人在半道相遇，三个老王爷对于这位以军功晋身的新汗王有些忌惮，台戈尔略略停步，一双浑浊的褐黄色眼睛冷冷地扫了九王一眼，九王恭敬地行礼。

“看九王对大哥的敬重，大汗王们看我们就像家里养的两条狗！”吕贺恶狠狠地低语。

“什么都不要说！”吕鹰扬低声喝道，“跟我回去。”

苏玛举起马灯，把帐篷里微微照亮。

床上压着阿苏勒随身的白色雪狐裘，却空无一人。她四周看了看，轻手轻脚地走到床后。床后面的黑暗被照亮，藏在角落里的阿苏勒抬起胳膊挡着光。

两个人默默地相对，许久，阿苏勒重又低下头去，抱紧双腿，下巴抵在膝盖上，接着发呆。苏玛拉了拉他的袖子，一手贴在面颊边比了一个睡觉的姿势，是说到了入睡的时候了。阿苏勒不回答，苏玛就拖着他的袖子不放手。

她换了贴金的红裙，盘了头发，雪白的衣领衬着修长的脖子，明丽得像她已经不在了的姐姐。

“对不起……”阿苏勒轻声说。

苏玛以为自己听错了。

阿苏勒把脸慢慢地转了过来，凝视着苏玛的眼睛，轻轻伸手摸她的脸，“对不起。”他的声音微弱但语气坚定。

苏玛轻轻地摇了摇头，她想摆个笑脸出来安慰阿苏勒，但笑不出，就捏着自己的脸，做出一个滑稽的笑容来。

“苏玛，对不起！”眼泪从阿苏勒的脸上滚落，他很难受但很坚定，巨大的悲伤从他的眼睛里流溢出来。

苏玛呆呆地看着他，慢慢张开双臂，把他的头抱在怀里，侧过脸贴在他的头顶。

“我是个废物，一直都是，我许诺要保护人总是做不到，”阿苏勒低声说，“我连你也保护不了。”

苏玛轻轻地抚着他的背，淡淡的悲伤和丝丝的清甜一起涌上心头。主子忽然间又变成了那个初到真颜部的、六岁的孩子，他在草地上跑着跑着，摔倒了，大哭起来，苏玛把他的头抱在怀里，喂他一粒酥糖，亲着他的脸，叫他不要哭。那时候的风好像又在身边柔和地吹过，那时父亲骑在高大的骏马上，姐姐的歌声嘹亮。

苏玛低头下去贴着他的脸，阿苏勒的身体比一般人凉一些，可现在苏玛感觉到他皮肤上一丝丝的温热，她贴得紧紧的，怕那些热气无声地散去了。整个世界都是凉的，只有怀里抱着的阿苏勒让她安心。

过了好一会儿，苏玛伸手在阿苏勒的掌心里面轻轻地画。苏玛会写字，以前她和阿苏勒说话，都是写字，可是到了青阳部之后，苏玛再没有在他掌心里写任何一个字。

写完了，苏玛举起灯默默地走向帐外。阿苏勒看着自己的掌心，紧紧地握起拳头。

“苏玛，你有没有见过我阿妈？”阿苏勒问。

苏玛摇摇头。青阳的两位大阏氏过世都早，剩下四位侧阏氏，其中又只有阿苏勒的母亲生下过孩子，算起来是金帐的女主人。可苏玛是贱民，连踏进金帐的机会都没有。

“跟我去看看阿妈吧。”阿苏勒站了起来。

苏玛愣了一下，点了点头。阿苏勒上来轻轻地一吹，灯灭了，黑暗里苏玛觉得自己的手被握住了，阿苏勒的手心微冷。

金帐宫。

呼玛捧着半盆炭从帐篷里退出来，大风吹着帐篷顶上的白尾，猎猎作响。侧阏氏们以颜色区分，白帐是朔北部阏氏楼苏的帐篷。呼玛年纪已经很大了，在金帐里从一个小仆女升到了主事的女官。

“夜里风大，”呼玛回头对帐外的仆女叮嘱了一声，“不要睡得太死，别让风漏进去，阏氏的身体不好，染上寒气我要你们好看！”

她说得冷厉，可是看着那些战战兢兢的小女奴她又有些怜悯。大君的女人不知多少，都想生个孩子作为依靠，这些小仆女也一样渴望着大君的临幸，否则就只有一辈子当仆女，跟呼玛一样慢慢变老。可大君并不喜欢亲近女人，他的女人也都没有好运气，一共有三个女人为大君生过男孩，可一个个都没有好结果。

“命啊！”呼玛放下帘子，“没有享福的命。”

小小的人影从帐篷旁边闪了出来，呼玛惊得差点要把炭盆抛掉，那人已经一把握住了她的手。

“奶娘，奶娘，是我。我是阿苏勒啊。”呼玛听见熟悉的声音，一低头，看清了阿苏勒的面容。

呼玛四下警惕地看看，匆忙把他的头往怀里一揽，退到帐篷侧面，看着他满脸是土，不知道在风地里藏了多久，急忙拿袖子给他擦，“世子啊，怎么又跑到这里来了？”

“奶娘，”阿苏勒小声说，“我想见阿妈。”

“没有大君的命令，这可不是你来的地方！”呼玛嗔怪着甩掉他的手。

阿苏勒的手被甩脱了，却不肯走，低头默默地站着。

呼玛叹了口气，换了严肃的语气，“世子，你已经是大孩子了，没有传召，不能再进内帐里来！大君深夜还在召见人，人多，会给人发现的！你被抓住，最多一顿责罚，我们这些做奴仆的，可就难过了！”

阿苏勒伸手握着呼玛的手，还是不愿走。外面传来脚步声，是巡逻的侍卫经过，呼玛心惊胆战，硬了硬心，低声呵斥起来，“不行！你已经大了！再不走，我就叫人了！”

阿苏勒的手哆嗦了一下，慢慢地放开了，他默默地转身，低头走了开去。呼玛的手还伸在那里，风吹在指尖，没有人握着，那么的凉。一股心酸突如其来地涌起。

“好吧好吧！”她上去把阿苏勒抱住，“祖宗耶，可不能老要小孩子脾气，这是要命的事情！”

呼玛捧着他的脸蛋，盯着那双莹润如海子的眼睛。

“谢谢奶娘。”阿苏勒对着黑暗里招招手，“苏玛，你也出来。”

苏玛轻手轻脚地从角落里钻出来，站在阿苏勒的身边，低着头。羊奶一样娇嫩的皮肤和黑而静的大眼睛令呼玛暗暗地惊叹。苏玛注意到了呼玛的眼神，头垂得更低了。

“你帐篷里的小女人啊？”呼玛捏着阿苏勒的脸蛋，“长大了，就知道带女人来看阿妈了。”

苏玛的脸微微地涨红，阿苏勒在呼玛的怀里手忙脚乱地摆手。

“脸红什么？”呼玛轻轻摸着他的手，“你若是真的长大了，找了女人，你阿妈心里才真的放心了。”

她拉了拉阿苏勒，“小声点儿，跟我来。”

呼玛支开了帐外值守的两个小女奴，将帐帘掀开一线。

阿苏勒拉着苏玛悄悄地钻了进去。呼玛把手指竖在嘴唇上，“这次可不能耍小孩脾气了，只能待在这里看看。弄出响动来，我要受责罚的。”

阿苏勒郑重地点了点头。

呼玛这才掀起了内帐的帘子，低声说：“这些天还好，安静得很，睡得也踏实。”

苏玛看着阿苏勒，这孩子安安静静地看向里面，忽然间长大了一般。

内帐里惟一的灯下，雍容的女人安安静静地坐在貂皮毯子上。苏玛从来没见过那么安静、那么慈祥的女人，她怀里抱着一个襁褓，轻轻地摇着，唇边带着淡淡的笑。苏玛的母亲是草原上有“天女”之称的美人，英武、坚毅又美貌，但并不像灯下的母亲那般温柔。内帐中燃着不知名的香，微甜的，让人想要静静地睡去。

“阿苏勒。”女人轻声地唤着。

苏玛吃了一惊，所有人都屏着呼吸，侧阏氏也不曾回望一眼，可还是被她发现了。

阿苏勒却没有丝毫的反应，呼玛也不吃惊，一切还是安静的，女人低头在襁褓里亲了一下。苏玛却看见襁褓里根本不是什么孩子，是个棉布娃娃，画着一双单调漆黑的眼睛。

“她不知道我们在这里，她是在对那个娃娃说话。”阿苏勒轻声说，“那就是我阿妈……生下我的第一天她就疯了，她知道我的名字，可是从来都认不出我。她抱着那个娃娃，以为是我，我长大了，她就认不出了，还以为我是小孩。”

“疯了……”苏玛的心里一颤。

“阿妈身上也是香的，和你一样。年轻的时候，朔北部的人都叫她麝女。”阿苏勒低下头去，呼玛轻轻摸了摸他的头。

帐篷里的女人轻声地哼起歌儿来，是首儿歌，母亲唱来哄着孩子睡觉。可在这寂静的夜里听去，遥远而空旷，说不出的寂寞与哀凉。

阿苏勒头也不回地出了帐篷。呼玛看着他的背影，微微地摇头，“你主子是个好孩子，可是我们蛮族，不看重这个。”

苏玛望着他的背影，想要跟上去，却被呼玛握住了手。

“孩子，好好跟着你主子。”呼玛轻轻地摸着苏玛的手，“你生得好啊，是贵人的相。这手，真是绵，草原上没有见过你这样漂亮的女人，相信呼玛说的，呼玛会看相，呼玛看见你，就知道一般人是娶不了你的。你一定嫁给草原上的主人。”

苏玛惊讶地抬头去看她，呼玛却已经佝偻着背走进了帐篷。帐篷帘子合上，耳边幽幽地飘来阏氏的歌声。

夜深，金帐宫周围也安静下来。

帘子掀开，侍卫武士步伐轻捷地来到坐床前跪下，“大君，将军们还在帐外等候。”

支着额头休息的大君并不睁眼，“他们白天吵了一天，只差没有动手打起来，难道还不够么？你让他们回去，有什么事明天再议。”

“我已经说了，将军们也说不想打搅大君的休息，所以推了铁晋将军，说一定想见见大君，跟大君说几句话。”

“铁晋么？”大君叹了口气，“你让他进来吧。”

铁晋一身咣当作响的铁甲，远远地就响了起来，他进帐来跪下去行了个礼，枯瘦的脸上没什么表情。

“深夜了，你们和大汗王们争了整整一天，你们要保比莫干不去，大汗王们说比莫干身为大哥，是最合适的人。长子窝棚和三子窝棚啊，以前你们还是在暗里争，如今有了东陆这件事，就公然跳出来了！”大君不轻不重地拍了案子，“我听说在东陆，这叫结党，是死罪！铁晋你不怕我杀了你？”

“铁晋不想死。”铁晋不紧不慢地回答。

大君冷笑了一声，“你不想死，也不怕我。我知道，你们兄弟是阿依翰家族里的大将，木犁从奴隶开始跟我一辈子了，还有我那个弟弟厄鲁，都是青阳的支柱。你们支持比莫干，我一个都不能杀，而那边，支持旭达罕的是我的三个哥哥。铁晋，你说我该怎么办？”

“铁晋以为，这是大君的不对！”

“呵呵，”大君惊极而笑，“原来是我错了，竟是我错了？”

“铁晋读书少，可是听说东陆是长子即位。”

“是，东陆大皇帝往往是传位给长子，其他儿子封一个有供养没土地的亲王。你这是要劝我立比莫干？”

“立不立大王子并不重要，可是大君明明知道世子身体不好，能活多久都是个难说的事情，却始终没有废掉世子，贵族们心里能安么？”铁晋抬起头来直直地看着大君，“不立有才能的王子，我们青阳作为库里格大会的盟主，还能传过下一代么？大君说我们结党，就算是死罪，我们也不后悔！”

大君没有回答，直视他的眼睛。

金帐里一时安静得令人心悸，隔了一刻，铁晋微微打了个寒噤，低下头去。将军们推他进来，他进来前也已经下了很大的决心，可是这一刻不知怎么，他还是觉得心里有些虚了。

“铁晋,你心里认为什么样的人才是我们草原的君主？”大君轻声问。

铁晋愣了一下，不知如何回答。

“像逊王、像始祖，还是像我的父亲呢？”大君起身踱着步，“铁晋，其实你不知道，包括外面的木犁、厄鲁，你们都不知道。蛮族需要一个从来不曾有过的君王，其实我心里所想的，是东陆胤朝开国皇帝白胤那样的人。他要能在一个混乱的时代举起旗帜，让千千万万的人都追随他，觉得他所做的才是对的。他要有山羊一样的仁慈，这样他才能爱草原上的所有人；他要有狮子般的勇气，这样他才不会退缩；他还要有狼一样的愤怒，这样他才能咬牙切齿地完成一件伟大的功业。”

大君轻轻叹了口气，“可是我的儿子们，都不是这样的人。他们是套着铁链长大的鹰啊，飞不起多高的。年纪大的四个个个都比阿苏勒更适合当大君，可是要说当个英雄，他们还差得太远。而且如果我现在废掉阿苏勒立下新的世子，就一切平安了么？矛头还是对着新的世子，然后还是争斗。铁由和贵木能在我面前动刀，将来我死了，他们就能带着武士你杀我我杀你。偏偏你们都不懂这个，还要彼此结这个窝棚，将来你这个窝棚会不会是个小部落啊？长子部，还有三子部。”

“我……”铁晋呆在那里。

“好了，不必说什么了，”大君摆了摆手，“我很累了，要休息。他们推你进来，还有什么事么？”

铁晋犹豫了一下，“我和铁益还有木犁商量了一下，大家觉得……”

“觉得什么？”

“大家觉得世子的身体一直不好，以前也是在南方的真颜部休养。如果真的只是人质，诸家王子免不得争斗，那么实在不行，也请大君保全大王子。让世子去吧。”铁晋的声音低落下去。

大君点了点头，“你们想让阿苏勒去东陆，是不是就因为他是个废物儿子？他没有牛羊和人口，把他送去送死，剩下的都是我的好儿子们，能上阵、能打仗、有用，是不是？”

“我告诉你们，我死之前，我不想听到有人跟我说要把阿苏勒送到东陆去。”大君的脸色忽然一变，说话一字一顿，牙齿间有如咬着钢铁，“下唐的使节就要来了，都是我的儿子，他选中谁，就是谁！为了青阳，我什么都可以牺牲掉！”

铁晋走到帐篷口，听见后面大君低低的声音，“滚！”

苏玛和阿苏勒共骑小马，阿苏勒骑在前面。他个子已经和苏玛差不多高了，可是苏玛还是像以前那样把他放在面前，自己拉着缰绳。

木犁家的寨子距离金帐有很长的一段路，小马走得晃晃悠悠。北都城很大，里面本来就没有什么房子，赶着春牧的季节，牧民们都带着帐篷和马群出外放牧了，留下空旷的一座城，草地上满是扎过帐篷的痕迹，放眼看不到人迹，只凭着星光认路。

“阿妈的小名叫勒摩，听大人说，阿爸最初即位当了大君，朔北部的白狼骑兵就来打我们，一直打到北都城下。后来你阿爸和澜马部的达德里大汗王带着兵来救援，终于打退了朔北部。阿妈姐妹两个就被送给阿爸当阏氏，阿妈住在白帐篷里面，年纪小，就是侧阏氏。阿妈直到三十岁才生了我，生下我的第一天，她就疯了，大人们说那是为了我，我是玄一，会吸人的魂魄，阿妈的魂魄被我吸了。小时候呼玛是我的奶妈，她对我说我一定要比哥哥们都勇敢，都聪明，这样阿妈也会有地位，阿爸有好多女人，有的我都叫不出名字，如果我不行，阿妈就会被人欺负。阿妈已经疯了，除了我，她什么都没有。可是我不行，四哥说得没错，我做什么都做不好，骑马、练刀，更别说上阵打仗了，我就是个废物。”阿苏勒轻声说。

他经常这么跟苏玛说话，虽然永远听不到苏玛的回答。

“可是……”他摇了摇头，“我也不想当废物啊，我真的……真的已经很努力了！”忽如其来的酸涩从心里升起来，他呆呆地望着天空。苏玛的手是温暖的，从背后伸过来，轻轻地摸着他的脸。指掌间的温柔让他愣了一下，他扭头看见苏玛的眼睛，有些不好意思。

“我老是跟你说这个……都是些没用的话。”他说。

苏玛轻轻地摇头。

“这个世界上不嫌我废物的也许只有你了。”阿苏勒说。

苏玛还是摇头。

她歪着脑袋，拂起他的头发，手指在他的发辫中轻轻地抚摩。阿苏勒觉得头上痒痒的，过了一会儿，他终于忍不住笑了起来。苏玛也笑，依旧是无声地摇着头。

直到很多年以后一个下雨的夜晚，阿苏勒在火红色的战马上抬起头去看漆黑的夜空，忽然又想起那一夜苏玛默默地摇头，他才明白了那不曾说出的、真正的意思。

苏玛并不是说他是或者不是废物，而是当一个人变成最亲的人，那么是不是废物已经完全不重要了。

听不见任何的雷声，细雨悄无声息地下了起来。

“啊！下雨了！”阿苏勒摸着微湿的头发，“我们赶快回帐篷去！”

雨转眼就大了起来，大颗的冷雨打在身上，隐隐生痛。阿苏勒把自己的白狐氅解下来抖开遮在苏玛和自己头顶，苏玛带了带小马，想抄一条近道。

她无意中扭过头，身体忽然僵住了。

“苏玛？”阿苏勒跟着她回头。

他的心里一阵恶寒，有种极不祥的感觉。

背后竟然有人，一队黑衣骑兵悄悄地立马在他们身后。那些高大的黑色战马比阿苏勒的小马高出两个头以上，呼出来的白气能喷到阿苏勒的脸上。马背上沉默的武士们似乎披着铁铠，戴着头盔，威严而魁伟。天彻底地黑了下去，连星光也没有，只剩苏玛手里的灯照亮，可是照不出他们的面目。雨滴打在他们坚硬的铁甲上，溅起了水花，仿佛在他们身边罩上了一层微光。

“你们是哪个帐下的？”阿苏勒大着胆子喊了一声，“我是五王子。”

小马也有些惊惧不安，悄悄地挪动步伐前行。

无人回答，那些人驱动黑马，跟着逼近，黑马们躁动起来，不安地打着响鼻。灯火照着，他们手边各有一片清冷的弧光，那是马刀。阿苏勒从没有见过这种刀，纤薄修长，刀头弯起的弧度令人不由得畏惧。

“你们……你们到底是什么人？”阿苏勒哆嗦了一下。

苏玛连一刻也不敢停留，抛掉了手里的马灯，马鞭打在小马的头上，小马撒开了四蹄，在雨幕里狂奔起来。

背后的蹄声如影随形地跟了上来。那些骑着黑马的人确实是追着他们来了，他们追得并不紧，就像捕食的猛兽咬住了羊群，缓缓地追着猎物的脚步，还没有真正开始闪电般的扑击。

啸声刺耳，阿苏勒和苏玛下意识地低头，什么东西从他们头顶掠过。

“箭……是箭！他们在射我们！”阿苏勒意识到那是追逐的人在发箭。那枚箭走高了两尺，还不是要取他们的命，无疑是威胁。

“是丹胡么？”阿苏勒问自己，脑子里一片混乱。

心里的那股恶寒至今都没有消退半分，反而越发地浓烈起来，像是有一柄冰冷的刀抵着后心，不知道什么时候就会刺进来。他说不清楚，直觉上那些骑乘黑马的人和普通的蛮族武士不一样，蛮族武士的武器多半粗糙凶蛮，而这些武士就像他们用的细刀，阴冷而锋利，带着刺心的寒气。

小马带了两个人，渐渐地慢了下来。黑马渐渐逼近，那些人也没有打火把，可在这样伸手不见五指的雨夜里，那些人像是可以视物，无论苏玛怎么兜转小马，那恶鬼跟随般的蹄声始终都无法摆脱。

前方忽然出现了灯火，一串火光，似乎是夜归牧民的火把。阿苏勒放声喊了起来："救人啊！救人啊！"

持火的小队人马立刻散开围了上来，他们的马后挂着野鸡和獐子，有人肩上扛着带箭的鹿，整个小队都穿着整齐的青灰色革甲，队伍整饬有序。

"是……是大风帐木亥阳将军的人马么？"阿苏勒认出了对方的装束。

"什么人？"领头武士大吼，他非常警惕，手中角弓上搭着羽箭，直指阿苏勒。

"我是五王子！"阿苏勒举起手腕，"有人，有人在追我！"

他的手腕上束着豹尾，白得耀眼。豹是青阳的图腾，敢配白豹尾的，除了大君和世袭的亲王就只有世子。武士们被惊动了，纷纷放下了弓箭，领头武士按着胸口行礼。

"什么人敢追逐五王子？"武士头领大吼着策马走到阿苏勒身边。

借着大风帐武士们的火把，依稀可以看见那些黑马武士都已经停在百步之外，他们聚成一线，没有人发出一丝声音。黑暗中，阿苏勒隐约觉得有冷锐的目光刺在自己的身上。

"什么人敢追逐五王子？"头领恼怒起来，觉得被忽视了，"不怕死么？"

他们人数占优，这么说的时候，巡猎的士兵们已经操起了猎弓。蛮族的猎弓也是武器，发箭准确有力，百步距离上的洞穿力不逊于战弓。

还是一片安静。

铁蹄声猛地震响起来，黑马武士们的阵势横扫上来，他们发起了冲锋！

他们只有几骑，面对大风帐的三十几个人，他们却主动地进击了。

"找死来了！"首领猛地一挥刀，"世子请在一边观战，抽出你们的弓来！”

数十枚羽箭组成的箭雨投射出去。弓箭是蛮族引以为骄傲的武器，强悍的武士一箭可以射穿牦牛，黑马的武士们手中只有长刀，可是他们挥动长刀的时候，那些强劲有力的箭都被挥开，奇迹般的，没有一人中箭，他们像是连那些箭的轨迹都能看清。黑马顷刻间就直冲到了面前，大风帐的武士们一齐拔刀。

“来啊！”首领大吼着激励士气。

他对上了冲锋在最前的武士，猛地一刀斩向马首。首领是这群人里面刀术最好的，先杀一人，是要立威。可是刀斩空了，黑马武士仿佛变成了影子，不知怎么的，那一刀就走空了。首领正诧异，忽然感觉到身体轻了起来，脖子上的剧痛一瞬间洞穿了他的意识。而在其他武士的眼里，两马交错的瞬间，黑马武士中的为首者像是一只诡异的蝙蝠，离鞍一跃，而后首领的刀就走空了。一颗人头忽地溅血飞起，尸身依然端坐在马背上。

首领的火把已经转到了敌人手里。黑马武士沉默得像一块石头，他举着火把立在首领的马旁边。静了片刻，他挥手以火把打在无头尸体的背心。

首领的尸体栽落马背。

火把熄灭。

大风帐的武士们还未从惊愕中回过神来，犀利的刀风已经逼近了面门。

藏在数百步外的一丛虎舌棘中，阿苏勒死死地握着拳，觉得那些飞溅的血像是要喷到他的眼睛上。这完全是一场屠杀。黑马武士们快速地带马在敌手身边经过，准确地递出战刀，敌人立刻被开膛破腹，残肢血淋淋地落下。而他们像是风中的鬼影，根本无从捕捉。

每一次火把坠落都伴着凄惨的嚎叫，那些跌落的火把最后照亮的是武士们惊恐的脸，然后他们的头跟着落了下去。

阿苏勒颤抖起来，满眼都是浓猩的红色，满耳都是哀嚎和战刀斩裂骨头的可怕声音。他在恐惧中探出手去，紧紧抓住苏玛的手，那只手冷得发冰，颤抖得像是风里的枯叶。他低头看去，苏玛脸上全没有人色。

他心里咯噔一下，明白苏玛想的和他一样，都是那场南方草原上的屠杀，当青阳的铁骑兵冲进真颜部的营寨时，苏玛那双清澈的眼睛里，一定也映着这样残酷的场面。亲人的残肢在飞舞，温热的血溅在脸上，地狱般的哀嚎，半死的人挣扎着爬行，有人带马飞快地在背后补上一刀……

"苏玛，不要怕……"他说了一半，却发现此刻所有语言都是苍白的。

他伸出双手，想捂住苏玛的耳朵，一双微微颤抖的手也在同时捂住了他的耳朵，两个人都愣住了，然后阿苏勒使劲地抱住苏玛，苏玛也使劲地抱着他。他们贴得那么近，听着外面的惨嚎声越来越弱，天像是要塌了，会落下血雨，世界上只有他们两个人可以互相倚靠。

不知道过了多久，周围安静下来。

阿苏勒大着胆子，从虎舌棘的缝隙里偷偷地看出去。火把都已经持在了黑马武士们的手中，铁蹄踏在被血浸透的土地上，那些体格雄壮的黑马就着血啃食草皮，刚才还活生生的三十骑，现在只是三十个人和三十四马的尸体。

那个瘦削的黑衣人是黑马武士中的首领，黑马武士们四散开来，在人群中翻检尸体，最后围聚在他身边，都默默地摇头。瘦削武士沉吟了一下，忽地举手一招，武士们哗地散开，在周围搜索起来。只剩下瘦削武士独自立马在杀过人的草地上，冷锐的目光扫视周围，似乎渐渐地投向了这丛虎舌棘来。

他蒙着面，阿苏勒看不清他的容貌，却觉得那目光像是在自己的脸上割了一刀。

那是杀人者的眼神，阿苏勒见过这种眼神。他猛地俯下身子，紧紧地靠着半截土坡，单是面对那种眼神，就有无法呼吸的感觉。

瘦削武士扫视了一周，带动战马有意无意地逼近了虎舌棘。他的马蹄声在所有的蹄声中最沉重，一下一下都像是踩在人的心口上，他的长刀斜指地面，鲜血一滴一滴地坠落。

马蹄声、呼吸，马蹄声、呼吸，苏玛竭力想要屏住呼吸，可那是枉然的，她的呼吸在跟着那人的马蹄声走，一步一步地把她逼到尽头。

和她一样颤抖的阿苏勒忽然安静下来，正把她搂在他腰间的双手掰开。苏玛抬起头，看见他认真的脸，他的力量忽然变得很大，苏玛想要死死地搂住他，可阿苏勒蛮横地、一根指头一根指头地掰开她的手。

苏玛去扯他的袖子，阿苏勒狠狠地甩开了她。他凝视着苏玛的眼睛，一步一步倒退出去。

苏玛拼命地摇头，那种可怕的恐惧感又回来了，她记得真颜部的寨子被点着的时候，从小带她长大的奶妈抛下她不顾一切地跑向外面。然后一个骑兵一刀劈倒奶妈，纵马踩在她的头上。那种刻在心头的孤独比死都要可怕。

她不怕死，可是她害怕被人抛下。

难道在生死关头主子也会抛下她么？那个和她一起长大的男孩。

阿苏勒对她无声地摇头，脚下毫不停息地退了出去。那张略显苍白的小脸在月光下透出一股严肃，甚至有着难以抗拒的威严。

冰冷的恐惧仿佛巨手攥住了他的心脏，他舔了舔嘴唇，止不住战栗，他很想扑进那个草洼里和苏玛缩在一起，紧紧地抱住她来忘记那种恐惧。但是他不能，他要趁那股勇气还在支撑自己的时候做决定。

“不要出来！也不要怕！苏玛，”他用嘴型说，“我会保护你！”

苏玛伸出手去拉他，可是已经迟了。

阿苏勒猛地跳出虎舌棘的掩蔽，他站在那里，也不抖了，从自己胸前拔出了青鲨，“我是吕嵩·郭勒尔·帕苏尔的儿子吕归尘·阿苏勒·帕苏尔，青阳部的世子，草原未来的主人，你们是什么人，胆敢来抓我？”阿苏勒朗声问。

无人回答，骑着黑马的武士们策动战马缓缓地逼了过来，为首的人带马立在阿苏勒的面前。他并没有看阿苏勒手里青色的小刀，而是默默地打量着这个孩子。

谁也看不清他怎么出手，阿苏勒忽然被提了起来，押在马背上。不需要下令，所有人跟着他调转马头而去。

瘦削武士离去之前回望了一眼虎舌棘，苏玛觉得他的目光像是针刺般钉住了自己，令她根本动弹不得。低低地，他笑了两声，阴阴的，像是一柄小刀在刮着人的耳骨。

她早已被发现，孩子的勇敢瞒不过这些可怕的杀手，他们只是懒得杀这个小女奴而已。

夜深，帐篷外已经很凉了。

帐篷里暖洋洋的，火盆上摆着铜甑，乳白色的羊汤咕嘟嘟地沸着，腥膻的肉香飘得四处都是。年轻武士用火钩子拨开炭火，细细的火星飘起来，旁边的人撮唇一吹，纷纷乱乱地一闪而灭。

吹火的人抽了抽鼻子，“成了！”

他叉起一条鲜嫩的羊肉，吹吹就塞进嘴里，惬意地大嚼起来，又旋开白铜酒罐，猛灌了一口。酒气上涌，仿佛从心肺里狠狠地吹出一口辣气来，他拍着膝盖叫了声好，“这才算地道的辣羊杂，辣料不够，怎么烧也是寡然无味！”

他挽起宽大的袍袖，拿小刀在汤里拨弄，捞起整个羊肾。这时他才想起炖汤的同伴来，冲年轻武士努了努嘴，示意他也动手，“班扎烈，自己动手。”

吹火的是年轻俊朗的东陆文士，二十多岁，黑帻广袖，看上去是儒雅温文的人物。

班扎烈则是地道的蛮族年轻武士，他也扎了一小刀肉，慢慢地嚼着，好奇地打量对面的文士。他是吕守愚的伴当，吕守愚最信得过的几个人之一，被派来伺候这位东陆来的尊贵客人。

华族商人班扎烈见过不止一次，多半是些虚胖的人，蓄着整齐的胡须，远看去倒像抹上的两撇墨迹，见了贵族们常常在皮肉外浮起一层笑，见了普通的牧民就把脸板起来，三角形的眼睛斜斜地看过去，背负双手腆着鼓囊囊的小肚子。有些人腰间配有华贵的细剑，可是骑马跑上十几里路就累得牛喘。他们不喜欢蛮族的饮食，往往随身带着厨师、甜酒和腌菜腌肉。

不过这个文弱的年轻人全然两样。他能喝北陆的烈酒，唱牧人们喜欢的歌谣，一掀袍子就能上马，虽然不佩剑，可斜飞起来的眉宇仿佛比剑还利。

吕守愚直到深夜还没回来，文士要吃北都城里有名的辣羊杂，嫌仆女们调得不够辣，就和班扎烈在帐篷里架起铜甑，自己点火烧汤，把大包大包的辣料香料扔进去。

羊肉入口仿佛化了一样，辛辣的味道却仿佛小刀在嘴里刮着，班扎烈的鼻尖上很快就沁出细汗。

"怎么样？"文士递过酒罐，"喝酒，一定要喝酒！酒带着辣味下肚，脏腑都给冲开了！"

草原汉子中也少见那种火一样烈的眼神，班扎烈觉得和文士之间少了顾忌，接过酒罐大喝了一口。酒是淡碧色的，青阳部驰名的古尔沁烈酒，入口仿佛一道火流般一直烧到心口。

"洛先生这样的华族人，真没有见过！"班扎烈对文士竖起大拇指，"像我们蛮族的好汉！"

"哦？"文士舔了舔嘴角的油腥，"华族人该是什么样子？"

"华族人……"班扎烈想了想，不知道怎么说。

"你不说我也知道，"文士咧嘴笑了起来，"不过华族人跟你想的可不一样。东陆很大，若是都是草原，从这一头放马跑到那一头，也许一年都跑不到。华族人也是各种各样的，我们东陆南方有个离国，我们叫他们南蛮，他们的战士你没有见过是不会相信的，他们都穿赤色的轻甲，打起仗像是红色的狮子。他们攻城不用云梯，战士们嘴里咬着刀，互相之间牵着绳索，拿匕首扎在城墙的缝隙里往上爬。砍到一颗敌人的头，就把头发系在腰带上，再去找下一个敌人。”

“这样勇猛？”

“是啊！南蛮的武士，打完仗放一盏大秤，一边称着人头，一边称着金铢。女人只喜欢最强的小伙子，村子里谁最勇敢，最好的姑娘随便挑。不过这又算什么呢？不过是匹夫的勇敢，我朝立国的皇帝白胤，本来不过是一个低贱的武士，可是他只用了十一年就统一了整个东陆。火蔷薇旗帜所到的地方，敌人都不敢接战，灰溜溜地撤走，这样野火一样的英雄，想起来才叫人心里发热！”这么说的时候，年轻文士眼睛里有种灼热的神情。

“白胤的武功是很好了？是你们东陆第一的武士么？”班扎烈忍不住问。

“不。他虽然也是武士，可武功不是最好，他手下的四柱国将军，就远比他强。”

“驱使别人打仗，那也说不上勇敢，就是打败了，总不用自己去死。”

文士摇了摇头，“这可错了。蔷薇皇帝绝不怕死，他年轻的时候在建水踞河大战，亲身带着骑兵冲阵，敌人的弓箭就跟在他后面追。他中了三箭，胯下的战马死了三匹，每一次，都有四柱国将军把战马让出来给他，然后跟着他步战，最后终于大破敌人。你想想以四柱国那样威震东陆的杰出武士，为什么不顾自己都要把战马让给他？那可绝不是因为他是首领，而是因为只要有他扛着火蔷薇的大旗，骑马立在那里，所有战士都会跟着他冲锋。这跟他会不会骑马舞刀，能杀几个人又有什么关系？男人生在世上，像他那样，又怎么会怕死？建立千秋的功业，一统四州的山河，那是帝王之勇，纵然他死了，也是盖世的英雄！”

“好！”帘子外响起了掌声，“帝王之勇！”

帐篷帘子一掀，吕守愚大踏步进来，席地坐在班扎烈身边。将肩上的大袖解下来，衣袖结在腰间，赤着膊，就着热气腾腾的铜甑翻出一块羊肝来，吹了吹大口吃了。

“够辣！”吕守愚捂着嘴，那股辣味把他这个草原汉子也镇住了。

东陆文士却收敛了，灼人的眼神全都不见，眸子清明犀利。他微笑着把酒罐递了过去。

吕守愚饮了一口，“有些急事，父亲召见我们，完了又在九王的帐篷里和几位将军议事，来得晚了。洛兄弟着急赶来，有什么事情还请直说。”

文士笑，“我来的事情，和大王子的急事，其实就是一件事啊。”

吕守愚点头，“我猜到了。直说吧，父亲和下唐有意结盟，我们几个兄弟中要出一人为人质，目前北都城里人人都在猜是谁去做这个人质。九王和三位将军全力保我不去，但是我也没有十足的把握。”

“和下唐的事情已经无可挽回？”

吕守愚叹息了一声，“我不对洛兄弟你说谎，我知道这件事，只怕还没有你早。父亲这次出动了大合萨南下，一点消息都没有流出，这时候再说挽回，已经太迟了。”

文士苦笑，“太迟……我们淳国在北都城里经营了足足四年，希望能和青阳结盟，至今连大君的面尚未见过。下唐居然能在短短的半年时间内定下大事，我们所有苦心都归流水了，大王子叫我怎么向侯爷交代啊？”

“你们东陆有句诗说：剑在英雄手，登台傲王侯。”吕守愚黯然，“我和洛兄弟相熟四年，自以为以诚相交，可是如今剑不在我手，又有什么办法？”

“如果我国愿倾全力，”文士试探着，“大王子向大君进言，下唐愿出的条件，我们淳国都出一样的，另开天拓峡水路。只求转而结盟我国，可否？”

"这不能。如果我进言，是代淳国向父亲出价。父亲忌讳私自结交东陆，对我们几个兄弟管得最严，洛兄弟也该知道。否则洛兄弟每次前来，也不必费心躲开旭达罕的眼目。我这个时候出头，未必会有洛兄弟想要的结果。"

"水既也涸，鱼之将死，焉能不全力一搏？"文士直视着吕守愚的眼睛，目光炯炯。

"洛兄弟要全力一搏？"吕守愚沉吟片刻，"那么由我来想办法，居中请九王为洛先生引荐。但是到了议事的时候，我自然全力支持和淳国结盟！"

"那么将军们和各家首领面前，也要大王子为我们主持了。"

吕守愚点点头，"我和洛兄弟有四年的交谊，我是那种口说不做、愧对朋友的人么？"

文士缓缓伸出一只手，"那么洛子鄢是怎样的人，也毋庸再多说了！"

吕守愚想也不想，一掌击在文士的掌心，一声脆响。两人的掌心都火辣辣地痛，他们对视一眼，同声笑了起来。

"洛兄弟这次来得好快，要是晚几天，我也放飞鸽和你联系了。"

"是追着大合萨的马尾来的。没想到大合萨年事已高，居然纵马狂奔了两千多里，我从毕止启程，就落在后面半日的路程。"

吕守愚吃了一惊，"淳国知道大合萨的行程？"

洛子鄢点头，"大合萨南下北上，都要渡过天拓峡，是我们淳国所辖的海面，怎么可能逃过斥候的耳目？一年前天师南渡的时候，侯爷就得到消息，只是那时不知道到底是什么事情，就悄悄放了过去。这次斥候听到天师的从人议论，才知道出了大事。"

吕守愚惊得把小佩刀拍在地下，"天拓峡海防竟有这样森严？"

洛子鄢缓缓点头，"也不瞒大王子，天拓峡海面上没有一艘私船，就算是渔民，也都入军籍，父子相传，不缴纳税赋，为国当差。若是不持行牒想偷渡过海，消息连夜就会被送到附近的军机府衙。这还是四十年前风炎皇帝所下的《七海税兵制》，风炎皇帝心思深远，可以想到数十年之后，真是英雄。”

吕守愚默然，“风炎皇帝……”他低低地叹息一声，“草原外真还有无数的英雄。”

文士忽地大笑，“来来，不要只顾说。我亲手烧的辣羊杂，对不对大王子口味？”

“辣得眼泪都要出来。”吕守愚笑，“你哪里是淳国密使，纯粹一个东陆的辣椒贩子！”

班扎烈愣了一下，也跟着笑了起来。

“你骑上快马，去铁由帐篷里叫他也来喝酒吃肉，见见洛兄弟。”吕守愚对班扎烈说，“不要整天跟女人腻在一起。”

“是！”

班扎烈起身，却忽地一愣，掌住了腰刀。

“什么人？”他低喝了一声。

几个伴当之中，班扎烈刀术最精，耳目最明，一丝一毫的动静都逃不过他的注意。帐篷外隐隐有穿重靴的人奔跑的动静，大王子的帐篷内外守备森严，不该有人这么放肆地奔跑。

帐帘猛地掀起，班扎烈正要跃出去，耳边响起炸雷一样的喊声：“大哥！出事了！阿苏勒没了！”

“没了？”吕守愚猛地坐起，烈酒泼在胸口上。

进来的是吕复，他本来应该在自己帐篷里缠着那个新来的东陆舞姬求欢，可是此时满脸都是汗，像是一路狂奔过来的。

“木亥阳传来的消息，阿苏勒夜里没带伴当私自外出，不知被什么人劫了，现在不知生死，他身边只带了那个哑巴仆女，逃出来报的消息。父亲被惊动了，点了木亥阳的人马去周围搜索，九王那边也点了虎豹骑，但是还都没有回报。我得了这个消息自己骑马赶过来的，路上来来往往的都是骑兵。”

“什么人这么大胆子？”吕守愚惊呆了。

北都城虽然不像东陆重镇那样繁华，但也有十万人居住，夜间有骑兵巡视。在城里让人劫了世子，是从未有过的奇耻大辱。不过历代青阳世子，都是力敌百人的雄健武士，就算匹马单刀，想劫也不容易，阿苏勒是惟一的例外。

文士站了起来，“二王子，几个人劫了世子？”

“说是十几个。”

“不是一般人。”文士沉吟着，“北都城戒备森严，十几人行动，不是一般的匪人。”

“把人都给我叫醒，”吕守愚披衣佩刀，“跟我出去搜！”

“大王子等一等。”文士摆摆手，“二王子，王爷们和其他几位王子有什么动静？”

“没有，父亲不让通报给别人。现在木亥阳和九王是得了命令，一个帐篷一个帐篷搜，先搜王爷们的，然后搜家主的，不知什么时候就要搜到这里来。知道消息的家主哪敢有什么动静？都等在帐篷里不敢动。”

“那么大君和我想的一样，是先怀疑内贼了。”

“什么内贼有这种胆子？是要谋反么？”吕守愚恶狠狠地道，“我还是出去看看。”

“大王子别去了！”文士苦笑，“大王子忘记了么，你就是最大的内贼啊。”

“洛先生怎么这么说？”

文士手中多了柄白纸的东陆扇子，他以扇子敲打着手心踱步，“世子没了，若是找不到，从此就得新选储君。按照现在的局势，大王子是当之无愧的人选，大王子手中掌着北都城里的政务，若是成了新的世子，自然不用去东陆当人质。所以说世子要死了，最得益的就是大王子。大王子现在不但不避嫌疑还要出去，岂不是授人以柄么？”

吕守愚愣了一下，大声喝道：“我怕什么？我今天从帐篷里出来，立刻就去九王帐篷里议事，半步都没有走开，纵然我想下手，也要有时间安排。要搜人，我帐篷里更没有！有人血口要污蔑我，也要问过我的宝刀！”

帐篷外又有凌乱的脚步声传来，这次不止一个，急匆匆的令人心惊胆战。班扎烈一掀帘子，外面跪着吕守愚帐下的一队家奴。

“主子，不好了！有人带兵把我们的寨子围住了！”

“是木亥阳的人？是九王的人？”

“都不是，是三王子和四王子的人！”

“旭达罕！”吕守愚呆了一下，“各家都在等着父亲去搜，他怎么敢动？”

文士猛地顿足，“迟了，我们已经迟了一步！”

“迟了？”吕守愚瞪视着他。

“我们得到消息已经晚了。三王子是要把黑锅扣在大王子的头上。如果世子死了最大的好处归大王子，那么谁能不怀疑大王子？”

吕守愚猛地想起了什么，上前揪起弟弟的衣襟，目光凌厉逼人，“是不是你？”

吕复拼命地摇头，“我要做，也会告诉大哥，我……”

洛子鄢上去拉开了吕守愚，“绝不是二王子！”他撩起铁由的袍子下摆，露出两条光腿来，“二王子真的是从被子里起来前来报信的，你看看这裤子都来不及穿上，只披了件袍子，不像是胸有成竹。”

吕复的脸红了起来。他刚才正在帐篷里鬼混，得到了消息，光着屁股骑马赶来。

“现在管不得别的。”吕守愚深深吸了一口气，“无论如何，若让旭达罕进来搜帐篷，以后我们兄弟在北都就不必抬头做人了。就算动武，也要守住我们帕苏尔家的尊严！”

吕贺转头看了哥哥一眼。

火把侧照在吕鹰扬锋锐的脸上，明暗交错起来，高挺的鼻梁投下了阴影，吕鹰扬的一只眼睛掩在阴影中，另一只阴冷没有表情。

隔着百步，两队人马对峙，战马不安地跳着，骑兵们努力约束自己的坐骑，数百支火把照透了夜色。赤色的龙牙旗下，吕鹰扬跨马而立，所有人的目光都集中在他身上，他却只是安静地摸着马鬃，那柄出鞘的利剑静静地横在马鞍上。吕贺掌着刀，紧跟在哥哥的后面。他还没有亲身上过阵，紧张得脸上惨白，额角青筋暴露，突突地跳着。

“哥哥，可别……可别给父亲知道了，这事……这事可不是小事。”吕贺用力勒住自己那匹黑马，压低了声音。

“都到这里来了，难道还能灰溜溜地走么？”

“可是我……我还是觉得……”吕贺低下头去。

一个巴掌落在吕贺的脸上，干净利落的“啪”一声。吕贺捂着脸，刚要发怒，却对上了哥哥的眼神。

“废物！”吕鹰扬一把揪住了他的衣领，“我教过你什么？统统忘记了么？你觉得？你觉得？你是个什么都不知道的白头羚子，被人家咬死了，都不知道逃跑！”

吕贺觉得心里发寒，不知道是冷气吸多了，还是因为哥哥那双眼睛。

“你说得不错，我也早就知道，大汗王们会为了我们兄弟两个去跟父亲争么？不会！我们就是只马鞍，人家要骑着我们，骑坏了，没用了，再换一只。若是去东陆的是我们，这北都城里可没有人会记得我们，就等着死在东陆吧！”吕鹰扬一把摔开他，“看见今天大汗王们的脸色没有？他们准备换马鞍了！想靠别人，不如靠自己，他们把我们当作青阳部的外人，能争回面子只有靠我们自己！这北都城里，多少人在等着看我们兄弟的笑话，可是我们兄弟是没有笑话可看的，世上没人能看我旭达罕的笑话！我终要叫那些笑我的人，一个个都在我马鞭下低头！”

“是！”吕贺用力点头。

“你是我弟弟，”吕鹰扬为他整了整衣领，拍着他的肩膀，“整个北都城，我可以相信的人只有你一个！我可以相信你，是不是？”

“哥哥我……”

“什么都不要说了，我都知道。”吕鹰扬回过头去，声音冷得像冰，硬得像石头，“一会儿我怎么说，你就怎么做。我们是亲兄弟，阿妈一个人的奶水喂大我们两个人，我们要为阿妈争口气。”

“嗯！”吕贺用力点头，心里像是有团火。

从小到大，在吕贺心里，吕鹰扬是谁也不能代替的人。

因为阿妈是朔北部的，两个人血统上都被歧视。小时候势弱，练刀练不好要罚，无故发怒要罚，不按时进食还是要罚，上到各家首领，下到金帐宫里有身份的女奴，都可以把冷冷的眼神扔在吕贺的头顶。偏偏他最小又最气盛，不能忍的时候就会暴躁地打坏一切东西，对周围每个人大吼。这时候就会有金帐宫的侍卫武士们冲上来抓住他，不给他吃的，罚他跪在太阳地里面。吕贺咬着嘴唇就是不跪，尽管胃里痛得像刀绞一样，嘴唇都干裂了。他就是不明白，为什么都是父亲的儿子，有人是贵血，有人是贱血，有人喝着羊汤呵斥别人，有人就要饿着被别人呵斥。那种剧痛攻心的感觉，直到现在他还记得清清楚楚。那时候是吕鹰扬走过来先在他身边跪下，吕鹰扬是个好王子，不挑剔，不发怒，从不惹人生气，可是吕鹰扬跪在他身边，默默地拉拉他的袖子。终于吕贺和他一起跪了下去，金帐宫的人冷眼看着他们两个，天就这么黑了，吕鹰扬默默地跪在那里看着前方，星辰升起在他头顶。

吕鹰扬最后从袖子里摸出一个已经冷了的馕递给吕贺，吕贺抢过去啃着，眼泪忽然就落了下来。而吕鹰扬依旧默默地看着前方，一句话都没有说。

“你为什么要对我好？”吕贺狠狠地抹着眼泪问他。

“我们现在一起跪着，总有一天会一起站起来，”吕鹰扬轻声说，“还有……我是你哥哥啊！”

从那天夜里，吕贺一直都相信，这个哥哥终究会像他小时候说的，带他一起站起来。

对面的阵势闪开一个缺口，吕守愚提剑而出，跃上雪漭的马背，几个剽悍的家奴手持着皮盾遮护在他左右，剩下的也都顶盔掼甲，高举火把，约束着胯下躁动不安的战马。

“旭达罕，你血口白牙，想要诬陷哥哥么？”吕守愚遥遥地指向龙牙旗下的吕鹰扬。

如同刀锋相对，阵前是一触即发的格局。吕守愚帐下伴当连同家奴只有三四百人，吕鹰扬带的是他一手训练的“龙牙轻蹄”，百余人的轻骑本来不足以威胁吕守愚，吕守愚也就不太上心。可是这个特殊的时机，训练有素的轻骑兵再趁机发动，就不是他的家奴可以相比的了。

“大哥为什么这么说？”吕鹰扬的声音冰冷得没有起伏，“阿苏勒失踪，在北都城里，人人都有嫌疑。九王已经带兵搜了我的帐篷，我身为王子，就对北都的安危有责任，我不过是要看看你的帐篷，你的骑兵阻拦我，是帐篷里有不可告人的事情么？”

“旭达罕，你想折辱我？要搜，可以！你让九王来，让木亥阳来，但是你们兄弟不行！”

“既然不是你做的，有什么不能搜的？搜不到，最多我在父亲面前谢罪。大哥若是要搜我的帐篷，我也打开寨子的门，随便大哥搜。大哥现在不让搜，是要把什么东西移走么？”

“我说过，我不怕搜，但是朔北血的卑鄙杂种不可以！”吕守愚被激怒了，“一个下贱的奴隶也可以搜，就是你旭达罕，今生别想踏进我的地方！”

“既然大哥这么看不起我，”吕鹰扬低声说着，忽然抄起马鞍上那柄横磨双刃剑，“那么就不要怪我也不顾大哥的脸面了！”

他忽地举剑暴喝起来：“杀上去，都给我擒了！反抗者，杀！”

吕贺呆了一下。他们杀气腾腾而来，只是想搜吕守愚的寨子，却没有想到真的会有冲突。听到“杀”字的命令，龙牙轻蹄的骑兵们也怔住了。

“杀！”吕鹰扬神色不变，高高举着他的剑。

他带动战马，一骑当先直冲了出去。吕贺咬咬牙，压下心里的犹疑，也猛地拔出腰刀，高喊了一声：“杀！”

龙牙轻蹄的骑兵们一起拔出腰刀，骏马长嘶，破闸之水一样冲了过去。

“我……我们怎么办？”吕复变了脸色。

吕守愚的脸微微扭曲起来，也拔了战刀，“杂种！早有杀了我们的打算吧？抓着一个机会，就忍不住了。终究还是小看了这条草里的蛇！”

他高举战刀大吼起来：“上！给人踩在头上了，还能忍着么？”

武士们的血勇被激发出来，无端被攻击的耻辱令家奴们暴怒起来，他们的脸色早已涨得通红，握着战刀的手滚烫滚烫。

“杀啊！”所有人一起举着刀暴吼。

藏身在帐篷中的文士把帘子微微掀起一丝，看着远处两拨火把挥舞，数百点亮光在夜空下分外地耀眼，喊杀的声音滚滚而来，还有羽箭的尖啸声、哀嚎声、战马的嘶吼声，两拨火把汇到了一处，仿佛蛮古荒凉的黑色大地上，有一只巨大的浑身闪光的巨兽在起舞。惨烈的拼杀在远处看去，竟有一种别样的美丽。

“真是乱离之世啊！”他放下帘子，低低地叹息了一声，盘膝坐下，把酒罐举到了嘴边。

长刀狠狠地斩向一人的面目，猩红的血随着刀拔出而喷涌，溅了吕贺一身。他甩开马镫起脚把那具尸体踹下了马背。

他狂吼一声，满脸鲜血提着战刀四顾，寻找着下一个敌人。眼前几百人混战的场面，放眼所及无不是挥刀砍杀的家奴和轻骑，战马鼻孔里喷出的热气混在一起，在干冷的夜里带着一股异样的湿热，中间混着浓郁的血腥气。

身后有马蹄声急速逼近，吕贺把腰刀转成反手，反身斜刺出去。他的老师是木犁，刀术中积累了战场上怪异的杀法。木犁支持吕守愚，却不在刀术上对吕贺藏私，这一刀“背棘”据他说从不曾在战场上失手。

手中猛地传来震动，吕贺一惊，那一刀竟然被架住了。金属的刮擦声刺耳，表示那个对手的刀还缘着自己的刀刃反切上来。

“去死！”吕贺震怒。

他膂力过人，长刀猛震，把对手的刀劲卸开。战马不及转身，可他自己一拧腰，硬生生在马背上翻转过来，带着旋转的腰劲砍杀，这是木犁刀术中最威猛的一式“转狼锋”，当用刀的人缠颈旋转发出这一刀的时候，可以不借助战马的冲力而使刀上的力量雄沛可怖。

长刀带着凄厉的啸声闪过，这样的角度和速度，完全超出了对手的预料。仓促间，他只能用刀硬封。两刀相遇，没有一般金铁交击的巨响，只闻低低的“嚓”一声，对手的佩刀分为两段。

旁边火光一闪，吕贺看清了偷袭自己的正是吕守愚。杀戮的快意从胸中升了起来，他没有收刀，再度用力，长刀呼啸着对着吕守愚的脖颈斩落。

快马从斜刺里冲过来，班扎烈的乌铁长刀自下而上斜挥出去，把吕贺的刀架住。吕贺刀一侧，缘着对方的刀锋一滑，依旧平着削出去，吕守愚在千钧一发的关口猛地俯身在马背上，长刀削断他几茎发丝，刀锋上带起的风啸仿佛鬼哭。他胯下的雪漭猛地挣扎起来，前蹄弹起，斜斜地倒地，凌乱的火光中，马颈上的血脉已经被吕贺一刀削断，喷涌的马血溅了吕守愚一头一脸。

“你的宝马，你的宝马，”吕贺的笑里满是疯狂，“我现在杀了它，你拿什么跟我比？”

“杂种！我今天饶不了你们！”吕守愚双眼里也都是血光，嘶声暴吼着。

“看你有没有命再说！”

那匹极西名马喷涌的血令吕贺的心头一阵滚烫，父亲赐下的宝马已经被他杀了，心里像是有道闸门开了，再也不必顾忌什么。他猛地一扯马缰，纵马上前一步。

“大王子！”班扎烈看出了吕贺的神情异样。

“狼锋刀”低沉地呼啸着，再次劈落，吕贺倾尽了全力。班扎烈长刀横封，刀锋一触，雄沛的力道星涌而来，长刀震颤着脱手而出。羽箭的啸声在吕贺背后响起，他肩上一阵剧痛，箭已经深入肌骨。

几十步外发箭的吕复放声高喊：“大哥快走！”

吕守愚在那疯魔一样的刀势下，浑身僵硬得不能动弹。吕贺的神情越发地狰狞，也不拔箭，只是咬着牙齿，喉咙里滚着妖魔般的笑声。刀略一回收，他再次蓄劲劈下，班扎烈不顾一切地斜扑出去，把胳膊横封在刀刃下。

吕鹰扬将自己的横磨双刃剑从一名家奴的心窝中抽出，抬头看去，前方火光中，吕贺的刀光落下，吕守愚那名伴当的胳膊横飞出去，在空中带着血花划出一条令人惊艳的弧线，落在纷乱的马阵中被践踏。吕守愚的家奴们不顾一切地冲上去，抢了这两个人节节后退，吕贺的肩上带着箭，狂啸着挥刀，带领轻骑们逼上去。

吕鹰扬呼吸着那股浓重的血腥味，黑沉沉的眼睛有如夜的颜色，在人人浴血搏杀的战场上，他静得像头蓄势的豹子。

“三王子！”一名轻骑满脸是血地驰马过来，“不能再杀了！真的伤到几位王子，大君怪罪，怎么都逃不掉责罚。”

吕鹰扬扭头冷冷地看他。

轻骑被他那不带丝毫感情的眼神镇住。吕鹰扬高举了剑，银一样的剑面上挂了血，凄冷地一闪。

“都给我上！反抗不从者杀！”他对着自己的护卫武士们放声咆哮。

“生在帕苏尔家，还想能回头么？”他在心底对自己说。

战刀下已经不知躺倒了多少人。吕复擦着脸上的血迹，握弓的手微微发颤。他们的人数还占优，但轻骑的凶悍和敏捷占据上风，自己这边完全是被压制着，背后就是吕守愚的寨子，退路不开阔，被杀红眼的吕贺逼住，想退也来不及了。

“你！”他扯了旁边的一个家奴，“出去！去九王的寨子里送信，让九王带虎豹骑过来！就说再不来，就别想再看见大王子了！”

家奴应了一身，刚要驰马退后，吕复又拉住了他。

“等等！”吕复越过众人头顶看着西边。

家奴跟着他看去，这才觉察到黑暗里隐隐有什么在耸动。他侧耳细听，惊喜起来，“难道是九王已经得到消息，赶来了？”

黑暗中传来的声音是大队骑兵在奔驰，忽然间领头的几支火把映入眼睛，一队黑甲的骑兵冲破了夜幕。北都城里的骑兵，眼下只有大风帐的木亥阳一支、九王的虎豹骑一支，大风帐衣甲尚青灰色，只有虎豹骑的精锐才是黑衣铁甲。

“真的是虎豹骑！”吕复大喜，“有救了！有救了！”

随着那支骑兵的逼近，有风扑面而来，像是刀刃在脸上割划。皂衣铁甲的骑兵竟然多达上千人，不愧是青阳部最可怕的雄兵，没有人发出一丝声音，满耳都是马蹄敲击地面的轰响。吕鹰扬心里一沉，拨转了战马带着小队人迎了上去，吕贺依旧带着大部骑兵硬攻。

“发火箭！发火箭！”吕复大吼，“告诉九王我们在这里！”

三支火箭腾空而起，对面的骑兵似乎看见了，来势更疾。前锋汇聚在一起，结成冲锋的阵型。

“真的是九王么？”吕守愚也从阵前退了下来，急喘着问。

“那还能是谁？”吕复指着前方，远远看去，吕鹰扬所带的一小队骑兵甚至没有机会停下来说话，直接就被大队的骑兵吞噬了，继而虎豹骑直扑而来。

“那轮到我们反攻了！”吕守愚吼了一声，“剩下的还有不怕死的么？都跟我上！全部擒住，一个都不准放过！”

士气被激发起来，家奴们呼啸着死冲，两翼各有几十人的小队突出，硬生生以人数的优势弯出了一个包围敌人的半月牙。转瞬间，驰援的骑兵已经接近，横冲直撞地突入了吕贺所部的轻骑中。吕守愚也带着小队家奴从正面冲杀进去。虎豹骑绝非一般的武士可比，吕守愚亲眼看过这支强兵的实力。重骑武士们根本不依赖火把，在黑暗中快速地带马闪过，敏捷有力地以刀柄撞击轻骑的头盔，或是以刀背下击马腿。只是片刻间的事情，强悍的轻骑就溃不成军。

一名武士在黑暗中驰近了他，乌铠重衣，脸上罩着铁环编成的铁面幕，似乎是领头的人物。

“你很好！”吕守愚收住了刀，“你叫什么名字？”

他没有听见任何回答。乌铠武士丝毫没有停马的意思，手中的重剑扬起，吕守愚的一名伴当根本来不及抵挡，就被对方以剑面侧击在头盔上，头盔飞抛出去，伴当满嘴吐着鲜血，从马背上栽落。

“疯了么？”吕复大喝，“这是大王子！”

对方像是根本没有听见，带着战马向着吕守愚直冲过来。他的背后，更多的重骑兵也在击溃轻骑之后转向了家奴们。瞬息间就轮到吕守愚一部面对那种可怕的压力。

吕守愚顾不得再想，挥刀上去想亲自截住那个骑兵头领。他的刀术强劲，对手的重剑也不逊色，每一击都带着霸道之极的力量，并不用剑刃，而用剑身力砸，令吕守愚的腰刀几乎脱手。

几乎就在同时，带着最后的轻骑死战的吕贺也被面前黑马上的那名剽悍骑兵震慑住。那人挥退了周围的所有人，单刀匹马地阻拦在吕贺面前，他并不高大，浑身却满是豹子般的敏捷，也不举火把，挡住了吕贺的去路。

“九王么？”吕贺已经完全不在乎死活，他狠狠地抹了抹脸上的血。

“给我死！”他咆哮着带马挥刀上去。

对方也在同一瞬间带马直冲。双马交错的瞬间，吕贺暴吼一声，伴着马力,半身一拧,“转狼锋”全无保留地砍杀出去。黑暗中“嚓”的一声,他什么都看不见,只感觉手上一轻,脖子上微微一寒,对手已经带马闪过,静静地立在他背后。吕贺战栗着举起刀,长刀只剩下半截,他的脑海中一片空白。对手就立马在他身后,长刀斜斜地架在他后颈上。

“木……木犁将军!”他滚鞍下马,跪在地下。

草原上能够这样破他的狼锋刀的人,不会有第二个人。他一瞬间清醒过来,那记对击是狼锋对狼锋,都是全力发出斩劲,谁的劲道弱,谁的刀差,就会被断刀。这个人只能是他的老师。

木犁静静地坐在战马上,佩刀“斩锋”在马侧带着一道凄冷的寒芒。

战场上的声音越来越低,方才吕贺作战那片战场刹那间全无人声,吕守愚心里不安,想要脱身而走。惶恐中,他猛地错刀,刀锋挑起,拼着让那人的剑打在肩膀上,也要一刀斜刺杀了他。这一式刀法阴诡,眼看就要得手,旁边却猛地冲过来一个人,肩膀撞在吕守愚身上,跟他一起栽下了战马。吕守愚挣扎着爬起来,才发现撞他的人竟然是弟弟吕复。

“你也叛我么?”吕守愚大吼。

“不……不是……”吕复颤巍巍地指着那个骑兵,“那是……”

周围的铁骑兵高举着火把簇拥在那人的身旁。对手将手中重剑横置在马鞍上,缓缓地掀起了细铁环编织的铁面幕。他的眸子冰冷,眼中的白翳带着慑人的霸气和萧瑟,看见他面容的瞬间,周围一片悄无声息,仿佛都冰凝住了。

“父……父亲!”吕守愚手中的长刀坠落。

马蹄声从后面传来,两骑骏马拥在大君身边,各从马背上扔下一个人来。九王扔下的是吕鹰扬,木犁扔下的是吕贺。王子们跪在那里,火把劈里啪啦地燃烧着。

“真想杀了你们啊!”大君咬着牙,仰望天空。

谁都能听出他话里那股锥心的恨意,木犁略略带马上前一步,担心他一怒之下斩杀了王子们。可是大君没有再说下去,他只是望着天空,像是一尊雕塑。

“可是我能杀你们么？”他轻轻地说，“你们的弟弟是死是活还不知道，再杀了你们，我就没有儿子了……”

“押走！”他猛地挥手。

“父亲！我还有话说！”吕鹰扬被虎豹骑揪着，依然放声大喊。

“还要说什么？还有什么可说？”

“我们不只是怀疑大哥，是真的接到斥候来报，说大哥把东陆的密使藏到自己帐篷里！阿苏勒忽然就不见了，难道不能是外来的人所为？父亲只要查过大哥的帐篷就都明白！”

“哦？”大君低下头来看他，“所以你才深夜带兵来打哥哥的寨子？”

“是！”

大君沉默了片刻，点头，“好！我就搜遍比莫干的帐篷。若是有人，我定比莫干的罪，可若是没有可疑的人，我就赶你出北都城，再也不要回来。旭达罕，你有没有这个胆子？”

“儿子愿意受罚！”吕鹰扬大吼，吕复的脸色煞白。

大君一挥手，“木犁，把这里每一个帐篷、每一寸地方都给我搜个仔细！”

虎豹骑冲破了寨子的大门，冲进了吕守愚的帐篷。无数的火把照亮了草原，火光凌乱，人影穿梭，女人们号哭着闪避，有人踩翻了火盆。

吕守愚远远地回望，想起他和九王的大军袭灭真颜部的时候，也是这样冲进妇孺的帐篷杀人，世界在骤然间就变得如此荒乱，天地倒悬，仿佛地狱。

他身边的吕鹰扬也在回望，嘴角却有一丝冰冷的笑意。

“旭达罕，你看起来真的很有信心啊。”大君低声说。

“儿子安排的斥候不会出错！”

大君忽地笑了起来，所有人都目瞪口呆地看着他。

“旭达罕我的儿子，你就是聪明，太聪明了。可是你一点都不懂你的父亲在想什么，你哥哥是不是藏了华族人又怎么样呢？难道这个时候，你还不忘记祸害你的亲兄弟么？”

吕鹰扬呆住了，他的心里一片空白，看着纷乱的人影中石头般策马眺望的父亲。一缕花白的头发从大君的铁盔缝隙中流出来，在紊乱的风中飘着，有一种别样的寂寞和荒凉。

第三章 青铜之血

阿苏勒醒了过来，他听见的第一个声音是水声，满耳的水声，像是整个世界都在下雨。

他努力地蜷了蜷手，使劲握拳，身上有了些感觉。他摸索着身下，是冰冷湿润的石地。他把眼睛睁开一丝缝隙，只有黑暗，看不见一丝光。

他挣扎着坐起来，胳膊似乎扭伤了，不住地疼痛。

他站了起来，不知道眼前的是不是幻觉，那么深邃的黑暗，仿佛这个世界上什么都没有，只有他一个人。恐惧悄悄地包围了他，他颤抖地退后，猛地撞到了石壁。他死死地贴在石壁上，双手在湿漉漉的石壁上摸到了一个个光滑的孔洞。

“这是……哪里？”他问自己。

不是因为天黑，头顶只有纯粹的黑暗，没有天空，倒像是地底。

“地底下！”他猛地清醒过来。

这样湿漉漉的石头，阴暗潮湿的空气，还有那光滑石壁上圆圆的、仿佛被水冲刷出来的小孔……他忽然间明白了，他所知的地方只有一个是如此的——北都的地牢。

安放祖宗灵位的石宫是在天然的溶洞里。很小的时候，他在烧羔节的时候跟着大君祭祖，曾有武士带他见过附近的地牢。北都城距离彤云大山的山脚不远，这座神山的山岩下，有很多深不见底、相互勾连的地穴，沿着探下去，有时候会找到可容数千人的巨大地宫，有时则会迷失在里面，永远都找不到尸体。

北都城的地牢就设在某个溶洞里，草原蛮族不善于筑屋，地洞就是最好的监狱，但武士们不让好奇的阿苏勒往深里去探，据说多数被押进地牢的人都没有活着出来。不是受不了折磨，而是在暗无天日的地方疯掉了。

阿苏勒心里最深的印象就是钉在洞壁上作为扶手的铁链，那些铁链固定在一个个孔洞里，以免行走的时候脚下打滑。

知道了自己所在的地方，他的心里安定了一些。那些骑着黑马的武士没有杀死他，而是把他送到这里来了。他摸了摸腰间，青鲨也还在。

他抽出短刀，缘着石壁摸索，摸到了冰冷的铁栏。这似乎是一个天然的石隙，简单地装上铁栏。他尝试着把头伸出去，不禁惊喜起来，他瘦小的身材刚好可以从铁栏间钻过去。

浑身忽地一轻，他已经自由了。

“啊！”他兴奋得忍不住，轻轻地喊了一声。

他立刻就反应过来，这是个愚蠢的错误，于是急忙扑到石壁边贴在上面，憋住呼吸不发出一点声音。周围还是静悄悄的，没有守卫奔过来，只有细细的水声，无休无止。还来不及庆幸，更大的恐惧狠狠地攥住了他的心，他确定了这里没有人，只有他独自被封闭在这个找不到出口的石穴里。他觉得全身的力量都溜走了，忍不住想蜷缩起来坐在地上。

被囚禁在地牢里的人多数都疯了，在别人不知道的时候化作枯骨，长满苔藓。

“我……我得走！不能留在这里！”他还是站了起来。

他尝试着沿着石壁前进，每隔几步，石壁上就有凿孔，铁链一直向前延伸。阿苏勒觉得自己还在往出口的方向移动，铁链现在变得像是一根细线，把他和外面的世界拴在一起。地下湿滑，他打了个趔趄，双腿一软坐在地下。

“休息一下，”他对自己说，“就一下。”

一丝冷冷的风在周围流动，似乎是从什么缝隙里穿过，发出低而尖锐的啸声。他觉得胸口很闷，躺下去仰头对着洞顶。

“苏玛逃掉了吧？”他想，“那就好了。”

这个念头让他心里暖和起来。自己救了苏玛，至少还有一点用。他想念自己温暖的帐篷，想念苏玛纤细而温暖的手每个晚上为他盖上被子，轻轻拂过他的额头。他忽然比以前任何时候都更能感觉到那种温存，希望苏玛就在他的身边。“要出去！一定要出去！”他咬了咬牙。

他勉力地挪动，一次又一次地去摸索下一个凿孔。嘴唇似乎被他自己咬破了，腥咸的血味在他舌尖打转。

“一百二十七……一百二十八……”他数着那些凿孔，凿孔无穷无尽地延伸下去，像是有十万百万个。

前方忽然有了光明！

他的心几乎要从喉咙里跳出来。不知道哪里来的力量，他再不用扶着墙壁和铁链，爬起来冲了过去。那些细碎的光，仿佛星星的碎片，虽然微弱，却照亮了他的眼睛。

光亮看着很近，却怎么也跑不到。脚下一滑，他猛地扑倒在地，额头上湿漉漉的，似乎磕破了。他忍着痛想再次爬起来，却呆在了那里。

他忽然发现光明不只一处，除了前面一片亮光之外，另有星星点点的细光从他背后漂浮地游了出来，正从他身边经过。

他战战兢兢地往旁边爬了几步，忽然看见了水。原来他一直不曾注意到，洞壁不远的地方就是一条地下河，难怪那哗哗的水声总是填满整个洞穴。而照亮那水的，则是几尾绿色的鱼，鱼儿身上泛起粼粼的幽光。它们聚在一起，连骨骼都透明，安安静静地悬浮着，随水流动。小鱼瑰丽的色彩令阿苏勒一时忘记了恐惧。他跟着流水前进，渐渐地前面的光也慢了下来，那是一群泛着淡淡蓝色的长尾鱼，它们不像绿色的鱼那样全身有如通透的水晶，但前额上的一颗小球透出更加明丽的光芒。

越往前走鱼也就越多，鹅黄色的、淡红色的、青莲色的，还有遍身白光、足有阿苏勒那么长的大鱼，它像是这些鱼中的帝王，静静地浮在一处开阔的水域中。鱼群围绕它环游，五色的光映在石穴的顶壁上，令人觉得石穴的顶壁也透明了，仿佛镶嵌着五彩斑斓的宝石。

阿苏勒呆呆地坐在那里，扭头看着周围。

"啊！"他惊恐地出声。

借着鱼群的微光，他看清楚了周围的石穴。背后不远的地方，乳白色的石壁上，一具长满苔藓的骷髅被锁死在那里，它的双臂缠着铁链，四支铁楔穿过手脚骨头中的空隙，将它钉死在石壁上。骷髅垂着头，牙齿残缺不全，颌骨脱落了一半，留下一个阴阴笑着的神态。

阿苏勒调转头，不顾一切地往回跑。满耳哗哗的水声似乎都变成了那骷髅的狞笑，它像是追着过来了。阿苏勒浑身都是冷汗，再也跑不动了，只能死死地贴在岩壁上，剧烈的心跳即将把胸口给撕开。

还是单调的水声，骷髅没有追过来。他定了定神，扶着石壁想要站起来，忽然呆住了。绝望整个地包围了他，这边的石壁上再也没有凿孔，他丢掉了惟一可以指示路径的东西！

他站在水边，看着眼前光怪陆离的鱼群和水流，四通八达的地下河分出不知多少支流，隐约有无数的洞口在他周围，像是蜘蛛的巢穴，又像是他的某一件东陆玩具，几面银镜拼在一起，折射出的影子层层叠叠，无穷无尽。

浑身的血都在渐渐地变冷，他想哭，可是哭不出来，他想要跳进面前的河里，可已经没有力量迈动一步。

他忽然听见一个低低的笑声，他以为那是幻觉。还没有来得及回头，有人在他的肩上轻轻推了一把。

他摔进河里，冰冷的水呛进鼻子，他从水里看上去，最后一眼看到模糊的黑影隔着水，冷冷地看着他挣扎。那个影子渐渐地胀大，填满了他的整个视线。

一切都黑了下去。

黑衣蒙面的人们打着火把围聚在一处，一片死寂。他们面前是一个由铁栏隔开的石隙，生了苔藓的干草铺在角落里，本该昏睡在上面的人却杳无踪迹。

蒙面巾上的目光透出了不安，所有人都看着沉默的首领。而首领仰头望着洞穴顶上的水滴，似乎只是在出神。

他是名极其瘦削的武士，站在那里，微微佝偻着背，像是虚弱的病人，又像是在荒野上饿着肚子奔行的豺狗，纵然瘦得肚皮贴住了背脊，牙齿却依然锋利得可以咬断任何猎物的咽喉。黑巾遮住了他整张面孔，露出来的双眼深陷在眼眶里，眼眶骨锋利地突出来，像是被一柄小刀刮去了脸上的肉。

紧张的脚步声传来，出去搜寻的武士们回来了。他们脸上的阴霾更重，不安地跪在首领面前。

“只找到了这个。”高瘦的黑衣武士呈上一条织锦带子。

首领摩挲着带子，白多黑少、锐利如针尖的眼睛细细地看过去，那是东陆产的华贵细缯，几层叠起来裁作围腰，边上用五色的丝线钩织，翻开背面，绲边旁有指尖大的字，“长生”。

“在哪里找到的？”

“水边。”

高瘦武士尽量说得短，让自己的声音不至于发抖。他不是第一次听首领说话，可每一次都觉得耳朵里针扎般地难受。首领的声音毫无感情，带着一股不祥的意味。

“谁给他下的药？”

“是我。”另一名黑衣武士近前，呈上小小的白铁扁罐。

首领接过去在鼻端打开，细微的粉末腾起，一股微辣过去，鼻子好像失去了感觉。这是蛮族最好的麻药，在战场上武士们用它麻醉身体，然后自己用小刀切去伤口边的腐肉。中了这样的麻药，一个孩子应该睡上三天也不会醒来。

“中了麻药还能醒来，真是个奇迹。柯烈的，那条河通到哪里？”

高瘦武士柯烈的摇摇头，“没人知道，也探不到头。”

武士们已经尽了全力循着地下河搜索，但是毫无结果，这条四通八达的地下河不知有多少条支流，更有许多支流直接注进地下的深潭里。这些不见底的潭水水面不大，可幽幽地泛着深邃的绿色，不知有多深，触手凉得刺骨。

溶洞里的潭水被牧人们敬畏地称为“鬼泉”，传说中死人之国就有那么一股泉水，死人的灵魂循着它的水声无意识地前行，最后不由自主地投入泉眼中。那泉眼深得无穷无尽。

水声比前一天他们来到这里的时候急了，冲过洞穴带起隐隐的轰鸣。首领侧耳听着，柯烈的伸手出去接了几滴滴落的水，水不复清澈，带着一点泥黄。

“外面雨下得很大了。”他对首领说，“雨水渗下来了，这里的河水很快就会涨起来，也许会把洞给冲塌。”

柯烈的心里觉得很不祥，二十年前也有过这么一次大雨，他从自己父亲那里听来的。那是朔北部大举进攻北都的时候，浓腥的血把地下半尺的土地都染得红黑。大雨在黑夜降临，日夜不停，像是天神把天上的神湖倾翻了。随即溶洞中涨水了，不同于平日的清澈，水里带着淡淡的腥臭，泛着红色。地下河中的盲鱼翻着白皮死在水面上，没有眼睑的鱼眼看起来森然可怖。蛮族把这种盲鱼称为“玄明”，那是神鱼，它们生来没有眼睛，却洞悉天地的奥秘。北都城中就有水池蓄养着从洞穴中捕来的玄明，它们透明的骨骼可以用来占卜星相。

青阳的人们想着是盘鞑天神要降罪给世人了，大君令使者以黄金的盘子托着死去的玄明向朔北讲和。不知是否真的畏惧这不祥的神谕，朔北部的楼氏终于奉上了自己的战旗，暴雨才停息下来。

“听说你们蛮族觉得，这是不祥的事情？”

“是。”

“是好事，”首领笑了笑，“是好事。”

“好事？”

“这场大雨会把一切的痕迹都抹掉，包括这个洞里还活着的人。青阳的世子就这么死了，谁也不知道是怎么死的，这样很好，不是么？”

“可是主子不要世子死啊，主子的意思是……”柯烈的有点急了。

“无论你们主子怎么想的，现在世子中了麻药，可是又跑了，半路上落进水里,马上水要把洞都冲垮,怎么都是活不成的。又有什么办法呢？”首领摊了摊手,“况且你们主子的心也太软了。我们劫走了世子，现在留下他，怎么都是没有用的。难道我们还真的能把他交出去，求大君饶过我们么？这里的每个人，都已经犯了死罪。杀不杀世子，都是一样的。”

他一一看着那些武士，周围又被水流轰鸣的声音填满。

“现在检查周围，把一切痕迹都抹掉。然后各人回自己的帐篷，不要走漏任何的风声。”

武士们互相看了看，不明白如何开始。

首领微微地笑了起来，“不懂么？转过去，看着我来做。”

柯烈的转过身。就在那一瞬间他听见了可怕的声音，像是蜜蜂振翅的嗡嗡声，却要比那锋锐千百倍，像是有针扎在耳朵里。他眼前腾起了一片红，那是血，他不敢相信自己的眼睛，无缘无故地，雾状的血从同伴的后颈喷涌出来，直抛到他的火把上，嗞嗞作响。那名同伴转身倒在地上，眼里是至死都不敢相信的神色。

“敌人！”柯烈的是蛮族武士中罕见的好手，他心里闪过这个念头，立刻矮身拔刀。

所有人不约而同地抛掉火把，洞穴中一片漆黑。武士们背靠背急速地聚在一处，刀锋向外。可这一切都是徒劳，嗡嗡的声音在身边每一处响起，他们根本无法确认敌人的位置。温暖而湿润的感觉从两腰传来，柯烈的清楚地知道身边的两个同伴已经遭遇了不测。三个人就这样死了，包括首领他们也只剩三人，他无从判断首领的位置。比起普通的武士，他们可以不借助火把在黑夜中杀人，可是那还是靠依稀的星月光辉，而这里是绝对没有一丝光的黑暗。

可怕的嗡嗡声从他正面传来！完全摸不清它的轨迹。柯烈的像是嗅到了自己尸体的味道，他猛地吼了一声，挥刀劈斩出去。他大吼，是告诉背后的同伴。他的刀和敌人的武器相格，无论自己死不死，总有一线的机会，或许足够背后的同伴旋身出刀。嗡嗡声到了他的喉间，柯烈的刀忽然地落空了。那仿佛是个影子，被斩中就变成一团空虚。柯烈的闭上眼睛，只觉得那股尸体的味道更浓了，彻底地笼罩了他。

“扑哧”一声，一切重新归于寂静，随之而起的是“哧哧”的低声，柯烈的后脖里传来温暖湿润的感觉，液体湿漉漉地往下流。他不能呼吸，他知道面前的那一刀没有砍到他，中刀的是背后的同伴。可是随着那一刀而来的可怕感觉像是截断了他的喉骨，他全身瘫软，刀仍在他的手中，可他全然没有力气提起武器。五岁就练刀，他的信心此刻彻底崩溃了。

短暂的寂静，却像是永远那么久。黑暗中火星一摇，火苗跳了起来，落在一支火把上，柯烈的站在四具尸体中间，心胆俱裂地看着首领静静地站在他面前。那柄有着妖异弧线、细而软的刀从他的颈边掠过，直接刺穿了背后同伴的咽喉。如柯烈的所想的，背后的同伴已经听见了他的示警，转身把马刀高举过顶，可刀还未落下，同伴已经死了。

“把他们收拾掉，扔到那个河里去，会把尸体冲走吧？”首领深陷的眼睛直直地看着柯烈的。

“为……为什么？”

首领两根枯瘦的手指伸到他脸侧，缓缓地拉起黑布，遮住柯烈的的脸庞。

“那天晚上他们露脸了。”首领的声音毫无感情，“跟着我，你们自始至终都要把脸蒙起来，可你们蛮族的人始终都不明白。你们的主子想让你们变成最好的杀手，可最好的杀手是什么，你们都不懂。杀手不是武士，不需要很会杀人，你们只需要在适当的时候一刀刺进目标的胸口就可以了。从你们选这条路开始，你们就始终不能见光。”他擦拭着刀上的血，像是擦着女人的肌肤，“在天罗山堂的历史中，不止一个杀手的代号叫做‘鼹鼬’，因为我们就像这种动物，只能生活在黑暗里，见到光，就只有死。我的老师在第一天教我的时候就跟我说了这些话，他一生只有过三次成功的行动，第四次他就死了。因为第三次行动的时候，他为了刺探情报，在帝朝太尉府下属的‘影司’面前露过一次脸，那时候他扮成了一个大夫。可是就那一次，他被记住了。”

“就这样吧，”他抛下染血的白绢，“把这些人的尸体都扔到水里去。”

“是……是！”柯烈的觉得自己的声音简直不像是人的声音。

“知道怎么跟你主子说吧？世子已经死了，知道这消息的人，也都已经灭口了，我是不会说出去的，天罗的杀手从来不会泄漏雇主的消息。要是走漏消息，就只能是你，你该知道结果。”首领在他肩膀上轻轻地拍了拍。

柯烈的软软地跪下，他忽然明白了那股尸味从何而来，首领在他肩上拍打的时候，那股味道才真正浓得可怕。

“呵呵，呵呵呵呵。”在水流的轰鸣声中，首领对着汹涌的地下河张开了双臂，他的笑声阴戾而张狂，“不祥的征兆……北都的混乱已经开始了，让人迫不及待地想知道结果啊！”

暴雨拼命地下，雨水汇成手指般粗的水流，鞭子一样抽打着地面。

今年的春天不错，马草和爬地菊都生得很好，可在这样的大雨下，草根还是扒不住泥土，草原上无处不溅着浑浊的泥水。牧民们从城外拉回了马群，收起了多数的帐篷，躲在最好的帐篷中。

大君默默地立在帐篷口，任凭细碎的雨花飘进来打在脸上。周围一片雨雾茫茫，他把目光投在雨里，久久地没有说话。

“大君……”大合萨低声道。

“派出去搜索的人都回来了么？”

“整个北都城都翻遍了，那天夜里没人出城。所有的帐篷都翻过来查了，一点线索都没有，”大合萨像是老了很多，“周围五十里都搜过了，大雨坏了事，什么痕迹都被洗掉了。”

“可是也没有找到他的尸体，对么？”大君捏着大合萨的肩膀，大合萨能够感觉到那巨大的力量，“他还活着，对么？他还在哪里活着！”

大合萨默默地看着他，不知道还能说什么。

“郭勒尔，时至今日我才知道你最爱的儿子是哪一个。”大合萨叹了口气。

大君挥了挥手，“不必说了，什么都不必说了……”

洞顶的一滴水落下，打在阿苏勒的额心，冰凉入骨。

阿苏勒猛地醒了过来。努力摇了摇头，把脸上的水甩去，觉得自己全身都湿了。他正趴在地下河的河滩上。

“我……没有死？”

河水就在身边静静地流淌，鱼儿们兜着圈子在水中游着，像是一个个流光的漩涡，荧光令他可以看清这个恢弘雄伟的所在。

放眼望去的刹那间他完全忘记了恐惧，却有种要跪下膜拜的冲动。他从未想过世上竟能有如此广阔的空间，或许有数百丈，或许千丈。他根本无法凭着自己的目力去衡量这个巨大的洞穴，站起来眺望的时候，他觉得那青色的顶壁遥遥的像是天空，尽头隐没在黑暗里，根本看不清楚。

滴水声在这个巨大的空间中单调地回荡着，颇为宽阔的地下河蜿蜒流淌，有如这片天地中的一条江河，成千上万年累积起来的钟乳岩则是这里的山脉。

搅水声忽然响起，先前看见过的那条巨大光鱼从河中猛地跃起。它似乎是深潜了许久，这时光芒四射，亮得刺眼。阿苏勒吃惊地退后一步，仰面栽倒，看见了石窟穹顶上的花纹。

那些古老的岩画是由铁锈和靛青的颜料绘制的，色彩斑驳难以辨认。阿苏勒从那些残断的笔迹中辨认出了第一头公牛，然后巨大的画卷在他面前展开，那些看似杂乱无章的线条组成了太古洪荒时代的浩瀚的狩猎图。

成群的毛象和野牛遍布洞顶每一处，体型巨大的人们仅以茅草和兽皮遮掩着下体，结队奔驰着追逐。背后的山坡上似乎是高举图腾大旗的巫师在狂舞着助阵，体态妖娆上身赤裸的女人们挥舞着动物的骨头围成圈子，其中有熊熊的篝火燃烧。绝望的动物们身上插着箭和投矛，鲜血一路滴洒，浓重的铁锈红色让人能闻见太古时代流传至今的血腥味。一匹再也无法支撑的巨大公牛横卧在地上，它痛苦地抽搐着，追上去的人们手持石斧砸向牛头。

阿苏勒手脚并用地退了出去，紧紧地靠在一扇钟乳岩上。他畏惧青色穹顶上的铁锈红色，鲜明得像是会与滴下的水融在一起，变做鲜血。

没有一丝人声，水滴答滴答地响。

过了很久他松懈下来，随之而来的是疲劳和绝望。他躺在那里，久久地动都不动一下。

“还是……要死了吧？”

他在心里低声地问自己。他想自己再也没有机会离开这里了，古老的岩画，空旷无人的洞穴，一切都像是场可怕的梦，他努力闭上眼睛再睁开，幻想自己能够看见熟悉的帐篷和苏玛清澈的眼睛，可眼前仍然还是黑暗，只有那些光鱼散发出来的荧光映在洞顶，像是五颜六色的星星在闪烁。

寒冷渐渐地侵入他的身体，他知道不能睡，可是渐渐地就要合上眼睛……

忽然一个细微的声音惊醒了他。虽然很微弱，但那个声音非常清晰，是“叮当”一声脆响，在这个单调得只有水声的地方，极其鲜明。可当他侧耳听去的时候，却又觉得只是有些变形的滴水声。

也许只是水滴到一个凹下去的石槽里，他怀疑自己是出现了幻觉。

他茫无目的地扭过头，忽然放声惊叫起来。他看见一张倒挂的人面，那双浑浊的眼睛直勾勾地看他，雪白的乱发间，人面咧开嘴无声地笑着，两行森然的白牙贴在他的脸上，像是要咬断他的脖子。

反缚着双手的洛子鄢被推倒在地。金帐的驼毛地毯厚而松软，脖子后的利刃逼得他把面颊紧紧地贴在地毯上，不能抬头。

不过这个来自东陆的年轻人分明没有屈服。他转着眼睛扫了一圈，看见四位王子和虎视眈眈的贵族们。王子们刚被放出来听审，吕守愚心中忐忑，不安地瞥了洛子鄢一眼，却发现这个大胆的华族人扯动嘴角笑了笑。

“你们对洛先生太不尊敬了！”大君的声音低沉，听不出喜怒来。

脖子上的力道忽然轻了，洛子鄢笑得越发从容。

他仰起头，看见大君盘腿端坐在铺设豹皮的坐床上，一旁立着白衣的大合萨。没有人说话，大君那双出名的、带着白翳的眼睛看着他。

“在下可不可以起来说话？”

“好，”大君笑笑，“拿开刀，给洛先生松绑。”

武士们撤去长刀，削开洛子鄢手腕上的皮绳。洛子鄢松动了一下发麻的手腕，对着大君长拜。他心里竟有些激动，他是个亡命的文人，知道最可怕的险地里面也有最难得的机会。

大君在坐床上微微躬身，“我的小儿子无故失踪，这些天一直在搜寻，还没有线索。做父亲的心里很不安，所以耽误到今天才想起洛先生的事情，实在是非常的失礼。我这些儿子粗鲁可恶，洛先生是东陆淳国的上使，还希望不要介意。”

洛子鄢拱手，“不敢，可惜不能为寻找世子出力。”

“谢谢。不过洛先生是淳国使节，应该是我们青阳的贵客，不知道为何没有来我的帐中让我以大礼相迎，却走访我儿子的营帐，引出了这样的误会。”大君的声音里平添一丝寒意，“真是令人费解啊。”

“父王，”吕守愚上前，“洛先生从东陆来，不是公务，只是私下的走访。”

“不！”洛子鄢打断了吕守愚，“一个华族人，不远千里来到蛮族的都城，不辞路上被狼吃被冻死的艰难，也不为行商赚钱，自然怀着很大的目的，绝非探望友人这么简单。不敢隐瞒，洛某北上，负有淳国太尉、昌明侯梁秋颂的差遣！”

这个文士身上忽然流露出武士临阵般的豪气，昂藏身躯，巍峨如山。

“哦？”大君挑了挑眉峰，“洛先生是使节，就应该和我见面，结交王子有什么用？”

洛子鄢上前一步，“不知淳国若想结盟贵邦，大君可能恩准？”

“洛先生还没有回答我的问题。”

“我国听说青阳欲和下唐结盟。”洛子鄢更上一步。

大君沉吟片刻，“青阳是否和下唐结盟，是两国的事，和淳国又有什么关系？”

“我国和北陆隔天拓海峡相望，交通往来远比下唐更加便利。淳国的毕止港，距离帝都天启城，不过九百里的路程。帝都的繁华，更胜于宛州十镇。天拓海峡的商路一开，岂不是一条黄金水路？”洛子鄢话锋一转，“可是有闻大王舍近求远，欲和下唐结盟。昌明侯不知是否有什么礼节不周到的地方激怒了大君，命我北上，请大王子代为缓颜。我如果贸然求见大君，或许连大君的面也见不到，是否？”

他目光灼灼，毫不在意周围人的反应，只注视大君一人。

“那么，先生是好意了。”大君微微点头，“不过青阳虽然是蛮荒小国，却注重信义。我部和下唐已经有结盟的诚意，淳国来得晚了。”

洛子鄢沉吟片刻，再上一步，“谢谢大君坦率，不过宛州固然富有，冶铁之术却比不上我们淳国。我国风虎骑兵的薄钢铠全套不过十六斤重，加上马铠，也只有四十五斤，极其坚固，耐穿刺，堪称东陆第一。如果北陆骏马加上淳国铁甲，必然更添神威。若是大王肯结盟淳国，我国每年再以风虎钢铠一千套作为贡品。如何？”

金帐里的人都吃了一惊。淳国风虎骑兵的名字，青阳贵族们也有耳闻。这支骑军仗着精良的铠甲和引种自北陆的骏马，号称东陆三大骑军之一。而淳国的炼钢技术是绝密的，纵然在淳国内，能够通晓钢水配方的不过三四人，一千套钢铠已经是骇人听闻的进贡了，何况每年一千套。

大帐中静了片刻，大君笑了笑，“昌明侯和先生的好意，我心领了。不过我们草原人终究不能做背信之人，否则又怎么能得到天神的庇佑？”

“大君……”洛子鄢还要说什么。

“来人！设酒为洛先生压惊！”大君的声音压过了他，“几位王子都在这里作陪，我还有些事情。”

他没有再给洛子鄢说话的机会，起身和大合萨一起出帐。

洛子鄢望着大君的背影，若有所思。妙龄的蛮族少女捧着烈酒和烧肉进帐，洛子鄢低低地叹了口气。

“大君，大君！”大合萨高喊着追了上来。

大君走得极快，这时忽然停下，大合萨几乎撞在他背上。

“沙翰，你是不是要问我怎么处置王子们？忽然把他们放出来，安排他们陪着东陆的人饮酒，然后就这么悄无声息地算了。”

“是啊！”大合萨愣了一下，点点头。

大君低低地叹气，“在你面前我也不怕说，杀了他们，我是狠不下这个心，但惩戒还是应该的。可阿苏勒忽然失踪，旭达罕本来是个冷静的人，忽然急着领兵去打比莫干的帐篷，下唐结盟的使者刚要来，淳国的密使不早不晚地在这个时候出现在北都……这一切的背后似乎有什么东西在驱使，事情忽然来得太多，又太巧合。那个山碧空，你觉得我们可以相信他么？”

大合萨迟疑了片刻，微微摇头，“听起来他说得很有理，我们一路南下到下唐国，也都有帝都的使者和馆驿暗中接待，但我总觉得这件事没有这么简单，山碧空这个人，不是我们可以预料的吧？”

“是的，我也是这么想。”大君深深吸了一口气，“总有一种乌云已经堆起很高的感觉，可不知道下的是什么雨，也不知道什么时候下。眼下我们自己首先不能乱。这次宁愿放纵我的儿子们，不加以惩戒，也要保证北都城内的安定。”

各怀心事的筵席很快散去，吕贺冷哼一声，跟着沉默的吕鹰扬离去。吕守愚送洛子鄢出帐，心里略有歉意。

“好险，”他说，“今天多亏洛兄弟随机应变。”

洛子鄢在席上一直沉默，此时才笑了笑，“可惜这次我的差事已经做砸了。”

吕守愚摇头，“不知父亲怎么想的，一千套风虎钢铠，这么重的礼物也能拒绝。”

洛子鄢苦笑，“其实我也只是无可奈何地试探。风虎钢铠每制一套，从选铁到打磨，至少三年之功。我国每年向帝都朝贡，也只有五十套钢铠，供羽林天军装备。若说一千套，就算禁军的兵器坊全力以赴也是赶不及的。”

“试探？”

“试探大君和下唐结盟的决心。”

“怎么说？”

“大王子，尊父大人到底为何要和下唐结盟呢？”

吕守愚沉吟了一阵子，“为了船。只有获得战船的技术，我们才能不畏东陆海上的大军。虽然父亲没有明说，但是我想，我们蛮族的造船之术低下，若是得到宛州溟洋船厂的狮门斗舰……”

“狮门斗舰固然快捷强劲，可是我们淳国的铁鲨楼战船也是东陆海上少有的，不要说狮门斗舰，就是羽人的木兰长船遇见我国的楼战船也不敢掉以轻心。”

“说得是。”

“我苦思不解的是，为何大君会舍近求远，不惜触怒我们淳国，却要和远在大陆之南的下唐结盟。无论是通商、购买兵器，乃至……”洛子鄢压低了声音，“有意越过天拓海峡图谋更大的国土，我国都是比下唐更好的盟友。大君不是糊涂的人，这么做，一定有什么别的原因。或者还有什么别的势力，也参与其中了。”

“别的势力？”吕守愚吃了一惊。

“我也说不清楚，”洛子鄢摇头，“我在昌明侯的幕府中，素来都是担当和青阳接洽的事务。这四年来，我国力图和青阳结盟，可每次都无功而返。我隐隐约约总觉得有人下手在前，暗地里阻挠我们，不过这人就像个影子一样，完全无从捉摸。你只能感觉他在那里，却永远查不着他的痕迹。”

“洛兄弟说的我不全明白，”吕守愚思索着，“不过下唐这次即将回访的，是三军统帅拓跋山月。他父辈是我们北陆九煵部人，是不是他说动了父亲？”

“拓跋山月名列东陆四大名将，不过再怎么，他只是一个武士而已。”

“那还能是谁呢？”

“下唐那边，除了拓跋山月，就是国主百里景洪和武殿都指挥息衍。息衍和拓跋山月同为东陆四名将，名声还在拓跋之上，不过息衍和拓跋不合，若是息衍居中主持，那么出使的人就不该是拓跋。而百里景洪虽然是贵族公爵，不过我看这个人还不像有那么深的心机。”

“那还能是什么人呢？”

“猜不透，算不出，”洛子鄢袖着手，面对着夜色中的金帐，“不出面，却可以促成这次南北之盟，真的有这个能力的人，莫非只有天启城太清宫上皇帝陛下？”他随即苦笑，“可是皇室又为什么要安排自己的诸侯勾结北陆呢？”

两人立在金帐门口，沉默了良久。

“我再留无益，这就返回淳国了。”洛子鄢离去前多看了吕守愚一眼，“大王子千万小心，幕后的这个人，想起来真令人畏惧啊！”

阿苏勒惊恐地往后退去，一脚踩进水里。

偌大的石穴中回荡着诡异的笑声，“呵呵，呵呵，呵呵哈哈，嘿嘿嘿嘿……”

像是千百人隐在钟乳石后一起大笑，可是真正笑的人只有一个。他倒吊在那里，仿佛古林深山的老猿，须发像是一辈子都没有修剪过，倒垂下来，里面密密匝匝生着青苔。他双手抓住两根细长的铁链，凌空倒翻起来，也不知道用了什么办法，静悄悄地垂落在阿苏勒身后，仅有的一点微声来自铁链和钟乳岩的摩擦。

在这里见到人本来是件令人惊喜的事情，可阿苏勒的心里满是惊骇。乍一看去，根本分不清那是人还是野兽。他全身几近赤裸，只有几片腐朽的兽皮缠在腰腿上，全身被荧光映得莹莹呈碧绿色。看起来他已经很老了，可是凭着两根细细的铁链倒吊自己，这种力量绝非一般人能有的，他裸露出来的躯干异常地瘦削坚实，一丝丝肌肉像是铁绳一般紧紧地拧结起来。

老人发疯一样大笑着，笑声尖锐刺耳，像是有根针在阿苏勒的脑袋里划着。

他扭头想越过那条河逃走，笑声却骤然消失。石穴里又恢复了寂静，阿苏勒只听见自己踩水的哗哗声，似乎这里只有他一人。他觉得自己是遇见了鬼魂，他不敢动，觉得自己像是一个纸娃娃，被捏在妖怪的掌心中。

他忍住恐惧，一点一点地扭过头来。老人已经双脚着地，安安静静地站在他背后，他的双目变得温和有神，凝视着阿苏勒，白须覆盖的嘴边似乎还有一丝笑意。

许久，老人向他伸出手，手心里是一块金黄色的烤馕。

阿苏勒的视线被死死地抓了过去，肚子咕噜叫了一声。

阿苏勒咽下最后一块烤馕，捧起河里的凉水漱了漱口。不知多久没吃东西了，烤馕吃进嘴里，好吃得令他差点咬掉舌头。

他初拿到那块烤馕的时候，还怀疑这是妖魔的幻术，不过是塞给了他一块石头。这样金黄酥脆的馕，里面还裹着胡椒、肉干和茴香，只在金帐宫里才有。他吃了第一口，就再也忍不住，哪里还管它是不是石头变的。

老人蹲在距离他不远的地方，一块一块馕抛过来，直到最后一块。他拍了拍手，意思是说没有了。

阿苏勒摸了摸肚子，肚子吃得滚圆，他环视周围，老人像巨猿那样蹲在远处的钟乳岩边，痴痴地看着洞顶反射的荧光，偶尔呆呆地一笑。他那双大手上，蜷曲的指甲比手指还长，被他翻来覆去地咬，残缺不全。

两根细铁链连着他手上的重铐，另一端钉进岩石中。铁链颇长，老人能在二十尺内走动，却走不出更远。

阿苏勒计算着距离，缩在他碰不到自己的角落里，小心地观察他。老人察觉了，也扭头来看他。两人就这么沉默着，河里的水哗啦一声，那是大鱼在接近河面的水中打了个滚。

“爷爷，我吃完了。”阿苏勒小声说。

老人对他招了招手，意思是让他过去。阿苏勒犹豫地看着他双腕的铁链，脚下迟迟不动。

老人咧嘴露出白森森的牙，比了一个咬噬的动作，而后指了指阿苏勒身后的地下河。他忽然跷起自己的脚，阿苏勒心里一寒，老人左脚的前一半脚掌都已经没有了，像是被什么东西一口咬去了。

那条安静的河在他眼里忽然变得充满危机，他颤抖着接近老人。老人浑浊的双眼中透出赞许，他点了点头。

“爷爷，”阿苏勒大着胆子说，“你怎么会在这里？”

老人的眼睛跟着他转动起来，仔细看去，老人那双白多黑少的眼睛里竟是一片空白，像是鱼眼那样毫无生气。可这对死鱼般的眼睛跟着阿苏勒转来转去，不由得他不怕。

阿苏勒强忍住恐惧，“爷爷，我想回去……你知道怎么出去么？”

依旧没有回答，虽然他已经近在咫尺，老人还是那么木愣愣地看着他。

阿苏勒失去了和他说话的信心，想要退回去，老人忽然摇了摇头。

“出……出不去么？”阿苏勒心里一寒。

老人肯定地点头。点着点着，他的眼睛像孩子那样灵动地转了起来。也不知他是如何发力的，居然由蹲坐直接转为凌空翻身。他落下来的时候双手倒立，嘴里呵呵呼呼地狂笑，发出猿猴一样的声音。

阿苏勒被他的疯态吓坏了，却不敢动，只能呆呆地看着他翻来覆去地闹了很久。老人忽然又安静下来，恢复了温和的神态，对着阿苏勒默默地摇头，双眼中似乎带着怜悯。

阿苏勒腿一软，无力地坐下，看着老人的胡子和头发还有那身朽烂的兽皮，心里满是绝望。

“爷爷……你在这里，很久了么？”他低声问。

老人呆呆地看着洞顶，再没有动静。

没有日光，分不清昼夜。

也不知多久，疲倦涌了上来。吃饱了也就不冷了，阿苏勒找了一块高而干爽的地面躺下。他仰头看着洞顶，微弱的荧光像是星光跳跃，他想着自己也许再也见不到外面的天空，眼泪在脸上流着流着就干了。他像小猫一样蜷缩起来，睡着了。

他再次醒来的时候，是被叮叮的敲击声惊醒的。他跟着那声音摸索，回到了河边。绕过一块巨大的钟乳岩，他看见老人正蹲在一块光亮如镜的石壁前，手持一块尖锐的石头，在石壁上叮叮地砍着什么。

“爷爷，你在做什么？”

老人不回头，只是闷着头一下一下砍着。阿苏勒小心地凑过去，才发现整个石穴的壁上，无处不是白痕，每五道勾在一起，密密麻麻地刻满整面石壁。他点数着那些白痕，越数越绝望，最后像是脱力那样一屁股坐在地下。

他不知老人是怎么计算时间的，但若是每一道痕迹代表一日，这里的痕迹不下万道，差不多是三十年。老人已经在这里待了三十年！

“假的！假的！”他大喊起来，“不会是真的！你有馕，你有馕！”

他忽然想了起来，在这个暗无天日的地方怎么会有精致的烤馕，哪里长的麦子？又在哪里生火烧烤？

“假的！假的！你的馕从哪里来的？”

随着他的叫喊，老人竟也抛掉了石头大叫起来，他像老猴那样双手撑地蹦来蹦去，发疯一般擂打着石壁。那块光亮的石壁敲上去发出战鼓般沉雄的轰鸣声，几乎要把阿苏勒的耳朵震聋。

老人的吼声和石鼓的轰鸣声混在一起回荡，像是不知名的远古巨兽在吼叫。

阿苏勒呆住了，不是因为害怕。他怔怔地看着老人，只觉得他的疯狂中有着无法宣泄的悲怆。

轰隆一声巨响从背后传来，阿苏勒惊得猛一回头，看见不远处的石壁震动了一下，似乎有什么东西从里砸了过来。老人不敲击石鼓了，手足并用地奔向石壁，铁链的长度刚好足够他到达那里。他伸手一拉，两尺见方的石壁被他掀了起来。那是一块锈迹斑驳的铸铜方板，背后是幽深的黑洞。老人从黑洞中提出一只铁盒，将整个铁盒抛在地上，铁盒铛铛地滚了出去，圆圆的、金黄色的烤馕跟着铁盒一起滚。

阿苏勒战战兢兢地走了过去，老人掀着那块铜方板等着他。他向那个深深的黑洞里看去，不知多深的细长石道通向看不见尽头的上方。

“这是……”他听见自己的声音在细细的石穴中回荡着送了出去，仿佛很多人一起喊，“这是……这是……这是……这是……”

他明白了，这是一个牢笼。

雨蒙蒙的草原上，轻装骑兵们艰难地挺进着。

接连下了那么多天的大雨，放眼看去，无处不是灰茫茫的一片，辨不清东西，甚至早晚都分不清楚。罩着麻布的铁鳞甲被洗去了油，透出浓重的铁锈味，腰间的佩剑一歪，就倒出一泼酸涩的、带着铁锈的雨水。今天雨终于小了些，可土地依然是泥泞的，马蹄踩上去打滑。多余的辎重都已经丢在半路上了，人马还是疲惫不堪。

领头的武士并不披蓑衣，举着自己黑色的大氅挡在头顶，雨沿着他浓重有力的眉毛汇成一道滑落，渗进刀刻般的皱纹里去。

年轻的副将策马靠近他，“将军，还是扎营歇歇再走吧！顶着雨走了这么些天，兄弟们都累得不行，不扎营歇息，只怕再过两天就顶不住了。”

将军没有回答，却从马鞍的侧袋里摸出了一个绛红色的锦囊，抖开来，是一面旗帜。他将旗帜递给了副将，“雷云孟虎，把它挂起来，我们已经到了。”

“已经到了？”雷云孟虎惊讶地瞪着眼睛。

踏上北陆瀚州的土地，他们走了足有一个月之久。这场豪雨让他们一路艰辛，沿途除了偶尔遭遇的小队牧人，连个村落也看不见。不下雨的时候也只能看见铁云压顶的天空。跋涉在这里，会怀疑传说的蛮族王城是不是真的存在。

雷云孟虎不明白面对这片茫茫的雨幕，将军何以有这样的信心。

他还没来得及将旗帜捆好在自己的枪杆上，战士们中已经爆发了欢呼声。他扭头看去，铁灰色的云层中有一片近乎透明，亮得令人心头一喜。很快地，阳光从那个云缝中透了下来，缺口迅速地扩大，高空中似乎有股疾风正驱走乌云。

骑兵们惊讶地看着这片变幻莫测的天空，雨不知道什么时候停了，水洗般的碧蓝色在天空的一隅出现。

“彩虹！彩虹啊！”一名骑兵大喊。

真是一道半弧形的虹，从那一隅碧蓝色直贯到远方的地平线。那样纯净的颜色，梦幻般悬在半空，东陆的虹从不曾美得那么令人惊叹。

“这里看见彩虹，很美吧？”不知何时，将军已经策马到了他身边。

“是！以前都没见过这么长的虹。”

“北陆就是这样，”将军笑笑，“一切简简单单。一片绿草，满眼都是绿的，天晴的时候，仰头都是蓝的，一道彩虹，半天都是它的颜色。不像东陆楼宇相连，哪里看去，都满是人。”

“有山！有山啊！”又有骑兵高喊起来。

令人不敢相信自己的眼睛，当阳光笼罩了这片尚且泥泞的草原时，一座笼着云雾、接天而起的大山出现在他们背后。阳光照在山顶辉然泛着金色，云在靠近山顶的地方游荡。他们冒雨跋涉这么久，从未想过竟是从这座巍峨庄严的大山边擦过，此时忽然看见，有如神迹一样令人赞叹。

“是彤云大山，”将军说，“我们蛮族心中的神山，神山下的草原是朔方原，我们已经到了。”

他顿了顿，放声高唱起一首歌谣。他的声音说不上清澈悦耳，甚至有着撕裂的感觉，但上接天空，穿云裂石，在天与地间回荡。

雷云孟虎高举起那面刺绣着金菊花的大旗，旗帜在风中招展，一时间所有人都安静下来。歌声把每个人的心神带回这片大地辽远的古代。将军唱完，余音久久不绝。战士们都拥了上来。

“拓跋将军，是蛮族的歌么？”一个百夫长感慨地问。

“是啊。银羊寨的歌，要是翻译成东陆文字，是说……”拓跋山月斟酌了片刻。

“千里彤云山，并跨日与月。

天女倾银瓶，流出雪嵩河。

神山做天柱，雪河饮神马。

骏蹄飞踏处，寸寸碧草生。

山神啸云间，常闻虎豹声。

男儿生来铁筋骨，跨我骏马兮，向远方。

天河水如乳，育我万千人。

女儿生来唇抹朱，牧我银羊兮，守故乡。”

“这是蛮族的歌么？”一名骑兵露出谄媚的笑容，“蛮族的歌，真是辽阔豪放，小人们第一次听见，觉得东陆的诗歌，真是差得远了！”

雷云孟虎露出一分讥诮的笑。身为蛮族的拓跋山月将军最初在下唐饱受东陆士族的白眼，连士兵也不服他，而如今他身居高位，连蛮族的诗歌也被人赞到了天上去。

拓跋山月却只是淡淡地笑笑，出神地望着彤云山，“其实这歌，你们终究也不会懂的。”

“来了！来了！”守望的骑兵疾驰过来，挥舞着手臂大喊。

拓跋山月猛地转身，“列队！”

天地尽头，呼啦啦忽然涌现出近千柄白色的大旗，仿佛天云降下，在草原上翻滚涌动。

战马低低地打着响鼻，白色大旗在湿润的风中翻滚，两军隔着百步的距离对面停住。

虎豹骑好奇地望着那些甲胄精良的东陆战士，虽然在风雨中艰难跋涉了那么久，他们身上手工锻造的鳞甲依旧反射着剑一样的森然光芒，沉重的铁盔上洒下了黑色的长缨，一直延伸到鼻尖，保护了整个面部。

猩红的金色菊花大旗下，黑马上端坐着魁梧的武士，他笼罩在沉重的铁铠中，像是整个用黑铁锻打出来的。

整整四十年，东陆的军队不曾踏上北陆草原。蛮族武士们既鄙夷这些华族人的怯懦，也警惕着他们精良的甲胄和刀剑。虎豹骑的父辈多半曾在四十年前那场战争中出战，如今见到当年的仇敌，心里都隐隐地不安。

东陆战士们的心里则是惊惧。对面浮云一样的上千面大旗下，立着那么多胸阔腿长的健马，一色的漆黑，高出东陆战马一尺。战马在蛮族骑兵的驾驭下仍旧不安地翻着蹄子抖动马鬃，乍看去那片马潮翻腾着，像是随时会以山崩的姿势发起冲锋。雷云孟虎舔了舔下唇，觉得喉咙发干，夹马的双腿有些虚软。他是军旅世家的后人，长辈们说起风炎皇帝北征，少不得说起这些披挂着粗铁环甲的蛮子，他们发疯一样呼吼着插入皇朝大军的两翼和阵后，挥舞马刀砍杀，像是人人都不畏死，射倒一个又有一个扑上来，东陆名将们毕生都没有听说过这样的战法。

远不是两国交欢的热烈场面，草原上只有战马的低嘶，此外竟是别样的寂静。

“大君，我们是主人。”大合萨压低了声音。

大君默默点头，正要带动战马，却看见对面阵前那匹黑马上的武士跳下了战马，解去了头盔，抛下了大氅，一步一步踏着泥泞的草地走来。

大君有些错愕，眯起眼睛打量着对方，见他脸侧刀削一样整齐的两撇颊须，一头带着褐色的花白头发，用一截皮绳束起。除去那身重铠，他不像东陆的使节，却像上了年纪的虎豹骑武士。

“大胤朝所属下唐国三军大制司、唐公爵百里公钦使拓跋山月，参见北陆大君、青阳国主。”武士恭恭敬敬地单膝跪下，腿没入泥泞中，他毫不介意。

百步外东陆武士们争相下马，扯着马镫单膝跪倒，惟有那名持旗的副将不跪，他双手举起，猩红色的大旗上，金线所绣的菊花亮得耀眼。

大君猛地醒悟到自己面对的人是谁，他立刻下马，矮身扶住拓跋山月的胳膊。

拓跋山月并未起身，而是从贴身的甲缝中取出了一只青灰色的鲨鱼皮袋子，解开袋口的封绳，将火漆封缄的卷轴高捧过头顶，“唐公爵的手信，拓跋山月带到了，没有辜负百里公和大君的期待。”

大君扭头示意，青阳的传译疾步上前接下，缓缓展开，清了清嗓子：

“呈北陆大君、青阳国主座下：

夫万载之远，天地之分，无九州七海之谓，世间诸族，本骨肉之无间，交相亲爰，同涉沧桑。

百代之遥，神帝立国，无三陆华夷之隔，普天万民，皆兄弟之共融，平安谐乐，共辅英主。

天下何以裂分，兄弟何以征战，人心何以背离，东陆北陆血肉之亲，何以竟成寇仇。吾每思及此，常自扼腕。

……”

没有人敢出声，这些繁文缛节蛮族武士们乃至大君本人都听不明白，不过文书朗朗的声音在广阔的草原上远远地送了出去，将战马的嘶鸣声也压下了。从辞意猜测，再不是以往东陆皇朝剑拔弩张的威压，而是东陆北陆之间亘古就罕见的善意。大君侧眼打量着东陆使节，最后目光落在他脖子上，那里用皮绳挂着一面小小的银牌，看着竟然有些眼熟。

“……愿两国自此如兄弟手足，永为和睦之邦，教化万民，传至千载。人胤朝下唐国公爵百里景洪手书奉呈。”

文书朗诵完毕，又将卷轴呈还给大君。大君将卷轴高高举过头顶，短暂的沉默后，贵族和武士们一起高呼起来。

拓跋山月起身。锦衣小袖的奴隶们从队伍中迤逦而出，长而厚软的羊毛毯卷开来一直铺到他的脚下，奴隶们在毯子两侧安置小桌，桌上铺开华丽的细缯，架起了烧烤全羊的火堆，浓烈的酒香远远飘来，大坛大坛的蛮族烈酒被揭开了锡封。

下唐武士们从未见过草原迎客的大场面，一望无际的蛮荒之地忽然就被美酒和丝绢围成了欢宴的场所，虎豹骑的武士们撤了下去，年轻的女奴们恭恭敬敬地请他们入座，所见都是笑容，他们心中的不安稍稍退去，每个人都有些兴奋难耐。

“大君的盛情，真是叫人感激不尽。”拓跋山月躬腰行礼。

“一些小小的款待，又怎么比得上拓跋将军带来的厚礼？”大君又一次扶起他，“百里公爵的信，是什么礼物也比不上的，我们蛮族等着和东陆上国的朋友忘记仇恨、一起坐下喝酒的一天，已经等了很久。”

拓跋山月和大君并排在主座坐下。

“为东陆上国的钦使和兄弟举杯！”大君高举起银质的大杯。

贵族们一起举起了银杯，下唐武士们也跟着举杯，杯中蛮族的美酒呈淡淡的青色，隐隐有梨子一样醉人的香气。所有人一齐将杯中的美酒饮干，所有的下唐武士都愣了一下，脸色涨得血红，几个人趴在桌上，不停地咳嗽起来。

“哈哈哈哈……”大君的笑声高亢爽朗。

雷云孟虎坐在拓跋山月旁边，双手用力卡着自己的脖子，只觉得从嘴巴到胃里，都像是火在烧，那酒竟像是要把五脏六腑都烧穿一样，大君的笑声令他勃然生出一股怒气，却说不出话来。

拓跋山月瞟了他一眼，“也要学人喝这么大杯么？古尔沁的烈酒，又怎么是你们能够放开来喝的。”

“为我们的东陆客人们送酒。”随着大君挥手，年轻的蛮族少女们从各处拥到了中间的毯子上，她们穿着烈火一样明艳的马步裙，鹿皮的小马靴，披着洁白的长纱起舞，笛子和小鼓响了起来，少女们且歌且舞，两袖的白纱扬上了天。

舞蹈和歌曲分去了下唐武士们的注意，酒的烈性似乎也慢慢地淡去了，又有奴仆上来捧着烤好的羊肉和北陆难得的新鲜水果劝酒。下唐武士们学会了小口小口地喝着青阳烈酒，新烤的羊肉也不膻，嚼着隐隐的有股甜味。雷云孟虎是这次出使的副将，他心里不断地提醒自己绝不能在这样的场合醉酒。可是渐渐地，所闻所见都是欢腾的景象，少女们的笑容仿佛阳光一样照人，劝他喝酒的奴仆又额外地卖力，他也无法推拒，喝到后来他只觉得酒意冲上了脑门，眼前蒙蒙眬眬的都是少女们袖子上的白纱起落，对于蛮族最后一丝警觉也在酒意中溃散，不由得跟着乐曲就打起了拍子。

大君一再地举杯痛饮，青阳的贵族们也只有跟着干。蛮族的酒量远不是东陆武士们可以比的，可是整坛整坛的烈酒不断地呈上来，贵族们的醉意也越来越浓，每个人脸上都浮起酡红。

大君扫视着周围，将银杯不轻不重地放在了桌子上。

“铛”的一声，拓跋山月也转过头来，两人的目光都是格外地清明，没有半点醉意，在欢宴的场面中，显得有些突兀。

“我们和东陆的朋友打了这么多年仗，难得这样放开怀痛快地喝酒，看到这样的情景，真是开心。”大君移动坐垫，改为和拓跋山月面对面。他微微地躬腰行礼，谦恭有礼的姿态完全像是东陆世家的贵族，拓跋山月心里微微动了一下，知道这位蛮族之主曾在这些事情上花过很大的心思。

“古尔沁的美酒，还像当年一样的烈。”拓跋山月按着胸口，以蛮族的礼节回应。

大君和拓跋山月都笑了起来。同是放开了痛饮，大君和钦使醉得慢，并不是酒量大，拓跋山月第一口喝下，就明白自己和大君桌上的酒掺了一半的水。青阳的古尔沁烈酒，是东陆也闻名的青阳魂，真的喝起来，铁打的汉子也扛不住。

“早就听说拓跋将军也是我们蛮族的汉子，应该能理解我的做法，能坐下一起喝酒的，就是朋友了。这样的机会百年也难得，我们青阳愿与下唐国从此结为万年之盟，是诚心诚意的。以往有过什么仇恨就一把都抹去，盘鞑天神在上，见证我的诚心！”大君举手指向天空。

“我们下唐的诚意，天地为证，如果有所欺瞒，鬼神都不能饶恕。这是敝国主私人送给大君的礼物。”拓跋山月弯腰趋前，从贴身的甲缝中取出一个锦包，隐秘地呈上。

大君解开那只绣金的红锦小包。一枚晶莹剔透淡蓝色玉印躺在红锦中，触手冰凉，有如一块清冰，其上雕琢为盘踞的龙，身后扬起的双翼脉络也清清楚楚，张开的龙嘴中，含了一粒黑色的珍珠。大君将手托在玉印后，隔着三寸的玉石，竟然可以看清自己的指纹。他不动声色，最后翻过来看了看印文，这才露出一丝淡淡的笑意，“百里国主以这么珍贵的印石送给我，不知道何时才能用上。”

拓跋山月恭敬地拜了一拜，“东陆战祸频繁，敝国主忧心忡忡，眼看黎民受难，可惜国小力微，无从拯救。仰慕青阳铁骑的英武，于是有了这番结盟的诚意，快则五年间，慢则十年间，大君必将越海称霸，彼时若是这枚玉印有幸印在大君的军令上，就不枉费我们国主的一番深意了。”

大君直视他的双眼，透出耐人玩味的神情，手指拨弄着那枚玉印，久久地并不说话。拓跋山月正对他的目光，也毫不闪避。两人一起笑了起来。

大合萨隔着很远，就像是大君和东陆使节把酒言欢，可是在场的人谁也听不清他们说着什么。

“来，拓跋将军看看我的儿子们！”大君放开了声音。

王子们闻声离席，并排站在主座前，拓跋山月也站了起来。

“这是我的大儿子吕守愚·比莫干，掌管我部的军令和祭祀，已经二十四岁了。”

吕守愚按胸行礼，“拓跋将军好。”

拓跋山月回礼之后，回顾自己带来的下唐武士们，雷云孟虎已经醉得趴在了桌子上，好在总有一个酒量大的亲兵，跌跌撞撞地去马背上摘下了行李，捧出一个白色绫子包裹。拓跋山月解开绫子，周围的人一齐惊叹起来，里面是一支玉石的笛子。北陆不产玉石，都要高价从东陆购买，可谁也不曾见过这样没有一丝瑕疵的玉石笛子。它衬在白绫中，和绫子的颜色区别不开，只在末端系了红色的流苏，就那么一缕红，却红得华丽之极。

“小小的礼物，曾听合萨说大王子喜欢音乐。”拓跋山月把笛子捧上。

大合萨心里凛然，只在下唐的太常卿面前略略地提过，都被下唐的文书记录在案了。吕守愚接过笛子，惊叹着摩挲起来，分明是很喜欢这件礼物。

“这是我的二儿子吕复·铁由，铁由已经二十一岁了，跟着他哥哥一起办事。”

拓跋山月这次捧上的是一匹素色的锦纱，蛮族不善纺织，锦纱也是价值不菲的礼品，不过相比赠给大王子的玉笛，总显得普通了。

拓跋山月捧了上去，轻轻地摊开，“这匹美人青，是我们东陆最华贵的织锦。这种青色的染料，从花瓣上取得，据说几十亩的花色不够染一幅美人青的织锦。织工称为三重羽，虽然轻薄，却有三重羽毛的纹路织在其中，一个织娘一年也不过织几尺。宛州如今已经买不到这样的织锦，宫中存有最后一匹，国主愿以此薄礼为赠。”

随着他轻轻一抖，那幅轻薄的锦纱有如一道青色烟气那样四散开来，随风抖动的时候，一重一重的羽纹飘忽莫测。吕复呆了一下，急忙矮身去一揽，生怕锦纱扫在了地上。拓跋山月微微一笑，交到他的手里。

“这是我的三儿子吕鹰扬·旭达罕，”大君再指，“旭达罕二十岁了，是我最聪明的儿子，他管着部落里的放牧和文书。”

“久闻了。”拓跋山月从亲兵那里接过了礼物抖开，一件银色的软甲暴露在人们的面前。那是一件极轻极薄的甲胄，表面泛着珍珠一样的光泽，随着风来，竟然像轻衣一样震颤。

“世上只有洛族的工艺可以铸成这样的贴身甲，材料是洛族不外传的珊瑚金，每一枚甲环都只有粟米粒大小，光是穿成甲胄就要费五年的时间，要想刺透它，可是难了。”拓跋山月呼地转身，从亲兵手上拔出一柄利刃，众人惊得退了一步，拓跋山月将软甲搭在自己的胳膊上，用力一刀斩下。王子们也惊得失色，拓跋山月一出手，刀上带着一阵犀利的低啸，是极大的力道，就算是一件纯钢的硬铠也难保说不被斩开。可刀落在那件软甲上，像是砍中了涂油的硬钢，稍微一侧就滑了出去，甲面上没有留下痕迹。

“希望这件铠甲，可以帮得上三王子。”

吕鹰扬赞叹着接过，触手才感觉到那件软甲表面像是珍珠一样滑，手几乎捏不住。

“这是我最勇武的儿子吕贺·贵木，他的年纪只有十六岁，可是刀法比哥哥们都好，是我们青阳部的小豹子。”

拓跋山月把那柄刀在手中一横，上前一步奉上，对十六岁的少年，他的礼数也是整齐的，一如对他的哥哥们，“青阳部最勇武的王子，敝国主也听过这样的传闻，今天我第一眼看到了四王子的刀，就知道这不只是传闻。”

“我的刀？”吕贺诧异地摸着腰间的刀柄。

“这样雄伟的战刀，定是狼锋刀吧？能够学会木犁将军最强的刀术，当然是狮虎一样的勇士。”拓跋山月低头捧着刀，“就请以这把刀，助四王子的威武。”

吕贺上前一步，双手探出去接刀。

“四王子小心！”拓跋山月喊了一声。

吕贺的手却已经摸到了刀身。拓跋山月那一声喊出来，他的手指已经在刃口上拂了拂。他也品鉴过许多好刀，只要摸摸刃口，就能觉出刀质。可是一触这刀的刃口，像被蚊子在手指上叮了一下，他急忙缩手，一滴鲜血已经留在刀刃上。他发愣的时候，那滴血从刀身上缓缓滑下，一丝痕迹也不留下。

“好一把快刀！”大君也赞叹。

“这是狮子牙。虽然算不上什么名刀，但一直是敝国主的爱物，拓跋平生见过的刀，没有超过它的。”拓跋山月从怀里掏出手巾和刀一起递过去。

吕贺接了刀，手巾却落在地上，分为两半。他惊叹着凝视刀锋。吕鹰扬也不由得去看自己手里的软甲，这样一柄利刃竟然也无法砍伤洛族的珊瑚金铠甲。

“拓跋将军准备得很仔细啊，”大君淡淡地笑，“这四件礼物真是再合适不过的。”

拓跋山月正从亲兵的手里接过最后一件东西，也是一个白色绫子的包裹，闻言微微愣了一下，大君这么说，似乎就已经结束了。

他迟疑了一下，环视周围，“世子殿下不在这里么？敝国主也为世子准备了一份薄礼。”

周围忽地静了起来，大合萨扭过头去，大君愣了一下，抬眼望着远处。片刻，他收回目光，摇了摇头，“感谢百里国主的厚意，可惜阿苏勒看不到这份礼物了。他已经不在了……不知道百里国主带给阿苏勒的是什么？”

拓跋山月沉默了一刻，解开了白绫，这次只是一片简简单单的白玉版，四指宽，书页般长，其上镌刻着难解的文字，文字中填有朱砂。

“听说世子身体不好，想不到会早夭。这是敝国的长生符，是世子所用的礼器，被立为世子的，则请秘道大师制作玉制的长生符，以倾国的吉运保佑世子，延续国祚。这是敝国世子百里煜殿下童年所用的长生符，国主说煜世子也是年幼时候身体虚弱，身怀这件礼器后鬼神不敢侵，身体渐渐好了起来，如今已经有如常人，所以……”

大君接过玉版，轻轻抚摩了一会儿，放进袖子里，“感谢国主这番心意，可惜阿苏勒是个没福的孩子。”

光鱼们翻动水花的声音在黑暗中响亮得刺耳。

阿苏勒仰头看着洞顶，摸了摸凉得发木的双臂。他蜷缩在钟乳石后，侧着身子探出去窥看。老人悄无声息地躺在地下河的河滩边，一只光着的脚浸在冰凉的河水中。

阿苏勒不知道他想做什么。他刚才看见老人拿了一片锋利的碎石将脚趾割破，一丝鲜血随着河水悄悄地弥漫开去。

在没有日光的地方，他已经记不得时间过去了多久。这些日子他的心里全是空的，像是已经无力去想了。每隔固定的时间，就会有铁盒装的烤馕从那条黝黑细长的甬道里落下，地下河里有的是水，他不知道自己这样能活多久，也许像老人一样，许多年也不死去。黑暗里他时睡时醒，有时能够感觉到老人低沉的呼吸声在钟乳石后起伏，有时老人又会像猿猴那样在周围游荡，影子飘忽。

那些光鱼不知怎么都沉到河底去了，洞穴里越发暗了，老人还是静静地躺在那里，令人怀疑他已经死了。阿苏勒抽出怀里的青鲨，将刃口搁在腕脉上。刀刃上像是有一丝冰气悄无声息地透进身体，他全身一颤。他知道只要再用那么一分力，这柄锋锐的名刃就会割开他的腕脉，滚热的血冲在刀刃的寒气上，一切就都不必想了，在这样的地方没人会为他止血，许多年后人们启开地牢，只是一具个头不高的枯骨，谁也不会知道他曾是世子。

静了许久，他把刀子挪开，怔怔地坐在那里。刀柄上缠着墨绿色的绸子，像是女孩儿细嫩的肌肤，绸带交织的地方编着方便掌握的花结，那是苏玛为他扎的，这个女儿抚摩着她父亲的旧刀，扎了一整夜，第二天早晨将它挂在他的胸前。

他把刀柄贴在脸上，“苏玛……”

过了一会儿他又喃喃道：“阿妈……我要活下去，我还想见到你啊。”

“哗啦”的水声传来，他猛地回过头去，感觉像是有条大鱼翻动了水花，不过那条帝王般的大光鱼总是沉没在水底的。

荧光分外地黯淡，不要说那条大光鱼，五颜六色的小鱼们也似都沉入了水底，静静的水面上惟有一丝涟漪慢慢地散开。他莫名地不安起来，凝神盯着那片安静异常的水面，可什么也没有出现。

他低低地吐出一口气，把青鲨插回腰间，转身就要走开。那个已经平静的涟漪却又悄无声息地出现了，寂寂地，像是一条蛇在水下滑动。细细的水线缓缓地兜了一个圈子，再次消失。

老人的眼睛睁开了，他木然地躺在那里，眼里却闪着豹子一般的光。那不仅仅是野兽的凶悍，还含着一股难以遏制的饥渴。

水线再次浮现，它悄无声息地加速，像是根琴弦似的绷得笔直，它前进得越来越快，直指老人。层层的水花在翻动，阿苏勒的心猛地抽紧，直觉告诉他那是种可怕的东西。

水花忽然迸裂，在同一瞬间老人背弹着跃起，空气中响起一种撕裂绸缎般的怪叫，巨大的乌黑影子在水花中跃出，扑向老人，没有扑中！

“鱼！”阿苏勒忍不住喊出了声。

可他不敢确定那是不是一条鱼。那条大鱼长着无数森白的骨刺，锐利得像是牙齿，从乌黑色的皮革中穿刺出来，反射着铁光的鳞片覆盖了它的整个头部，它没有眼睛，整个头部只有一张贪婪的大嘴，里面是毒蛇一样的倒钩牙。它的舌头是褐黄色的，上面密布着似乎有毒的青绿色瘤子。

怪物的大半个身子被冲劲送到了河滩上，生铁一样硬的尾巴拼命地抽打着岩石，它仰起头再次咬向老人。它盯死了老人的脚，阿苏勒忽然醒悟过来，这东西是被鲜血的味道吸引过来的。

老人像是一只从悬崖上扑击而下的猛兽，在空中双手扭曲变化着。阿苏勒看不清他手上的动作，老人忽地就落地了，扯着什么东西急退。洞穴里被那个怪物的声音塞满了，这次它像是婴儿般竭力地在喉咙深处嘶叫。

老人竟然扯住了它的舌头。

这个浑身骨刺无法触摸的怪物身上，惟有斑斑癞癞的舌头反而是光滑的。老人扯着舌头，像是用套马索套住了野马。那怪物分明察觉到了自己的不利，它不敢离开水，于是疯狂地扭动身躯要向后退去。

双方的角力伴随着老人嘶哑的狂笑和怪物的痛嘶，阿苏勒浑身都是冷汗，心情紧张得像是那条绷紧的舌头，他想起了老人那只缺了一半的脚，原来是被这种东西咬掉的。

老人锋利的指甲抓进怪物的舌头里，像是铁钩一样，浓腥的墨绿色血液流了他满手。怪物的嘶叫变得异常尖锐，大嘴猛地合拢。老人跌跌撞撞地退了几步，摔倒在地，手中只剩下半截软绵绵的舌头。

危急关头，怪物竟然咬断了自己舌头。

老人怔了一下，一抬头，却看见那条怪物并没有借机退回水中，它蠕动着无腿的身体爬上了岸，满嘴都是墨绿色的血滴落下来。连阿苏勒也看得出它是暴怒了，扭着头左右搜寻着敌人的气息，骨刺在地上摩擦着，生铁般的尾巴暴躁地敲打着地面。它完全现身的时候有近十五尺长，像是巨大的鱼，又像是蛇，上半身努力地挺立起时，比对面的老人还高出一半。

它捕捉到了猎物的气味，猛地定住，直直地面对着老人。它没有眼睛，可是那种忽然而来的沉默比任何凝视都更让人觉得恐惧。它的大嘴翕动着，绿血和黏液一起缓缓地垂落下来。

咬断了舌头，它已经没有要害了，它面对的不过是个野猴子一样没有武器的老头子。

老人也静了下来。他抛掉半截舌头，搓干双手，笔直地站着。阿苏勒忽地有些担心，他犹豫了一下，压低了声音喊："爷爷，爷爷！"

怪物猛地扭头对着阿苏勒这边，喉咙中发出嗬嗬的低声。老人也看向他，眼睛里木然没有神色。阿苏勒被这种沉默击溃了，按着自己狂跳的心口不再敢说话。

怪物安静了一刻，忽然完全直立起来，只用盘曲的尾巴支撑身体，这时它足足有十二尺的高度，任何鱼和蛇都不可能像它那样。它挺直的身体微微地颤了一下，显然已经挺到了极限，而后它把自己的身体全力地"砸"了出去，像是一条从天而降的巨大鞭子，那些骨刺就是鞭子上的荆棘。

阿苏勒不敢呼吸。那一瞬间，老人颤巍巍地举起了手里的东西，那是一片巨大的钟乳石，被他高举过顶。

阿苏勒的脑海里闪过木犁举起战刀的姿势，两个人的姿势似乎很相似，却又很不同。木犁举刀的一刻像是一个铁铸的武士，全身的筋肉都在衣甲下绷紧了，而老人举起石片的姿势异常的沉重，石片似乎是重得可怕，令他双手都无法控制。

阿苏勒想老人要死了。也许他本就活得太痛苦了，要借这条怪物杀掉自己，以他落叶一样抖动的身体，还有那钟乳石磨成的武器，他根本没有任何机会。

石片忽然安静，不再颤动，阿苏勒惊讶地发现它像一柄名刃般绷得笔直。老人踏步向前，嘴里似乎在不停地念着什么。

阿苏勒从未听过老人说一句话，他以为老人和苏玛一样天生就不会说话。可老人的声音如洪钟大吕般巨大，听着听着，阿苏勒觉得身体开始发热，心脏剧烈地跳动起来。他使劲地捂住了耳朵。

老人的每一步前进都带着短暂的停顿，他忽然一顿，而后冲起，在半空中急速旋转，带着和他一样长的巨石转动。

那是一记旋身的斩击！

阿苏勒的胸口忽然不难受了。血管里像是有冰流过，大脑深处被针扎了。时间在他眼里忽然慢了下来，他眼睁睁地看着石片无法承受老人加诸其上的巨大力量，在旋转中开始崩溃。

那是一种可以斩开黑暗和劈破鸿蒙的伟岸力量！石刀在破碎中和怪物的头部相击！

老人转身落地，粗喘着往前奔了几步。怪物直着身子定了一瞬间，然后感觉到了崩裂般的痛楚。它发奋地挺直身体扭动着，墨绿色的血从它的头上披落，所有鳞片因为痛苦而张开，雪白的骨刺在岩石上被磨断。

它无力地倒下，狠狠地砸在岩石上，碎石被它的身体打飞出去。阿苏勒远远地看见了它头部的创口，破碎的石片完全刺入了它的身体，一点也没显露出来。

老人扑上去，急切地用手抓向怪物的创口。墨绿色的血渐渐沥干，那东西的肉竟是晶莹如雪的。老人像只捕猎得手的野兽一样，胡乱地拨拉着猎物的尸首，撕下一片生肉大嚼起来，满嘴都是绿血。

他大嚼了一会儿，转头看向阿苏勒，手捧一块鲜肉对他晃了晃。

阿苏勒畏惧地摇头，转身逃走了。老人不再理他，继续低下头去就着怪物的创口吸啜，绿色的血在他的牙齿间流着，衬得牙齿森白。

火光在刀刃上一闪。拓跋山月立起貔貅刀，在烛光中凝视新磨出的刃。带着铁砂的浑水从刀身上缓缓流下，仍掩不住其凄冷的铁光。拓跋山月满意地点点头，用一块干布擦净了刀，以手指轻试刀锋。

出门在外他就自己磨刀。雷云孟虎盘膝坐在他旁边一声不吭，他追随拓跋山月时日不短，知道磨刀的时候，是将军思考的时候，绝不能打扰的。

“最近一磨这柄刀，就想起一个长门夫子对我说的话，人生在世，怎么能不后悔呢？”拓跋山月轻轻地叹息一声。

“将军是说……”雷云孟虎不解。

“自言自语罢了，明日是大王子吕守愚殿下邀请郊猎么？”拓跋山月收刀入鞘。

“是，将军去么？”

“去！自然要去！”

雷云孟虎犹豫了一下，还是说了：“将军，我们到达北都，也有半个月了。天天不是饮酒，就是郊猎，军士们也懒散起来，闲着就打架闹事。前几天一个混蛋拿了几匹彩绢去勾引一户牧民的女儿，被人家的小伙子打了，要不是属下及时赶到，胳膊也给人砍下来了。这样下去不是办法，国主那里，只怕也等得焦急了。”

拓跋山月笑笑，“孟虎，你跟我看了这些王子，你说说，谁才是我们想要的质子。”

“我们想要的？”雷云孟虎呆了一下，摇摇头。

“孟虎，你想得太简单了。”拓跋山月说，“你以为我们和青阳结盟，不过是青阳借助我们的大船，我们借助青阳的骑兵，是不是？其实国主所想的，不是‘借助’这么简单，我们要让青阳的骑兵，变成我们自己的军队！”

“我们自己的军队？”

“君王是我们手中的君王，军队也就变成我们的军队了。”拓跋山月道，“孟虎，你很聪明，但是还不够聪明，不明白帝王诸侯所想的。不明白也好，那就不要问，朝堂的战场，你若是踏进去，就再也出不来了。”

黄褐色的麂子长腿窄背，闪电般地越过杂色的草甸，草色像是迅疾的流水在它身下流过，它前方就是一个草坡，越过去就是一片碧蓝的天空。

带着滚滚的尘烟，吕守愚忽地勒住胯下的战马。战马长嘶着定住，只差一步，拓跋山月的黑马停在他身边，足长八尺的黑马甩着它黑色的长鬃，暴躁不安地刨着蹄子，拓跋山月以马鞭随意地敲敲它的肩骨，让它安静下来。

“这畜生好快腿，看来追不上了。”吕守愚看着麂子在草间一闪一闪的身影，呵呵笑了几声。

拓跋山月也笑，“大王子的好骏马，却没有野物一辈子都在草原上逃生来得敏捷啊。”

吕守愚不答话，从马鞍侧袋中擎出角弓，扣上一支描银的紫尾狼牙箭，试了试弦，忽然带马而出。拓跋山月挥手制止想要跟随着出猎的众武士，所有人都原地不动，看着吕守愚在飙风般的白马上张开了角弓。

麂子四蹄猛地蹬地，在草坡的尽头，它像颗弹丸一样弹向天空，在半空中矫健的身体舒展开来，同时扭头回顾身后追赶的猎人们，带着野物特有的桀骜不驯。

“砰”的一声，弓弦清亮地划开空气，草坡尽头矫健的身影忽地迟滞了，像是时间暂停，麃子高跃的影子变成了画在蓝天白云中的一幅画。狼牙箭洞穿了它曲线美好的背脊，带起一股飞血，它无力地栽落。

吕守愚带着笑容回头。

短暂的沉默后，黑马上的拓跋山月率先拔出貔貅刀，敲击着刀鞘大声喝彩。伴当和下唐武士们这才从赞叹中回过神来，一齐拔出武器敲击刀鞘，以蛮族特有的方式向着英雄欢呼。

吕守愚高举着弓带马驰回了人群中，有得意的神色。

“野物虽然敏捷，却没有人的智慧啊。”他笑着，“就在这里烤了麃子，献上它的头作为我对拓跋将军的敬意。”

拓跋山月按着胸口回礼，“这不是它没有智慧，麃子再聪明，也逃不过豹子的爪牙，就像麻雀努力，却不能像雄鹰一样高飞。”

独臂的班扎烈微微回头，和吕守愚的伴当们对了对眼色。

烤肉的香味飘在鼻端，下唐战士们和蛮族武士随意地坐在马鞍上，蓝天为盖绿草为席，一堆篝火上烤着焦黄的麃子，有人在旁边拿铜壶热着麦茶。

吕守愚以清水拍了拍手，恭恭敬敬地操起银刀，一刀斩下麃子的头，盛在银盘里捧到拓跋山月面前。

“大王子太礼敬了，这头怎么是我可以享用的呢？”拓跋山月推辞。

蛮族的习俗，是把打猎得到的第一头鹿的头和心献给部落里最英雄的好汉或者最有地位的老人。

吕守愚微微一笑，清了清嗓子，引吭高歌起来。蛮族的歌谣东陆战士们都听不懂，可是一旁的雷云孟虎看着他挥着袍袖，且笑且歌，歌声嘹亮穿云，也知道那一定是一首欢迎远客的礼乐。

蛮族战士们一齐起身，拓跋山月也随着歌声立起，恭恭敬敬地聆听。

吕守愚唱完了歌，一振皮袍的袍摆，“拓跋将军从遥远的东陆来，是我父亲都礼敬的人，又是我们蛮族的好汉子，麂子头当然只能献给拓跋将军。我们蛮族的和平和强大，都要期待拓跋将军的帮助。”

拓跋山月按着胸口行礼，接下了银盘，在麂子头的颊边削下一片肉咬在嘴里，高高地托起银盘，“这麂子头给蛮族的勇士们分享，这都是大王子的盛意。”

在武士们的欢呼声中，班扎烈起身接下了银盘。

吕守愚和拓跋山月都沉默地凝视着篝火，静了片刻，吕守愚拾起一根枯枝抛了进去，火星一闪，他含着笑说：“拓跋将军来到北都城半个月，家主和几位汗王都有款待，直到今天才有我这样的后辈款待将军的机会，一直没能和拓跋将军谈心，我心里很是不安。”

拓跋山月摆手，“大王子说得太谦虚了，拓跋山月怎么敢受？”

“我们蛮族的敬意，素来不是献给有势力的贵族，而是献给英雄，拓跋将军就是我心中的英雄。拓跋将军以为蛮族的将来是如何的？”

雷云孟虎警觉起来，偷偷去看拓跋山月的反应。

“蛮族的将来，”拓跋山月手指着南方，“将可以在东陆的富饶土地上放牧，可以吃上东陆的粟米，在建水边饮马，在雷眼山下弯弓。”

“不过，”他的话锋转了回来，“华族人也可以在彤云大山下饮茶，在大君的金帐中吟诗唱歌，在草原上开垦种下棉花和麦了。天下诸族，本来不该有这么多的战乱残杀。敝国国主在书信中所说的，拓跋山月衷心赞同。总归有一日，天下和睦一家，不必说蛮族和东陆华族本是同种，就算东方的羽人、西方落日之山的夸父、南方的洛族，大家难道不能一起畅饮开怀么？”

雷云孟虎心里微微地笑。他早知道这位将军绝不是一个简单的草原武士。拓跋山月这番话又空又远，绝不会有什么话柄落在吕守愚手里。

吕守愚也知道不会那么轻易地套出拓跋山月的话，陪着笑了笑。

他微微思索了一下，低身凑过去，“将军能否让从人退下？”

拓跋山月点点头，雷云孟虎悄无声息地起身退了出去。

吕守愚凑近了，“拓跋将军有这样大的雄心，那么我有一个方略，可以和将军并肩而战。”

“什么方略？”

“我早就听说东陆下唐，国家富裕，人口众多，占据了宛州繁华的地方，而我们蛮族骑射强劲，将军是早知道的。”吕守愚用手指在草地上简单地勾画，“雷眼山是东陆的彤云大山，把东陆分成东西两半，东面虽然有强横的离国和晋北等国，但是他们要想进攻西面，绝不容易。下唐正当要冲，只要能够起兵据守住殇阳关要塞，凭借我们蛮族骑兵直捣天启城，和天启的大皇帝订盟，从此蛮族华族都是一家，而那些勤王的诸侯却被雷眼山挡在外面。这难道不是一个横扫东陆的方略？”

拓跋山月沉吟了片刻，“大王子的方略固然很好。可是要想面见天启城的大皇帝，大王子势必要冲破淳国铁骑和帝都羽林天军的防线，还有灭云关的天障，这些可不是蛮族游骑所长啊。”

“那是拓跋将军没有看见我们蛮族的雄兵啊！”吕守愚忽然起身，扬了扬手，四名背着号角的蛮族武士从人群中走出，半跪在地，一齐向着东方吹响了号角。

战场上特有的沉雄声音使雷云孟虎不由自主地按着腰间的剑柄看向远方。远方是隐隐雾气中的彤云大山和大片马草，尚未到正午，太阳在山顶烫出一层淡金色。

双方都保持着肃静，可吕守愚侧头眺望的姿势中带着俯瞰千军万马的威仪，下唐武士们惊疑不定地彼此对着眼神。

隐隐的震动传来，那是彤云大山崩裂般的感觉。首先出现的是旗帜，而后是烟尘，滚滚的马潮随之涌动起来，一色的都是黑马，席卷而来。以下唐的国力，武士们却从未见过这样庞大的蛮族骑兵阵势，高大雄武的蛮族骏马结集成大军的时候，与其说是军团，不如说是草原上的大队猛兽。

骑兵们围绕着吕守愚和拓跋山月的队伍奔跑，越滚越高的烟尘像是一道障蔽，要把天空也遮住了。身处在其中的雷云孟虎只觉得自己脚下不是大地，而是波浪起伏中的小船。浓重的马骚味逼得他喘不过气来，其他下唐武士也如他一样恐慌不安，惟有拓跋山月还在赞许地点着头。

吕守愚忽地扬手。

骑兵们勒着战马急刹住，训练有素的战马没有一丝慌乱，为首的百夫长们头顶垂下耀目的红色长缨，他们手持战旗钉在地上，结成了铁桶般的包围。

吕守愚大步上前，对一名骑兵呼喝："拔出你的刀来！"

骑兵立刻拔出马鞍袋中的长刀，吕守愚接过，反手一震，刃口的青光暴射，是一口极其锋利的纯钢好刀。他随即挥手一刀劈了出去，有力地劈在了那名骑兵的胸口！

"嘣"的一声金属轰鸣，那名骑兵带着马小退一步，却稳稳地站住了，刀在他胸口的乌铁重甲上擦过，只留下一道淡淡的白痕。

吕守愚也不说话，又是一刀挥了出去，这次刀锋从骑兵的头盔上擦过，红缨随风飘落，满场都是寂静。

他把刀抛还给骑兵，转过身对着拓跋山月和下唐武士们张开了双臂，"这，就是我练就的铁骑兵！我们的刀没有拓跋将军带来的刀好，我们的铠甲也没有洛族的铠甲坚固，可是我们青阳有一万柄这样的战刀、一万件铁甲、一万个男人准备操着这样的刀，穿着这样的铁甲上阵！"

拓跋山月叹息着点头，"想不到四十年后，蛮族的铁骑兵又有这样的阵势，东陆诸侯，真是猜不透我们草原的。"

吕守愚走了回来，恭恭敬敬地按胸行礼，"虽然比不上我祖父手中的铁浮屠，但是从我成年以来，没有一日不在经营这样的一支骑兵。即使父亲都未必清楚我们的装备，今天冒昧地拿出来给拓跋将军看，是让拓跋将军相信我这个年轻的小子，是可以和将军和贵国国主并肩作战的人。"

拓跋山月沉吟了片刻，“也许我来前想的错了，草原上又有了年轻的英雄。大王子如果不介意，明日可以来我帐篷中细谈。”

吕守愚的嘴角浮起一丝笑，“我虽然年轻，但是自命是草原上的雄鹰，我想和将军谈的，不是去当人质的事情。”

入夜，少女们在巨大的金帐中挥着白色的舞袖旋转，满是欢闹的景象。

拓跋山月持着酒杯，一一向大汗王们和贵族家主敬酒。连续半个月来，几乎日日大君都在金帐中设晚宴款待东陆的贵使。拓跋山月敬酒经过吕守愚的桌前，两人对视的时候都微微一笑。

拓跋山月回到客桌边坐下，铁益已经过来请他去大君座边。大君神色淡淡地坐在熏香之中，看见拓跋山月过来，只微微地笑了笑，指指自己身边的坐垫。

“今日比莫干是不是给将军看了他训练的铁骑兵？”

拓跋山月落座，大君似乎是漫不经心地问。

“是。”拓跋山月答得也坦然，“是支少见的强兵，所用的兵器衣甲，似乎都是东陆的制品，配上蛮族的骏马，这支军队，只怕可以和淳国名震东陆的风虎骑兵抗衡。大君想必早就知道了吧？”

“知道，都是比莫干用皮毛从淳国换回来的。他不告诉我，我也不管他，反正练出来也还是我们青阳的强兵，比莫干是我的儿子，这个我相信他。不过比莫干拿这支军队给将军看，他的意思将军明白吧？”

“大王子的意思，想必是他所部兵力强劲，他自己留在北陆给我国的帮助远比他作为人质去南淮的大。既然两国结盟，我们下唐当然也想有个强劲的盟友。”

大君笑着喝了一口烈酒，“我请将军自己挑选所需的人质，将军还没有选择么？”

拓跋山月也低头饮酒，微微摇头，“明日三王子也约了我去城南观看马群，我想三王子的性格和聪慧，所部不会比大王子的骑兵差吧？”

“拓跋将军是我们蛮族的好汉子，选一个人质难道要犹豫这么久么？每个王子都是我钟爱的儿子，在我看来他们并没有区别。”

“可是在我们眼里，大君的诸位王子可是不同的。”

大君皱了皱眉，把银杯按在桌上，“将军是说？”

“和大王子想的不同。我们下唐想要的，就是贵部最聪慧勇敢的王子。我国绝不是想要一个人质，而是要以东陆的军阵武术，为大君训练出一个草原上的英雄，交还到大君手里。我国国主和大君都不在壮年了，新的大局自然由年轻人才能决定！”拓跋山月说，“本来我来之前已经想好，向大王求取世子去南淮居住。可惜世子竟然已经过世了。”

大君的神情黯然下去，“只怕将军真的看见阿苏勒，也还是会失望。”

幽幽的笛声在夜色中悄然行来，阿苏勒骑着小马立在草原上。

星辰挂在漆黑的天穹上，亮得耀眼夺目，像是随时会化成一场闪光的大雨降落下来。草在风中摇摆，笛声越来越细，远远的不可捉摸。

他策动小马行上山坡。这里不是他一个人，遍地都是人，尸体静静地躺在草间，互相枕着，小马在尸体中悄无声息地穿行。他很害怕，可是不敢开口，他怕开口会惊醒这些死人。

他觉得背后有沉默的目光，可是猛地回头，什么都没有，只是月光下白色的影子跳跃着闪过，像是雪白的狐狸。小马的影子掠过月光如水的地面，仿佛飘飞。他回头看去，每一枚蹄印都带着血。

又翻过一个山坡，他看见了浓浓的雾气，没有马的小车停在雾中。风吹着小车的帘子，绛红色帘子上，金线绣成的花纹反射着冷光。

“有人么？”他轻轻地拍打车壁。

无人回答，他小心地掀开帘子。

大红的绸缎索子上穿着闪亮的珠子，悬在小车的正中。绿裙少女拥着怀中的人，低着头端坐在车里，一支紫皮的竹笛握在她手中。风吹着她鬓角的长发，她的眼泪落在笛子上，一滴一滴，是红色的。

“苏玛……苏玛我来接你了。”他伸出手，“苏玛跟我走吧。”

他伸手要去触她脸上的泪，少女循着他的手势抬起头。阿苏勒看见了熟悉的面孔，可那不是苏玛的面孔，那是诃伦帖姆妈的脸。她的双眼在流泪，泪水是红色黏稠的。她直勾勾地看着阿苏勒，赤裸着上身，身体在月下莹然生辉。

阿苏勒想要逃走，但是做不到。他忽然发现自己被吊在木架上，双手被死死地捆绑起来。诃伦帖的身体倾倒下来，像是一段木头那样打在他身上，冰冷的胸贴在他的脸上。

她的身体颤抖了一下，无数支长枪从背后刺穿了她。她被长枪高高地挑起在半空中，身体展开，仿佛一个古老的图腾。

阿苏勒仰起头，看见半空中的诃伦帖露出一个难以描述的笑容，胸口的血一滴滴打在他的脸上，这时半空有月亮，月钩泛着武器一样的金色。

阿苏勒猛地坐起，流水声在周围回荡，冷汗湿透了里衣。

是个梦。

已经不是第一次做这个梦了。他觉得自己要死了，这是盘鞑天神给他的指引。

他侧着耳朵倾听，却觉察不到老人的动静。老人似乎是不需要睡觉的，他每天就是四肢着地野兽一样在周围游走，他对阿苏勒很有兴趣，总是偷偷地藏在石头后面窥看他，可阿苏勒稍稍踏出一步，他又会逃走。此外的时间他会守候在地下河边，等着狩猎。他的猎物有时是体型巨大的光鱼，有时是那种可怕的怪物，他捉上来一律生食，不过后来即便捕到怪鱼个头也都没那么大了。

这些天河水渐渐变浅，似乎是外面的大雨停了，地下河进入了枯水的日子。猎不到大鱼，老人显得有些焦躁。阿苏勒总能听见他手腕上的铁链叮叮当当地作响，那是老人在河边急切地奔窜。

阿苏勒抹了抹额头。额头上的汗并不多，但有几滴黏黏的液体。那肯定不是钟乳石上滴下来的水，钟乳石上滴落的水都非常清澈。

他不由自主地抬起头，他一双莹莹发光的眼睛就在他头顶，距离他如此地近。阿苏勒全身毛孔紧缩起来，下意识地往后躲。

是那个老人。他占据了阿苏勒旁边的巨石，壁虎一样贴在钟乳石上，伸长脖子窥看。他张着嘴，满嘴森然的白牙，每一颗都尖锐得像是匕首。阿苏勒擦了擦脸，意识到梦中滴落的血是老人的唾液，老人看起来很激动，喉咙里嗬嗬地作响。

“走……走开！”阿苏勒觉察到了老人的异样，可他没法再退后了，他的背后是一棵巨大的石笋。

“嗬嗬……嗬嗬……”老人对阿苏勒的话全无反应，他沉浸在某种狂然的喜悦，弯曲着十指，那些干燥开裂的指甲有如豹子的利爪。他抓着岩石表面，吱吱的锐声让人不寒而栗。

他一点一点挪动着，逡巡着，但目光始终没有离开阿苏勒的脖子。

阿苏勒忽然看懂了，这种眼神他曾见过的，老人躺在河边引诱怪鱼的时候就是这样的眼神。眼神饥渴又狡诈，看上去更像是一头彻头彻尾的野兽！

老人猛地扑落。他挥舞爪牙，带起尖锐的呼啸声。这绝不是一个人应该能做的，就像雷电，你看见电光再捂耳朵，就已经迟了。黑影占据了阿苏勒的全部视野，他惟一来得及做的就是紧紧地闭上眼睛。

预期中的疼痛没有传来，“叮”的一声锐响，疾风忽然停息。阿苏勒听见嗬嗬的低吼声，带着水的热气直喷到他脸上，就像小时候哥哥们养的大狗把他扑倒跟他玩耍。

他鼓足勇气把眼睛睁开一线。老人暴躁地抖动花白的头发，身子极度前倾，双腕上的铁链完全绷直了，环节之间格格作响。他锋利的手爪微微痉挛，反复开合，可就是够不着阿苏勒的喉咙。

他毕竟不是真正的野兽，懂得随机应变，发觉无论怎么努力都抓不到猎物的脖子后，就放弃撕裂喉管的计划，转而挺胸探头，试图用锋利的牙齿咬断阿苏勒的血管。

牙齿咬合的喀嚓声像是无形的针刺进阿苏勒的脑颅，平生第一次距离死亡如此之近，那些可怕的牙齿就像利刃，他甚至可以感觉到它们刮过脖子表皮时的一丝丝痛楚。

恐惧的大潮席卷了他的神志，眼前一片漆黑，他似乎听见脑海深处有另外一头野兽在咆哮，下意识地用肩膀撞在老人怀里。

两个人紧紧地抱成一团，在地上翻滚，率先掐住对方脖子的竟然是阿苏勒。他被某种不属于自己的力量控制了，白皙的皮肤下血管像是被火灼烧的活蛇那样剧烈地跳着。怪异的血色布满他的面孔，他的双目莹莹发亮，这种状态像极了他上次发病的时候，但他根本注意不到自己的变化，只是不顾一切地加力，想要把老人的脖子拧断，甚至把那颗长满花白头发的脑袋撕下来。

老人紧紧攥住阿苏勒的手腕，向两边分开。他并不因为受制而有丝毫的畏惧，他的双眼亮得像是燃烧的火炬，眼里除了兴奋，还是兴奋。他的力量最终占了优势，阿苏勒的双手被他缓缓拉开。他猛地翻身，把阿苏勒压在下面，黏湿的口水带着轻微的臭味滴在阿苏勒的脸上。老人那紫红色的舌头一颗颗地舔着牙齿，灵巧得像是蛇，阿苏勒知道这是咬断猎物喉管前的准备工作，他想甩头躲避，可是无能为力。

老人甩着乱发，发声咆哮，这一声就像是狮子咬断羚羊喉管前发出的得意吼叫。吼声在偌大的石穴中回荡，像是有一百头、一千头狮子在呼应他。

他低头咬了下去！

忽然间阿苏勒什么都感觉不到了，无论是老人的咆哮还是双臂上的痛苦，他的灵魂仿佛被从身体里抽离，正站在一片绝对的黑暗中，眼前只有一线光。

胸前有什么冰凉的东西，那是龙格真煌曾用过的青鲨，在搏斗中这柄东陆锻造的名刃滑出了鞘外，它青色的刀刃优美雅致，但能切开一切。

胸口有种近乎撕裂的痛楚，仿佛身体里有一头狂暴的野兽，正要挣脱自己肉体的束缚。躁动的气息在血管里疯狂地奔涌，眼前那线光就要暗下去了……就要暗下去了……一旦那线光消失，他就会完完全全地迷失在黑暗中。

“苏玛……”他想喊，可是喊不出来。

“阿妈……”也没有人回答他。

他平生第一次如此恐惧，不是怕死，而是害怕会失去自己，他要被困在这片似乎永恒的黑暗里了，他想逃，可逃不出去……最后一线光明消逝，无边的黑暗和燥热从天而降，笼罩了他。

狮子般的咆哮忽然变成了两个，两头狮子的吼声交织着、翻滚着，像是要把声音所及的一切地方炸开。

阿苏勒的头猛地撞在石柱上，满脸都是黏腥的液体。他抹了一把，满手都是血，手腕上传来剧烈的疼痛，右腕不知什么时候已经骨折。不是老人弄折了他的手腕，而是他举起老人砸在石柱上的时候用力过大，自己弄断了自己的手腕。

他拼命地摇头，却想不明白那一瞬间的变故，记忆到了那里仿佛忽然中断了，狂躁的热和黑暗忽然降临，他扑了出去……他似乎是把老人举了起来，狠狠地掼在石柱上……可自己怎么有力气把一个成年人举起来？又怎么能像挥舞一柄轻刀那样，以老人的身体为刀，以石柱为靶子，使出了木犁传授的刀术？

老人半跪在不远处，胸口的血斑慢慢地扩大。阿苏勒再看自己的手，他握着青鲨，刀刃上流过黏稠的血。他模模糊糊地想起来了，把老人掼在石柱上之后他再度发力撞进老人怀里，鬼魅一样拔刀刺进了老人的心口。

平生第一次，他下手杀人。他怎么会做出这样的事？一连串的杀人动作，在他手中行云流水。

他抛掉青鲨，颤巍巍地捂住脸，大声哭喊起来。

老人静静地跪在那里，疯狂的神色忽然都消失了，只剩下木然。他也在看自己的手，指甲里满是血，刚才阿苏勒的手就是从这只可怕的手中挣脱出去，拔出了胸前的利刃。

阿苏勒竟然挣脱了，连那条怪鱼都没能做到。

老人用手指在自己胸前蘸了蘸，看看那血迹，似乎不敢相信。他的手抖了起来，他扑过去抓住阿苏勒的手，但并未发力，而是缓缓缓缓地解开小牛皮护腕。白色的豹尾在微光中分外鲜明，那是帕苏尔家的古老图腾，代表阿苏勒青阳世子的身份。

老人颤巍巍地站起来，一步一步地退出去。他疯狂地摇头，而后猛然翻身，嘶哑地吼叫着，四肢着地在岩石间跳跃和奔跑。他仰头嘶吼，声音疯狂而悲切，就像月光下失去犊子的老狼。

他分明是在吼叫，可阿苏勒听来又像号啕痛哭，哭声里混杂着仇恨和悲伤。阿苏勒吓得也哭了起来，两个人的哭声重叠回荡，隐隐地交融起来。

老人盘踞在一根石柱顶上，像是一群野兽中的王者。他已经沉默了许久，阿苏勒也哭了许久，已经哭哑了嗓子。他不记得自己哭了多久，也不记得老人发疯地跑了多久。此刻大家这么安静这么相安无事，好像什么都不曾发生过。

阿苏勒有些怀疑老人死了，因为老人静得就像石头。

忽然凌厉的目光从天而降，落在阿苏勒头顶，老人雄狮猛虎般低头俯视。

“你姓帕苏尔，吕氏帕苏尔家。”老人缓缓地说。这是阿苏勒第一次听见他说话，他好像很多年不曾和人说话了，咬字不清还有些走调，却异常威严。

他确实是在询问但没有用询问的语气，似乎对于这个结果已经很笃定了。

“是，你怎么知道？”阿苏勒弱弱地问。

“混账！这种没有意义的问题！其他家族的懦夫，怎么配拥有我帕苏尔家雄霸天下的血统？”老人低吼。

旋即老人又笑了，笑里全无半分欢愉之意，唯有彻骨的哀伤，他回复成一个完完全全的人，眼神悲悯得像是草原上那些即将死去的老牧人。他捂着心口的伤，晃了晃，从石柱上一头栽落。

老人靠在一块倾斜的岩石上，望着洞顶的壁画。他醒过来之后像是换了个人，沉默而坚硬。

“你这么看了我很久了，还要看到什么时候？”他嘶哑地问。

无人回答，过了好一会儿，石笋后伸出一只小手。几个圆圆的烤馕滚了过来，在离老人不远的地方停住。

老人向那几个馕瞟了一眼，嘴角浮起一丝冷淡的笑容。他抬脚踢了踢馕，“我不吃，你出来，我伤不到你。”

又过了好一会儿，阿苏勒慢慢地从石笋后挪了出来，他贴着石笋站立，只露了半张脸，神色很警惕。

老人和孩子对视了好一会儿，阿苏勒移开了目光。他还是害怕，尽管他知道老人此时伤不到他。醒来之后老人做了一件很奇怪的事情，他把铁链一圈圈地缠在自己身上，相当于锁死了自己。阿苏勒本以为这是什么诡计，可老人锁死自己之后就再也没有离开那块像床一样的石头，终日都默默地躺着。他有时还吃两个馕，可渐渐地消瘦下去，苍白的皮肤上连最后一丝血色也没有了，就像是一具蒙着皮的骷髅。只剩那对雄狮般的眼睛，亮得叫人心悸。

“你几岁了？”老人低声问。

“十岁。”

“你叫什么？”

“阿苏勒。”

“长生？是个好名字……你父亲呢？他叫什么？”

“阿爸叫郭勒尔。”

“郭勒尔？”老人冷笑，“原来他还没有死。”

阿苏勒犹豫了一下，“爷爷和我阿爸……有仇么？是我阿爸把你关在这里的？”

“有仇？”老人沉默良久，“是的，我很恨他，但他也很恨我。草原上的人和人，有谁能是三代的好朋友？最后，还不是都变成了仇人？”

沉默了好一会儿，老人扭头看向阿苏勒，“你害怕么？”

阿苏勒点了点头。

“我不是想杀你，我只是想杀一个东西，随便什么东西。”老人淡淡地说，“但从今以后我不会再试着杀你了。”

“为什么？”

“因为你姓帕苏尔，你身上流着剑齿豹家族青铜色的血。”老人冷冷地说，“虽然你胆小得像是一只旱獭！”

他的眼神压得阿苏勒喘不过气来。过了一会儿，阿苏勒大着胆子问，“爷爷，真的没有路出去么？”

“你去看了那条河的源头吧？那条河从一个地下的水潭里涌出来，你就是从水潭里被冲出来的，那条路是走不通的。而那一边，”老人指向石穴的尽头，“原本有个门，是惟一的出口。不过他们已经废掉了锁，用铜水封住了门。”

“你出不去的。”他看着阿苏勒，“不过早晚你要来这里，流着青铜血的魔鬼，每个人都该死在这里，除非你没有幸运地死在战场上。你可以去那边的黑暗里看一看，看到骨头的时候要记得向它们行礼，这些都是吕氏帕苏尔家的英雄。”

阿苏勒猛地睁开眼睛。

仍是噩梦，这些天他开始梦到这个怪异的老人，梦中老人是穿着青铜色铠甲的武士，在最高的山坡上放声咆哮，茫茫大雾中，和他一样青铜色的军队悄无声息地向着阿苏勒走来。他们的长矛铺天盖地，仿佛青铜的森林。

阿苏勒摩擦自己的脸，想赶快清醒过来。他的手指甲长得很长了，无意中擦在脸上有些痛。水声很小，枯水的季节还在持续，寂静让人心里荒得就像十二月的草原，一片不毛之地。

他沿着石壁摸索，躲在那根跟洞顶相连的巨大石柱后，悄悄地窥看老人。还是那块坐床般的大石，老人静静地趴在上面，没有任何动静。

这是他第几次来这里窥看老人，他自己也记不清楚了。他也说不清楚自己为何还要冒险接近这个凶兽般危险的人，但如果老人死了，他会很恐惧，这里的寂寞会把他彻底压垮。有时候他从梦中惊醒，听见老人低沉的喘息声，心就慢慢地平静了。渐渐地他发现自己只是害怕老人，却一点都不讨厌他。有时阿苏勒觉得老人那双野蛮森严的眼睛看向这边的时候带着一丝异样的神情，可当他仔细端详的时候，老人又会冷冷地避开，那双眼睛再度变得灰白可怖。

他观察了很久，老人还是没有动。今天老人特别安静，以往他还会略微侧身，手腕上的铁链叮当作响。

受伤之后，老人一直躺在那张石台上，望着洞顶的壁画发呆，有时阿苏勒听见他低声地念着某个人的名字，有时他会盘膝坐在石台上悠长地吐息。胸口的重伤对他似乎并没有什么影响，他依然矫捷如猎豹，如果不是手腕上密密匝匝的铁链，他随时可以发动致命的扑击。但今天他的姿势始终没有变化，像是死了。他死了，这里就只剩下阿苏勒一个人，与那些发光的或者浑身长着荆棘的怪鱼为伴。

想到独自在这个洞穴里等死，等上几十年的死，阿苏勒狠狠地打了个哆嗦。对孤独的恐惧终于压过了老人的可怖，他攥紧青鲨悄悄逼近老人，他的心脏猛跳，觉得老人随时都会一跃而起，也许他只是伪装，就像他猎杀那条怪鱼的时候。

但什么都没有发生，阿苏勒小心地拍了拍老人的肩膀，惊觉他热得烫手。他用力把老人翻了过来，看见胸前伤口的瞬间恶心得头皮发麻，白花花的蛆虫在伤口深处蠕动，蛆虫那么密集，把伤口的血色都盖住了。老人手里攥着一块锋利的石片，石片上带着血迹，似乎他曾经用石片切下腐烂的肉。

“爷爷……爷爷……”阿苏勒惊恐地摇着老人的肩膀。

老人睁眼，他的眼皮像是灌了铅般沉重。他看了阿苏勒一眼，灰白干涩的嘴唇哆嗦了一下，“你不害怕我么？”

阿苏勒没有想到老人用了很大力气说出的，竟然是这样一个问题。是的，他很害怕，但他是怕老人会死掉，留他一人在这里默默地死去。

如果洞穴里有冰他会使出全部的力气跑去搬冰块来帮老人降温，如果洞穴里有药他立刻就去采药喂进老人嘴里，他很想把老人抱起来让老人不必忍受那坚硬的石床……可他什么都做不到，他一直都是个没用的孩子。

“我也很害怕，”老人轻声说，“跟你一样。我也很害怕孤独，你来这里陪我的时候我可高兴了，我终于又见到活人啦，还是个可爱的小娃娃。你阿爸几岁生的你？”

“四十岁。”

“四十岁……二十四……不，二十六年了，二十六年了，我一直都像你这么害怕。可你逃不掉，你会一个人死在这里，这是你的命。盘鞑天神赐予你青铜色的血，给你尊严和荣耀，让你成为他的仆人，也给你最恶毒的诅咒。你没有幸福只有悲哀，你在战场上杀了不臣服于你的男人，你占有他们的妻子，令她们悲痛绝望可又不得不服侍于你，你把孩子们的头砍下来，因为他们长大了会为父亲报仇。可你知道总有一天这一切的罪恶和享乐都要由你亲手偿还，每时每刻你都生活在恐惧中，猜自己什么时候得还债……我应该死在战场上的，被真正的勇士一刀砍下头来，这样我的恐惧就不在了，阿钦莫图会觉得我是一位英雄，我躺在泥土下面，她在羊皮帐篷里面思念我……”

他的声音渐渐低落下去，最后能听见的只是悠长轻微的呼唤，“阿钦莫图……阿钦莫图……”

阿苏勒忽然明白了，这个名字就是几天以来老人一直念叨的，那么轻柔的一个名字，他念的时候好像把它含在嘴唇间。

阿苏勒隐约觉得这个名字很熟悉，却又想不起曾在什么地方听过。

他摇晃老人的肩膀，老人没有任何反应。老人的身体轻飘得像一束木柴，随时都会散开。几只干得发硬的烤馕堆在角落里，老人已经很久不曾进食了。

“爷爷……爷爷……”

“阿钦莫图……阿钦莫图……”

最后阿苏勒听不见任何声音了，寂静忽然降临，令人心寒，无尽的黑暗沉重地压在他的头顶。他握紧青鲨，把刀尖抵在老人喉间，静静地凝视着这张干枯而威严的面孔。这一刀刺下去，老人就死了，连带着他的往事和那疯狂的力量。这样阿苏勒就能寂寞但是安全地在这个洞穴里度过残生，也许有朝一日会有人来救他。

他没有这么做，他早就知道自己不会这么做。他把老人平放在石床上，用刀锋挑开衣襟。那些蠕动的蛆虫令他忍不住想吐，新生肌肉血红地翻卷着，像一张扭曲的大嘴。他深吸一口气，用刀尖挑开腐烂的肉，缓缓地切了下去。

他把切下来的腐烂肌肉一片片地放在旁边，不断地用水冲洗伤口，洗出很多的黑血。

不知多长时间过去了，伤口的清理工作才算完成，阿苏勒用内衣腰带把伤口捆绑起来，起身在地上踩了几脚。他踩的是切下来的腐肉，软软的蛆虫被踩成了浆，踩上去的感觉令他头皮发麻。

他用双手擦去脸上的血点，这是他在清理伤口时溅上的。老人静静地躺在石床上，阿苏勒不知道他是死是活。

“盘鞑天神在上，别带走爷爷，求你。”他用手轻轻地覆盖老人的脸，他清理了伤口也送上了对盘鞑天神的祈求，他做了自己能做的所有事情来挽回这个老人的生命。

他缓缓地退回，眼泪没来由地滑过脸庞。不知道为什么，看着老人静静地躺在那里，苍白、干枯、沉默，他忽然觉得老人很可怜，跟自己一样可怜，全天下的人都那么可怜，可他只有那么一点小小的力量。

阿苏勒再次醒来的时候，老人仍躺在那里。他摸了摸老人的身上，微微有些温暖。他忍不住有些欣喜，抓过一只干硬的馕，用力咬了几口。在他还是万人之上的世子时，他从未想过这样干硬的馕嚼在嘴里也会有一股微微的回甜。他反复地咀嚼，觉得胃里渐渐暖和了起来。他忽然想了起来，急忙把老人的头抱在怀里，用青鲨撬开他禁闭的牙关，把嚼碎过后混着唾液的馕吐进老人的嘴里。过了很久，老人的嘴唇微微翕动，然后他开始努力地吞咽了。虽然他仍未睁开眼睛，但阿苏勒感觉到他开始恢复生机了。

“哦……哦……”老人咽下了第一口馕，仰面张着嘴，喉咙里发出低低的声音。

阿苏勒急忙又咬了一口馕，这一次他刻意地嚼得更碎了再吐进老人的嘴里。就这么一口一口地，他默默地喂，老人默默地吞咽。阿苏勒不知道老人醒了没有，也不知老人会不会因此感恩，不过这样做让他心里觉得温暖。这时他觉得老人不是什么可怕的怪物，只是一个人，甚至是个孩子。

很苍老了，可依然是个孩子。

“青铜家族的孩子，你以生命侍奉苍青的君主，被赐予荣誉和长生。”他忽然想起这句话，这是他六岁的时候，大合萨抚摩他的头顶，以盘鞑天神的名义赐予他祝福的时候说的。

“苍青的君主”就是盘鞑天神的代称，盘鞑天神是青色的，而天空是他的国土，所以天空也是青色的。当时阿苏勒觉得天空那么高那么遥远，一切人都是盘鞑天神的孩子或者奴仆。在他伟大的力量下，一切人都只有遵从他的意志行事。无论你是什么样的英雄，杀过多少人，有过多伟大的功绩，都还是天神的孩子。就像眼下的这个老人。

老人忽然睁开了眼睛，虽然只有一线，可眼缝里的光芒如此锐利，阿苏勒几乎以为这一切都是伪装，老人即将对他发动新一轮的扑杀。

他想要起身跑开。

可只是短短的一瞬间，老人的目光忽又变得遥远迷离。他的眼睛里闪烁着幸福和快慰，他微微地笑，挣扎地伸出手，轻轻抚摩阿苏勒的面颊。

“阿钦莫图……阿钦莫图……是你啊，你没有离开我。”老人轻轻地说，“我做了一个可怕的梦，梦里没有你啊！幸亏只是梦……真好啊……我可以睡了……”

他的手忽然垂了下去，无力地摔在胸前。

阿苏勒急忙去探他的呼吸，却发现他只是睡着了。这一次老人终于进入了安睡。

老人再次苏醒并没有用多少时间。阿苏勒一直守着他，看见他的伤口恢复，新肉不断地长出，反复地结痂和退痂。胸口的伤痕极深，没准连带着心脏也受伤了，这么重的伤，只是清理了伤口，他就迅速地自愈了。

“你救我，不怕我会杀了你么？”老人冷冷地问。

他仰面朝天地躺在石床上，目不转睛地看着洞顶。他的体力已经恢复了小半，已经可以挣扎着起来走几步了，但那种疯狂的情况没有再度出现。

他并没有因为阿苏勒救了自己而对阿苏勒友善，依旧倨傲冷淡，还不如昏迷的时候偶尔流露温情。但他渐渐变得像个普通的人了，说话也流畅多了。因为这几天里他一直躺着，不停地和阿苏勒说话，这帮他恢复了久已不用的语言能力。

“我不想死，可是也不想一个人待在这里，死了也没有人知道我是怎么死的。”阿苏勒回答。

“你为什么会来这里？”

“有人把我送进来的。”

“是郭勒尔？”老人的声音高了起来，带着明显的凶狠。

“不是，不是阿爸，”阿苏勒低低地说，“阿爸很爱我，我知道的。”

“跟我说说外面的事情，说说那个天地变成什么样了。”老人虽然躺着，但说话全是居高临下的命令和森冷的质问，想来他以前是位高权重的人，只学会了下令但没有学会聊天。

阿苏勒点了点头。他想要说得有意思一点，可翻来覆去地想也想不出什么头绪，他原本就不是很擅长言辞的人。最后他只能从自己的出生说起，说自己的哥哥们、阿爸阿妈、身边的人，譬如大合萨、铁颜和铁叶，还有难以亲近的木犁。

他又说龙格真煌，然后是苏玛和她的姐姐们。

老人有时会打断他问几个问题，显然对北都城里各大家族都很熟悉，各大家族之间的恩仇有时候还要他给阿苏勒解释。阿苏勒并不奇怪，既然老人跟父亲有很深的仇恨，那他必然是某个跟青阳部关系很深的人。

最后阿苏勒说到了那些影子一样的黑衣骑兵，说起他如何被俘获又如何被投入地洞中的监牢。

“是青阳自己的人下的手。”老人断言。

阿苏勒使劲摇头，“不是，那些不是我们青阳的骑兵。我从没有见过那样的骑兵，他们可以在马背上跳起来杀人，他们也不用我们青阳的马刀。”

他不愿承认自己的遭遇是源于一场青阳部的内斗，这必然会牵扯到自己的家庭，尤其是那些英武飞扬的哥哥们。他只是过分善良，但是并不傻，作为世子他清楚自己的身份特殊能力又低微，倒像一块肉挂在那里任人觊觎。

老人冷笑，“马背上跳起来有什么难的？澜马部的澜马们都能做到，但没有你说的那么灵活。他们用的刀倒像是东陆出产的，华族人喜欢在刀上开血槽，这样刺进甲缝里杀人，血从血槽里放出去，敌人没有反击的力量。但华族人的刀也能通过皮毛换来。有谁能在北都城里神不知鬼不觉地活动？那只能是很了解北都城的人，外族人怎么做得到？他们一进北都城，一看城里连天的帐篷就傻眼了，夜晚都不敢出门，因为在他们眼里帐篷和帐篷太像了，晚上出门他们根本连路都找不到！”

阿苏勒还是摇头。

“懦夫！这有什么不敢承认的？一定是青阳的人！而且是帕苏尔家的人！”老人说得很笃定，“杀了你，对其他人都没有什么好处，对你的伯父们和哥哥们却很好。你是个小废物，除掉了你，世子的位置就悬空了，大家可以开始新一轮的竞争。但是他们肯定不会承认，为了做得隐蔽他们动用了一支隐秘的骑兵。那些人在战场上扮演的角色更像是杀手，他们藏在秘密的地方训练，不叫任何人知道。你以前没见过他们，那是当然的，因为还没有到你死的时候，杀手在你面前现身的时候，就是来要你命的时候。你听说过青阳的鬼弓武士么？草原上的人都听说过，可有几个人知道青阳的鬼弓们藏在哪里？等到你见到他们的时候，他们的箭已经把你的喉咙射了个对穿！”

“你都是猜的！”阿苏勒大声说，“你都是瞎猜！”

“还用得着我这种将死的人猜么？你自己也猜得到，可是你不愿意承认，你害怕么？你害怕你就捂着耳朵跑掉啊。你是个废物，你不死，人人都不安心，所以他们要杀了你。”

阿苏勒猛地站了起来，他不想跟这个老疯子说下去了，不愿听他胡言乱语。

老人忽然坐起，狠狠地拉住阿苏勒的手。他的力量已经恢复，阿苏勒无法摆脱他的控制，不得不重重地坐在他身边，屁股被震得很疼。

“你干什么？”阿苏勒喊了起来。

“听我说话，”老人低声说，“你未必还有很多机会听我说话了。”

阿苏勒觉察了他话里的悲哀，沉默了半晌。

老人仰面对着天，似乎在想什么，又像是出神，直到阿苏勒觉得他已经忘记该说什么了，他才幽幽地说，“你力气很大。”

阿苏勒愣了一下，摇摇头，“我力气大？我从小身体就不好，哥哥们都比我力气大。”

“有没有忽然间无法控制自己的时候？很愤怒，好像有火在血管里流动，那是地狱的烈火，它从你的心里流出来，流往你的四肢百骸。你觉得自己在看不到头的黑暗里，周围都很冷，只有你自己热得像是火炭。”

“有……”阿苏勒低声说。

“那一天你从我的手里挣脱，”老人举起枯木般的右手，“能从我手里挣脱的人，可不多。”

阿苏勒一时也迷茫起来，这么多天过去了，他一直想不清楚那个瞬间自己怎么摆脱了老人掌握，又怎么忽然发力把老人举过头顶，如挥刀般砸在石头上。

“你的伤口也会比常人更快地愈合，那天你的手腕骨折了，可现在它已经康复如初。”

阿苏勒下意识地想把手藏在身后。这是他很不愿意谈及的话题，这种怪异的自愈能力让他觉得自己像是某种怪物……他的自愈能力甚至不亚于这个老人，这是个关着两只怪物的洞穴。

“练过刀么？”老人又问。

“跟着木犁将军练过一些日子。”

“不要再练了，你不是练刀的料子。”

“我……我的哥哥们都是英雄，我也想……”

“人们都说草原上五百年来只出过两个英雄，第一个是逊王，第二个是钦达翰王，你的哥哥们也敢称英雄么？”老人的目光变得咄咄逼人，“愚蠢的孩子怎敢自称英雄？”

阿苏勒沉默了很久，“爷爷，你说有报应，可是你还是看重英雄。我们草原上的男子汉，不想当英雄，会被人嘲笑，还不如死。”

老人怔住了，思考了许久，仰望洞顶缓缓摇头，“是啊，马背上的男儿，一生当然要杀很多人，你不杀了你的敌人，你就变成死人。杀人又有什么可怕？人都是要死的，勇敢的人死了，盘鞑天神会接引他们，在高天上的宫殿里享福，懦弱的人就算死在床上，也得不到福佑……世世代代我们的族人都是这么传说的……呵呵，多么愚蠢的传说啊！”

“我也想当英雄，可我不想杀人，可我又总是梦见杀人……在梦里我杀了很多人。”阿苏勒轻声说。

老人冷冷地哼了一声，并不说话。

阿苏勒双手抱着膝盖，在老人身边坐下，“真的是很多人……一眼望不到头的尸体，尸体堆成小山，刀剑插在他们身上。我拿着刀站在死人堆成的山下，太阳挂在西边，颜色红得就像血，血就要从山上面滴下来。”

“做梦而已，有什么可说的？”老人冷笑。

“我怕那个梦有一天会变成真的，北都城里有传说，说我是玄一。我生下来阿妈就疯了，我生的那天有大流星在天上经过，神卜池里面的玄明都死了，我是不祥的人。”

“玄一？”老人木愣愣地看着阿苏勒。

“哈哈哈哈，哈哈哈哈……”他忽然放声大笑起来，笑得全身颤抖。笑声在洞穴深处回荡，仿佛有千百观众聚在一起看世上最滑稽的演出。

“小东西，你知道玄一是什么意思么？”老人拍着胸口，久久不能平静。

“没有光的星星。”阿苏勒所知的玄一就是一颗没有光芒的凶星。

“没有光的星星？”老人从鼻孔里狠狠地喷出一口气来，“没有光的星星算什么？天上很多小星，黯淡得你根本就看不见，只有最好的天气里，羽人中的鹰眼射手戴着晶镜才能把它们从星群里分开。那些也是没有光的星星，怎么没有人提起？星星就是要有光，难道没有光的星星反要比有光的星星厉害？”

“可他们都说……”

“可是什么？愚蠢的人们啊！玄一令人害怕，怎么会是因为它无光呢？那是因为它是死星啊，它是掌管大地上一切死亡的星辰，玄一降临到你的头顶，是盘鞑天神给了你死亡的花环，他派遣使者来夺走他赐给你的生命。他的使者们就在草原上骑着黑色的马跑过，杀死一切的人。”

“使者？”阿苏勒瞪大了眼睛，“天神的使者是……是逊王和铁沁王啊！”

这是蛮族通行的传说，历史上只有逊王被称作“盘鞑天神的使者”，他团结所有蛮族人统一了草原，之后就回到天上去了。未来将会有一位铁沁王，是盘鞑天神的第二位使者，他的使命是带着蛮族的铁骑横扫九州。

每一位盘鞑天神的使者都会将盘鞑天神的赐福带给蛮族人，他们又怎么会是剥夺生命的死亡使者呢？

老人冷哼一声，“那些无知的蠢东西，他们不知道逊王就是玄一！逊王是盘鞑天神用右手化成的使者，天神的右手握着一挥动即可斩开雪山的神剑，那神剑上面嵌着一颗黝黑的宝石，它没有光，因为它是空虚的，它是贪婪的宝石，世界上所有的光都被它吞噬。活着的东西只要一靠近它就被吸去灵魂。那颗宝石在天上就是玄一，在人间就是逊王。它是最凶恶贪婪的魔鬼，一切光和生命的死敌。”

“魔鬼？”这是阿苏勒第一次听见有人这么议论半神半人的英雄。

“逊王是什么人？那是统一蛮族七个大部落、组织库里格大会、杀了上百万人的大君啊？”老人的目光变得冷酷无情，“那当然是恶魔！”

他轻蔑地笑着，斜着眼睛看阿苏勒，“你害怕血对不对？你伤了我，自己却号啕大哭，为什么？因为你害怕，你害怕血流在手上的感觉，你害怕那些活生生的东西转眼就死了，就这样你也跟我说杀人？你敢杀人么？就算你有一天有了杀人的胆子，可杀一两个人还变不成玄一，想验证你是玄一的传闻，你就得像逊王那样横扫草原，用血把每棵草都染红，你做得到么？做不到的傻孩子怎么会相信自己生来就是玄一？”

“可有人说，草原上的男子汉，你不握着刀，人家就来杀你。”阿苏勒低声说。

“你怕死？”

“是，我怕死，可我也怕别人死，我还有阿妈，还有苏玛，还有合萨，我还有两个伴当，一个叫铁颜一个叫铁叶，我要是不争气，他们就得受苦，有一天有人会拿着刀来杀他们。”

“还有什么？还有什么？还有什么？”老人忽然流露了野兽般凶恶的嘴脸，他大声呼吼，“你还想保护别人？你能么？你能么？你现在在这个叫天天不应叫地地不灵的地方，你连自己都救不了！”

阿苏勒呆了好久，抱着自己的头，颓然地坐在地上，“是啊，我不能，我什么用都没有……可是，”他的声音里满是难过，“我阿妈……她傻了啊，她是个好可怜的女人，她只有我这个儿子。”

老人一怔，凶狠的眼睛忽然变了，就像念起那个名字的时候，他看起来温柔又迷茫。

“你爱你阿妈么？”他问。

阿苏勒点了点头。他不太理解这个问题，他当然爱自己的母亲，是人都该爱自己的母亲。

“你真蠢，可你妈妈生了你一定不后悔，”老人轻声说，声音里带着些许柔和，“你想离开这里么？”

阿苏勒用力点头。

“那你要答应我三个条件。”

“什么条件？我都答应！”阿苏勒心中惊喜。

老人拍了拍石床，淡淡地说：“来，坐在我身边……喜欢听故事么？”

“喜欢。”阿苏勒点点头。

“第一个条件，听我给你讲一个故事。这个故事很长……”老人深深地吸了一口气，“很久很久以前，大地上没有人，也没有草，到处都是彻骨的严寒，除了雪，只有细碎的盐粒，那是天地分开时候天女眼泪凝结成的。那时候大地上惟一的活物是一头白色的牦牛，它有厚厚的毛，不怕刀剑一样的冷风。它是牦牛，也是一头巨龙的化身，归根到底，它是无所不能的盘韃天神，它化为牦牛，为大地带来富饶……”

“……战乱一直持续到五百年前，那时候草原上还没有‘蛮族’的称谓，大家称自己为青阳、澜马或者是九煵，大大小小几百个部落，东陆的大皇帝有时候扶持这个去打那个，有时候反过来。今天我抢走你的新娘，明天你杀了我的哥哥报仇，后天又是我带人冲进你的营寨。来来回回，永远也没有止境……”老人拖着沉重的铁链，围绕石床缓缓走动。

阿苏勒坐在一旁，目光跟着他移动。

按照外面的时间，也许几个月都过去了，阿苏勒算不清日子，只知道是很久很久。老人的身体已经渐渐康复，他的故事也从太古洪荒说到了蛮族历史上最闪光的黄金岁月，逊王阿堪提的生平。

阿苏勒喜欢听故事，苏玛要不是个哑巴，一定会承担起每天晚上讲故事哄他入睡的工作。但老人的故事让阿苏勒有些害怕，大合萨也给他讲过蛮族的历史，但在大合萨的叙述中，蛮族的历史是金色的，各种圣山神女雪峰金瓶，老人讲的历史却是血色的，他似乎刻意地把历史中最血腥的段落截取出来，拼在一起讲述，每个故事都是杀人的故事，每一颗征伐草原的雄心都跳动在魔鬼的胸膛里。

阿苏勒不知道老人为什么要这么讲故事，但那虚无遥远的声调却深深地打动人心。老人讲故事的时候永远看着远处，视线像是洞穿了坚硬的岩石。

“没人知道阿堪提的身世。有人说他是盘韃天神直接赐予人间的，所以没有父母，也有人说他的父亲被当时草原上最有地位的大汗王剖心祭了天，所以阿堪提不愿提自己的身世，却把自己的义父、那位大汗王剖了心。他是战争和仇恨的种子，他是恶魔，为了杀人而生在世上，但他又是盘鞑天神的使者，所以他虽然杀人，却是没有罪的。他做了很多别人想也不敢想的事，比如献出自己的妻子去换取强壮的武士，他明知义父垂涎自己的妻子，可是他不犹豫。他不在意妻子被凌辱，只要给他勇士让他征伐天下他就满足了，因为他没有心，他只有杀人的欲望……

“经过二十八年，阿堪提统一了草原。他没有叫自己皇帝，却成立了库里格大会，说草原上的人都是平等的，以后谁最有德行和勇气，谁就是首领。从那时候开始有了大君的称呼，可大家觉得逊王谦逊，于是叫他逊王。逊王很开心，安排人去学东陆的文字，说要写下蛮族以前一千年和以后一千年的历史。

“可逊王并不知道，在他最得意的时候，身边却有一条狼，远比他更加恶毒的狼。这条狼原本是有心的，可是为了获得权势和地位，他宁愿把什么都忘记，把自己变成杀人的武器。他就是你的始祖，吕青阳。”老人忽然扭头看着阿苏勒，瞳孔像是着火那样熠熠生辉。

阿苏勒惊得坐直了，“不会的！始祖是英雄，阿爸说过。”

“当然，吕氏帕苏尔家的书中是不会写这些的，逊王是草原上第一位大君，吕青阳是第三位。九煵部的主君杀了逊王，吕青阳杀了他，为逊王报了仇，所以吕青阳是人人称道的英雄。可是没有人知道，正是青阳部的男人们混在乱军之中帮助九煵部，九煵部才得以攻下北都城。九煵部和青阳部本是秘密的盟友，谋杀逊王的一战中，吕青阳是不露面的凶手。”

阿苏勒摇头，“我不信！我们帕苏尔家……”

老人恶狠狠地打断了他，“你们帕苏尔家又怎么样？你的父亲也灭了真颜部，不是么？帕苏尔家难道不会做背信弃义的事？帕苏尔家背信弃义的事做得还少么？”

阿苏勒沉默了。

“这远远还不是结束，吕青阳虽然狡诈，但非常暴虐，他当上大君之后就开始讨伐四方的部落，来扩大青阳部的草场。被他征服的部落，男人集中用巨大的铁车轮碾死，因为用刀砍头的话刀刃会磨损，一次要杀几万人的话最方便的就是用铁车轮碾压，尸体上铺洒一尺厚的泥土和草籽，几年后那里会变成极其丰美的草场，因为下面有人的骨血在滋润。他好色而且残暴，强迫一个家庭的主母和幼女一起侍奉他，把男主人捆在一旁逼他旁观，完事之后把女人们的头都砍下来，在头骨里点上蜡烛作为灯笼挂在自己帐篷周围。他根本就是个疯子，想尽各种残酷的暴虐的办法，不惜杀死千万人，只要自己能有片刻欢愉。很快草原上的人，乃至他的兄弟们，都起来反对他，因为他连兄弟们的妻子和女儿也不放过。可是盘鞑天神救了他，天神给了他青铜之血！”

“青铜之血？”这是阿苏勒第二次从老人嘴里听到这个名字。

青铜家族和剑齿豹家族都是帕苏尔家的自称，是令他们骄傲的名字。阿苏勒只知道剑齿豹这个名字源于传说中豹子把双牙送给吕青阳作为武器，却不知道“青铜”二字的来由。

“蒙昧的子孙啊！”老人长叹，“青铜之血不是说帕苏尔家，那是最强武士才能拥有的血统。青铜之血使他们上阵可以不知疲倦地挥舞武器，他们也不知道疼痛，也分不清朋友和敌人，只知道杀人，不停地杀人，一个人可以杀死一支军队。吕青阳身体流的就是青铜之血，为了把这个血统传给自己的儿子们，他把姐姐和妹妹的丈夫都杀死，和自己的亲生姐妹乱伦，把弟弟们的女儿也抢来当妻子。他有许多儿子，其中继承了青铜之血的有九个，凭借这些恶魔般的儿子，他把所有敌人都杀死了，占据了整个草原。可他死得很凄惨，最后他彻彻底底地疯掉了，拿刀把自己的肉一片一片割了下来。”

长久的寂静，阿苏勒一句话也说不出来。老人站在那里仰望洞顶，钟乳石上的水一滴一滴打落下来。

“后来呢？”阿苏勒问。

“后来的故事就不用我来说了，你可以回去问你的父亲或者大合萨，”老人拉住阿苏勒的手，“现在是你回去的时候了。”

他不由分说地把阿苏勒拉到了递送食物的洞口边，拉开铸铜板，露出里面的铁栅栏，黑黝黝的洞口中透出森森的冷意。

“有没有感到风？”老人问。

阿苏勒摇了摇头。

老人把他的手拿了过来，吮吸了一下他的食指，引导他把手指放进洞口里。阿苏勒愣住了，他确实感觉到面向洞口的那一侧，手指上有飕飕的凉风。

“你手指觉得凉，是因为有风，风从洞口里吹出来。我观察这个洞很久了，它始终都会有风吹进来，虽然很弱，可是从没有断过。”老人说。

“那它一定能通到外面去！”阿苏勒明白过来，兴奋得几乎要蹦起来。

“是的。四十年之前我还没有被关在这里，有人来报说有六个羽人在彤云大山脚下的一个地穴里出现。羽人也是我们蛮族的敌人，好在有了彤云山把我们分隔开来，羽人的领地只在彤云山以东，我们并不太冲突。通常羽人是不敢来彤云山西边的，可为什么忽然有六个羽人出现在我们蛮族的土地上？虎豹骑抓回了那些羽人，逼他们承认自己是斥候。可羽人说他们没有进犯的意思，他们是彤云山东边的猎手，遇见了几只结群的狰，所以躲进了山洞，但狰也追进去，他们只能在山洞中奔逃，跑着跑着失去了方向，好在随身有打猎得来的兽肉，在地洞中兽肉也不腐坏，他们就吃兽肉和地下河中的水为生，走了不知多久，再次看见阳光的时候，已经到了大山的西边。我们询问他们出发的日期，才知道他们竟然在地洞里走了半年。”

“地洞可以穿过神山！”阿苏勒很惊讶。

老人点点头，“我用了很长的时间去查这个地洞的历史，终于让我发现开辟洞穴的是大家都知道的两个人，你猜猜是谁？”

阿苏勒摇摇头。

“逊王和古风尘。这原本是个天然洞穴，四通八达，但有些地方没有联通，上古时还有没有留下名字的部族在这里居住过，他们把某些地穴加以开凿，形成了宫殿般宏伟的建筑。比如这个地穴，就是开凿过的，古人保留了这些钟乳石柱子，把墙壁凿平，在上面绘制了壁画。从这个洞穴的高度来看，那是个身高非常惊人的种族。逊王和古风尘得到了地穴的古地图，于是民夫昼夜开凿，终于打通了它。古风尘叫它‘埃塞博杜拉贡之门’，意思是说通往地狱之门，而逊王叫它鼠洞。他们想从这条隧道把蛮族的战马和武士都送到青州，你想想，成千上万的铁骑兵越过了大山和森林的屏障，忽然出现在羽皇的青都之外，羽人该是多么的惊慌失措，他们根本来不及组织防御，青州将是我们草原人的土地！”

“可是古风尘尊格尔台大汗王……不是大合萨一样的星相家么？”

老人轻蔑地笑笑，“愚蠢的孩子！我这些天的故事都白讲了么？这个世界的历史不是用金漆和素布写成的，是用血写成的！伟大的星相家未必就没有野心，尊格尔台大汗王古风尘·苏德拉炯，他是羽人中的异类，乱世的煽动者，屹立在星空下的魔鬼啊！只有他这样的人才配跟同是恶魔的逊王当朋友！他们最后贯通这条隧道用了七年，那是草原上最大的工程，除了打通隧道，还要打出无数的气道，才能把新鲜的空气从地上引下去。铜板后的那个洞口，应该是其中的一条气道。”

“那我们可以爬出去了？”

“我不行，但你可以试试。你个子小，也许能钻出去。不过你要想好，我并没有逊王留下的地图，也不知道气道的粗细。这些气道也可能是天然形成的，不是一头一尾，而是成千上万条岔道组成的蜘蛛网。如果你爬错了路，可能被卡在中间，就这么死了，谁也不知道。”

阿苏勒战战兢兢地抚摸那些铁栏杆，尝试着把头伸进去，寒气和黑暗扑面而来。他惊得缩了回来，撞在老人身上。

老人一把把他抱起，冷笑着捏捏他的脸，“害怕么？害怕就算了，留在这里陪我，我也有个玩伴。”

“害怕。”阿苏勒说，“我不想把爷爷你丢在这里。”

“哦，是么？懦夫总会给自己找到理由的，可理由不说也罢。”

“可我还是要爬出去，我确实很害怕，可我不从这里爬出去就没法变成真正的雄鹰和男子汉，那样我阿妈就再也没有儿子了。对她来说，我活在这里，和我卡死在洞里，没有分别。我不想让她孤独地等着我回家。”阿苏勒低着头，“我不能留在这里陪爷爷，对不起。”

老人有些诧异，“想好了孩子，这世上甚至不会有你的葬礼，吕氏帕苏尔家的小儿子永远从世间消失了，化作隧道深处的一具枯骨。”

“我阿妈把我生下来，不是为了让我有个风风光光的葬礼。”阿苏勒抬头看着老人，那双海子般的眼睛透出琉璃般的光明。

老人满意地点了点头，“真有意思，那么懦弱的一个孩子，有时候却固执得像木犁那种木头橛子。”

“如果你侥幸没有被人在洞口捉住，就不要跟任何人说你见过我，这是我的第二个条件。”老人摸摸阿苏勒的脑袋，“这是为了你，不是为了我。你阿爹不想任何人见过我，也不要去查我的事。”

阿苏勒点头。

老人站起来，长长地吐出一口气，背退着走了出去，恭恭敬敬地双膝跪地，“我的三个条件，你已经答应了两个，最后一个也不难。我要把一种刀术教给你，你很喜欢学刀，是不是？”

阿苏勒用力点头。

“我给你讲了那么多的故事，其实只想告诉你一件事。这世界本来就是血腥残忍的，英雄们都是杀人的魔鬼，可又有什么办法呢？只有你握着刀，变成了魔鬼，杀了你的敌人们，才能保全你心爱的人。逊王是魔鬼，但是没有他就没有库里格大会，没有今天草原上的安宁；吕青阳也是魔鬼，但是没有他就没有吕氏帕苏尔家的繁荣。你是个懦弱的傻孩子，但是你想护你阿妈，还有那些什么苏玛，什么铁颜铁叶，那么你还不至于辱没帕苏尔家祖宗的尊严，你有资格学习这一刀。想保护别人该怎么办？唯有把自己变成魔鬼，这样总好过你心爱的人被人杀了，被人奸污，被人驱赶着当作卑贱的奴仆，”老人的声音低落下去，“我只希望将来你不要怪我，这是我们必当支付的代价。”

阿苏勒隐隐地有种不祥的预感，但仍旧跪了下去，恭恭敬敬地磕头。

“你杀过人么？”

阿苏勒摇头。

“我猜也是。你这样的孩子却有青铜之血，真是上天的捉弄。”老人从地上抓起一片岩石，形制就像他那天用来猎杀怪鱼时所用的，古朴沉重，像是从太古传下来的刀。

面对那柄石刀，阿苏勒不由得起了敬畏之心，过去的几天里老人一直在磨制这柄石刀。他磨刀的时候沉默得跟石头没什么分别，却有一种帝王的威严。

“把你胸前那柄漂亮的小玩意儿拔出来。”老人威严地下令。

阿苏勒和他一样跪坐，拔出了青鲨，横在胸前。他意识到老人要传授他某种刀术，但世上有什么刀术是跪着传授的么？蛮族的好男儿，几乎每一刀都是在马背上学习的。

老人的手指轻轻在石刀上滑动，粗糙的刃割开他的皮肤，鲜血在刀身上缓慢地流淌，他用自己的血在刀上写画图腾，“这天下最强的刀术，从天地诞生的时候就在那里，但没有人能学会它。它只能被人从心中唤醒，它是活的，是至强至暴和至恶，但只有唤醒它的男人才能成为草原上的传奇，才能手握刀柄守护这片天地。它的名字是大辟，多年前有东陆文人看见了这一刀，说它‘大辟天下，混沌乃分’，从那以后它才有了名字。”

他低头看着刀上血绘的图腾，“跟我念。”

“是。”

“依马德、古拉尔、纳戈尔轰加，这是我祖宗的血！”

“依马德、古拉尔、纳戈尔轰加，这是……你祖宗的血。”

“是‘我祖宗’！”老人愣了一下，怒吼，“难道你不是帕苏尔家的人？难道你不该对你的祖先送上敬意？”

“是！是！依马德、古拉尔、纳戈尔轰加，这是我祖宗的血！”阿苏勒吓了一跳，赶紧纠正。

老人的心中原本充斥着极刚极锐的杀气，可那种曾经横扫草原的意志在这个孩子面前却遭受了挫折，孩子并不知道那些高贵的蛮族古名意味着什么，他也并不渴望着像先代的草原王者那样拥有权力和美名，他根本不了解这个残酷的世界，他想学习刀术居然是要保护那些弱者，可弱者真的应该被保护么？

英雄注定要踏着骷髅之山登上王座，所谓守护天下，只是史官无耻的粉饰罢了。

“他们的灵魂在黑暗中看我，他们传给我尊贵的血和肉，他们传给我天神的祝福。”

“他们的灵魂在黑暗中看我，他们传给我尊贵的血和肉，他们传给我天神的祝福。”

“我们注定是草原之主，我们注定是世界的皇帝，我们注定是神惟一的使者。”

“我们注定是草原之主，我们注定是世界的皇帝，我们注定是神惟一的使者。”

老人的念诵越来越快，仿佛霹雳雷霆连续地炸响，阿苏勒追逐着他，稚嫩和苍老的声音渐渐融合，仿佛是天地初开太古鸿蒙的誓言。

某种异样的脉动在胸口下方跳跃，阿苏勒想压制，可是压不住，老人的念诵中带着某种可怕的力量，完全控制了他的心神。每念一句，他都觉得那声音在脑海中不断地回荡，但他控制不住地跟着念。

“青铜的火焰在地狱里燃烧，帕苏尔家的命灯不会熄灭。”老人昂然起身，拖着巨大的石刀，“但我们中，只会有一个活下去！”

他完全恢复成了野兽，眼珠因为充血而通红，全身肌肉全部绞紧，骨骼发出喀喇喇的暴响。

他咆哮起来，拖着石刀闪电一样弹射出去，他扑向阿苏勒，石刀当头斩下。这只是一记简单的顺斩，在刀术中完全说不出名堂，可只有置身刀下的人才能清楚地感觉到那股力量，那股神威般的巨力，简直像是要劈开大地！

血“嗡”地冲上头顶，阿苏勒不由自主地举起了青鲨，那一天老人斩杀怪鱼时候的一刀如此清晰地出现在他的脑海里。他完美无缺地复制了那一刀，上步，旋身，扭腰，平斩！身体像是绞紧的弓弦那样，忽然间暴怒地张开！

轻薄的青鲨和巨大的石刀在半空交击，青鲨以其极佳的钢质胜了一筹，石刃一边转动一边崩溃，但老人的力量仍旧是凝聚的。碎裂的石片从阿苏勒面前扫过，碎石带起的利风似乎要割裂皮肤。

那种沛莫能御的巨力已经摆脱了武器的限制，老人的力量凝聚如利剑如长枪，他可以握着任何武器使出这一刀，只要那柄武器足够巨大和沉重。这是纯粹以蛮力驱动的狂斩，是蛮族男儿最狂暴的血性！

第二刀随即而来，石刀的长度缩短到最初的一半，但速度也几乎快了一倍。青鲨和石刀在半空中又一次交击。碎石四下散射，巨大的石刀在每一次挥动中崩溃。

老人手中仅剩三尺的石刀了。他随着挥刀的力量滑行出去，单膝跪地，止住冲势，旋即抛下石刀的柄，空手扑向阿苏勒。这不是刀术比拼，是纯粹以杀死对手为目的的搏杀，无所谓握刀不握刀，刀随时可以被舍弃，但那刀的煞气在他的每个动作中显露。他不会留任何机会给敌人反抗或者喘息，他的石刀不及阿苏勒的青鲨，但他还有双手，他的双手也是刀剑。老人掐住阿苏勒的脖子，把他狠狠地压在石壁上。

阿苏勒只来得及把自己的左手护在喉咙上，可那根本不管用，老人的手像是铁铸的，阿苏勒觉得自己的手骨就要断裂，连着喉咙也会被老人捏成碎片。他没想明白这到底是怎么了，这绝不是在传授刀术，他能清楚地感觉到老人的杀机。

老人是真想杀了他！

他渐渐地窒息了，眼前发黑，却感觉不到疼痛，只有胸口中那个异样的律动越来越清晰。

“哈哈！哈哈！哈哈哈哈！来啊！杀了我啊！杀了我就可以出去了！”老人狂笑着。

几近虚脱的阿苏勒忽然举起青鲨，信手平挥，切开了老人的肩膀。鲜血迸溅出来，洒在两个人的脸上。

“好！再来啊！再来！闻见青铜之血的香味了么？”老人没有退缩，却对着他咆哮，“杀了我，杀了我你就长大了！”

阿苏勒的第二刀割了下去，扫在他的肩胛上。

“还不对！还不对！还没有杀死啊！”老人嘶吼，“来啊！来啊！华族的勇士们，来杀死这个屠杀了你们同伴的魔鬼！来一个勇士剖开我的胸膛……或者让我剖开你们的！”

老人的吼声越来越高亢，他似乎出现了幻觉，幻想自己正站在一望无际的战场上，面对着盔甲明亮的华族武士，他像野兽一样用吼声来叫战，毫无保留地宣泄自己对杀戮的渴望。

阿苏勒把青鲨转为反手。第三次出手，这是一记刺击，对准老人的胸口。他的胳膊没有老人长，但力量如脱闸的狂龙，控制了他的身体，他的骨骼在剧烈地变化，手臂以不可思议的方式伸长，青鲨一点一点地进入老人的心脏。

血涌了出来，阿苏勒狂喜，他的眼睛里像老人一样，闪着嗜杀的光。脉络可怕地凸起于皮肤表面，身体泛起诡异的赤红色，他变成了跟老人一样的狂徒，但他根本注意不到。

他心里只有一个念头，就是要把那刀推进老人的心脏里去，看见鲜红的血和生命一起喷洒出来。他渴望着血淋在自己身上的感觉。

面对阿苏勒狰狞可怖的眼神，老人闭上眼睛，深深地吸了一口气……

好像又能闻见草原的芬芳，金色的阳光投下，他看见碧绿草地的远处洁白的帐篷，他向着帐篷奔跑……

“阿钦莫图……这一天终于来了了，盘鞑天神毕竟还是给了我机会，不让我孤独死去，给了我机会，让我用血来唤醒你的孙子。”他低声说着，忽然松开了锁紧阿苏勒喉咙的手。

阿苏勒忽然失去了阻碍，整个人带着青鲨撞进老人的怀里，青鲨刺入岩石，把老人钉死在那里。

“很好，现在拧动那把刀，毁掉我的心脏，你身体里祖宗的魂就苏醒了。”老人狠狠地把孩子的头抱在怀中，“阿苏勒……这是我能为你做的一切，要勇敢，让从今往后五百年的草原传唱你的名字！”

金属落地，清脆的声音在洞穴中回荡。老人猛地睁开眼睛，发现落地的是那柄青色的短刀。在最后一刻，孩子并没有以草原上武士习惯的动作顺手一拧刀柄，把心脏彻底豁开，从缺口中放出血来。木犁本该教过他那么基本的东西，但他违背了这个刀术的基本准则，用颤抖的手把那柄刀缓缓地拔了出来，扔在脚下。他眼睛里凶恶的光消失了，只剩下海子的清澈和孩子的悲哀，血脉贲张的异常状态正慢慢地解除，他抱着老人，呼吸渐渐地衰弱。

老人反倒惊慌起来。

“杀了我！杀了我你才能明白这一刀的精髓！你是吕氏帕苏尔家的儿子，杀人是你的本分，你要继承祖宗的血，先要杀了我！”老人怒吼。

“我……我……我不明白……为什么？这是……世界的真相么？”阿苏勒一边退后，一边吐出红黑的瘀血。

在最后一刻他自己的神志苏醒过来，强行遏制住了杀戮的冲动，于是狂暴的血气激荡在血脉中，反而重创了他自己。

他的眼泪流了下来，映着清亮亮的荧光，透明而安静，看上去倒像一个女孩。老人不敢面对那双眼睛，死死地靠在岩壁上，用褴褛的袖子遮脸，不知道是恐惧还是悲伤。

“阿钦莫图……阿钦莫图……你的魂还在，是你托这个孩子来看我的，你还在！我看见你在哭了，我看见你在我身边，你在哪里？你在哪里？”他忽然大喊起来，仰头看向四周，不顾一切地奔跑，像是寻找母亲的孩子。

可是铁链限制了他，他把铁链绷得笔直，像野兽那样拼命地蹬地。他对着黑暗的深处大喊：“阿钦莫图，不要走！让我再见你一面！”

洞穴中回荡着他的呼吼，一遍又一遍。

“你在哪里啊……不要离开我……”他颓然地跪倒在地，头撞在地上。

不知过了多久，他缓缓地站了起来，木然的脸上一点表情都没有。他的胸膛被阿苏勒刺穿，但最后一刻阿苏勒强行偏转刀刃，避开了他的心脏，这点伤对他这个怪物来说不算什么。

“从没有人能自己从‘无明’中解脱出来，你是怎么做到的？”他没有看阿苏勒，默默地望着远处。

“不记得了，”阿苏勒捂着头，“我就记得你喊我的名字，你从来没有喊过我的名字，那个瞬间我忽然想你是爷爷……我为什么要杀了爷爷？你对我好，我知道。”

“真是个懦弱的孩子，你这样懦弱的孩子永远也学不到大辟之刀的精髓，”老人冷冷地说，“因为这一刀是神的刀，神的胸膛里没有怜悯之心，要学尽这一刀你当先泯灭人性，我故意刺激你的狂性，你必须杀了我，让我的鲜血洗去你的蒙昧，方能借助无明登临神的境界，成就英雄的命运。但你拒绝了，所以你学到的只是大辟之刀的形，错过了它的神髓。”

他从腰间摸出一个白色的东西抛给阿苏勒，“滚吧！你这懦弱的傻孩子！带上馕，带上水。这是大鱼的鱼鳔，我涂了鱼油，装水不会漏。滚吧，你生来不是英雄，我看错了人。”

阿苏勒站了起来，明白这已经到了最后分别的时刻。

老人把他推进洞口，封上铜板。

彻头彻尾的黑暗笼罩了阿苏勒，如在一场漆黑的噩梦里。可是很奇怪，阿苏勒并不觉得恐惧，只觉得悲伤。他听不见老人的声音也闻不到老人的味道，可是他能感觉到老人并未离去，正隔着铜板听他这边的声音。

虽然隔着冰冷的铜板，但两个人都能感觉到对方的体温，感觉到那个曾经相互陪伴的人类就在不远处，无言地等待着离别。

阿苏勒默默地坐了许久，伸手摸了摸铜板，轻轻敲了敲。隔了很久，对面传来轻微的敲击声，这是老人在回答他的呼唤，告诉他自己并未走远。

阿苏勒把脸蛋轻轻地贴在铜板上，“谢谢你，爷爷。”

没有回答，寂静如天地初开。他转过身，爬向黝黑通道的深处，也爬向无法揣测的未来。

祭坛上点起了熊熊的烈火，火中灼烧着牦牛的肩胛骨和檀香木，香烟缥缥缈缈地升上天空，在无风的天气中一直升到高处才弥散开去。

神巫们披着红绿两色拼成的彩衣，高举铜刀，围绕火堆起舞，祈求盘鞑天神的指引，接引死者的灵魂去往天上。

大君袖手站着，望着远处，身后的侍卫武士都被浓烟熏得流泪，大君却像是没有感觉。他那双带白翳的眼睛仿佛早已干涩了，眨也难得眨一下。

今天是五王子阿苏勒下葬的日子，谁都知道大君的心里远不如表面上平静。

五王子失踪已经有半年之久，大君一直没有宣布他的死讯，贵族们都关心着新的世子人选，可大君那里静悄悄的没有一点动静。偶尔会有牧民说在草原上看见了独自流浪的孩子，像是五王子的模样，大君每次都会派人追查，可追查到最后，总是虚无缥缈的传闻。

于是人们都知道大君还在等着五王子回来，等着他最心爱的儿子。为什么大君最心爱的儿子竟是那个没出息的五王子呢？大家议论纷纷，可父亲的爱毕竟不是大君的爱，不爱你的风流潇洒，也不爱你的弓强马健。

父亲爱你，只是因为你是他的儿子，所以无需理由。

最后是澜马部的神巫带着吉祥的白牦牛远道而来，建议大君为五王子设下祭奠，这样盘鞑天神才会开恩接引迷失孩子的魂上天去，大君才终于答应。

巫师们烧起了牛骨和香木，把那件白狐的旧斗篷作为世子的遗体焚化在火堆上，袅袅的青烟升上了天。贵族们的心落了地，他们三三两两地聚在远处，小声议论着。世子这就算是彻底没了，那么空出来的席位会让哪位王子坐上去呢？

东陆使节也在邀请之列，雷云孟虎在铠甲外罩了一件白麻衣，他立在拓跋山月的背后，压低了声音，“将军，我们的大事也该定了吧？”

“哦，”拓跋山月略略回了一下头，“不是说这个的时候。”

他缓步上前，站在大君背后。

大君也不回头，话音格外地平静，“我统领青阳，一生杀过很多的人，总以为自己已经见惯了生死。可真要自己说出他已经死了，还是不忍心，总想再拖那么几天，再拖那么几天。让拓跋将军见笑了，我知道拓跋将军想以新的世子为质子，这才在我们这荒僻的地方待了那么久。”

拓跋山月沉吟片刻，上前一步和大君并肩而立，“杀再多的人，如果不是自己的亲人，未必知道什么是生死吧？”

“将军也有这种感叹么？”大君回过头来。

拓跋山月被他的目光刺了一下，忽地惊醒，意识到自己这句话说得草率了，“想起了一些旧事，都是些无谓的感慨。”

大君指了指火堆前的女孩，“这些天，我常常会自责，觉得自己称雄北陆几十年，却不曾真的对我的妻子和孩子们好。将军看见那个女孩了么？那是阿苏勒的小奴隶，他们说这半年来，她总是站在阿苏勒被掳去的那片草地上，没日没夜地望向道路尽头。她在等他回来。我看见她，自觉惭愧，原来真正在乎阿苏勒的反而不是我这个父亲。我心里有些话，其实早该对阿苏勒说，却一直没有说出口。他虽然是个懦弱的儿子，可天神知道我真心爱他。”

拓跋山月望着那个穿白色裙的女孩，她的白色裙角和辫子间的白色发带随着滚滚火风飞扬起来，整个人像是风中一片苍白的叶子。

他又侧身看向不远处的织锦小辇，女奴揭开半片帘子，指着燃烧的火堆，端坐在锦绣中的蛮族贵妇眼神呆滞地看着烈火，无声地笑着，抱着布制的娃娃，不时低头吻着娃娃满头的布辫子。

“阏氏！阏氏！那是世子的火啊……”上了年纪的老女人轻轻抚摩着夫人的头发，提醒她这本该是个悲伤的场合，可夫人还是痴痴地微笑。

“比莫干、旭达罕，你们过来。”大君对儿子们招手。

“父亲。”王子们并肩跪在父亲的面前。

“你们的弟弟这就真的死了，他在盘鞑天神的怀里，满是欢乐。而你们，我的大儿子和三儿子，你们是我最聪明的儿子，都可以成为下一个世子，你们悲痛么？”

吕守愚和吕鹰扬都没有说话。

“我知道你们很难说，是啊，说什么呢？弟弟的死，却是你们成为世子继承金帐的机会，你们到底是该哭，还是该笑，连我这个父亲都不知道了，”大君摇头，“生在帝王之家，居然连哭笑都由不得自己啊。”

吕守愚抬起头，张了张嘴，最后还是沉默。

“今天晚上，通知各家的首领到金帐里来，我有些事情要说。”大君挥了挥手，“退下吧。”

“是！”王子们一起退下。

“拓跋将军知道我要宣布什么事么？”大君低语。

拓跋山月点头，“大君对于新世子的人选，已经有了决定吧？”

大君点了点头，“拓跋将军可以定下南归的行程了。”

“拓跋明白了！”

远处传来“乓乓”声，那是神巫在头顶击打着烤焦的牛肩胛骨，声音空寂辽远，最后渺渺地散入空茫。

轻微的骚动从人群外传来。

大君转过头去，铁益拨开人群闪了进来，疾步来到大君身前下跪，“大君，有……”

他脸上有一丝为难的神色，“有一伙朔北部的牧民闯了进来，吵着要见大君，他们说牧马经过城边的山溪，找到了……世子！”

“混账！”格勒大汗王从人群中走了出来，“前几个月这种事情还少么？哪一次不是那些贱民撒谎？不过是为了讨一些赏金，这是世子升天的要紧时候，怎么还让这些贱民进来捣乱？都赶出去！”

年纪最大的神巫小步走近，“大君，我们已经听见冥冥中天神的应答，世子的灵魂已经被接引到天上去了，正在盘鞑天神的云城里面享福。”

拓跋山月觉察到大君有一丝迟疑。

“大君，那些愚昧牧民说的话，难道我们每次都要相信么？”格勒皱着眉，“我们是堂堂的帕苏尔家，如果要赐还这个孩子，也是天神赐还给我们，难道会是那些低贱的牧民？何况我们这几个月相信了那么多前来报告的牧民，多半都是用贱民的孩子来冒充世子，难道在祭典上大君还要召那些人进来捣乱么？”

铁益有些犹豫，“大君，那些人确实看着像是来要赏金的。”

大君嘴唇动了动，还是没有说话。

神巫抬起花白的眉毛，看了看大君，并不说话。

拓跋山月忽地一笑，“我曾听一个长门夫子说，人生在世，怎么能不后悔呢？开始觉得滑稽，后来才想，人力总是有限，有很多事做不到，就一定会后悔。不过我们活在世上，早起晚睡，不就是为了多做些事情，让自己将死之时不至于太过后悔么？”

大君一怔，“拓跋将军这番话，我听得不是很明白。”

“见见这些牧民吧。就算是假的，将来不会后悔。”

大君一惊，旋即豁然开朗，“让那些人进来！”

牧民们被带了进来，他们都裹着没有硝制过的皮子，葛布衣服的袖子扎在腰间。这些确实是草原上最贫困最卑贱的流浪牧民，他们赶着一辆大车，排着队跪在车前。

“揭开篷子看看！”铁益下令。

“慢！”大君喝止了他。

大君深吸一口气，“先赐给这些人每人一两黄金。”

铁益不解地看着主子，但还是从腰间摸出黄金，每人赐了一块。

大君站在篷车前，扭过头去看着那些牧民，“多谢你们。”他无声地笑笑，“过了这一次，心里总算对这个孩子少了些愧疚。”

他猛地揭开篷子。

明媚的阳光照进肮脏的篷车，马草上睡着苍白的少年，他已经饿得皮包着骨头，虚弱得爬不起来，可是眼睛还是清亮的，总有些东西深深地藏在里面，那海子一样能映照天地万物的眼睛。

大君默默地端详着他，像是认出了自己的孩子，又像是完全记不起他的长相了。牧民们不安地看着沉默的大君，不知自己会不会因为谎报喜讯而被砍下头来。

过了很久很久，泪水慢慢地从孩子脸上滑过。

神巫终于耐不住性子，凑过去看了一眼。

“世子……世子已经死了……这是鬼，鬼……鬼现身了！这是鬼，是鬼啊！”他惊恐地大喊，急切地敲打起牛肩胛骨，嘴里念着经文，对着孩子的头顶敲下。

“放肆！”雷霆怒吼回荡在浩瀚的草原上，大君抢过牛骨对着神巫的脑袋砸下，好生凶暴的一击。神巫翻了翻白眼，软绵绵地倒在车前，大君踩着他的背登上篷车，把孩子紧紧地抱在怀里。

“阿爸。”阿苏勒轻声说。

“阿爸在这里！”大君大喊。

陆子俞轻轻掀起帘子，钻出帐篷。大君立刻上去接住，紧握他的手，“怎么样？陆先生，我的儿子怎么样？”

“没什么大事。”陆子俞看了看周围，“大君请旁边借一步说话。”

“你们都退下！”大君喝退侍卫武士，跟着陆子俞来到两座帐篷间避风的地方。

陆子俞搓着手，欲言又止。

“陆先生，有什么话你可以直说，这个儿子我已经失去了一次，盘鞑天神送他回来，就是把他又赏给我。真的有什么事，”大君低声说，“我也认！”

“要说世子的身体，真的没什么大事。上次练刀的时候忽然病倒，不是因为世子体弱，而是因为世子的血气太过旺盛，旺盛得可怕，乃至会血管爆裂。我不知那位山碧空先生用了什么样的办法让世子起死回生，但后来我再看世子，已经没有火气蹿动的迹象。那些人的神术，当真不是医术解释的。不过，”陆子俞摇头，“山碧空并没有真的解去世子身上的血气，他们只是用了很特别的办法，把血气压住了。”

“压住了？”

“世子的心脏偏右，左胸中有一个肿块。我没有足够的把握，不敢开胸查看，不过按照古书说，十有八九是血婴。”

“血婴？”

“是个积血的囊块，山碧空是用了特殊的办法，把血气压在血婴里面。但血气始终还在，无论下多少清热温和的凉剂，都无法消除。”

大君微微点头，“我明白了，那会有什么影响呢？”

“眼下还很难断言。不过这次世子失踪归来，身体非但并没有恶化，反而强壮起来了。被山碧空压服的血气正从血婴中慢慢地疏散出来，血气是阳和的生机，只是太过暴烈才会伤身，世子得到血气的滋养，很快就会康复如初。不过，他似乎完全记不起来过去几个月里的事情了。”

大君吃了一惊，“记不起来了？”

“应该是受了很大的惊吓。我问他去过哪里，他说醒来的时候就发现自己躺在山涧旁。这在医书里是有的，是惊恐导致的离魂症。我检查了世子的身体，他非常疲弱，身上瘦得见骨，伤痕累累，看起来是吃了很大的苦，但看不出他去过哪里。”陆子俞扛起药袋，“作为大夫，此刻不宜追问得太厉害，世子如今的心神尚未稳定，大君非要逼问他去过哪里，只怕是火上浇油。在我们东陆，丢了的孩子又找回来，要再请一桌出生酒的，别的还问什么呢？”

他长揖为礼，飘然而去。

大君走进帐篷，看见儿子躺在床上，小仆女静静地坐在床边，握着阿苏勒的手。

看见父亲进来，阿苏勒动了动嘴唇。

“什么都别说了，”大君轻轻摸了摸儿子的头，“我的儿子能活着回来，那就很好。”

“好好照顾你主子，”大君又摸了摸苏玛的头，抽了抽鼻子，“还是个浑身香气的小女子。”

第四章 斩狼

残酷的冬天降临了，金帐里烧着火盆，拓跋山月和大君对坐饮酒。

“世子的身子可还安好？”拓跋山月放下酒杯。

“都好，不过东陆大夫说他的心症远没有好，现在又有了离魂的症状，过去几个月里所有的事情，一样也说不出来。”

“据说人受了惊吓就会这样，这半年里，只怕是发生了很多大事吧？”

“我现在不想逼他去想，到底是谁在北都城里做这样不要命的事情，我们总会知道。不过阿苏勒已经回到北都，拓跋将军依旧滞留不归，没有选阿苏勒，也没有选别的王子，是依然决定不下么？”

“北都城里的人都说世子只是暂领世子之位，将来继承青阳部的还是他英伟的哥哥们，大汗王们那里改立世子的呼声也是不绝。大君虽然爱世子，可大君是明君，心里应当清楚爱儿子和爱家国是两回事，未必会坚持要把世子扶成未来的大君。这样也好，拓跋只愿世子能一世平安。人各有命，不是每个人都能成就霸业的。不过拓跋要求的是将来能继承青阳的英雄，大君改立谁为世子，拓跋就求谁为人质。”

大君微微点头，“将军既然说得坦白，我也不妨直言。我很爱阿苏勒，但阿苏勒是个懦弱的孩子，继承我青阳部的必须是像我们帕苏尔家历代祖先那样的英雄，阿苏勒不适合，所以改立势在必行，我只是还未想清楚要改立谁。眼下正值隆冬，兽群即将路过北都城，正是冬猎的好日子了。

我和将军，带着我所有的儿子去火雷原巡猎，将军会看出我们蛮族未来的雄鹰。”

“如此最好了，定下日子了么？”

“就在明日！”

草原苍黄，第一场雪还没有下下来，微寒的冬风说不上凛冽，看着连绵的草原像一张绵延到天边的细绒织毯，人人都有纵马驰骋的好心情。

冬天是猎物最肥的一季，趁着还没有冷得冻手缩脚，大家一起骑上骏马挽起雕弓出猎，这是蛮族的老风俗。

大君仰望前方的豹云旗，阵前传来一阵欢呼。

一匹健马长嘶着奔回，兜了个圈子。那是吕贺的战马，马背上扛着一匹头顶中箭的小鹿，一箭毙命。

吕贺隔着百步骑射，一箭中的，这绝非运气，没有过硬的弓马技巧绝对做不到，武士们自发地高呼助兴，倒不全是讨好吕贺。即使在草原上的好猎手中，这样的箭法也难得，何况又是出自王子的手。

“我这些儿子，弓马都还过得去吧？”大君笑。

“说是很好也不为过。”拓跋山月也笑。

“这里面找不出拓跋将军所说的英雄？”

“王子们都不错，可是要说英雄，却是千百人中才有一个的。五百年来草原上真正的英雄，只有逊王和大君的父亲钦达翰王殿下，孙子们虽然神武，比起爷爷还是不如吧？”

“钦达翰王。”大君重复了这个名字，并不多说。

“今晚可以歇在沙伦堡，还有不到十里路。”吕鹰扬策马跟在父亲身边，“九王的大军跟在后面，相距五十里，免得惊扰了猎物。周围没有军队活动的迹象，我们带的几百骑都是虎豹骑的精锐，父亲可以放心狩猎。”

大君点头微笑。

“大君！”一匹战马在远处急刹，武士翻身下马，小步奔跑过来，高捧着一条雪白的皮毛。

“这是什么？”

“大君的吉祥兆头，前面巡猎的小队得到一头白狼！”

“白狼？”大君饶有兴趣地拾起了那条皮毛。

“这条狼皮在哪里猎得的？”拓跋山月脸色一变，忽然一把夺过了皮毛。

武士对着他的怒目而视，不肯回答。白狼是草原上罕见的生灵，仅次于白豹，唯有地位最尊崇的人才能够使用白狼皮作为装饰。这条狼皮是他们赶着剥下来献给大君的，这个投效东陆的叛徒怎么能从大君手中抢夺？

拓跋山月在马上微微躬身，神情肃然，“不是拓跋山月冒犯，我生在火雷原的银羊寨，对这附近的野兽素来熟悉。秋天火雷原上通常是没有白狼的，白狼只在虎踏河以西靠近夸父落日之山的地方才有。只有一种情况白狼群会从西边越过虎踏河一直深入草原觅食，就是西边的黄羊群冻死得太多、找不到食物的时候，那时候整个狼群都会移过来。我们弓马不多，在这里遇上狼群，会很棘手。”

“是在沙伦堡猎到的。”武士有点惊慌。

“不必慌张。”拓跋山月摆了摆手，“九王的一万铁骑就在后面跟着，难道我们真还怕了狼群？不过为了大君的安全，还是掉头回去先和九王会合。”

吕鹰扬正拿着地图指点方向，“不去沙伦堡了？”

拓跋山月摇头，“从银羊寨被毁掉以后，沙伦堡以西都是野兽的地方，沙伦堡也只是可以驻扎的空寨。如果有狼在沙伦堡出没，那么再推进总是危险的。”

“掉转马头！”吕守愚高呼起来，“回去！回去！”

虎豹骑们掉转了马头。这时天空忽然阴了下来，飕飕的冷风在身边吹着。人们回望东边的天空，发现成片的乌云黑压压地推了过来。

云层推进得极快，半个天空都被乌云盖住了，骑兵们带着战马小跑起来，可是乌云追得更快，空气中裹着一股水汽的味道。

“这雨不知道什么时候会下起来。”吕鹰扬皱着眉。

“急行军！赶去扎营的地方！”大君下了命令。

拓跋山月却拉住了战马，轻轻抽动着鼻子，“坏运气……晚了，是狼群。”

仿佛为了印证他的话，烈风忽地从东面扫了过来，风中一股淡淡的腥臊气味，每个人都闻到了。所有人的脸色都变了。

“我猜得没错，我们的斥候猎到了狼群里的斥候。”拓跋山月策马冲上高坡，“现在大军来了。”

远方的草原上有几片灰白色的云，云渐渐地飘近了，带着腥气浓重的恶风，虎豹骑们都微微变色。

果然是狼群，成千上万头的大狼群，虽然都是生在草原长在草原的汉子，把围猎看作锻炼筋骨的娱乐，可虎豹骑们也不曾见过这么多的狼聚集在一起。那些绿眼在即将降临的夜幕下一齐闪烁，莹然生辉，令人肌骨发麻。

白狼，清一色的白狼。这种在草原上同时拥有“神圣”和“恶魔”之名的生物，竟然以这样大的群体同时出现！这简直如同神迹一般，令人有种膜拜的冲动。

“报！”前方斥候驰马回来了，“前方发现了大狼群。”

“前后都是狼，”大君皱了皱眉，“真是扫兴的事情。”

“父亲不要扫兴，我们带着弓箭，还怕几只狼么？”吕贺拍了拍马鞍上的死鹿，“有儿子们在这里，保着父亲无恙。”

“那可是狼啊，不是只会奔逃的小鹿。”拓跋山月接过吕贺手里的弓箭，微笑着掂了掂弦，忽然张弓搭箭，三尺长的利箭骤然离弦。

百步外的一头白狼忽然离地倒蹿几步，等到它落地，人们才看清那支长箭钉入了它的额心。它是被那股可怕的箭劲带着退后的，吕贺惊讶得张大了嘴。他们心里都对拓跋山月存在轻微的蔑视，因为这个蛮族人已经离开故土多年，平时像华族人那样说起话来慢条斯理做起事来温文尔雅，想必早已忘了在草原上强弓健马恣意奔驰的生活，却没料到这个从来空着手的特使一旦拿到弓，便如草原的魂魄附于他身那样，从张弓到箭离弦，率性洒脱的一射，以吕贺的目力连箭影都看不清楚。

狼群围着死狼的尸体，止住脚步，似乎意识到前方的强敌不会轻易屈服。

不知道是哪头狼长嘶一声，周围的狼都围了上去，撕咬起死狼的尸体来。阿苏勒狠狠地打了个寒噤，他也出猎过，可这是第一次看见狼残杀同类，死狼被咬破了肚子，还温热的、粉色的肠子流了出来，被一头额头有黑斑的狼拖走了。

大君扭头看见阿苏勒坐在一旁的小马上，伸手把他抱到自己的战马上，摸了摸他的头发，“没事的，一些野兽而已，有阿爸在。”

自从这个小儿子失而复得，大君对他的慈爱就远远超过了兄弟们，供给比以往多了几倍，安排了虎豹骑的武士跟随他出入，只是不让他继续学刀。

命令成名武士传授儿子刀术，在草原上这算是大君的恩宠，大君一边给予世子更多的供给，一边禁止他学刀，等若提高了某些恩宠又降低了另一些，这让人有些迷惑不解。

群狼撕食了尸体以后就缓缓退去，但嚎声依然在周围相呼应，那股腥臊的狼尿味也越来越重。

两百名虎豹骑围绕成圈，守在一片略微下凹的低地中，这不算是好的防御地形，但此刻他们已无法选择。放眼望去，周围的草坡上不断有狼影闪现，四面八方不知有多少野狼在徘徊。虎豹骑武士们扣箭在弦，不敢放松。

“现在该怎么办？”大君问身边的人。

王子们互相交换了一下眼神，都沉默不语。按道理说他们强弓在手，后面还有大队军马相随，狼群是困不住他们的，可要是混乱中一不小心让父亲受伤，那就酿成大错了。谁也没有万全之策。

“倒是不错的机会。”拓跋山月笑了起来，“将来诸位王子上阵，总会遇到意想不到的敌人，这次遇见狼群，也算是我们的敌人。既然我们是出来狩猎的，只打一些小猎物未免也会让人耻笑吧？凭着强弓利箭，难道不可以杀退这些恶狼么？”

吕鹰扬引着一名虎豹骑从后阵转了回来，“父亲，这人是个猎户，以前打过狼。”

虎豹骑翻身下马，脸色有些难看，“大君，还是赶快想办法发信号给九王吧。”

大君皱眉，“几只畜生，真的非要大军出阵来猎？”

“禀报大君，狼这东西一旦成群就麻烦了。所谓孤狼好打群狼难当，成群的野狼最狠，看见狼群连狮子老虎都逃。一般的野物遇上棘手的敌人自会散去，可是狼群却会发狠猛攻，哪怕最后死得一只不剩。我二十岁时和十几个猎人去火雷原西北，想打几只白鹿，可放马在草原上走了几天，居然连一只鹿都没有，当时一个老猎户就说不能留了，怕是有狼群经过附近，野兽都逃走了。于是我们急忙往回返，拼着跑死了三匹马，好歹总算赶到了附近的镇子。后来听说，”虎豹骑吸了口凉气，似乎旧事依然让他惊恐不安，“澜马部一位王爷手下的五百个武士也是那时候在附近经过，就再也没回来。”

“五百个带弓的男人？”吕守愚大惊，“都被吃了么？”

“到了那年开春，老猎户才说狼群必然是去北方水源了，我们才敢离开镇子去草原上看看，后来找到那群武士的营寨，几百具人骨头都在那里，附近中箭的死狼不下几千头。”

大君脸色微变，沉默了一会儿，扭头看向拓跋山月。

“狼群的可怕我也曾听过，”拓跋山月微微点头，“和他说的差不多，狼群大起来，几万头狼一起出没。当年东陆风炎皇帝北征，一支千人的轻骑绕过眉阴山奔袭贵部后方，大胜而返。这件旧事大君想必也知道。”

“胤朝名将李凌心？”

“不错，大胤李将军的名号，那时仅在苏瑾深之下。不过那也是李凌心最后一战，他再未回到胤朝在雪嵩河的大寨，草原上传闻都说他半路上被北斗贪狼所杀，其实更大的可能是被狼群围杀。北斗贪狼是天上武神，说天上武神会亲自下降杀死李凌心，应该是愚民的误传。”

“父亲！儿子愿意杀出去，领大军来屠尽这些恶狼！”吕贺说。

“叔父的大军至少在五十里以外，”吕鹰扬拦住了他，“狼群不比敌人，就算你杀出一条路，这些畜生死追不放又怎么办？照拓跋先生的话，还有野狼往这里跑，半路遇见了又怎么办？”

“来一个杀一个！死在我刀下的狼没有一百也有五十头，有什么稀罕？”吕贺说的不是大话，他八岁就猎了第一头大狼，今年他十六岁，猎杀的野狼绝对超过五十头。

“那两百头呢？三百头呢？”

“大君，”那名当过猎户的虎豹骑说，“狼群是在等天黑呢！”

“天黑？”

“狼夜里能看见东西，猎物看不见，正是它们捕猎的好时机，所以越到晚上越狠。而且老人说，狼黑子晚上才出来……”

“胡说！”吕守愚断喝一声。

“狼黑子”是蛮族猎户中所说的狼神，多年老狼化成的精魅，有人的形体，指挥狼群四方捕食，它非常喜欢猎杀人类，有狼黑子在的狼群，就能和猎人斗智。但那只是牧民相传的野神，巫师们是不屑于相信的，这种时候说起什么狼黑子，是扰乱军心之嫌，要不是看这名战士有些面对狼群的经验，斩立决也没什么不可以。

“狼黑子我们不用理，”吕鹰扬神色凝重，“不过他说狼群在等天黑恐怕不假，人眼晚上看不见，弓箭也没有准头，野兽夜里凶猛是肯定的。儿子担心走夜路，所以出来的时候让每人都带了火把，狼该是怕火，可是每人两个火把，支持不了一夜。”

他这句话出口，周围的人都微微战栗。吕鹰扬是王子中最细心的，想到了旁人来不及关注的事情。虎豹骑所以自信能压制狼群，主要是仗着蛮族骑射功夫过人，两百张强弓射出的箭雨应该可以逼住野狼。可一旦入夜，骑兵们失去目标，狼群就会肆无忌惮地进攻了。

“大君不必担心。”拓跋山月打破了沉默，“还有半个时辰才入夜，入夜前也许还有机会。”

他说这番话的时候面无表情，一双眼睛死死地盯着远处。

“诸位请看，又来了。”拓跋山月指向前方，众人看去，果然是狼群又逡巡着逼近了。此时天色已暗，群狼压低了身形，提着爪子小步奔跑，一片灰白色中，不知有多少双绿莹莹的眼睛在闪动。

“列队！听我号令！”吕守愚拔出长剑，冲到虎豹骑阵前。

几个王子也各自动作，吕复和吕贺一齐抽出雕弓，各自搭箭，并入虎豹骑的队列中。吕鹰扬面无表情，拔剑立马在虎豹骑背后，担当了督阵的责任。

“大君，诸位王子皆是鹰猛豹迅的勇士，但真正的好男儿，还要在烈火之中方可看出啊。”拓跋山月压低了声音。

大君笑笑，并不回答，拓跋山月的目光落到阿苏勒身上，这个孩子坐在大君的鞍前，惊惶不安地四顾。大君的手搂在他的胸前，紧紧地抱着他。

狼群已经冲入虎豹骑所用的反曲弓的射程中，它们越跑越快，狂奔中鬃毛飞扬，狼眼中绿光暴盛。在它们眼里大君和出猎的队伍已经化作了新鲜的血食。吕守愚每次挥剑，都有上百支羽箭射出，冲在前面的狼接二连三地倒下。这一次狼群不被死狼的尸体吸引，它们跟人类一样，一旦进入战斗的状态便不会因小事而分心，不顾一切地冲锋。大君抬眼四顾，骑兵们的箭囊中，羽箭已经消耗过半。他按了按阿苏勒的头，示意他趴下，亲自抽出了弯弓，就要上前。

“大君看见那只瘸腿的黑狼了么？”拓跋山月忽然问道。

大君抬头看去，却只见一片灰白色。白狼的凶猛远胜于普通的灰皮狼，所以白狼群中很难看见杂色的狼，实力不够的狼都会在长途迁徙中被当作食物吃掉。

“那里，在坡上。”拓跋山月指点高处。

大君抬起头，才注意到高高的草坡上，不知道什么时候站了一匹颜色不同寻常的黑狼。它并不进攻，只在附近小步溜达，可那对让人毛骨悚然的绿眼却始终死死盯着这边，脖领边的长毛飞洒，倒像是骏马的鬃毛。

看它那个样子，倒像居高临下指挥千军万马的将军。

“狼王，”拓跋山月说，“我猜那就是这群狼里的王，一匹黑狼能领袖一群白狼，可见其凶狠。大君您再看它身上的伤，狼王多半都是瘸腿缺眼，因为身经百战，活下来不易。狼王亲自督阵，所以群狼奋勇，这和行军打仗没什么区别。”

“擒贼先擒王？”大君低声问。

“是，擒贼先擒王！”拓跋山月断然道。

“它不肯近前，怎能诱它过来？”大君沉吟。

狼王极其谨慎，始终在五百步外，虎豹骑所用的反曲弓虽然射程惊人，但到了那个距离上已经没了准头。那头狼大概曾和猎人为敌过，知道躲在弓箭的射程之外。

“可惜没有长弓长箭，否则我倒是可以试试。既然它不肯过来，”拓跋山月忽然发出龙吟般的嘶吼，“那只好容我为王先驱！上前射它！”

青阳武士只听见背后传来群雷轰响般的暴喝，“闪开！”

骑兵阵列一乱，披着黑色马衣的八尺骏马闪电一样突出，那是拓跋山月的坐骑。虎豹骑们大吃一惊，拓跋山月挡在前方，他们根本不敢放箭，可狼群还在扑近。

这种情形下拓跋山月单骑奔出，就像是要去送命，阻挡了箭雨，甚至会害死所有的同伴。

“弓箭别停！”吕鹰扬大吼。

“不许放箭！”大君也大吼。

只是瞬息间的变化，狼群中的先锋又扑近了数十尺。拓跋山月的黑马神骏异常，两相逼近，双方之间的距离只剩下不到百尺。

拓跋山月这才抖手拔出腰间弯弓，一手扣上三支羽箭，弓拉至满弦，弦声爆裂，三支箭一齐射向草坡上的狼王。箭劲极猛，在空中的啸声凄厉如鬼啸。

如果这三箭是忽然射出，那么必中无疑，但拓跋山月冲出阵列的时候，狼王已经警觉，四肢早已蓄力。拓跋山月的弓刚刚张开，狼王就凭空蹿起，三箭贴着它肚皮擦过，全部落空。

“可惜！”吕守愚大声惋惜。

狼王凶狠地盯了拓跋山月一眼，仰天怒吼，亲自扑下了草坡，显然是暴怒了。

“呵呵！好畜生！”拓跋山月仰天狂笑。

两匹恶狼已经奔到了黑马面前，纵身跃起，咬向黑马的脖子。拓跋山月一扯缰绳，黑马通人性一样直立起来，两只铁蹄落下，踩碎了恶狼的头骨。此刻拓跋山月已经陷身在狼群中，但他毫无畏惧，一声大笑，貔貅刀出鞘，刀光闪过，一颗狼头带血飞起。他长呼着恶战，六尺长的双手刀舞成刀圈，周围一片都是恶狼的断肢。拓跋山月的刀看得虎豹骑和王子们心神激荡，那怎么会是刀，简直是一条飞舞开的怒龙，狠辣犀利，纵横捭阖，没有一刀走空。

一道模糊的黑影夹在无数白狼中逼近了拓跋山月。大君忽然看见那匹黑狼从狼群中跃起，凌空闪过貔貅刀，倒扑下去，他想要提醒，却已经晚了。黑狼这一扑，以野兽而言已经妙到极点，拓跋山月刚刚挥刀劈死右手边的一头狼，刀势无法收回，黑狼瞅准了这个空隙，谁也不知道它藏在狼群中窥视了多久，它就是这种凶猛的野兽，一旦出牙，就要见血！

拓跋山月看见黑影一闪，腥风扑面，知道黑狼已经到了面前。可惜他刀上的力量极其雄浑，发而难收，千钧一发的关头，他只能一手松开刀柄，用左臂挡了上去。

黑狼咬住了拓跋山月的小臂，扭头发力，就要把这块肉撕下来。

“将军！”雷云孟虎惊呼。

“畜生,好一扑,给你个痛快。”拓跋山月冷冷地盯着面前的那双狼眼，笑一声，貔貅刀挑空扬起，再挑起一片血污。他跟着旋身一斩，刀弧有如长河大海，血光中，黑马踏着恶狼们的尸体夺路返回。

“放箭！”拓跋山月大喝。

“放箭！”大君断然下令。

密集的箭雨再次覆盖了狼群，此时狼群更近，虎豹骑的箭也更准，一片狼尸倒下,拓跋山月挥刀荡开几支箭,已经拨马返回本阵。他的背后，虎豹骑毫不吝惜地连射，又一次封住了狼群的进攻。

拓跋山月在大君面前停马，伸手抚摸着小臂上的狼头，“终究是个畜生而已。”

大君和诸王子们这才发现狼王的头到死依然咬着拓跋山月的小臂，可两枚尖牙却被拓跋山月的铁护腕折断，只在乌铁上留下几道银亮的缺口。拓跋山月敢于用小臂去封狼吻，心里早有打算，狼终究不能和人类的智慧相比。

“拓跋将军既是东陆名将，也是我们蛮族勇士，真是令人敬佩。”大君大声说。

“这算什么呢？我知道诸位王子看不起东陆的武士，可是若是见到御殿羽将军息衍的静岳之剑，便会明白我这些伎俩也不过是二流而已。”拓跋山月却低叹了一声。

“断其爪牙不如斩其首脑，今日为大君斩狼，来日助大君杀敌。”他从小臂上摘下狼头，躬身捧给大君。

大君率先鼓起掌来，周围一片都是掌声，拓跋山月笑而不语，他知道自己已经以斩狼的勇气镇服了在场的蛮族男儿。他本就是蛮族人，太清楚蛮族人会尊重什么样的人了。

“将军！”雷云孟虎的声音嘶哑，透着惊惶，“狼群又上来了！”

“什么？”这次连拓跋山月也吃了一惊。

狼性孤狠，只有在觅食和交配的时候才会聚集成大群，一旦狼王被杀，群狼无首，应该会立刻撤去。直到休整之后再恶战一场，决出一头新的狼王，狼群才能重新团结起来。

众人放眼望去，只见先前的那群狼逡巡在狼王无头的身体旁不肯退去，而另一侧的草坡上，赫然是成百上千的恶狼疾行而下。新的狼群赶到了，两群狼之间以嗥声呼应，后来的狼群竟然向先前的数千头狼会集而去。

秋草的黄色完全被狼群斑驳的灰白色遮盖，狼矮着身子奔跑，远看去像是灰白色的地面在蠕动。

“给我射！有多少箭都射出去！”吕守愚高呼下令。

箭雨对着狼群倾泻过去，不知道多少狼倒下，也不知多少匹狼继续顶着血雨冲锋。狼尸越来越多，可狼群没有丝毫停止的迹象，拓跋山月带着黑马在四周的草坡上巡视，脸上隐隐透着不安。

“大君，”他来到吕嵩身边，“可能是殇州的野狼群，从虎踏河西边过来的，不知道为什么，有几个大狼群凑在了一起，这里面也许不止一匹头狼。”

“拓跋将军是说？”

“不能再等了，我们所剩的箭枝不多。等到我们的箭射光了，狼群就冲过来吃了我们。必须后撤，只要能够退出三十里，九王的大军就能跟上来了，大军带着强弓利箭，打几千头狼不是难事。”

大君摇头，“可是这种情形下又怎么冲得出去？”

拓跋山月仰头望了望天空，“天黑了，该点火了。”

吕鹰扬猛地醒悟，“点起火把！所有人都点起火把！”

数百支火把把周围照得一片通明，虎豹骑的箭壶几乎空了。吕贺拔出战刀挡在大君面前，“我护卫父亲。”吕守愚和吕复也夹峙在父亲身后。

吕鹰扬猛地举手，“冲锋！把火把都扔出去！”

虎豹骑稍微地停顿，战马踩着小步热身，战士们给它们戴上眼罩，然后仿佛洪水开闸，数百匹战马以排山倒海的力量冲了出去。狼群被这股气势震惊了，它们稍稍退后，而后再度恢复了凶猛，以同样的气势对着虎豹骑发起了冲锋。

虎豹骑对空掷出火把，无数火把划出照亮夜空的轨迹，火光翻滚着，在狼群中溅开。灼热和光亮在狼群中炸开了一个缺口，狼天性怕火，它们惊恐地四下溃散，虎豹骑围护着大君，瞬间冲过缺口。

然而就在此时，高亢甚至尖锐的狼吼冲入夜空，在高天中回荡。拓跋山月猛回头，只见一匹白狼缓缓地走上漆黑的山影，仰头对着天空。

白狼啸天。人类无法想象狼也会有这般的风采，它强壮而高贵，全身上下笼罩在晶莹的白色毫光中，其他的白狼虽然也白，却是灰白，这匹白狼的白，是冰雪般的纯粹。

“这才是真的狼王？”拓跋山月勒马回望，举起貔貅刀，又斩落一颗狼头。

群狼追着虎豹骑撕咬，跑得最快的狼冲到前面阻挡，其余的在后面围堵。它们盯着马腹下手，那里没有马甲遮护，锋利的狼爪可以瞬间把马的整副内脏掏出来。

大君这才明白狼群的巨大，也明白了拓跋山月的决定是何等的急迫。他的前面后面，层层叠叠都是灰白色的狼影在涌动，再不冲锋，射光了所有箭的虎豹骑只是一堆好肉。

惨叫声从阵后传来，有人落入了狼爪，吕贺杀得性起，满脸都是狼血，扭头回望，一匹战马倒在血泊里。马还没死透，狼群已经啃食了一整条马腿。落马的虎豹骑战士的腿还在抽动，狼皮的灰白色已经包裹了他。

“别看了！”拓跋山月拖着貔貅刀冲了上来，“畜生就是这样，咬掉一条马腿，是怕它还能跑。战场上，人何尝不是这样？”

保护大君狩猎的虎豹骑共有两个百人队，此刻已经完全被狼群冲散了，只有拓跋山月和吕贺、吕守愚仗着刀术还能跟紧大君，他们三个本就是这支队伍里刀马最强的人。

拓跋山月浑身浴血，脸上杀气四溢，黑马也仿佛嗅到了战争的味道，狂躁得像是一条恶龙，狠狠地注视着周围逼近的野狼。

“父亲！”吕鹰扬在远处高呼。

拓跋山月和吕贺回头，只见一匹灰色的、足有驴子那么大的巨狼猛然从狼群中跳起，凌空扑向大君的头顶。可大君的重剑被脚下的那头狼咬住，完全暴露在巨狼的爪牙之下。

“父亲！”吕守愚拔出了弓，箭壶却是空的。

吕贺红着眼想往上扑，一匹狼的利齿在他肩上留下血肉模糊的伤口。

只是一瞬间，成群的野狼就把大君和整个队伍隔开了。大君抬头看向空中的大狼，伸出手臂挡在小儿子的身前。他想以手臂去封狼牙，他的小臂上却不像拓跋山月那样覆盖着厚厚的铁甲。

血溅在阿苏勒的脸上，他清楚地看见狼牙咬紧了父亲的胳膊，父亲的胳膊一下子就见骨了。父亲忍着剧痛弃剑，拔出胸前的小刀，把狼的脖子砍开了一半。

一匹狡猾的狼从马下狠狠一扑，前爪探进马腹。不是亲眼见过的人根本无法想象那种情形，只是一爪，恶狼就生生地掏出了骏马的心脏，那颗心还在微微地跳动。

大君抱着阿苏勒，两人一齐摔下马背。

咬住重剑的狼放弃了武器，转而咬在大君的小腿上。大君坐在地上，在那匹狼来得及撕下他的肌肉前，又是一刀割开了它的半边脖子。

阿苏勒滚了出去，绝大的恐惧牢牢地抓住了他，无处不是狼的腥气。

他暴露在狼群面前，对着流涎的狼口。

“火把！火把！”吕守愚忽然想了起来，放声大吼，“把剩下的火把全部给我扔出去！给阿爹烧出一条路来！”他已经口不择言改叫大君阿爹了，那是他还是个孩子的时候对父亲的称谓。

上百支火把落在狼群里，被燎着的狼燃烧起来，发出焦臭的味道。野物天生就害怕火焰，它们跳蹿着闪开，大君和虎豹骑之间出现了一条通路。

吕守愚跳下战马，一刀劈在自己那匹战马的马臀上。

战马惊跳起来，马匹畏惧狼群，本来已经跑疯了，现在吃痛，不顾一切地奔向大君，草原上的公马对狼群也是可怕的敌人。它们的铁蹄踢出去的时候，完全可以踢爆一头狼的头骨。

“父亲！上马！上马！抓住马啊！”吕守愚狂吼。

大君是驯马的好手，谁都知道他赐给吕守愚的雪漭是自己亲手驯服的一匹公野马，即使是手脚受伤的大君也能攀上马背才对……至于世子……这种情形下如果要保一个人，自然是保大君！

那匹马从大君身边一闪而过，大君猛地回头，看着地下颤抖着的阿苏勒。

他像是完全没有听见儿子们在远处呼喊，对着阿苏勒缓缓张开了双臂，“阿苏勒……别怕，别怕，到阿爸这里来。”

阿苏勒看着那男人的眼睛，那双有着白翳的、犀利如刀、冷酷无情的眼睛。平生第一次，他感觉到父亲眼里有那么多那么多的话要告诉他，可是此时四目相对，什么也不必说了。父亲背后的狼群闪开了一条道路。

儿子挣扎着扑过去抱住了父亲。

“阿苏勒……阿苏勒不要怕，跟着阿爸。”大君缓缓地站了起来，他的腿上和胳膊上都在流血。

肩上传来剧痛，他猛地扭头，看见了那个白色的狼影，真正的狼王。它足有一匹小马那么大，浑身都是虬结的肌肉，狼牙如白色的荆棘，刺穿肩甲贯穿了大君的肩膀。

它如此巨大如此强悍，可发动进攻的时候竟然是悄无声息的，它的眼睛血红，竟然像人类那样能看出“眼神”来，满是凶残的笑意，它并不急于杀死大君，它喜悦地看着猎物流血颤抖。

白色的长鬃在风中狂舞，这匹不可思议的巨狼如同冰雪中走来的精灵，高贵而强壮，嗜血而残酷，仿佛神在世间的遗族。

大君挣扎着，想再用刚才的办法杀狼，可他抱着儿子，而且刀也无法运在肩后用力。

“就这么死了啊……吕氏帕苏尔家……”他在心里低低地叹息一声。他知道以这样一头巨狼，只要扭头发力，可以把他的整个肩膀都撕下来。

“阿苏勒，阿爸心里很是爱你。”他心里有很多话想跟这个小儿子讲，他还有更多的话想对他的族人讲，但他的临终遗言只有这么短。

“阿爸，我也爱你。”一个怪异的、嘶哑扭曲的声音在他耳旁响起，区区几个字里，藏着那么多的暴戾和凶残。

大君惊得瞪大了眼睛，那是他的儿子在怀中说话，可那又不是他儿子的声音，那轰隆隆的巨声仿佛远古的神明在铜钟里发出怒吼。

这个瞬间，所有的胜负生死都逆转，那个孱弱的、怯懦的少年从父亲的怀里伸出手来。他如一头发动扑击的幼狮那般出拳，猛击在狼头上。那一刻大君感觉到怀中的儿子坚硬如铁！

他的暴力贯穿了狼王的身躯，狼王的全身骨骼发出清脆的响声，这匹马一般巨大的狼眩晕着后仰，松开了大君的肩膀。

大君诧异地看着小儿子走到自己的身前，缓缓地张开双臂，就像是那次他要保护真颜部的小女孩。

“阿苏勒！阿苏勒！闪开！闪开！你想干什么？”大君咆哮。

他看见那匹白狼已经缓缓地站了起来，绿色的眼睛里光芒更盛，像是邪恶的宝石。小孩子的玩命一击怎么能令它受伤，它只是没有意识到孩子也会进攻而已。

"阿爸，我很爱你和阿妈，想永远都和你和阿妈在一起。"阿苏勒说话的声音正是那诡异而威严的巨声，藏着那么多的狂暴凶狠，他迈步向前，"阿爸，我要保护你，我再不要懦弱了……懦弱的人，是没有用的！"

他拾起了大君遗落的重剑，那柄跟他一样长的大剑在他手中显得那么的笨重和可笑。他把剑高高举起，举过头顶，仿佛举着整个天空。

白色的狼王似乎在畏惧，它不敢迫近，别的狼也只在周围徘徊。

"跟着我念，依马德、古拉尔、纳戈尔轰加，这是你祖宗的血！"黑暗里的声音再次回响在阿苏勒耳边。

他感觉到了那种可怕的脉动，向着无尽黑暗里沉沦的感觉又回来了。可怕的力量仿如火焰一样流向全身各处，不规则的脉动像是要把他整个身体撕裂，眼前开始发黑，黑得越来越浓郁。剑在手里变得很轻，狼臊味闻不到了，心里渴望着血的温暖。无尽的黑暗压了下来，又回到了那个黑夜。那一钩冰冷的月还照在他头顶，浓腥温热的液体泼溅在他脸上，那刀锋的铁色上走着鲜红的痕迹，无数的枪尖从雪白的胸膛里涌现。

还是那笑容，带着最后一丝温暖的唇吻在他的额头。

那天晚上诃伦帖姆妈死在了乱军中，他没能保护那个年轻美丽的女子，畏缩如老鼠那样，听任那女子牺牲了自己的贞操和生命保护自己……再不要了，再不要发生这种事了，再不要了！再不要了！

懦弱的人是没有用的！想要保护你所爱的……就把你的敌人……碎尸万段！

火光照在他雪白的大袖上，变幻有如鬼魅。

"依马德、古拉尔、纳戈尔轰加，这是我祖宗的血！"

所有人都听见他的声音在黑夜和狼嚎中爆炸开来，那是狮子的声音，震撼整个狼群。

"依马德、古拉尔、纳戈尔轰加！"孩子嘶吼，"这是我祖宗的……血！"

他浑身巨震，神赐般的暴力灌注全身，握剑的手坚硬如铁。几乎是在同一瞬间，他和白狼王各自发起冲锋，狼行有如奔马，孩子的冲击仿佛狮子。

“白狼团！”吕守愚指着那匹白狼，忽然惊呼。

已经无人去注意他的吼声，火光中，阿苏勒旋转起来，挥舞重剑。四尺长的剑刃化作巨大、完美的圆形，无人能够描绘那个圆的完美，仿佛天地初造的瞬间那道圆弧就在那里，无数祖宗砍杀出去的都是同一刀，完美的，开天辟地的一刀！

大辟之刀！

奔行中的白狼忽然变成了两半，从胸口开始，它被剑刃生生地破成两片。一泼血整个地涌起来，在半空里溅成血花，谁也不曾见过这样的情境，狼王身上所有的血都在一瞬间涌出。那是蛮荒时代才有的、血腥苍凉的壮丽。

“阿苏勒！”大君惊呼。

白狼的背后，所有恶狼都对着阿苏勒凌空扑下。可这孩子已经用尽了全身力量，没有再次挥动武器，虚弱得倒向地面。

黑马忽然从狼群中现身，仿佛长河大海一样的刀光在恶狼身上带过，黑马狂嘶着挣掉嚼头，一口咬住了一头狼脖领的皮毛，把它摔在地上，另一头狼凌空被掐住喉咙，马背上的男人冷冷地看着那匹狼张着大嘴还想咬自己的手腕。他面无表情地发力，捏碎了狼的喉骨。谁也没有注意到的时候，拓跋山月已经带动黑马，找到了最合适突进的缺口。

远处传来了吼声，千千万万的火把汇成火海，照亮所有人的眼睛，九王的大军终于赶来了。

拓跋山月低下头，看着孩子空白的眼神。他犹豫了一瞬，小心地触碰孩子的肩膀，看他没有反应，这才小心地把他抱上马背。

“想不到还能有机会见到这样雄伟的刀术，剑齿豹家族青铜色的血还在。”拓跋山月面对蠢蠢欲动的狼群，从容地带动战马，“就让我这卑贱之人保护蛮族未来的君王杀出一条路，殿下，今日有幸！”

他把貔貅刀高举过顶，尚未凝固的狼血流下来滴在他脸上，拓跋山月以一种神圣的语气低叹，“依马德、古拉尔、纳戈尔轰加……那是众神遗落在人世间的……血啊！”

【历史】

关于青阳昭武公少年时救父杀狼的故事，在名为《青阳纪年》的帛书中是这么写的：

“霜年，十月十一日，恶风，麋死阿古山脚。

大君、五家王子共东陆下唐国使节拓跋将军山月西狩，遇狼。其时护兵死伤，余众寥寥，群狼噬马，大君有灭顶之危。而有五王子吕归尘·阿苏勒，奋祖先之威，拔剑斩狼，决其喉，断其首，救父于危难。其余诸子皆退避，不能及。

护兵大呼跪拜，震惊四野。”

“大君，下唐使节拓跋将军在帐外求见。”

“夜这么深了，他还是来了。”大君放下了手中的书简，“请他进来吧。”

帘子揭开，夹道的是虎豹骑的武士，全体下唐出使的随从停留在远处，打着金色菊花的大旗。跟着拓跋山月进帐的，竟然还有北都城里几乎所有贵族，连四位大汗王也在其中，每个人脸上都带着疑惑。

拓跋山月重甲红氅，领口配着下唐的金色菊军徽，恭恭敬敬地跪在帐下，“世子的身体还好么？”

大君看了看他，“将军是为了问这个而来么？”

拓跋山月摇头，“依马德、古拉尔、纳戈尔轰加，说的是吕氏帕苏尔家族史上的英雄们吧？吕青阳依马德、吕博罕古拉尔、吕戈纳戈尔轰加，都是继承青铜之血的英雄们，最后的纳戈尔轰加，神圣的名字，是大君的父亲，钦达翰王纳戈尔轰加殿下。”

大君沉默了片刻，“是，这些都是我们吕氏的祖宗，纳戈尔轰加也确实是我父亲的名字。”

“世上又只有一种刀术是永远学不来的，那是随着血脉流传的、只有剑齿豹家族青铜之血的继承人才能学会的大辟之刀，传说中盘鞑天神挥动战斧破开天地的第一次劈斩！”

大君深吸了一口气，“是，大辟之刀，那是我们青阳英雄最神圣的刀术。”

“我最初听闻这个传说，是不信的，可世子在大君面前挥出那一刀的时候，”拓跋山月说，“在我眼里，传说生生地变成了事实。”

他忽地跪下，磕头在地，“吕氏帕苏尔家的帝王血和精神，都在世子一刀挥出的瞬间尽现，这才是我们下唐所求的。下唐百里公使节拓跋山月，求青阳部世子为结盟之宾。”

贵族们都流露出惊诧的神色。这是大家私下里觉得最好的办法，可是谁也没有料到拓跋山月请他们来是为了提出这件事。下唐真的求取世子为人质了，两个窝棚就此免去了磨刀砺剑的恶斗。

大君背对着大家，静得像一块石头，“拓跋将军……真的要把我的小儿子带入战场么？”

“青铜之血的英雄，又怎么能不上战场呢？大君有这样勇敢的儿子，难道不期望他像他的爷爷钦达翰王殿下那样驰骋草原么？”

“我本来想的，不过这个傻傻的儿子能待在我身边，就算他一辈子都是笨蛋，又算什么呢？”大君长叹一声，“可是他挥出那一刀的时候，我忽然发现，阿苏勒已经不是我身边的那个小娃娃了。我想护他，可是护不住。”

“请哥哥恩准下唐钦使的请求。”九王第一个跪了下去。

“请大君恩准下唐钦使的请求。”所有贵族都跪了下去。

偌大的金帐里，黑压压地跪满了人，只有大君独自站着，放眼望着那一片黑压压的人头。金帐里忽然变得那么安静。

大君无声地笑了起来。他想起许多年前的那个秋天，那个伟大的英雄——钦达翰王、他的父亲——拄着战刀独自站在山丘上哼着无名的牧歌，不让任何人走近他的身边，将军和贵族们只在很远的地方扎寨，遥望他的身影。

许多年后，吕嵩·郭勒尔·帕苏尔忽然清楚地明白了父亲在唱什么。

“父亲，”他在心里轻轻说，“你这个位置，坐着真是寂寞啊！”

“我已经做了决定，你们不必劝什么，等着我的消息。”大君穿过人群走出金帐，头也不回。

“他……他简直是一头猪！”老头子跳着脚大吼。

“老师！老师！你在说什么呢？”颜静龙急得上去捂住他的嘴，可是够不着，急得直跳脚。

“我在说郭勒尔是没脑子的猪！”老头子恶狠狠地瞪着眼睛，“他怎么能这么做？他知道去东陆要跨过海么？还有多少大山和大河！一个十岁的孩子怎能走那么远？那是阿苏勒啊，以他的身体，还没有走到下唐就死了！有哪个父亲会亲手把儿子送到死地去？只有那个没脑子的猪大君！我当初怎么就没有看出来他是一头猪的！”

颜静龙苦着脸，“大君已经下令，现在就算骑着快马也追不回这道命令了。贵族们都赞成这个决定，几个大汗王得到了消息，一大早就进帐拜见，准备安排南行的礼节了。”

“对！对啊！”老头子喷着满嘴的酒气，“是猪的可不只郭勒尔一个，跟帕苏尔家的其他几头猪比起来，郭勒尔那头猪还算有脑子！”

他在帐篷里暴躁地四处打转，忽然从床下摸出那根粗大的马棒，掀开帐篷帘子就要冲出去。

“老师！”颜静龙死死扯住他的后襟，“你想去哪里？你是大合萨，你管的是天神的事，你决定不了人间的事！你拿再大的棒子，能跟大君拼命么？”

老头子呆呆地站在那里，许久也不吭声。马棒从他手里落下，砸在颜静龙的脚面上，颜静龙抱着脚蹦跳的时候，老头子黯然转身，回到了坐床上。

他仰起脖子灌下一口酒，像是忽然间老了很多，“是啊，我去哪里呢？我管的都是天神的鸟事，我管得了人间的什么事？”

不远处的帐篷里，木犁深吸一口气。他能听见远处传来大合萨的醉骂声，他没想到这个总是躲着事的老头子会那么愤怒。

“世子，大君今天早晨下令，应拓跋将军的请求，请世子作为亲好的特使，出使下唐，由九王亲自护送，木犁准备出行的仪仗。木犁会一直送你到海边。这是我们青阳百年的大好事，大君说了，请世子不要挂念家里。”

孩子点了点头，“我知道了，我听阿爸和木犁将军的，什么时候出发？”

“四天后。”

“我想去看看阿妈，可以么？”

“当然可以，大君说了，这次远行不知什么时候才能回来，这些天世子就在北都好好玩玩。”

孩子低头想了想，看了看身边那个沉默的女孩，“我可以带苏玛么？”

“大君说不可以，陪着世子上路的，只有世子的两个伴当。苏玛是犯过罪的人，不能带走，但她永远都是世子的小奴隶，留在北都等着世子回来。”

“我知道了。”孩子低声说。

他默默地起身向帐篷外走去，走了几步，又转身回来拉上小仆女的手。木犁看着两个孩子的背影一起远去，轻轻地摇了摇头。

午后的阳光像是一把利剑悬在头顶。

阿苏勒站在山溪的尽头，默默地看着那个泉口，汩汩的清流从漆黑的洞口里流淌出来。

“爷爷，我走啦，我不能回去看你了！”他对着洞口里喊了一声。

他很想再去看看那个黑洞洞的出口，那是他爬了不知道多久才找到的。那时他看不见阳光，只记得自己吃完了所有的馕，喝完了所有的水，其间爬过了无数的岔路。他也不知道是种什么意志引着他出来的，也许是那个老人的眼神，狮子般的悲哀。他也许再也找不到回那个洞穴的路了，他离开了老人，这就是他们之间的诀别。

一个人影投在他身上。

“苏玛，你在那边等我就好了。”阿苏勒转过身。

站在身后的人并不是苏玛，那个人沉默地看着他，铁铠重剑，眉目像是利刃。

“阿爸！”阿苏勒惊呼。

“你是来跟他道别？”大君轻声问。

阿苏勒知道无法再隐瞒，点了点头。

“为什么不告诉阿爸呢？你说记不得了，是故意要为他隐瞒？”

“他说他是阿爸的敌人，要是阿爸知道我见过他，一定不会放过他的。”

“你相信他？”

阿苏勒犹豫了片刻，轻轻地点头。

“别害怕，你相信他是对的，他虽然是我的敌人，可他真的对你很好，连大辟之刀都教给你了。这件事瞒不过人的，这个世上，除了他，还有谁能教给你大辟之刀？”大君轻声说，“你当然应该相信他，你天生就是孝顺的孩子。”

他轻轻抚摸阿苏勒的头顶，“既然想跟他道别，就别跟着那么老远地喊，阿爸满足你的心愿。身为吕氏帕苏尔家的继承人，你应该见一见他。我是说，正式地拜见他。”

他把早已准备好的火把点燃，拉着阿苏勒的手，走进幽深的洞穴。洞里满是流水的声音，可是谁也不知道水流在哪里。

不知道走了多久，大君终于停下。

“大君。”一个声音从黑暗里传来。

阿苏勒吃了一惊，想要躲到父亲的背后去。一个陌生的老人从黑暗里走了出来，他和洞穴里的老人一样，苍白而干瘦，头发里满是苔藓。他似乎已经很久都没有离开这里了，和整个洞穴融在了一起。

“你见过他吧？”大君指了指阿苏勒。

老人点了点头。

“为什么不来告诉我？”

“已经迟了。”

大君摸出一柄青铜色钥匙递给老人，“开门。”

老人也不回答，从腰带上解下了另一枚青铜钥匙。两柄钥匙合并在一起，严丝合缝，阿苏勒看出来了，那是一把钥匙的两半，古怪的齿印有如狼牙般交错着。

大君拉着阿苏勒的手后退了几步。老人把钥匙插进铜门的机栝中，再把油注入齿孔中，随着钥匙转动，早已锈蚀的齿轮和链条受到油的滋润，重新开始运转，金属的摩擦声像是针刺耳膜。

簌簌的灰尘从洞顶落下来，阿苏勒不安地四顾，这机栝启动的似乎并不是铜门。

门并没有开，老人退了出去。

洞顶似乎快要塌了，无数灰尘簌簌落下，忽然有巨木的大椎从黑暗里冲下，包着铜皮的头沉重地打在铜门上。被铜汁浇死的门框撕裂弯曲，铜门轰然洞开。老人闪身在一边，让出道路。

阿苏勒再度回到了这个熟悉的地方，钟乳石笋仍默默地站着，光鱼群的荧光仍在洞顶上变幻，父亲紧紧握着他的手，走在冰冷湿润的地面上。

无穷无尽的水声，除此之外只有寂静。

苍老的声音从遥远的黑暗里传来，“郭勒尔，我的儿子，你那么善良，又来看你老迈的父亲了么？”

“钦达翰王殿下，十年没有来看你了，你居然还活着啊，我亲爱的父亲。”大君一字一顿地说，声音平静得令人心寒。

钦达翰王……儿子……父亲……阿苏勒觉得脑袋像是一瞬间裂开了，有光照亮了那些模糊的事情。他战栗着想退后，可大君死死地扯住了他的手，不让他逃走。

大君把火把放低，照在阿苏勒的脸上，“看看我带谁来了？这是您的孙子阿苏勒，我带他来探望您，向您告别。”

“阿苏勒……”黑暗里的声音忽然变得凶狠而狂暴，“郭勒尔！你对他说了些什么？你把他带来干什么？带他走！带他走！我不想见任何人！”

“我什么也没有告诉他，我能说什么呢？不过现在，他大概都听到了，本来我也不想带他来，可是他就要远行，不知道你有生之年还能不能再见到他。儿子知道你喜欢这个孙子，那么就让你多看他一眼吧。”

“远行……远行？”黑暗中的声音又变得惶急起来，链子叮叮当当地作响，“你要把他送到哪里去？他什么都不知道，他只是个孩子，他只是个孩子！你怎么能害自己的儿子？”

“我还没有杀死自己孩子的狠毒。父亲殿下，我们已经决定和下唐订盟，和父亲打败过的华族人结盟。阿苏勒是我们送往下唐的贵宾，这一去，还不知道要多少年。”

“贵宾？什么贵宾？我还没有糊涂！你是想效仿逊王把光母送给义父的诡计么？拿阿苏勒作为人质，他是人质！”老人咆哮。

大君没有回答他，轻轻抚摸儿子的头顶，“阿苏勒，你没有听错。仔细看看他吧，这就是你的祖父，吕戈·纳戈尔轰加·帕苏尔，草原上赫赫有名的钦达翰王，当年就是他带着铁浮屠打败了华族人的风炎铁旅，有人说他是逊王之后草原上惟一一位真正的英雄。”

阿苏勒的眼泪忽然流了下来，他不知道自己为什么要哭，只是从父亲的话中他听出了令人恐惧的悲伤。大君按着他脑袋的手在轻轻颤抖，平静的面容像是罩着一层面具。

“我的儿子，你在嘲笑我么？”黑暗中的声音在笑，笑得那么苍凉。

“你确实是英雄，即使你疯了，在草原上所有人的心里，你还是他们的救世主。”大君的声音严厉起来，“可你为什么还不肯安息呢？留着你的神话给人去赞美，你还想要什么？”

“我要什么？我要自由！郭勒尔我的儿子，你愿意给我么？”老人大笑。

“自由？你真的疯了！”大君冷笑，“为什么要把大辟之刀教给阿苏勒？父亲难道希望他将来像你一样？难道这是父亲对我的报复？”

黑暗里沉默了一会儿，“他是我们帕苏尔家最后一个流着青铜之血的小豹子，除了他，没人能学会大辟之刀。我不想祖宗的勇气终结在我这一辈上，青铜之血是你的先祖吕青阳·依马德传下的……”

“祖宗的勇气？”大君粗暴地打断了老人，“你早就该死了，带着你的大辟之刀，还有你的青铜之血死掉！”

“你已经囚禁了你的父亲！你还要灭掉你祖宗的血脉么？”黑暗里的人咆哮起来。

“我们不能让人知道，吕氏帕苏尔家是个出疯子的家族。草原上最尊贵的青铜家族，青铜色的血，只是一股疯血！不，绝没有这样的事！”大君也放声咆哮，“依马德、古拉尔、纳戈尔轰加，那些都是我们帕苏尔家的英雄，他们勇敢强壮，是盘鞑天神赐给我们拯救草原的人。这是绝不可以怀疑的！但是我不想再出任何一个疯子一样的英雄！”

“什么疯子？草原上的战争就是这样，你不疯，你就死在战场上！你想保护你的家族和亲人，你不疯，就看着他们被掳去当奴仆，看你的妻子和姐妹被人奸污！你真是个懦弱的儿子，我就不该把大君的位子传给你！”

大君冷笑，“保护你的家族和亲人？人人都知道真颜部的大阏氏，我的姐姐苏达玛尔是染了寒病死的。但是父亲大人，你还记得吧，她是来北都为我求情，你用马鞭勒死了她！”

黑暗里的声音骤然停息，只余下大君沉重的喘息。

“叫他一声爷爷吧。”大君深吸一口气，拉了拉儿子的手。

阿苏勒哆嗦了一下。

“喊他！”大君大吼。

“爷爷……”阿苏勒的嘴唇翕动。

黑暗里长久的沉默。

“阿苏勒，是的，我是你的爷爷，你是我的孙子。”老人的声音低沉地传来，“听你阿爸的话，不要把这个秘密说出去，爷爷在这里，很好。”

阿苏勒不住地流泪，他害怕听那种平静柔和的声音，只觉得那里面的重量要把他压毁。

“好了，别了，父亲，”大君低声说，“我们不会再见了。”

“等等！我要再问一件事！”

大君沉默。

“阿钦莫图死的时候，是……怎样的？她可说了什么？她可恨我么？她可……”

“够了！你还想知道什么？她从东陆来草原嫁给你，她离开了自己的亲人，她经常对我说起天启城的事情，可她再也没有回去过，因为她说她想跟你在一起……可是你怎么对她？你怀疑她的贞洁，你当众鞭打她，你让她像奴隶那样清扫马粪，你赶她出北都让她为了一罐子马奶被人糟蹋！你是个疯子！”大君把这句话狠狠地咬在牙齿间，像是咬着钢铁，“疯子！”

黑暗中的人很久都没有说话。

“郭勒尔，我就要死了，盘鞑天神会把我的灵魂打进地狱，我只想在那之前……”

长久的沉默，大君望着洞顶的滴水，轻轻地叹了口气。

“我只记得那是一个有阳光的早晨，我的眼睛肿了，躺在帐篷里。阿妈坐在我身边唱歌，阳光从帐篷的缝隙里照在她的脸上，那道光的影子晃晃悠悠。她在笑，她的脸是红的，她给我唱歌，你听过的那首东陆的歌。阿妈说东陆的母亲把孩子放在小小的篮子里摇着，唱着那首歌哄她们的孩子睡觉，这样孩子可以看着她睡去，清晨醒来的时候又看见她在床前。她再也没有回来……不，她没有死，她走的时候，就像神女一样。我小时候一直都相信，只要我能够登上雪山，我就还能看见她。”大君轻声说，回忆往事，脸上的神情说不清是悲伤还是温柔。

这是阿苏勒第一次看见自己的父亲落泪，不知道什么时候，这个威临草原的君主再度变成了依恋母亲的孩子。

“你已经知道了，我的父亲。”大君猛地回头，“是的，我囚禁你，我把你关在暗无天日的地方。我很残忍。可是你已经毁掉了我的所有，我不能让你再毁掉我的青阳！”

他拉着阿苏勒的手走出了洞穴。铜门无声地合上，阿苏勒回过头，想着那黑暗中的人是否和父亲一样泪流满面。

“大君，我就要死了，不能守护这里很久了。”老人在大君身后跪下。

大君沉默了片刻，“这些年辛苦你了，该换人了，你准备一下，新的人来了，你就离开这里。我封给你一千户牧民，你带着他们去南方的草场放牧，一辈子不要回来。”

“我不想离开这里，我只是想求大君在我死后把我在这里烧了。我的儿子们都死在战场上，我的女人也死了，封赏对我已经没有用了。”老人说。

“你跟着他打了十几年仗，死了还想陪着他么？”大君没有回头，“准了。”

他拉着阿苏勒的手走向洞外有光的地方。渐渐远去的黑暗里，阿苏勒看见那守洞的老人恭恭敬敬地叩头在地。

父亲和儿子终于沐浴在山洞外的阳光中，阿苏勒感觉到那种心底最深处升起的疲惫。

“在你的兄弟们中，你是惟一一个见过你爷爷的人。他见到了你，也一样的欣慰。阿爸要你保守这个秘密，还有，永远忘记大辟之刀，就当你根本没有听说过。”大君幽幽地说，“那刀是玄一的阴灵，它会吸走人的灵魂，把人变成疯子。它是寄生在我们吕氏帕苏尔家血脉里的魔鬼，这一代它选中了你，阿苏勒，在狼群面前，你救了阿爸……”

阿苏勒抬头看着父亲，看见他嘴角拉出的强硬锋利的线条。

“我也要从魔鬼的手里，救我的儿子！”大君说。

羔羊被高举在空中，它挣扎着，哀叫着。滚热的羊血流淌下来，滴在孩子的头顶，把他的白衣染红，把按着他头顶的手也染红。

“我的儿子吕归尘·阿苏勒·帕苏尔，盘鞑天神仁慈地令你降生在我们吕氏帕苏尔家。天神赐予你眼睛，让你看得像鹰一样远；天神赐予你双腿，让你奔跑得像豹子那样快捷；天神赐予你双手，让你举起整座神山；天神赐予你祝福，让你再无畏惧。没有越不过去的大山，没有走不出去的风雪，没有破不尽的敌人。即便走到天边，也有神的祝福与你同在。”

大君从儿子的头顶抽回了满是羊血的手。

“从今以后不要用阿苏勒这个名字了，你是东陆诸侯的客人，要学东陆的礼节和知识，要用你的东陆名字吕归尘。”

“是，阿爸。”

大君回头看着身后列队的贵族们，就像九王从真颜部凯旋的那一天，全部的贵族都盛装佩剑，打起了白色的豹云大旗。只不过这次是送世子阿苏勒南行。

“太阳升到天顶你就要出发了，临走前再跟你阿妈道个别么？”

阿苏勒回过头，看见织锦的小辇里，母亲搂着布袋娃娃无声地笑，目光迷茫。

“不了，阿妈认不出我，也许还更开心些吧……”阿苏勒摇了摇头，“那个布娃娃可以一直陪着她，我不是好儿子，没有一天让自己的阿妈开心……阿爸，我还想问一件事，最后一件事。”

“你说。”

“阿钦莫图，是我的奶奶么？”

“是的，她是你的奶奶，她从很远的东陆来，是一位真正的公主。她的蛮族名字叫阿钦莫图，意思是金色的阳光，就像阳光那么美丽。无论是谁，只要见过她的笑容，终生都不会忘记。”

“阿爸，你……恨爷爷么？”

“是的，我恨他。他把我一生中重要的人都夺走了。”大君遥望着远方，“也许要不是这样，我也当不成这个大君。可是我当上了大君，孤零零的一个人，又有什么开心？”

他半跪在阿苏勒面前，轻轻拉住儿子的手，“阿苏勒，你已经长大了，可以选择自己的道路。阿爸一直记得，你从真颜部回来的那次，在金帐里说的话。阿爸知道你是个好孩子，觉得责任都是你的，就像你伯鲁哈表哥。可是就像你自己说的，每个人活在世上，都不容易。不要把一切都让自己背，我的儿子也很苦啊。阿爸阿妈想看见的，只是我们的好儿子能快快乐乐地活下去，就算当个草原上牧马的穷人也好啊。”

“阿爸，你一直没有问过我，我怎么从真颜部活着回来的。”

“你要告诉阿爸么？”

阿苏勒抬头看着父亲的脸。大君沉默地远眺，像是一尊被风沙剥蚀的石像。

“那天晚上有月亮。我和诃伦帖姆妈在一起，她把白色的豹尾系在我手腕上，说看到这豹尾，就不会有人害我。可是前线败了，大家退了下来。真颜部的叔叔们挨个帐篷地搜，专找配着豹尾的，他们冲了进来，要杀我，姆妈劝他，那个叔叔像是发了疯。姆妈在背后刺死了他……

“我们冲出营寨，整个营寨都着火了，九王的大军已经追了上来，到处都在杀人，那么多人躺在地上，我去摇他们，他们再也起不来。姆妈给我换上穷人的衣服，用绳子把我的袖口打了死结，她扶我上了一匹马，让我跟着逃跑的人一起走，让我在真颜部的人面前不能露出那条豹尾。

“我被抓了。我说我是青阳的世子，可是没有人听我说，我被关在马棚里，我和其他的孩子关在一起。夜里诃伦帖姆妈被几个兵带来。我躲在人群里，想认她，可是不敢。我不明白到底是什么事，然后我看见他们剥姆妈的衣服，他们一个个压在姆妈身上。我还是不敢出声，阿爸，我是个懦弱的儿子，真的。”阿苏勒微微地颤抖起来，他的脸色苍白，忽然间变得那么虚弱。

“姆妈看见了儿子，她也对我摇头，叫我不要出声。可是我们被那些人发现了，他们……他们把光身子的姆妈推着压在儿子身上……姆妈说儿子是青阳的世子，可是他们只是笑，他们不相信，他们提着枪过来了，姆妈急着解儿子袖口的绳子，可是解不开，然后很多枪头忽然从姆妈的胸口前刺出来，那时候绳子解开了，露出我的白豹尾……

“她的血流在我脸上，她亲了我的脸，然后死了。像做梦一样，怎么想都不敢相信那是真的。后来那些日子，我夜里不敢睡，怕一睡觉，就会想起来，想起诃伦帖姆妈的血流在我脸上，看枪尖从她胸口里抽出来，儿子救不了她……儿子是吕氏帕苏尔家族的人，是大君的儿子，能活下去，可是儿子喜欢的那些人，也能活下去么？”阿苏勒的声音嘶哑。

“如果你是北陆的大君，你是不会让阿爸杀那些人的，是么？”

“是。”

“你不相信阿爸，你觉得只有你自己才能保护他们。所以你拼命地练刀，你想变成勇敢的武士，你提着刀，才觉得安全。”

“是，阿爸，你是青阳的大君，你说你灭真颜也是没办法。可是儿子只想那些我喜欢的人都不要死，都能平平安安地跟我在一起。如果真的有人要死，宁愿是儿子去死吧，死了……我就不会再看见那些事，也不会再害怕了。”

“阿爸，”他轻声说，“儿子很怕啊，真的害怕……但我可以学着杀人，我再不要看着那些我爱的人死啦，谁伤害他们……儿子就杀了那些人！”

“真是愚蠢的孩子啊，”大君轻声说着，把阿苏勒的头紧紧抱在胸前，“可这样愚蠢的孩子，才是我郭勒尔的儿子！”

“去东陆吧！我的儿子，阿爸和阿妈会想着你。你回来的那一天，阿爸会带着你阿妈，带着虎豹骑的千人队，去天拓海峡边，看着载着你的大船乘风破浪地回来。那时候阿爸扶你坐在金帐上，你是新的大君，让草原上的人都叫你长生王！”

胤朝喜帝七年十一月，封山的大雪降下之前，青阳部世子、二十年后席卷草原的昭武公吕归尘·阿苏勒·帕苏尔被作为人质送往遥远的东陆。

他骑着小马，沿着彤云大山的山脚，慢慢地走向南方，青阳的豹云大旗和下唐的金色菊旗帜在他的头顶招展，有如大海的波涛。

他就这么去了，始终没有回头。

【历史】

后世的史家们谈起这次南行，总是带着疑惑和赞叹的语气。

他们不能明白，为什么一只绵羊被放出了羊圈，他就变成了咆哮的雄狮，怒吼着奔向了东陆大地。无论是英雄或者救主，无人可以否认，点燃乱世战火的手中，有一只是属于青阳昭武公吕归尘的。他的理想他的志向最终化为焚烧世界的烈焰。他骑着火红的战马要去拯救这片天下，却发现自己的马蹄下踩满了弱者的尸骨。

而此时此刻，遥远的东陆，有一双漆黑如墨的眼睛仰望着空中唳转的飞鹰，正在缥缈难测的宿命中等待他的到来。

英雄们即将相遇，武神铁青色的手在冥冥中拨转他们的方向。沉默已久的乱世之轮重新开始运转了，它擦着耀眼的火花，把灾难和泪水、火与水，一同抛向了九州大地。

图书在版编目(CIP)数据

九州缥缈录.1,蛮荒:典藏版/江南著.--北京:人民文学出版社,2024
(2025.10重印)
ISBN 978-7-02-018320-3

Ⅰ.①九… Ⅱ.①江… Ⅲ.①长篇小说-中国-当代 Ⅳ.①I247.5

中国国家版本馆 CIP 数据核字(2023)第 196431 号

责任编辑 徐子茼 秦雪莹
责任印制 张 娜

出版发行 人民文学出版社
社 址 北京市朝内大街 166 号
邮政编码 100705

印 刷 北京盛通印刷股份有限公司
经 销 全国新华书店等

字 数 247 千字
开 本 890 毫米×1290 毫米 1/32
印 张 10 插页 1
印 数 21001—22000
版 次 2015 年 11 月北京第 1 版
印 次 2025 年 10 月第 4 次印刷

书 号 978-7-02-018320-3
定 价 50.00 元

如有印装质量问题,请与本社图书销售中心调换。电话:010-59905336